APELO ÀS TREVAS

Série Policial

Réquiem caribenho
Brigitte Aubert

Bellini e a esfinge
Bellini e o demônio
Tony Bellotto

Bilhete para o cemitério
O ladrão que achava que era Bogart
O ladrão que estudava Espinosa
O ladrão que pintava como Mondrian
Uma longa fila de homens mortos
Os pecados dos pais
Punhalada no escuro
Lawrence Block

O destino bate à sua porta
James Cain

Nó de ratos
Vendetta
Michael Dibdin

Edições perigosas
Impressões e provas
John Dunning

Máscaras
Leonardo Padura Fuentes

Correntezas
Jogo de sombras
Tão pura, tão boa
Frances Fyfield

Achados e perdidos
Uma janela em Copacabana
O silêncio da chuva
Vento sudoeste
Luiz Alfredo Garcia-Roza

Neutralidade suspeita
A noite do professor
Transferência mortal
Jean-Pierre Gattégno

Continental Op
Dashiell Hammett

O jogo de Ripley
O talentoso Ripley
Patricia Highsmith

Uma certa justiça
Morte de um perito
Morte no seminário
Pecado original
P. D. James

O dia em que o rabino foi embora
Domingo o rabino ficou em casa
Sábado o rabino passou fome
Sexta-feira o rabino acordou tarde
Harry Kemelman

Apelo às trevas
Um drink antes da guerra
Sobre meninos e lobos
Sombra no deserto
Dennis Lehane

Morte no teatro La Fenice
Donna Leon

Dinheiro sujo
Também se morre assim
Ross Macdonald

É sempre noite
Léo Malet

Assassinos sem rosto
A leoa branca
Henning Mankell

O homem da minha vida
O labirinto grego
Os mares do Sul
O quinteto de Buenos Aires
Manuel Vázquez Montalbán

O diabo vestia azul
Walter Mosley

Informações sobre a vítima
Joaquim Nogueira

Agência Nº 1 de Mulheres Detetives
Alexander McCall Smith

Aranhas de ouro
Clientes demais
A confraria do medo
Cozinheiros demais
Milionários demais
Mulheres demais
Ser canalha
Serpente
Rex Stout

Casei-me com um morto
A noiva estava de preto
Cornell Woolrich

DENNIS LEHANE

APELO ÀS TREVAS

Tradução:
LUCIANO VIEIRA MACHADO

COMPANHIA DAS LETRAS

Título original:
Darkness, take my hand

Projeto gráfico da capa:
João Baptista da Costa Aguiar

Foto de capa:
Ricardo Hantzschel

Preparação:
Cacilda Guerra

Revisão:
Renato Potenza Rodrigues
Beatriz de Freitas Moreira

Dados Internacionais de Catalogação na Publicação (CIP)
(Câmara Brasileira do Livro, SP, Brasil)

Lehane, Dennis
Apelo às trevas / Dennis Lehane ; tradução Luciano Vieira Machado. — São Paulo : Companhia das Letras, 2003.

Título original: Darkness, take my hand
ISBN 85-359-0371-2

1. Ficção policial e de mistério (Literatura norte-americana) 2. Romance norte-americano I. Título.

03-2226 CDD-813.0872

Índice para catálogo sistemático:
1. Ficção policial e de mistério : Literatura norte-americana 813.0872

2003

EDITORA SCHWARCZ LTDA.
Rua Bandeira Paulista, 702, cj. 32
04532-002 — São Paulo — SP
Telefone: (11) 3707-3500
Fax: (11) 3707-3501
www.companhiadasletras.com.br

Este romance é dedicado a Mal Ellenburg e Sterling Watson, pelas inúmeras boas idéias sobre a natureza da astúcia e sobre a natureza das feras.

Deveríamos nos sentir muito gratos por não poder ver os horrores e degradações que rodeiam nossa infância — nos armários, nas estantes, por toda parte.

Graham Greene, *O poder e a glória*

Quando eu era criança, meu pai me levou para o teto de um edifício que acabara de arder num incêndio.

Ele estava me mostrando o quartel dos bombeiros quando chegou o chamado, e de repente me vi a seu lado na cabine do caminhão, muito agitado ao senti-lo sacudir-se nas curvas fechadas, ouvindo o apito das sirenes e vendo a espessa fumaça azul e preta a nossa frente.

Uma hora mais tarde, debeladas as chamas, e depois que seus colegas bombeiros passaram a mão na minha cabeça um monte de vezes e que, já empanturrado de cachorros-quentes comprados do vendedor ambulante, eu observava o trabalho deles sentado na calçada, meu pai veio, tomou-me pela mão e subiu comigo a escada de incêndio.

À medida que subíamos, tentáculos de fumaça agarravam-se aos nossos cabelos e lambiam as paredes de tijolos, e através das janelas quebradas eu via o soalho calcinado e destruído. Pelas aberturas do teto, caía água suja.

Aquele edifício me metia um medo dos diabos, e meu pai teve de me levar no colo até o terraço.

"Patrick", sussurrou ele, avançando comigo sobre o revestimento impermeabilizante. "Está tudo bem, está vendo?"

Levantei os olhos. A cidade se erguia diante de mim, toda de aço azul e amarelo para além daquela parte do bairro. Do chão, subiam o cheiro e o calor dos destroços carbonizados.

"Está vendo?", repetia meu pai. "Aqui não tem perigo. A gente apagou o fogo nos andares de baixo. Ele não pode

nos atingir aqui em cima. Se você o corta pela raiz, ele não pode subir."

Ele afagou meus cabelos e me beijou o rosto.

E eu tremi.

PRÓLOGO

Véspera de Natal
18h15

Há três dias, na primeira noite oficial de inverno, quatro pessoas, entre as quais Eddie Brewer, um de meus amigos de infância, foram baleadas numa loja de conveniência. Não se tratou de um assalto. O assassino, James Fahey, rompera havia pouco tempo com a namorada, Laura Stiles, que trabalhava como caixa no turno das quatro à meia-noite. Às onze e meia, quando Eddie Brewer estava pondo gelo e Sprite num copinho de plástico, James Fahey entrou pela porta e acertou um tiro no rosto de Laura Stiles e dois no coração.

Depois deu um tiro na cabeça de Eddie Brewer, dirigiu-se à seção de frios e descobriu um casal idoso de vietnamitas encolhidos no balcão de laticínios. James Fahey despachou duas balas para cada um e deu seu trabalho por terminado.

Saiu da loja, entrou em seu carro, sentou-se ao volante, colou no retrovisor o mandado liminar que Laura Stiles e sua família tinham impetrado contra ele. Em seguida enrolou um sutiã de Laura na cabeça, tomou uma boa golada de Jack Daniel's e deu um tiro na própria boca.

James Fahey e Laura Stiles foram declarados mortos na cena do crime. O velho vietnamita morreu a caminho do Carney Hospital e sua mulher, algumas horas depois. Eddie Brewer, porém, está em coma, e os médicos dizem que tem poucas chances, ao mesmo tempo que consideram um milagre o fato de ele ainda estar vivo.

A imprensa andou fazendo um grande estardalhaço em torno do caso porque Eddie Brewer, que na juventude nunca foi um santo, agora é padre. Na noite em que foi baleado, ele saiu de casa para fazer jogging de agasalho e blusão, e assim Fahey não notou que ele era padre; isso posto, duvido que essa circunstância fosse mudar alguma coisa. Mas a imprensa, percebendo uma certa nostalgia da religião com a proximidade dos festejos natalinos e também a oportunidade de requentar uma velha história e apresentá-la como novidade, explorou ao máximo sua condição de religioso.

Comentaristas de televisão e editorialistas da imprensa escrita compararam a agressão aleatória a Eddie Brewer a um sinal do Apocalipse, e organizaram-se vigílias ininterruptas em sua paróquia, em Lower Mills, e na frente do Carney. Eddie Brewer, clérigo obscuro e pessoa sem maiores ambições, está prestes a se tornar um mártir, quer morra, quer não.

Nada disso tem a ver com o pesadelo que avassalou minha vida e a de muitas outras pessoas desta cidade dois meses atrás, um pesadelo que me deixou com ferimentos que, segundo os médicos, vão cicatrizando em ritmo satisfatório, embora minha mão direita ainda esteja longe de recuperar a sensibilidade e as cicatrizes do rosto às vezes queimem sob a barba que deixei crescer. Não, o tiro que o padre levou, o *serial killer* que entrou em minha vida, o último episódio de "limpeza étnica" em uma ex-república soviética, o homem que metralhou uma clínica de aborto aqui perto e o outro *serial killer* que matou dez pessoas em Utah e ainda está à solta — nada disso está relacionado.

Mas às vezes *se tem a impressão* de que está; é como se existisse um fio que ligasse todos esses acontecimentos, toda essa violência aleatória, arbitrária, e que, se pudéssemos descobrir onde esse fio começa e o puxássemos pela ponta, todas essas coisas começariam a fazer sentido.

Desde o Dia de Ação de Graças eu deixara crescer a barba, a primeira de toda a minha vida, e, embora eu a apare com todo o cuidado, ela continua a me surpreender a cada manhã no espelho, como se minhas noites fossem povoadas por sonhos em que eu apareço com um rosto liso, imaculado, a pele macia como a de um bebê, virgem de todo contato que não o da brisa e o dos beijos maternos.

O escritório — Kenzie/Gennaro Investigations — está fechado, imagino que acumulando poeira, talvez já com a primeira teia de aranha no canto atrás da minha mesa de trabalho, talvez uma outra também atrás da mesa de Angie. Angie partiu no fim de novembro, e procuro não pensar nela. Nem em Grace Cole. Nem na filha de Grace, Mae. Para falar a verdade, evito pensar em qualquer coisa.

Do outro lado da rua, a multidão acaba de sair da missa e, considerando que o clima está bastante ameno — temperatura em torno de cinco ou seis graus, embora o sol já tenha se posto há uma hora e meia —, a maioria dos paroquianos se demora tagarelando, e suas vozes soam distintamente no ar noturno quando fazem votos de boas festas e boas férias. Falam dos caprichos do clima, de como se mostrou errático durante todo o ano, frio no verão e quente no outono, e de repente gélido e rigoroso, de forma que ninguém se surpreenderia se a manhã de Natal fosse aquecida por um vento tépido, com o termômetro na casa dos vinte e cinco graus.

Alguém menciona Eddie Brewer, eles falam sobre o assunto, mas muito brevemente, e noto que não querem estragar o espírito festivo do Natal. Mas, ah, dizem eles, que mundo perverso e louco. A palavra é essa mesmo, dizem eles, louco, louco, louco.

Ultimamente, tenho passado a maior parte do tempo sentado aqui fora. Daqui do pórtico vejo as pessoas, e, apesar do frio, suas vozes me prendem aqui. Minha mão ferida vai ficando enregelada e meus dentes começam a bater.

De manhã, instalo-me ao ar livre com uma xícara de café, contemplo o pátio da escola, do outro lado da avenida, e observo os meninos com suas gravatas azuis e calças da mesma cor, as meninas com suas saias xadrezes, presilhas de cabelo brilhantes, correndo desabalados pelo pátio. Seus gritos súbitos e movimentos bruscos, sua energia aparentemente inesgotável às vezes me estimulam, às vezes me aborrecem, dependendo do meu humor. Nos dias em que não estou bem, esses gritos me penetram como cacos de vidro; quando estou de bom humor, eles me dão uma sensação que lembra a plenitude, quando o simples fato de respirar não requer um esforço doloroso.

O que importa, escreveu *ele*, é a dor. A que eu sofro, a que inflijo aos outros.

Ele apareceu no curso do outono mais tórrido e mais estranho registrado nos anais, quando o tempo parecia ter saído totalmente dos eixos, quando todo o universo parecia estar de cabeça para baixo, como se fosse possível olhar um buraco no chão e ver estrelas e constelações flutuando no fundo, virar a cabeça para o céu e ver lixo e árvores suspensos no ar. Como se ele tivesse dado um piparote no mundo — ou pelo menos no canto em que vivo —, fazendo-o girar.

Às vezes Bubba, Richie ou Devin e Oscar dão uma passada por aqui, sentam comigo e falamos sobre o campeonato de futebol, os torneios universitários e sobre os filmes que estão em cartaz na cidade. Não falamos sobre o último outono, nem sobre Grace, nem sobre Mae. Não falamos de Angie. E nunca falamos sobre ele. Ele fez seu estrago, e não há mais nada a dizer sobre o assunto.

O que importa, escreveu ele, é o sofrimento.

Essas palavras — escritas numa folha de papel branco formato padrão — me perseguem. Essas palavras, tão simples, às vezes parecem ter sido gravadas na pedra.

1

Angie e eu estávamos tentando consertar o ar-condicionado do escritório, na torre da igreja, quando Eric Gault telefonou.

Em tempos normais, um problema no ar-condicionado em meados de outubro na Nova Inglaterra passa despercebido. Às duas da tarde, a temperatura estava próxima dos trinta graus e as venezianas ainda exalavam um bafio estival, ao mesmo tempo úmido e aquecido pelo sol.

"Acho que a gente devia chamar alguém para consertar isso", disse Angie.

Bati forte com a mão do lado do aparelho instalado à janela e liguei-o novamente. Nada.

"Aposto como é a correia", falei.

"Você diz a mesma coisa quando o carro pifa."

"Humm." Fiquei uns bons vinte segundos olhando o ar-condicionado, e ele continuou mudo.

"Por que você não o xinga?", sugeriu Angie. "Talvez adiante alguma coisa."

Lancei-lhe um olhar fulminante, e o resultado que obtive não foi muito melhor que o que consegui com o ar-condicionado. Acho que preciso aperfeiçoar meu olhar número 32.

O telefone tocou e eu o tirei do gancho, esperando que a pessoa que estava ligando entendesse um pouco dessas engenhocas, mas em vez disso ouvi a voz de Eric Gault.

Eric lecionava criminologia na Bryce University. A gente se conheceu quando ele ainda lecionava na Universidade de Massachusetts e eu assisti a algumas de suas aulas.

"Você entende alguma coisa de ar-condicionado?"

"Você já experimentou ligar e desligar, ligar e desligar?", perguntou ele.

"Sim."

"E não adiantou?"

"Negativo."

"Dê umas porradas nele."

"Já fiz isso."

"Então chame um técnico."

"Você ajudou muito."

"Seu escritório ainda fica no campanário de uma igreja, Patrick?"

"Sim, por quê?"

"Bem, tenho uma amiga que pode precisar de seus préstimos."

"E então?"

"Gostaria que ela o contratasse."

"Ótimo. Traga-a aqui."

"À torre?"

"Claro."

"Eu disse que gostaria que ela o contratasse."

Passei os olhos pelo minúsculo escritório.

"Você pega pesado, hein, Eric?"

"Você pode dar uma passada amanhã de manhã na Lewis Wharf lá pelas... digamos, nove horas?"

"Acho que sim. Como se chama sua amiga?"

"Diandra Warren."

"Qual é o problema dela?"

"Seria melhor que ela lhe dissesse cara a cara."

"Tudo bem."

"Encontro você lá amanhã."

"Certo."

Já ia desligar.

"Patrick."

"Sim?"

"Você tem uma irmã mais nova chamada Moira?"
"Não. Tenho uma irmã mais velha chamada Erin."
"Ah."
"Por quê?"
"Nada. Amanhã a gente se fala."
"Então, até lá."

Desliguei, olhei para o ar-condicionado, em seguida para Angie, de novo para o ar-condicionado, depois telefonei para o técnico.

Diandra Warren morava no quinto andar de um edifício na Lewis Wharf, com vista panorâmica para o porto. A doce luz matinal, entrando pelas imensas janelas envidraçadas, banhava toda a parte leste do apartamento, e Diandra parecia o tipo de mulher bafejada pela sorte.

Cabelos de um loiro cor de pêssego derramando-se graciosamente sobre a fronte e bem curtos dos lados. A blusa de seda preta e a calça jeans azul-clara eram absolutamente impecáveis, e os ossos de seu rosto pareciam cinzelados sob uma pele tão imaculada e dourada que me lembravam água cristalina num cálice.

Ela abriu a porta e disse "Senhor Kenzie, senhorita Gennaro" em tom baixo e confidencial, certa de que, se fosse preciso, o interlocutor se inclinaria para ouvir seu sussurro. "Por favor, entrem."

O loft era mobiliado com bom gosto e rigor. O sofá e as poltronas da sala eram de um creme que combinava com a tonalidade fulva da madeira escandinava da mobília da cozinha e com os azuis e castanhos suaves dos tapetes persas e ameríndios estrategicamente dispostos no soalho de madeira de lei. A delicada combinação de cores tornava o ambiente acolhedor, mas a funcionalidade quase espartana sugeria um proprietário pouco dado a improvisações ou ao sentimentalismo que associamos a uma certa desordem.

Junto às amplas janelas envidraçadas, toda a extensão

da parede era tomada por uma cama de cobre, uma cômoda de nogueira, três arquivos de bétula e uma escrivaninha Winthrop. Não vi o menor sinal de closet ou de algum lugar onde se pudessem guardar roupas. Quem sabe lhe bastasse formular o desejo de roupas novas a cada manhã, e lá surgissem elas, impecavelmente passadas, quando ela saía do banho.

Ela nos conduziu à sala, e sentamos nas poltronas enquanto ela se dirigia ao sofá sem a menor hesitação. Entre nós, uma mesinha de centro de vidro fumê, no meio da qual se encontrava um envelope de papel manilha e, ao lado, um pesado cinzeiro e um isqueiro antigo.

Diandra Warren sorriu para nós.

Retribuímos o sorriso. Em nosso ramo, temos que ter uma grande capacidade de improvisação.

Seus olhos se abriram um pouco mais e o sorriso ficou onde estava. Talvez ela esperasse que apresentássemos nossas referências, que mostrássemos nossos revólveres e lhe contássemos quantos malfeitores tínhamos liquidado desde o nascer do sol.

O sorriso de Angie se desfez, mas sustentei o meu por mais alguns segundos. Para reforçar minha imagem de detetive simpático, deixando um potencial cliente bem à vontade. Patrick Kenzie, em todo o seu esplendor. Ao seu dispor.

Diandra Warren disse: “Não sei como começar”.

“Eric disse que você está com um problema que poderíamos ajudar a resolver”, falou Angie.

Ela fez que sim com a cabeça, e suas íris castanhas se turvaram por um instante, como se um pensamento perturbador lhe tivesse passado pela mente. Ela franziu os lábios, contemplou as mãos finas e, no momento em que levantava a cabeça, a porta da frente se abriu e Eric entrou. Apesar dos cabelos grisalhos presos em rabo-de-cavalo e de um princípio de calvície, ele parecia dez anos mais jovem do que seria de esperar de seus quarenta e seis ou quarenta e sete anos. Estava de calça cáqui e camisa jeans sob um casaco esporte cinza-escuro, fechado apenas pelo botão de baixo. O casaco esporte parecia um tanto estranho em Eric, como se o alfaiate não tivesse contado com um revólver enfiado em sua cintura.

"Olá, Eric." Estendi a mão.

Ele a apertou. "Que bom que você pôde vir, Patrick."

"Olá, Eric." Angie estendeu a mão.

Quando ele se inclinou para a frente para apertá-la, notou que o revólver apareceu sob o casaco. Fechou os olhos por um instante e corou.

Angie disse: "Eu me sentiria muito mais tranqüila se você pusesse esse revólver na mesinha de centro até a gente sair, Eric".

"Estou me sentindo um idiota", disse ele, tentando sorrir.

"Por favor", disse Diandra. "Coloque-o na mesa, Eric."

Ele desabotoou o coldre como se este pudesse mordê-lo e pôs o Ruger 38 em cima do envelope.

Fitei-o, sem entender o porquê daquilo. Eric Gault e um revólver combinavam tanto quanto caviar e cachorro-quente.

Ele se sentou ao lado de Diandra. "Temos andado um pouco nervosos ultimamente."

"Por quê?"

Diandra suspirou. "Sou psiquiatra, senhor Kenzie, senhorita Gennaro. Dou aulas na Bryce duas vezes por semana e oriento docentes e alunos, além de atender clientes em meu consultório fora do campus. Nessa área de trabalho podemos esperar qualquer coisa — clientes perigosos, pacientes que têm surtos psicóticos num consultório minúsculo onde você se encontra sozinho, esquizofrênicos com dissociação mental que descobrem seu endereço. Você vive com medo desse tipo de coisa. A gente sabe que um dia pode acontecer. Mas isso..." Ela olhou para o envelope na mesinha de centro. "Isso é..."

"Tente nos contar como 'isso' começou", falei.

Ela se recostou no sofá e fechou os olhos por um momento. Eric pousou a mão de leve em seu ombro e ela sacudiu a cabeça, os olhos ainda fechados. Eric tirou a mão do ombro de Diandra, colocou-a no próprio joelho e fitou a mão como se não tivesse idéia de como ela fora parar ali.

"Certa manhã uma estudante me procurou quando eu estava na Bryce. Pelo menos foi assim que ela se apresentou."

"Você tem algum motivo para achar que ela podia não ser estudante?", perguntou Angie.

"Na ocasião, não. Ela tinha uma carteira de estudante." Diandra abriu os olhos. "Mas quando procurei me informar sobre ela descobri que não havia registro de nenhuma aluna com esse nome."

"E como era o nome dessa pessoa?", perguntei.

"Moira Kenzie."

Olhei para Angie, e ela ergueu uma sobrancelha.

"Sabe, senhor Kenzie, quando Eric mencionou seu nome, logo me enchi de esperanças de que fosse parente da moça."

Refleti um pouco sobre aquilo. Kenzie não é um nome tão comum assim. Mesmo lá na Irlanda, existem apenas uns poucos de nós em Dublin e mais alguns espalhados nas proximidades do Ulster. Considerando-se a crueldade e violência que povoavam o coração de meu pai e de seus irmãos, a ameaça de extinção que parecia pesar sobre nossa linhagem não era uma coisa necessariamente ruim.

"Você disse que Moira Kenzie era uma moça?"

"Sim."

"Quer dizer que era jovem?"

"Dezenove ou vinte anos."

Balancei a cabeça. "Então, não, não a conheço, doutora Warren. A única Moira Kenzie que conheço é prima de meu pai, já falecido. Ela deve estar na casa dos sessenta anos, e faz uns vinte que não sai de Vancouver."

Desconsolada, Diandra fez um leve movimento com a cabeça, e suas pupilas se anuviaram. "Bem, então..."

"Doutora Warren", prossegui. "O que aconteceu quando se encontrou com essa tal Moira Kenzie?"

Ela franziu os lábios, olhou para Eric, depois para o pesado ventilador de teto. Expirou lentamente por entre os lábios, e percebi que decidira confiar em nós.

"Moira disse ser namorada de um homem chamado Hurlihy."

"Kevin Hurlihy?", perguntou Angie.

Em poucos segundos, a pele dourada de Diandra Warren perdeu toda a cor. Ela confirmou.

Angie olhou para mim e ergueu as sobrancelhas novamente.

"Você o conhece?", perguntou Eric.

"Infelizmente, sim", respondi.

Kevin Hurlihy era um de nossos companheiros de infância. Uma figura grotesca, com aquele corpão desengonçado, quadris pontudos feito maçanetas e cabelos desgrenhados que davam a impressão de que ele os penteava enfiando a cabeça debaixo da torneira da pia da cozinha. Quando tinha doze anos, removeram-lhe com sucesso um tumor canceroso da laringe. A cirurgia, porém, deixou como seqüela aquela eterna voz esganiçada de adolescente irritado. Ele usava óculos fundo de garrafa que faziam seus olhos parecerem esbugalhados como os de um sapo e se vestia como um caipira. Era o braço direito de Jack Rouse, o chefão da máfia irlandesa da cidade, e, se Kevin tinha um aspecto ridículo, seu chefe estava muito longe disso.

"O que aconteceu?", perguntou Angie.

Diandra levantou os olhos para o teto, e percebi um leve tremor em sua garganta. "Moira me disse que Kevin a assustava. Contou que ele a seguia o tempo todo, obrigava-a a vê-lo ter relações sexuais com outras mulheres, obrigava-a a transar com seus comparsas, agredia qualquer um que olhasse casualmente para ela e que..." Ela engoliu em seco, e Eric colocou timidamente a mão sobre a dela. "Então ela me contou que teve um caso com um homem, que Kevin descobriu e que ele... matou o homem e o enterrou em Somerville. Ela me pediu que a ajudasse. Ela..."

"Quem mais entrou em contato com você?", perguntei.

Ela enxugou o olho esquerdo, depois acendeu um cigarro longo com o isqueiro antigo. Mesmo assustada, sua mão traía apenas um leve tremor. "Kevin", disse ela, pronunciando o nome de forma abrupta, como se tratasse de algo extremamente desagradável. "Ele me ligou às quatro da manhã. Sabe como a gente se sente numa situação dessas?"

Desorientada, perturbada, só e assustada. Exatamente da forma como um sujeito como Kevin quer que a gente se sinta.

"Ele disse todas aquelas loucuras. Ele disse exatamente assim: 'Como você se sente vivendo sua última semana no mundo, sua puta imprestável?'."

Era bem o estilo de Kevin. Educado a mais não poder.

Ela sorveu o ar, com um leve assovio.

"Quando você recebeu esse telefonema?", perguntei.

"Há três semanas."

"Três semanas?", disse Angie.

"Sim. Tentei ignorá-lo. Liguei para a polícia, mas eles disseram que não podiam fazer nada porque eu não tinha provas de que fora Kevin o autor da chamada." Ela passou a mão nos cabelos, encolheu-se um pouco mais no sofá, olhou para nós.

"Quando você falou com a polícia, mencionou o corpo enterrado em Somerville?", perguntei.

"Não."

"Ótimo", disse Angie.

"Por que você esperou tanto tempo para procurar ajuda?"

Diandra se inclinou para a frente, tirou o revólver de Eric de cima do envelope. Então passou o envelope para Angie, que o abriu e retirou dele uma fotografia em preto-e-branco. Ela a olhou e passou-a para mim.

O jovem da foto aparentava uns vinte anos — bonito, com longos cabelos castanhos e uma barba de dois dias. Usava jeans com rasgões nos joelhos, camiseta sob uma camisa de flanela desabotoada e jaqueta de couro preta. O uniforme grunge de todo universitário que se preza. Com um caderno debaixo do braço, passava ao lado de uma parede de tijolos. Parecia não notar que estava sendo fotografado.

"Meu filho, Jason", disse Diandra. "Está cursando o segundo ano na Bryce. Esse prédio fica na esquina da biblioteca da Bryce. A fotografia chegou ontem, pelo correio."

"Nenhum bilhete?"

Ela fez que não com a cabeça.

"O nome e o endereço estão escritos à máquina no envelope, nada mais", explicou Eric.

Diandra continuou. "Há dois dias, quando Jason veio passar o fim de semana em casa, ouvi-o dizer a um amigo por telefone que tinha a impressão de estar sendo espionado o tempo todo. Espionado. Foi essa a palavra que ele usou." Ela apontou para a foto com o cigarro e agora o tremor da mão era mais evidente. "No dia seguinte, isso chegou."

Olhei para a foto novamente. A clássica advertência da máfia — você pode achar que sabe alguma coisa sobre nós, mas nós sabemos tudo sobre você.

"Nunca mais vi Moira Kenzie depois daquela vez. Ela não está matriculada na Bryce, o número de telefone que me deu era de um restaurante chinês e seu nome não consta de nenhum catálogo telefônico local. Mas ela chegou até mim. E agora tenho que conviver com esse problema. E não sei por quê. Meu Deus." Ela bateu com as duas mãos nas coxas e fechou os olhos. Quando os abriu, toda a coragem que buscara extrair do ar rarefeito nas últimas três semanas se fora. Parecia aterrorizada, como se de repente tivesse se dado conta de como são frágeis as paredes que erguemos em torno de nossas vidas.

Olhei para Eric, que segurava a mão de Diandra, e tentei entender a natureza de seu relacionamento com ela. Nunca soubera de envolvimentos dele com mulheres e sempre achei que fosse gay. Verdade ou não, o fato é que o conhecia havia dez anos e ele nunca mencionara a existência de um filho.

"Quem é o pai de Jason?", perguntei.

"Como? Por quê?"

"Quando um filho está sendo ameaçado, temos que considerar a questão da guarda", explicou Angie.

Diandra e Eric balançaram a cabeça ao mesmo tempo, afastando essa possibilidade.

"Diandra é divorciada há quase vinte anos", disse Eric. "Seu ex-marido tem relações amistosas, mas muito distantes, com Jason."

"Preciso saber seu nome", falei.

"Stanley Timpson", disse Diandra.

"O Stan Timpson que é promotor em Suffolk?"

Ela confirmou.

"Doutora Warren", disse Angie. "Como seu ex-marido é um dos funcionários mais poderosos do judiciário nesta região, não é de se pensar que..."

"Não." Diandra sacudiu a cabeça. "A maioria das pessoas nem ao menos sabe que fomos casados. Ele tem outra mulher, tem mais três filhos e seu contato com Jason e comigo é mínimo. Acreditem em mim, isso nada tem a ver com Stan."

Olhei para Eric.

"Também acho", disse ele. "Jason tem o sobrenome de Diandra, não o de Stan, e quase não tem contato com o pai, salvo um telefonema no dia do aniversário ou um cartão de Natal."

"Vocês vão me ajudar?", perguntou Diandra.

Angie e eu nos entreolhamos. Respirar o mesmo ar que gente como Kevin Hurlihy e seu chefe, Jack Rouse, não é algo que nós, Angie e eu, chamaríamos de saudável. Agora nos pediam que fôssemos direto à mesa de jantar deles para dizer-lhes que parassem de incomodar nossa cliente. Que divertido. Pegar o caso de Diandra Warren seria a decisão mais suicida de nossas vidas.

Angie leu meus pensamentos. "Ora", disse ela. "Você quer viver para sempre?"

2

Quando partimos da Lewis Wharf e entramos na Commercial Street, o outono esquizofrênico da Nova Inglaterra transformara uma manhã horrível numa tarde magnífica. Quando acordei, um vento glacial e malvado feito o sopro de um deus puritano insinuava-se pelas frestas de minhas janelas. O céu estava pálido e duro como o couro de uma luva de beisebol, e as pessoas que se dirigiam a seus carros na avenida estavam protegidas por grossas jaquetas e suéteres grandes, o hálito condensando-se junto a seus rostos.

Quando saí do meu apartamento, a temperatura já subira para dez graus, e o sol velado, esforçando-se para atravessar a dura carapaça do céu, parecia uma laranja presa sob a superfície de um lago congelado.

Quando subíamos a Lewis Wharf em direção ao apartamento de Diandra Warren, o sol já conseguira romper a carapaça e eu tirara meu casaco, e agora que estávamos voltando para nosso bairro o termômetro já estava marcando uns vinte graus.

Quando passávamos na frente de Copp's Hill, a brisa cálida que soprava do porto brincava nas árvores do cimo da colina e uma revoada de folhas vermelhas e brilhantes roçava levemente o topo das lápides, pousando depois na relva. À nossa direita, a vasta extensão de ancoradouros e de diques cintilava à luz do sol; à nossa esquerda, as construções de tijolos marrons, vermelhos e brancos do North End lembravam a visão de pisos azulejados e de velhas portas abertas por onde saía o aroma de molhos apetitosos, de alho e de pão fresco.

"Me pergunto como se poderia odiar esta cidade num dia como este", disse Angie.

"Tem razão. É impossível."

Angie arrumou os densos cabelos, puxando-os num rabo-de-cavalo improvisado, e inclinou a cabeça em direção à janela aberta para receber o sol no rosto e no pescoço. Observando-a assim, de olhos fechados, um leve sorriso nos lábios, eu quase conseguia acreditar que ela se recuperara completamente.

Mas não era esse o caso. Depois que se separou de Phil, seu marido, que ela atirara da varanda, reduzindo-o a uma massa sangrenta para castigá-lo por tentar surrá-la mais uma vez, Angie passara o inverno cada vez mais desligada, envolvendo-se sucessivamente com vários homens. Os caras ficavam sem entender nada quando ela ia embora sem mais aquela, para logo em seguida envolver-se com outro.

Como nunca fui nenhum modelo de virtude moral, não podia dizer nada sem parecer hipócrita; mas no início da primavera ela dava a impressão de estar começando a se recuperar. Parou de levar homens para casa e voltou a dedicar plena atenção ao trabalho, chegando mesmo a arrumar um pouco o apartamento, o que, no caso dela, significava que passou a limpar o fogão e comprou uma vassoura. Mas não era a mesma Angie.

Ela estava mais calma, menos petulante. Ligava para meu apartamento ou aparecia por lá nas horas mais estranhas, para falar sobre o dia que tínhamos passado juntos. Dizia que havia meses não via Phil, mas, não sei por quê, eu não acreditava nela.

Uma situação bastante complicada, ainda mais pelo fato de eu não estar inteiramente disponível para ela, o que, em todos aqueles anos de nossa longa amizade, só tinha acontecido uma vez. Em julho eu conhecera Grace Cole e desde então passava dias e noites inteiros com ela, às vezes fins de semana, quando Grace tinha tempo. Vez por outra eu também desempenhava a função de babá da filha de Grace, Mae. Assim, estava sempre indisponível para minha sócia, exceto em caso de absoluta emergência. Nenhum de nós dois estava preparado para aquilo, pois, como disse Angie em certa ocasião: "É mais fácil achar um negro num filme de Woody Allen do que ver Patrick num relacionamento sério".

Quando paramos num semáforo, ela percebeu que eu a estava observando, abriu os olhos e olhou para mim com um risinho nos lábios. "Está preocupado comigo novamente, Kenzie?"

Minha sócia, a telepata.

"Só dando uma olhada no material, Gennaro. Uma coisa puramente sexista, nada mais."

"Eu conheço você, Patrick." Ela desencostou da janela. "Ainda está bancando o irmão mais velho."

"E daí?"

Ela passou as costas da mão em meu rosto. "Daí que já está na hora de parar com isso."

Afastei uma mecha de cabelo de seu olho, e logo o sinal ficou verde. "Não", retruquei.

Ficamos dentro de sua casa só o tempo de ela pôr um short curto, enquanto eu pegava duas garrafas de Rolling Rock da geladeira. Então sentamos no quintal dos fundos, ouvindo o barulho do vento nas camisas engomadas nos varais dos vizinhos e curtindo o dia.

Ela se apoiou nos cotovelos e esticou as pernas. "Quer dizer que de repente apareceu um caso para nós."

"Sim", respondi, relanceando os olhos pelas pernas azeitonadas, deixadas à mostra pelo short desbotado. Pode não haver muita coisa boa nesse mundo, mas mostre-me um sujeito que tenha algo a dizer contra os shorts jeans e eu mostrarei um lunático.

"Você tem alguma idéia de como encaminhar o caso?", perguntou ela. E emendou: "Pare de olhar para minhas pernas, seu tarado. Agora você está praticamente casado".

Dei de ombros, inclinei-me para trás, olhei para o céu brilhante, cor de mármore. "Não sei bem. Sabe o que está me incomodando?"

"Além de música de elevador, comerciais de televisão e do sotaque de Nova Jersey?"

"Nesse caso."

"Diga."

"Por que o nome Moira Kenzie? Quer dizer, se é um nome inventado, por que meu sobrenome?"

"Existe uma coisa chamada coincidência. Talvez já tenha ouvido falar disso. É quando..."

"Sei. Tem mais uma coisa."

"O que é?"

"Você consegue imaginar Kevin Hurlihy com uma namorada?"

"Bom, não. Mas faz muito tempo que a gente não vê o Kevin."

"Ainda assim..."

"Quem sabe?", disse ela. "Já vi um monte de caras feios e esquisitos com mulheres bonitas e vice-versa."

"Mas Kevin não é só esquisito. Ele também é um sádico."

"Como muitos lutadores de boxe. E eles estão sempre acompanhados de mulheres bonitas."

Dei de ombros. "Talvez. Digamos que sim. Então, o que fazer com o Kevin?"

"E Jack Rouse", acrescentou ela.

"Sujeitos perigosos", disse eu.

"Muito", completou ela.

"E quem lida com sujeitos perigosos todos os dias?"

"Nós, com certeza, não."

"Não", falei. "Nós somos uns coitadinhos."

"Com todo o orgulho", disse ela. "Você não está pensando em..." Ela voltou a cabeça e, ofuscada pelo sol, piscou para olhar para mim. "Você não quer dizer que..."

"Sim, quero."

"Oh, Patrick."

"Temos que visitar Bubba", disse eu.

"É mesmo?"

Suspirei, não muito satisfeito comigo mesmo. "É."

"Diabo", disse Angie.

3

"Esquerda", disse Bubba. E em seguida: "Uns vinte centímetros à direita. Ótimo. Está quase chegando".

Ele estava andando de costas um pouco à nossa frente, as mãos levantadas próximo do peito, mexendo os dedos como se estivesse ajudando um motorista a estacionar um caminhão. "Muito bem", disse ele. "Desloque seu pé esquerdo uns vinte centímetros para a esquerda. É isso aí."

Visitar Bubba no velho armazém abandonado onde ele mora é como brincar de pega-pega à beira de um precipício. Visto que os dez primeiros metros do térreo estavam minados com uma quantidade de explosivos suficiente para pulverizar a Costa Leste, era melhor seguir direitinho as instruções, para não passar o resto da vida respirando com a ajuda de aparelhos. Tanto eu como Angie tínhamos passado por aquilo inúmeras vezes, mas nunca confiamos em nossa memória o bastante para andar aqueles dez metros sem a ajuda de Bubba. É que somos prudentes demais.

"Patrick." Ele olhava para mim gravemente, no momento em que meu pé direito estava suspenso a um centímetro do chão. "Eu disse quinze centímetros à direita. Não dez."

Respirei fundo e avancei meu pé mais cinco centímetros.

Ele sorriu, aprovando.

Pus o pé no chão. Não explodi. Fiquei feliz.

Atrás de mim, Angie disse: "Bubba, por que você não investe num sistema de segurança?".

Bubba franziu o cenho. "Isto é meu sistema de segurança."

"Isto é um campo minado, Bubba."

"Era o que eu estava dizendo", prosseguiu ele. "Dez centímetros à esquerda, Patrick."

Angie expirou ruidosamente atrás de mim.

"Agora você já está na zona livre, Patrick", disse Bubba quando cheguei a uns trinta centímetros dele. Ele olhou para Angie, apertando os olhos. "Não seja tão medrosa, Angie."

Ela estava com um pé levantado, parecendo uma cegonha. Aliás, uma cegonha muito irritada. "Quando eu chegar aí vou te dar um tiro, Bubba Rogowski."

"Oooh!", fez Bubba. "Ela me chamou pelo nome completo. Como minha mãe me chamava."

"Você nem conheceu sua mãe", eu lhe lembrei.

"A gente tem uma comunicação mental, Patrick", disse ele, levando o dedo à fronte. "Comunicação mental."

Campos minados à parte, às vezes eu me preocupo com ele.

Angie chegou ao lugar de onde eu acabara de sair. "Você está fora de perigo", disse Bubba quando ela lhe deu um soco no ombro.

"Tem mais alguma coisa com que devemos nos preocupar?", perguntei. "Lanças caindo do teto, navalhas nas cadeiras?"

"Não, a menos que eu as acione." Ele andou de costas em direção a uma geladeira velha que ficava ao lado de dois sofás marrons estragados, uma cadeira de escritório laranja e um aparelho de som estéreo tão antigo que tinha até toca-discos. Havia um caixote de madeira na frente da cadeira e mais alguns empilhados por trás de um colchão estendido no chão logo depois dos sofás. Dois dos caixotes estavam abertos, e dava para ver os cabos lustrosos de negras armas de fogo apontando por entre a palha amarela. O pão de cada dia de Bubba.

Ele abriu a geladeira, tirou uma garrafa de vodca do

congelador, e, da capa que nunca tirava do corpo, três copinhos. No mais alto verão ou no mais frio inverno, tanto fazia, Bubba e sua capa estavam sempre juntos. Uma versão um tanto perversa de Harpo Marx, com péssimos hábitos e tendências homicidas. Serviu a vodca e passou um copinho para cada um. "Ouvi dizer que relaxa os nervos." Ele tomou sua dose de uma só vez.

De fato, a vodca acalmou meus nervos. Pela forma como Angie fechou os olhos por um momento, acho que acalmou os dela também. Bubba não mostrou nenhuma reação, mas isso porque ele não tem nervos e, pelo que sei, muitas outras coisas de que os homens precisam para viver.

Ele largou seus cento e tantos quilos num dos sofás. "Bem, por que vocês precisam encontrar-se com Jack Rouse?"

Contamos a ele.

"Não parece ser coisa dele. Quer dizer, essa merda de fotografia. Talvez funcione, mas é coisa sutil demais para Jack."

"E quanto a Kevin Hurlihy?", perguntou Angie.

"Se é sutil demais para Jack, então está totalmente fora do alcance de Kevin." Ele bebeu diretamente da garrafa. "Pensando bem, um monte de coisas está fora do alcance de Kev. Adição e subtração, o alfabeto, essas porcarias. Ora, vocês devem se lembrar dos velhos tempos."

"A gente se perguntou se ele por acaso não teria mudado."

Bubba riu. "Negativo. Piorou."

"Então ele é perigoso", disse eu.

"Ah, sim. Como um cão de guarda de depósito. Só sabe violentar, agredir e aterrorizar as pessoas, mas faz isso bem." Ele me passou a garrafa e eu me servi de mais uma dose.

"Quer dizer então", prossegui, "que duas pessoas que assumissem um caso que as pusesse em rota de colisão com ele e seu patrão..."

"... seriam uns loucos, não tenha dúvida." Ele pegou a garrafa de volta.

Olhei para Angie, e ela me mostrou a língua.

"Querem que eu os mate para vocês?", perguntou Bubba, esticando-se no sofá.

Pisquei. "Ahn..."

Bubba bocejou. "Não tem problema."

Angie tocou no joelho dele. "Por enquanto, não."

"Pode crer que não é problema", disse ele sentando-se. "Fabriquei uma nova arma, basta aplicar na cabeça do sujeito, bem aqui, e..."

"A gente avisa, se for preciso", falei.

"Legal." Ele estendeu o corpanzil de novo no sofá, olhou para nós por um instante. "Mas não consigo imaginar um monstrengo como Kevin com uma namorada. Ele parece ser do tipo que paga ou agarra à força."

"Também achei isso", disse eu.

"De qualquer forma, não é bom vocês se encontrarem com Jack e Kevin desacompanhados", aconselhou Bubba.

"Não?"

Ele balançou a cabeça. "Se vocês se aproximarem deles e disserem 'Fiquem longe de nosso cliente', eles matam vocês. Não tem dúvida. Eles são desequilibrados."

Um sujeito que usava um campo minado como sistema de segurança de sua casa estava nos dizendo que Jack e Kevin eram desequilibrados. Isso era uma boa notícia. Agora que eu sabia o quanto eles eram perigosos, pensei em voltar para o campo minado, fazer uma pirueta e acabar logo com aquilo.

"Para chegar a eles, temos que passar por Freddy Gordo", prosseguiu Bubba.

"Está falando sério?", perguntou Angie.

Freddy Constantine era o chefão da máfia de Boston, o homem que assumira o controle do bando de Providence, outrora muito poderoso, consolidando em seguida sua autoridade. Jack Rouse, Kevin Hurlihy, todos os que vendiam ao menos um papelotezinho de droga nesta cidade deviam obediência a Freddy Gordo.

"É o único jeito", disse Bubba. "Se vocês passam por Freddy Gordo, mostram respeito por ele. E, se eu acerto o encontro, eles vão saber que vocês são amigos e não vão querer atacá-los."

"Eu topo", falei.

"Para quando vocês querem o encontro?"

"O mais cedo possível", disse Angie.

Bubba deu de ombros e pegou um telefone sem fio do chão. Discou, tomou mais um gole da garrafa enquanto esperava. "Lou", disse ele. "Diga ao homem que eu liguei." E desligou.

"'O homem'?", perguntei.

Ele levantou as mãos. "Como são loucos pelos filmes do Scorsese e pelas séries policiais da tevê, eles acham que devem falar assim. Então eu procuro agradá-los." Passou o braço por sobre o tórax volumoso feito uma pipa para pôr mais uma dose de vodca no copo de Angie. "Já se divorciou, Angie?"

Ela sorriu e tomou a vodca. "Não oficialmente."

"Quando, então?", perguntou ele, arqueando as sobrancelhas.

Ela apoiou os pés numa caixa aberta de AK-47 e recostou-se na cadeira. "As rodas da justiça giram devagar, Bubba, e divórcio é uma coisa complicada."

Bubba fez uma careta. "O tráfico de mísseis terra-ar da Líbia é complicado. Mas... divórcio?"

Angie passou as duas mãos nos cabelos, na altura das têmporas, depois levantou os olhos para a tubulação descascada que ornamentava o teto. "Com você, Bubba, qualquer relacionamento dura menos que meia dúzia de cervejas. Então, o que você sabe realmente sobre divórcio?"

Ele soltou um suspiro. "Conheço gente que complica demais a vida por coisas que não valem a pena." Tirou as pernas do sofá, batendo com a sola das botas de combate no chão. "E você, meu velho?"

"*Moi?*", disse eu.

"*Si*", tornou ele. "Como foi sua experiência com o divórcio?"

"A maior moleza", respondi. "Como ligar para a pizzaria da esquina e fazer um pedido."

Ele olhou para Angie. "Viu?"

Ela fez um gesto de desdém em minha direção. "Você acredita no que ele está dizendo? Ele, a Introspecção personificada?"

"Protesto solenemente", falei.

"Você diz bobagens solenemente", disse Angie.

Bubba revirou os olhos. "Por que vocês não trepam de uma vez, para ver se chegam a um acordo?"

Houve um daqueles silêncios constrangidos que acontecem toda vez que alguém insinua que existe muito mais que mera amizade entre mim e minha sócia. Bubba sorriu, deliciando-se com a situação, e então, graças a Deus, o telefone tocou.

"Sim." Ele fez um sinal com a cabeça para nós. "Senhor Constantine, como vai?" Revirou os olhos enquanto Constantine explicava como estava indo. "Bom ouvir isso", disse. "Escute, senhor C., tenho dois amigos que querem falar com o senhor. Não mais que dois minutos."

Articulei em silêncio "Senhor C.?", e ele me mostrou o dedo médio.

"Sim, senhor, são gente boa. Paisanos, mas toparam com uma coisa que pode interessar a vocês. Tem a ver com Jack e Kevin." Freddy Gordo recomeçou a falar, e Bubba fechou um pouco a mão imitando o ato da masturbação. "Sim, senhor", disse finalmente. "Patrick Kenzie e Angela Gennaro." Ficou ouvindo, depois piscou e olhou para Angie. Cobrindo o fone com a mão, ele perguntou: "Você é da Família Patriso?".

Ela acendeu um cigarro. "Receio que sim."

"Sim, senhor", disse Bubba ao telefone. "A própria Angela Gennaro." Ele levantou a sobrancelha esquerda voltando o rosto para ela. "Dez da noite. Obrigado, senhor

Constantine." Parou de falar, olhou para o caixote de madeira que Angie estava usando como apoio para os pés. "O quê? Ah, sim, Lou sabe onde é. Seis caixas. Amanhã à noite. Claro. Sem dúvida, senhor Constantine. Sim, senhor. Não, senhor. Cuide-se." Ele desligou soltando um ruidoso suspiro e abaixou a antena do fone com a palma da mão. "Esses putos desses italianos. Com eles é sempre: 'Sim, senhor. Não, senhor. E como vai a patroa?'. São ainda piores que os irlandeses: estão pouco ligando para as mulheres."

Vindo de Bubba, aquilo era um verdadeiro elogio a minha origem étnica. "Onde vai ser o encontro?", perguntei.

Ele estava olhando para Angie com uma expressão de quase admiração no rosto rijo. "Num café na Prince Street. Hoje à noite, às dez. Como é que você nunca me contou que era da família?"

Ela jogou a cinza do cigarro no soalho. Não se tratava de desrespeito; o cinzeiro de Bubba era o chão. "Não sou da família."

"Freddy diz que você é."

"Bem", disse ela. "Ele está enganado. Um capricho genético, só isso."

Ele olhou para mim. "Você sabia que ela é do clã dos Patriso?"

"Sim."

"E então?"

"Então, como ela nunca deu bola para isso, eu também fiz o mesmo."

"Bubba", disse ela. "Eu não tenho o menor orgulho disso."

Ele deu um assobio. "Todos esses anos, todas as enrascadas em que vocês se meteram, e nunca pediram ajuda a eles?"

Angie olhou para ele através das longas mechas de cabelo que lhe caíam no rosto. "Nem ao menos cheguei a considerar essa possibilidade."

"Por quê?", perguntou ele, desconcertado.

"Porque em matéria de máfia só precisamos de você, bonitão."

A resposta o fez corar, coisa que só Angie consegue, e sempre com resultados espetaculares. Seu rosto enorme dava a impressão de uma uva madura e por um instante ele pareceu quase inofensivo. Quase.

"Pare com isso, você está me deixando constrangido."

De volta ao escritório, preparei um pouco de café para contrabalançar o efeito da vodca. Angie ligou a secretária eletrônica para ouvir as mensagens.

A primeira era de um cliente recente, Bobo Gedmenson, da Bobo's Yo-Yo, rede de danceterias para menores de vinte e um anos, e de algumas boates de strip-tease em Saugus e Peadbody, com nomes poéticos como Baunilha Gotejante e Gota de Mel. Agora que havíamos localizado seu ex-sócio e conseguimos recuperar boa parte do dinheiro que ele lhe roubara, Bobo de repente estava começando a questionar nossos honorários e a chorar miséria.

"Que gente", disse eu, balançando a cabeça.

"Que escroto", emendou Angie ao final da mensagem.

Decidi confiar a Bubba a tarefa de fazer a cobrança, e então ouvimos a segunda mensagem:

"Olá. Liguei só para desejar muito boa sorte e tudo o mais em seu novo caso. Se entendi bem, é um belo negócio, não? Bem, manteremos contato. Até mais."

Olhei para Angie. "Quem diabos é esse sujeito?"

"Pensei que você soubesse. Não conheço nenhum inglês."

"Nem eu." Dei de ombros. "Será que foi engano?"

"Com aquele 'boa sorte em seu novo caso'? Parece que ele sabia o que estava falando."

"O sotaque lhe parece falso?"

Ela fez que sim. "Como alguém que viu um monte de filmes do Monty Python."

"Quem de nossos conhecidos imita sotaques?"

"Não tenho idéia."

A mensagem seguinte era de Grace Cole. Ao fundo, pude ouvir os ruídos agressivos do pronto-socorro onde ela trabalhava.

"Tive dez minutos de pausa para o café, então tentei falar com você. Vou ficar aqui pelo menos até amanhã de manhã, mas ligue para mim em casa amanhã à noite. Estou com saudades."

Ela desligou e Angie disse: "Então, para quando é o casório?".

"Amanhã. Você não sabia?"

Ela sorriu. "Você está frito, Patrick. Você sabe disso, não?"

"Quem disse?"

"Eu e todos os seus amigos." Seu sorriso diminuiu um pouco. "Nunca vi você olhar para uma mulher do jeito que olha para Grace."

"E se for isso mesmo?"

Ela se voltou para a janela, contemplou a avenida. "Então, tanto melhor para você", disse suavemente. Ela tentou manter o sorriso, mas ele vacilou e depois se apagou. "Desejo a vocês toda a felicidade."

4

Às dez da noite, Angie e eu estávamos sentados num pequeno café da Prince Street, aprendendo muito mais do que gostaríamos a respeito de próstatas, pela boca do gordo Freddy Constantine.

O café de Freddy Constantine na Prince Street era uma lojinha estreita numa rua estreita. A Prince Street corta o North End da Commercial à Moon Street e, como quase todas as ruas do bairro, é tão estreita que mal dá passagem a uma bicicleta. A temperatura caíra para uns dez ou doze graus quando chegamos, mas nos dois sentidos da rua se viam homens sentados em frente às lojas e restaurantes só de camiseta ou regata, recostados em cadeiras de jardim, fumando charutos ou jogando cartas e soltando aquelas gargalhadas repentinas e estrondosas que as pessoas se permitem quando se sentem donas do próprio território.

O café de Freddy não passava de uma sala escura com duas mesinhas na calçada e quatro no interior, dispostas num soalho de ladrilhos pretos e brancos. Um ventilador de teto girava preguiçosamente e agitava as folhas de um jornal em cima do balcão, enquanto Dean Martin cantava em algum ponto atrás da cortina preta diante da porta de serviço.

A comissão de recepção nos esperava à entrada: dois jovens de cabelos pretos e corpos forjados em academias de musculação, ambos usando pulôver rosa com decote em V e correntes de ouro.

Eu disse: "Vocês fazem suas compras no atacado, rapazes?".

Um deles achou aquilo tão espirituoso que começou a me revistar com vigor, enfiando as mãos entre a caixa torácica e os quadris, como se pretendesse que elas varassem meu corpo para se encontrarem no meio. Tínhamos deixado nossas armas no carro, então eles pegaram nossas carteiras. Isso nos aborreceu, mas eles não deram a mínima e nos levaram a uma mesa onde se encontrava o próprio Don Frederico Constantine.

Freddy Gordo parecia uma morsa sem o bigode. Era imenso, grisalho e embrulhado em diversas camadas de roupas escuras, de forma que sua cabeça quadrada, tipo cepo de açougueiro, encimando toda aquela massa escura parecia algo que brotara das dobras do colarinho, derramando-se em seguida por sobre os ombros. Seus olhos amendoados eram límpidos, calorosos e paternais, e ele era todo sorrisos. Sorria para os desconhecidos na rua, para os repórteres quando saía de uma sala de tribunal e, provavelmente, também para suas vítimas antes que seus homens lhes estourassem as rótulas.

"Por favor, sentem-se", disse ele.

Além de Freddy, Angie e eu, havia apenas mais uma pessoa no café. Estava a um seis metros de nós, numa mesa junto a uma coluna, uma mão em cima da mesa, pernas cruzadas na altura dos tornozelos. Usava calça cáqui clara, camisa branca e um cachecol cinza sob um casaco âmbar com gola de couro. Não nos olhava diretamente, mas nem por isso eu podia jurar que ele não nos observava. O sujeito se chamava Pine — eu não sabia seu primeiro nome — e era uma verdadeira lenda em seu meio, o homem que sobrevivera a quatro chefes diferentes, a três guerras entre clãs, e cujos inimigos costumavam desaparecer de forma tão completa que as pessoas logo se esqueciam de que eles haviam existido. Sentado àquela mesa, parecia uma pessoa perfeitamente normal, quem sabe até mesmo gentil: tinha boa aparência, mas carecia de características particulares que pudessem chamar a atenção. Media por volta de um metro e setenta e cinco, um metro e oitenta, peso mediano, cabelos loiros tendendo para o grisalho, olhos verdes.

O simples fato de me encontrar na mesma sala que ele já me fazia suar frio.

Angie e eu acabáramos de sentar quando Freddy Gordo falou: "Malditas próstatas".

"Como?", perguntou Angie.

"Malditas próstatas", repetiu Freddy. Ele pegou um bule de estanho, colocou café numa xícara e deu-a a Angie. "Uma preocupação muito menos importante para seu sexo que para o nosso." Fez um sinal com a cabeça para mim enquanto me passava minha xícara, depois empurrou o leite e o açúcar para junto de nós. "Vou lhes dizer uma coisa", prosseguiu. "Cheguei ao auge em minha profissão, minha filha acaba de entrar em Harvard e na questão de dinheiro não tenho do que me queixar." Ele mudou de posição na cadeira, depois fez uma tal careta que suas enormes bochechas deslocaram-se para o meio do rosto e cobriram seus lábios por um momento. "Mas podem acreditar: eu trocaria tudo isso por uma próstata sadia." Ele deu um suspiro. "E você?"

"O quê?", perguntei.

"Sua próstata está normal?"

"Até onde sei, está, sim, senhor Constantine."

Ele se inclinou para a frente. "Então aproveite, meu jovem amigo. Aproveite bem. Um homem sem uma próstata sã é..." Ele abriu bem as mãos sobre a mesa. "Bem, é um homem sem segredos, um homem sem dignidade. Esses médicos, meu Deus, eles põem você de bruços para explorar seu corpo com aqueles instrumentos, para cutucar, para espetar, rasgar e..."

"Deve ser terrível", interrompeu Angie.

Aquilo o esfriou um pouco, graças a Deus.

Ele balançou a cabeça. "Terrível não é bem a palavra." Olhou para ela de repente, como se acabasse de se dar conta de sua presença. "E você, meu bem, é bonita demais para ser exposta a esse tipo de conversa." Ele beijou-lhe a mão, e eu me esforcei para não revirar os olhos. "Eu conheço muito bem seu avô, Angela. Muito bem."

Angie sorriu. "Ele tem muito orgulho dessa relação, senhor Constantine."

"Não vou deixar de contar a ele que tive o prazer de conhecer sua encantadora neta." Ele olhou para mim e seus olhos perderam um pouco do brilho. "E você, Kenzie, está cuidando para que essa mulher não seja molestada?"

"Essa mulher sabe muito bem cuidar de si mesma, senhor Constantine", disse Angie.

O olhar de Freddy Gordo pousou em mim, tendendo a se tornar sombrio, como se minha imagem não lhe fosse das mais agradáveis. "Nossos amigos logo estarão aqui", disse ele.

Quando Freddy inclinou-se para trás para se servir de mais uma xícara de café, ouvi um dos guarda-costas da porta dizer: "Ali adiante, senhor Rouse", e os olhos de Angie abriram-se um pouco mais quando Jack Rouse e Kevin Hurlihy passaram pela porta.

Jack Rouse controlava Southie, Charlestown e todo o território entre Savin Hill e o Neponset River, em Dorchester. Era magro, rijo, e seus olhos cinzentos combinavam com a tonalidade do cabelo cortado rente. Não parecia especialmente ameaçador, nem era preciso: para isso ele tinha Kevin.

Conheço Kevin desde que tínhamos seis anos; sei que nada do que circula em seu sangue ou em seu cérebro tem uma mínima parcela de humanidade. Quando ele passou pela porta, evitou olhar para Pine, parecendo nem se dar conta de sua presença; não obstante, eu sabia que ele só desejava uma coisa na vida: se tornar Pine. Mas este se distinguia por sua calma e seu senso de medida, enquanto Kevin era uma pilha de nervos, tinha os olhos excessivamente brilhantes, o tipo do sujeito que seria capaz de atirar em todos os presentes simplesmente porque lhe dera na telha. Pine metia medo porque, para ele, matar era um trabalho como qualquer outro. Kevin metia medo porque, para ele, matar era tudo o que queria em matéria de trabalho, e o único que ele faria de graça.

A primeira coisa que ele fez depois de apertar a mão de Freddy foi sentar-se ao meu lado e enfiar seu cigarro em minha xícara de café. Depois, passou a mão na espessa e áspera cabeleira e ficou me encarando.

Freddy disse: "Jack, Kevin, vocês conhecem o senhor Kenzie e a senhorita Gennaro, não?".

"Velhos amigos, claro", respondeu Jack enquanto se sentava ao lado de Angie. "Eles cresceram no bairro, como Kevin." Com um movimento rápido, Rouse tirou o velho blusão azul e o pendurou no encosto da cadeira. "Não é a pura verdade, Kev?"

Kevin estava ocupado demais em me encarar para responder.

Freddy Gordo disse: "Gosto de ver todas as cartas na mesa. Rogowski diz que vocês dois são gente boa e que estão com um problema que posso ajudar a resolver, então tudo bem. Mas, como vocês vêm do território de Jack, perguntei a ele se gostaria de participar da conversa, entendem?".

Angie e eu fizemos que sim.

Kevin acendeu outro cigarro e soprou a fumaça em meu cabelo.

Freddy pôs as mãos sobre a mesa, as palmas voltadas para cima. "Então estamos todos de acordo. Diga-me o que está querendo, Kenzie."

"Fomos contratados por uma cliente que...", principiei.

"Como está seu café, Jack?", interrompeu Freddy. "Quer mais um pouco de creme?"

"Está bom, senhor Constantine. Muito bom."

"... uma cliente que" repeti, "tem a impressão de ter contrariado um dos homens de Jack."

"Homens?" Freddy ergueu as sobrancelhas, olhou para

Jack, depois novamente para mim. "Somos modestos donos de empresas, senhor Kenzie. Temos nossos empregados, mas sua lealdade vai até onde vai o salário." Ele olhou novamente para Jack. "Homens?", repetiu, e os dois começaram a rir.

Angie suspirou.

Kevin soprou mais um pouco de fumaça em meu cabelo.

Eu estava cansado, e os últimos vestígios da vodca de Bubba me cozinhavam os miolos; em outras palavras, não estava disposto a entrar no jogo de um bando de psicopatas baratos que, de tanto ver *O poderoso chefão*, passaram a se julgar respeitáveis. Mas lembrei a mim mesmo que Freddy, pelo menos, era um psicopata muito poderoso que bem poderia comer meu fígado no dia seguinte, se assim o desejasse.

"Senhor Constantine, um dos... sócios do senhor Rouse, mostrou-se hostil com nossa cliente, fez algumas ameaças..."

"Ameaças?", disse Freddy. "Ameaças?"

"Ameaças?", disse Jack, sorrindo para Freddy.

"Ameaças", disse Angie. "Parece que nossa cliente teve a infelicidade de falar com a namorada de seu sócio, que afirmou saber das atividades criminosas do namorado, inclusive o — como direi?" Seu olhar cruzou com o de Freddy. "A eliminação de tecidos outrora com vida."

Freddy levou bem um minuto para compreender, mas de repente seus olhinhos se apertaram, ele sacudiu a cabeçorra e soltou uma gargalhada que repercutiu no teto e certamente foi ouvida em boa parte da Prince Street. Jack parecia desconcertado. Kevin parecia furioso, mas esse é seu estado normal.

"Pine", disse Freddy. "Você ouviu isso?"

Pine não deu o menor sinal de que tinha ouvido alguma coisa. Aliás, nem parecia estar respirando. Ele simplesmente estava ali, imóvel, olhando em nossa direção e ao mesmo tempo não olhando.

"'Eliminação de tecidos outrora com vida'", repetiu Freddy, arquejante. Ele olhou para Jack e percebeu que este ainda não tinha entendido. "Puxa, Jack, você precisa arranjar um cérebro, hein?"

Jack piscou, Kevin inclinou-se para a frente na mesa, Pine voltou a cabeça lentamente para olhá-lo, e Freddy agiu como se não tivesse notado nada daquilo.

Ele enxugou os cantos da boca com um guardanapo de linho e balançou a cabeça devagar olhando para Angie. "Quando eu contar essa para o pessoal do clube... Você pode ter recebido o nome de seu pai, Angela, mas é uma Patriso. Não há dúvida."

"Patriso?", perguntou Jack.

"Sim", disse Freddy. "Ela é neta do senhor Patriso. Você não sabia?"

Jack não sabia. Aquilo pareceu aborrecê-lo. Ele disse: "Dê-me um cigarro, Kev".

Kevin inclinou-se por sobre a mesa, acendeu o cigarro para ele, o cotovelo a um centímetro de meu olho.

"Senhor Constantine", disse Angie. "Nossa cliente não quer figurar na lista daquilo que seu sócio considera descartável."

Freddy levantou a mão gorda. "O que é que você quer dizer exatamente?"

"Nossa cliente acha que deve ter irritado o senhor Hurlihy."

"O quê?", perguntou Jack.

"Explique isso", disse Freddy. "Já."

Nós explicamos, sem mencionar o nome de Diandra.

"Vamos ver se entendi bem", disse Freddy. "Uma mulher que anda se encontrando com Kevin conta à tal psiquiatra umas bobagens sobre — será isso mesmo? — um corpo ou algo assim. Aí Kevin fica meio irritado, liga para ela e dá uma bronca." Ele balançou a cabeça. "Kevin, quer me falar sobre isso?"

Kevin olhou para Jack.

"Kevin", disse Freddy.

A cabeça de Kevin girou.

"Você tem uma namorada?"

A voz de Kevin soava como vidro moído dentro do motor de um carro. "Não, senhor Constantine."

Freddy olhou para Jack e os dois caíram na gargalhada.

Kevin parecia ter sido surpreendido por uma freira ao comprar revistas pornográficas.

Freddy se voltou para nós. "Vocês estão de gozação comigo?" Ele riu ainda mais alto. "Com todo o respeito pelo Kevin, não se pode dizer que ele seja um mulherengo, se é que você me entende."

Angie continuou: "Senhor Constantine, por favor, entenda nossa posição. A gente não inventou essa história".

Ele se inclinou para a frente e afagou a mão dela. "Angela, não estou dizendo isso. Mas vocês foram enganados. Uma mulher se diz ameaçada por Kevin por causa da *namorada* dele? Francamente..."

"Foi para isso que deixei meu jogo de cartas?", disse Jack. "Para essa merda?" Ele bufou e começou a se levantar.

"Sente-se, Jack", disse Freddy.

Jack ficou paralisado, meio em pé, meio sentado.

Freddy olhou para Kevin. "Sente-se, Jack."

Jack sentou-se.

Freddy sorriu para nós. "Resolvemos o problema de vocês?"

Enfiei a mão no bolso interno do casaco para pegar a foto de Jason Warren. Kevin meteu a mão no próprio casaco, Jack inclinou-se para trás e Pine fez um leve movimento em sua cadeira. Os olhos de Freddy estavam fixos em minha mão. Tirei a foto bem devagar e coloquei-a na mesa.

"Nossa cliente recebeu isto pelo correio outro dia."

Freddy arqueou a sobrancelha grossa feito um bigode: "E daí?".

"Daí...", disse Angie, "daí que de cara pensamos ser uma mensagem de Kevin dizendo que conhece os pontos fracos de nossa cliente. Agora sabemos que não é, mas estamos confusos."

Jack fez um sinal de cabeça para Kevin e este tirou a mão do bolso do casaco.

Se Freddy notou, não deu a menor pista disso. Ele olhou para a foto de Jason Warren e bebericou o café. "Esse menino é filho de sua cliente?"

"Meu é que não é", falei.

Freddy levantou a cabeçorra devagar e olhou para mim. "Quem falou em você, seu bundão?" Seus olhos agora estavam amigáveis feito um furador de gelo. "Nunca mais fale comigo desse jeito, está ouvindo?"

De repente senti a boca seca, como se eu tivesse engolido um suéter de lã.

Kevin reprimiu um riso.

Freddy enfiou a mão entre as dobras do casaco, os olhos fixos em meu rosto enquanto tirava um bloco de anotações encadernado em couro. Ele o abriu e começou a folheá-lo, até achar o que procurava.

"Patrick Kenzie", ele leu em voz alta. "Idade, trinta e três anos. Mãe e pai falecidos. Uma irmã, Erin Margolis, trinta e seis anos, mora em Seattle, Washington. No ano passado faturou quarenta e oito mil dólares junto com a sócia, a senhorita Gennaro, aqui presente. Está divorciado há sete anos. Endereço da ex-esposa ainda desconhecido." Ele sorriu para mim. "Mas a gente está procurando encontrar, não se preocupe." Ele virou a página, franziu os lábios grossos. "No ano passado, você matou um cafetão a tiros, a sangue-frio, embaixo de um viaduto." Ele piscou para mim, estendeu o braço e afagou minha mão. "Sim, Kenzie, estamos a par de tudo. Agora, um conselho: quando for matar outra pessoa, não deixe testemunhas." Olhou novamente para o bloco de anotações. "Onde estávamos? Ah, sim. Sua cor favorita é azul. Cerveja favorita: St. Pauli Girl. Comida favorita: mexicana." Ele virou mais uma página e nos lançou um olhar. "Como estou indo até aqui?"

"Menino", disse Angie. "Estamos impressionados."

Ele se voltou para ela. "Angela Gennaro. Acaba de se separar do marido, Phillip Dimassi. Pai falecido. Mãe, Antonia, vive com o segundo marido em Flagstaff, Arizona. Também envolvida no assassinato do cafetão, no ano passado. Atualmente reside na Howes Street, num apartamento no andar térreo, com um ferrolho fraco na porta dos fundos." Ele fechou o bloco e olhou para nós com um ar condescendente. "Eu e meus amigos podemos conseguir informações como essas. Por que diabos mandaríamos uma fotografia a alguém?"

Minha mão direita apertava minha coxa, os dedos enfiados na carne, dizendo a mim mesmo que ficasse calmo. Pigarreei. "Me parece pouco provável."

"Você tem razão", disse Jack Rouse.

"Nós não mandamos fotografias, senhor Kenzie", disse Freddy. "Nós mandamos nossas mensagens de uma forma um pouco mais direta."

Jack e Freddy nos lançaram olhares carregados de um humor feroz, e Kevin Hurlihy abriu um sorriso largo feito um cânion.

Angie perguntou: "Minha porta dos fundos tem um ferrolho fraco?".

Freddy deu de ombros. "Foi o que me disseram."

Jack Rouse levou os dedos ao boné de tweed fino, apontado-o em direção de minha sócia.

Ela sorriu, olhou para mim, depois para Freddy. Era preciso conhecê-la muito bem para ter uma idéia de quão furiosa estava. Ela é uma dessas pessoas cuja fúria pode ser medida pela economia de movimentos. Pela postura de estátua que assumira à mesa, eu tinha certeza de que ela passara de seu limite de tolerância cinco minutos antes.

"Freddy", disse Angie, enquanto o outro piscava. "Você presta contas à Família Imbruglia de Nova York, certo?"

Freddy olhou para ela.

Pine descruzou as pernas.

"E a Família Imbruglia", continuou ela, inclinando-se ligeiramente para a frente, "presta contas à Família Moliach, que, por sua vez, ainda está subordinada à Família Patriso, certo?"

Os olhos de Freddy mantiveram-se calmos e impenetráveis, e a mão esquerda de Jack ficou paralisada a meio caminho entre a borda da mesa e sua xícara de café. Ao meu lado, eu ouvia a respiração ofegante de Kevin.

"E você, se é que entendi bem, mandou homens descobrirem pontos fracos na segurança do apartamento da única neta do senhor Patriso? Freddy", continuou ela, "você acha que o senhor Patriso consideraria essas ações respeitosas ou desrespeitosas?"

Freddy disse: "Angela...".

Ela deu um tapinha em sua mão e se levantou. "Obrigada pela atenção de vocês."

Levantei-me. "Foi bom ver vocês, rapazes."

A cadeira de Kevin deslizou ruidosamente no piso de ladrilho quando ele me barrou o caminho, com aquele seu olhar de alta voltagem.

"Sente-se, porra!", disse Freddy.

"Você o ouviu, Kev", falei. "Sente-se, porra."

Kevin sorriu e passou a mão na boca.

Pelo canto do olho, vi Pine cruzar novamente as pernas na altura dos tornozelos.

"Kevin", disse Jack Rouse.

Na expressão de Kevin eu via anos de um imenso ódio de classe e a marca inconfundível da verdadeira psicose. Eu via o menininho raivoso cujo cérebro estacionara de vez entre o primeiro e o segundo ano do curso primário. Eu via o assassinato.

"Angela", disse Freddy. "Senhor Kenzie. Por favor, sentem-se."

"Kevin", repetiu Jack Rouse.

Kevin colocou em meu ombro a mão que apagara o sorriso do próprio rosto. Seja lá o que for que se passou entre nós durante o rápido instante em que a mão esteve em meu ombro, o fato é que não foi nada agradável, prazeroso ou inocente. Então ele balançou a cabeça, como se respondendo a uma pergunta minha, e recuou até sua cadeira.

"Angela", disse Freddy. "Poderíamos...?"

"Passar bem, Freddy." Ela juntou-se a mim e saímos para a Prince Street.

Quando nos aproximávamos do carro, estacionado na Commercial Street, a um quarteirão do apartamento de Diandra Warren, Angie disse: "Tenho umas coisas a fazer, por isso vou voltar para casa de táxi".

"Tem certeza?"

Ela olhou para mim como uma mulher que acaba de sair de uma sala cheia de mafiosos e não quer que lhe encham o saco. "E você, o que vai fazer?"

"Falar com Diandra, talvez. Quero ver se descubro mais alguma coisa sobre Moira Kenzie."

"Vai precisar de mim?"

"Negativo."

Ela olhou para trás, em direção à Prince Street. "Acho que ele está falando a verdade."

"Kevin?"

Ela fez que sim.

"Eu também", concordei. "Realmente, ele não tem motivos para mentir."

Voltando a cabeça para a Lewis Wharf, Angie fixou o olhar na luz amarela e solitária que brilhava no apartamento de Diandra Warren. "Então, qual é o papel dela nessa história toda? Se não foi Kevin quem lhe mandou a foto, quem teria sido?"

"Não tenho a menor idéia!"

"Certos detetives...", disse ela.

"Nós vamos descobrir", disse eu. "Somos muito bons nisso."

Olhei para a Prince e vi dois homens andando em nossa direção. Um era baixo, magro, vigoroso e estava de boné de tweed fino. O outro era alto, magro e provavelmente dava risada quando matava. Eles chegaram ao final da rua e pararam próximo a um Diamante dourado estacionado do outro lado, bem à nossa frente. Quando Kevin abriu a porta do passageiro para Jack, ele olhou para nós.

"Aquele sujeito", disse uma voz, "não gosta muito de você."

Voltei a cabeça e vi Pine sentado no capô do meu carro. Ele fez um ligeiro movimento com o punho, e minha carteira me atingiu o peito.

"É verdade", concordei.

Kevin dirigiu-se à porta do motorista, ainda olhando para nós, entrou no carro e então pegaram a Commercial, passaram pelo Waterfront Park e desapareceram na esquina da Atlantic Avenue.

"Senhorita Gennaro", disse Pine, inclinando-se para a frente e passando-lhe a carteira.

Angie a pegou.

"Foi uma bela performance. Parabéns."

"Obrigada."

"Mas eu não repetiria a dose."

"Não?"

"Isso seria uma estupidez."

Ela balançou a cabeça. "Sim."

"Aquele cara", continuou Pine, olhando para o lugar onde o Diamante desaparecera de vista e em seguida para mim, "vai lhe causar alguns aborrecimentos."

"Não posso fazer nada", respondi.

Ele afastou-se do capô devagar, como se fosse incapaz de um mínimo gesto desajeitado ou de um embaraçoso passo em falso.

"Se ele olhasse daquele jeito para mim, não chegaria vivo até seu carro." Ele deu de ombros. "Mas o caso não é comigo."

"Estamos acostumados com Kevin. Nós o conhecemos desde o jardim-de-infância", disse Angie.

Pine balançou a cabeça. "Vocês deviam tê-lo matado

naquela época." Ele passou entre nós, e senti uma pedra de gelo derretendo em meu peito. "Boa noite." Ele atravessou a Commercial Street, dirigiu-se à Prince, e uma brusca corrente de ar varreu a rua.

Angie tremeu dentro do casaco. "Não estou gostando nada deste caso, Patrick."

"Nem eu", falei. "Não estou gostando nem um pouco."

5

À exceção da cozinha, onde ficamos, iluminada por uma única lâmpada de neon, o apartamento de Diandra estava mergulhado numa escuridão total, pontuada aqui e ali pelas sombras maciças dos móveis. As luzes dos edifícios vizinhos se refletiam nas janelas, mas praticamente não penetravam no interior; defronte ao porto, as luzes de Charlestown projetavam no céu negro quadrados amarelos e brancos de contornos nítidos.

A noite estava relativamente amena, mas, vista do apartamento de Diandra, parecia quase glacial.

Diandra colocou uma segunda garrafa de Brooklyn Lager na mesa à minha frente, sólida como a de um açougue, depois se sentou e ficou brincando distraidamente com seu copo de vinho.

"Quer dizer então que você acredita naqueles mafiosos?", perguntou Eric.

Fiz que sim. Eu passara uns quinze minutos contando-lhes sobre nossa entrevista com Freddy Gordo, omitindo apenas o parentesco de Angie com Vincent Patriso.

"De nada lhes adiantaria mentir", respondi.

"Eles são criminosos." Eric me fitou, os olhos bem abertos. "Mentir, para eles, é uma segunda natureza."

Beberiquei um pouco de cerveja. "Isso é verdade. Mas normalmente os criminosos mentem por medo ou para se manter em posição vantajosa."

"Sim, mas..."

"E esses caras nada têm a temer de minha parte, pode acreditar. Se eles estivessem ameaçando você, doutora Warren, e eu fosse procurá-los em seu nome, a resposta deles seria: 'Tudo bem, nós a estamos ameaçando. Agora, vá cuidar de sua vida ou então acabamos com sua raça. Fim de papo'."

"Mas eles não disseram isso." Diandra balançou a cabeça, como para si mesma.

"Não. Além disso, como Kevin não é de ter namoradas, parece pouco provável que esteja envolvido no caso."

"Mas...", principiou Eric.

Levantei a mão, olhei para Diandra. "Eu devia ter perguntado isso em nosso primeiro encontro, mas nunca me passou pela cabeça que essa história poderia ser apenas um embuste. O sujeito que ligou dizendo ser Kevin... a voz dele era meio estranha?"

"Estranha? Como?"

Balancei a cabeça. "Tente lembrar."

"Era uma voz grave, um pouco rouca, acho."

"Só isso?"

Ela tomou um pequeno gole de vinho e balançou a cabeça. "Sim."

"Então não era Kevin."

"Como você...?"

"A voz de Kevin é uma coisa horrível, doutora Warren. Sempre foi, desde que ele era criança. É esganiçada como a de alguém que está entrando na puberdade."

"Não foi essa a voz que ouvi no telefone."

"Também acho."

Eric passou a mão no rosto. "Então, se não foi Kevin quem ligou, quem teria sido?"

"E por quê?", perguntou Diandra.

Olhei para ambos e levantei as mãos. "Francamente, não faço a menor idéia. Algum de vocês tem inimigos?"

Diandra fez que não com a cabeça.

"Que é que você entende por inimigos?", perguntou Eric.

"Inimigos", disse eu. "Gente que liga para você às quatro da manhã para fazer ameaças, que manda fotos de seu filho sem uma palavra de esclarecimento ou, falando em termos mais gerais, gente que quer ver você morto. Inimigos."

Ele refletiu um pouco, depois fez que não com a cabeça.

"Tem certeza?", perguntei.

Ele fez uma careta. "Tenho rivais no campo profissional, acho, e detratores, gente que discorda de mim..."

"Em que sentido?"

Ele deu um sorriso um tanto triste. "Você assistiu a minhas aulas, Patrick. Sabe que sou bastante crítico em relação às teorias de muitos especialistas e que muita gente discorda de minhas críticas. Mas não acredito que eles queiram me atacar fisicamente. Além disso, você não acha que meus inimigos procurariam me atingir, e não a Diandra e a seu filho?"

Diandra encolheu-se, baixou os olhos e tomou mais um pouco de vinho.

Dei de ombros. "É possível. Mas a gente nunca sabe." Olhei para Diandra. "Você falou que no passado teve pacientes que lhe davam medo. Teria algum deles saído recentemente da prisão ou de um hospital psiquiátrico? Alguém que guardasse rancor contra você?"

"Eu teria sido avisada." Seu olhar cruzou com o meu, e o dela era pura perplexidade e medo, um medo profundo, avassalador.

"E seus pacientes atuais? Há algum que poderia ter motivo e condições para fazer isso?"

Ela ficou bem um minuto pensando a respeito, mas finalmente sacudiu a cabeça. "Não."

"Preciso falar com seu ex-marido."

"Stan? Por quê? Não vejo motivo."

"Preciso excluir qualquer possível conexão com ele. Sinto muito que isso a incomode, mas eu seria um tonto se não o fizesse."

"Não sou obtusa, senhor Kenzie, mas garanto-lhe que Stan nada tem a ver com minha vida, e as coisas estão assim há uns vinte anos."

"Preciso saber tudo que for possível sobre as pessoas de suas relações, doutora Warren, principalmente aquelas com as quais as coisas não se passaram lá muito bem."

"Patrick", disse Eric. "E quanto à privacidade?"

Suspirei. "Foda-se a privacidade."

"O quê?"

"Você me ouviu, Eric", disse eu. "Foda-se a privacidade. A da doutora Warren, e temo que a sua também. Foi você quem me meteu nessa história, Eric, e você sabe como eu trabalho."

Ele piscou.

"Alguma coisa não me cheira bem nessa história." Fitei a escuridão do apartamento de Diandra, as vidraças banhadas de uma luz fria. "Não estou gostando nada e estou tentando esclarecer alguns detalhes para fazer meu trabalho e proteger a doutora Warren e seu filho. Para isso, preciso saber tudo sobre a vida de vocês. De vocês dois. E se vocês se recusarem a colaborar", olhei para Diandra, "eu dou o fora."

Diandra sustentou meu olhar calmamente.

"Você abandonaria uma mulher desesperada? Assim, sem mais?", perguntou Eric.

Continuei fitando Diandra. "Isso mesmo."

"Você é sempre direto assim?", perguntou Diandra.

Numa fração de segundo, um imagem perpassou minha mente: uma mulher desabando no cimento duro, o corpo todo esburacado, minhas roupas e meu rosto salpicados com seu sangue. Jenna Angeline — morta antes de chegar ao chão, numa bela manhã de verão, estando eu a um centímetro dela.

Eu disse: "Uma mulher morreu sob minhas vistas porque não fui rápido o bastante. Não quero que isso se repita".

Um leve tremor fez com que ela levasse a mão à garganta. "Quer dizer então que você acha mesmo que estou correndo sério perigo."

Balancei a cabeça. "Não sei. Mas você foi ameaçada.

Recebeu a tal foto. Alguém está tendo uma trabalheira danada para atrapalhar sua vida. Quero descobrir quem é e fazê-lo parar. Foi para isso que você me contratou. Pode ligar para Timpson e marcar um encontro comigo para amanhã?"

Ela deu de ombros. "Acho que sim."

"Ótimo. Preciso também de uma descrição de Moira Kenzie, tudo o que você puder se lembrar dela, por mais insignificante que seja."

Quando Diandra fechou os olhos por um minuto para evocar mentalmente uma imagem completa de Moira Kenzie, abri um bloco de anotações, tirei a tampa da caneta e esperei.

"Ela estava de jeans, uma camiseta preta sob uma camisa de flanela vermelha." Diandra abriu os olhos. "Era muito bonita, cabelos loiros compridos e finos com um leve tom cinza, fumava sem parar. Ela parecia realmente apavorada."

"Altura?"

"Um metro e sessenta e cinco mais ou menos."

"Peso?"

"Acho que uns cinqüenta e cinco."

"Que tipo de cigarro ela fumava?"

Ela fechou os olhos novamente. "Longos, de filtro branco. A embalagem era dourada. 'Deluxe', ou outro do mesmo tipo."

"Benson and Hedges Deluxe Ultra Lights?"

Seus olhos se abriram. "Sim."

Dei de ombros. "Minha sócia costuma fumá-los sempre que tenta reduzir a nicotina. Olhos?"

"Verdes."

"Tem uma idéia de suas origens étnicas?"

Ela bebeu um pouco de vinho. "Talvez do norte da Europa, remontando a várias gerações e provavelmente um pouco miscigenadas. Ela poderia ser irlandesa, inglesa, e até mesmo eslava. Sua pele era muito clara."

"Mais alguma coisa? Ela disse de onde era?"

"De Belmont", respondeu, num tom um tanto surpreso.

"Isso lhe parece estranho?"

"Bem... as pessoas de Belmont em geral freqüentam as melhores escolas particulares e tudo o mais."

"É verdade."

"E uma das coisas que elas perdem — quando o têm — é o sotaque de Boston. Eles podem até conservar um leve resquício dele..."

"Mas não um sotaque muito carregado."

"Exato."

"Era o caso de Moira?"

Ela fez que sim. "Não me dei conta em nenhum momento, mas agora sim, parece um pouco estranho. Não era um sotaque de Belmont, era de Revere, da parte leste de Boston ou..." Ela olhou para mim.

"De Dorchester", disse eu.

"Sim."

"Um sotaque de periferia." Fechei meu bloco de anotações.

"O que vai fazer, senhor Kenzie?"

"Vou seguir Jason. É ele que está sob ameaça. É ele que se sente 'espionado', e foi a foto dele que você recebeu."

"Sim."

"Quero que você reduza suas atividades."

"Não posso..."

"Mantenha seus horários e compromissos, mas não se demore na Bryce até que tenhamos mais informações."

Ela aquiesceu.

"Eric?", disse eu.

Ele olhou para mim.

"Você sabe usar esse seu revólver?"

"Venho treinando uma vez por semana. Tenho boa pontaria."

"Atirar em alvos vivos é um pouco diferente, Eric."

"Sei disso."

"É preciso que você se mantenha o mais perto possível da doutora Warren por alguns dias. Pode fazer isso?"

"Claro."

"Em caso de ataque, não perca tempo tentado visar a cabeça ou o coração do agressor."

"Que devo fazer então?"

"Descarregue a arma no corpo, Eric. Seis tiros podem derrubar qualquer coisa menor que um rinoceronte."

Eric pareceu decepcionado, como se o tempo perdido com o revólver no clube de tiro se tivesse revelado o exercício inútil que normalmente é. E talvez ele tivesse mesmo uma boa pontaria, mas eu duvidava que alguém que fosse atacar Diandra andasse com um alvo pregado no meio da testa.

"Eric", disse eu. "Você me acompanha até a porta?"

Ele fez que sim e nós saímos do apartamento e andamos pelo pequeno corredor até o elevador.

"Nossa amizade não pode interferir na forma como conduzo meu trabalho. Você entende isso, não?"

Ele olhou para os próprios sapatos e balançou a cabeça.

"Que tipo de relação você tem com ela?"

Nossos olhares se cruzaram, e o dele era duro. "Por quê?"

"Nada de manter a privacidade, Eric. Lembre-se disso. Preciso saber o que o motiva a agir."

Ele deu de ombros. "Nós somos amigos."

"Amigos de cama?"

Ele balançou a cabeça e deu um sorriso amargo. "Às vezes, Patrick, acho que você precisa de um certo verniz."

Dei de ombros. "Não sou pago pelas minhas boas maneiras à mesa, Eric."

"Diandra e eu nos conhecemos na Brown, quando eu trabalhava em meu doutorado e ela estava começando a pós-graduação."

Pigarreei. "Repito a pergunta: vocês têm relações íntimas?"

"Não", disse ele. "Somos apenas bons amigos. Como você e Angie."

"Então você entende por que fiz a pergunta."

Ele fez que sim.

"Ela tem relações íntimas com alguém?"

Ele balançou a cabeça. "Ela..." Eric olhou para o teto, depois para os sapatos.

"Ela o quê?"

"Ela não é sexualmente ativa, Patrick. Por opção filosófica. E isso há uns dez anos."

"Por quê?"

Seu rosto se anuviou. "Eu já lhe disse: por opção. Algumas pessoas não são dominadas pela libido, Patrick. Por mais que isso pareça estranho para gente como você."

"Tudo bem, Eric", eu disse devagar. "Você está escondendo alguma coisa de mim?"

"O quê, por exemplo?"

"Algum segredo seu muito bem guardado", disse eu. "Uma razão para que um desconhecido ameace Jason procurando atingir você."

"O que está insinuando?"

"Não insinuo nada, Eric. Faço perguntas diretas. Basta responder sim ou não, só isso."

"Não." Seu tom de voz era gélido.

"Sinto muito por ter feito essas perguntas."

"Sério?", disse ele me dando as costas e voltando ao apartamento.

6

Já era perto da meia-noite quando saí do apartamento de Diandra. Segui pelas ruas silenciosas na direção sul, acompanhando a orla. A temperatura estava lá pelos quinze graus, e eu abaixei o vidro da janela de minha lata velha para deixar a brisa fresca entrar e dissipar o ar viciado.

Depois que o último carro de nossa empresa entregou a alma a Deus numa rua escura e perdida de Roxbury, encontrei esse Crown Victoria 86 marrom-escuro num leilão da polícia, graças à dica de Devin, um tira amigo meu. O motor era uma obra de arte; você podia jogar um Crown Victoria de um edifício de trinta andares e o motor continuaria funcionando muito tempo depois de o resto do carro ter se espatifado. Gastei um bom dinheiro para trocar tudo que havia sob o capô e o equipei com os melhores pneus, mas deixei a parte interna tal qual a recebi — teto e bancos amarelados pelos charutos baratos do antigo proprietário, bancos traseiros rasgados e soltando espuma, rádio quebrado. As duas portas traseiras pareciam ter sido prensadas, tal era o estado em que se encontravam, e a pintura do porta-malas estava se soltando num círculo irregular, deixando o zarcão à mostra.

Era um horrível aleijão, mas eu tinha quase certeza de que nenhum ladrão de carros digno do nome gostaria de ser flagrado em seu volante.

Num semáforo próximo a Harbor Towers, o motor zumbia alegremente, engolindo alguns galões de gasolina por minuto, e duas jovens charmosas passaram em frente do carro. Elas pareciam trabalhar em escritório: ambas usavam saias justas mas de cor neutra e blusas sob capas de chuva amassadas. Suas meias-calças escuras desapareciam na altura dos tornozelos, escondendo-se em tênis brancos idênticos. Elas caminhavam um tanto inseguras, como se o pavimento fosse esponjoso, e o riso rápido da ruiva me pareceu um pouco exagerado.

Meu olhar cruzou com o da morena, e eu sorri o sorriso inocente de um ser humano reconhecendo outro numa noite suave e tranqüila numa cidade quase sempre agitada.

Ela retribuiu o sorriso, sua amiga soluçou ruidosamente e, quando chegaram à esquina, caíram nos braços uma da outra, morrendo de rir.

Segui em frente, entrei na rua principal, a silhueta negra do viaduto avultando acima de mim, e me peguei pensando em como eu devia ser um sujeito bem estranho, já que o sorriso de uma moça bêbada ainda conseguia levantar meu astral com tanta facilidade.

Mas aquele era um mundo estranho, em geral povoado por gente como Kevin Hurlihy, Freddy Gordo e uma mulher sobre a qual li no jornal daquele dia, que deixou os três filhos sozinhos no apartamento e saiu para uma farra de quatro dias com seu mais recente namorado. Quando as assistentes sociais entraram no apartamento, tiveram que arrancar uma das crianças do colchão, no qual ficara grudada pelas feridas devidas à longa permanência na cama. Talvez parecesse que, num mundo como aquele — numa noite em que eu estava cada vez mais apreensivo por causa de uma cliente ameaçada por razões desconhecidas, por forças ocultas cujos motivos ocultos não podiam ser boa coisa —, um sorriso de mulher não pudesse ter nenhuma importância. Mas teve.

E, se seu sorriso levantou meu astral, aquilo não foi nada em comparação com o que senti quando, ao estacionar o carro na frente do meu prédio, vi Grace sentada nos degraus da entrada. Ela estava com um casaco verde-oliva, cinco ou seis números maior que seu manequim, por cima de uma camiseta branca, e a calça azul-escura do uniforme do hospital. Normalmente as mechas de seus cabelos curtos, castanho-avermelhados, caíam-lhe no rosto, mas com certeza ela ficara passando a mão neles durante as últimas trinta horas do plantão, e seu rosto estava marcado pela falta de sono e pelas muitas xícaras de café que tomara sob a luz fria da sala de pronto-socorro.

E apesar disso ela ainda era uma das mulheres mais bonitas que eu já vira.

Enquanto eu subia os degraus, ela se levantou e ficou me olhando com um meio sorriso brincando nos lábios e um brilho malicioso nos olhos claros. Quando eu estava a uns três degraus do topo da escada, ela estendeu os braços e se inclinou para a frente como um mergulhador no alto do trampolim.

"Me pegue." Ela fechou os olhos e se deixou cair.

A pressão de seu corpo contra o meu foi tão doce que quase doeu. Ela me beijou, prendeu minha cintura com as coxas e cruzou os tornozelos por trás de minhas pernas. Eu sentia o cheiro de sua pele, o calor de sua carne e o pulsar sincrônico de cada um de nossos órgãos, músculos e artérias. Sua boca afastou-se da minha e seus lábios roçaram minha orelha.

"Senti sua falta", sussurrou ela.

"Deu pra notar." Beijei seu pescoço. "Como conseguiu escapar?"

Ela soltou um gemido. "As coisas terminaram por se acalmar."

"Faz tempo que está esperando?"

Ela fez que não com a cabeça, mordiscou minha clavícula e em seguida suas pernas deslizaram da minha cintura; ela ficou de pé na minha frente, nossas frontes coladas uma à outra.

"Onde está Mae?", perguntei.

"Em casa com Annabeth. Dormindo feito uma pedra."

Annabeth era a irmã mais nova de Grace e babá de Mae.

"Você a viu?"

"Só o tempo de ler uma história para ela dormir e dar o beijo de boa-noite. Depois ela desmaiou de sono."

"E você?" Deslizei a mão por sua coluna. "Está precisando dormir?"

Ela gemeu novamente, fez que sim com a cabeça e sua testa bateu na minha.

"Ai", fiz eu.

Ela sorriu devagar. "Desculpe."

"Você está exausta."

Ela me olhou nos olhos. "Totalmente. Mas, mais que de sono, preciso de você." Ela me beijou. "Preciso sentir você em mim, no mais fundo de mim. Você acha que pode me fazer esse favor, senhor detetive?"

"Sou uma pessoa muito prestativa, senhora doutora."

"Foi o que ouvi falar. Você vai subir comigo ou vai querer fazer um show para os vizinhos?"

"Bem..."

Sua mão pousou em meu abdome. "Diga-me onde está doendo."

"Um pouco mais embaixo", respondi.

Quando fechei a porta do apartamento atrás de mim, Grace me encostou na parede e enfiou a língua em minha boca. Sua mão esquerda agarrava minha cabeça por trás, mas a direita percorria meu corpo como um animalzinho faminto. Sou um sujeito que está o tempo todo a fim, mas, se não tivesse parado de fumar há muito tempo, Grace teria me mandado direto para a UTI.

"Pelo visto, a dama resolveu assumir o comando esta noite", comentei.

"A dama está com tanto fogo", disse ela beliscando não muito de leve meu ombro, "que vai ser preciso usar a mangueira de incêndio."

"Este cavalheiro vai ter prazer em servi-la."

Ela deu um passo para trás e olhou para mim enquanto tirava o casaco, jogando-o em seguida em algum canto da sala. Grace não era lá muito organizada. Depois, beijou minha boca quase brutalmente, deu meia-volta e entrou no corredor.

"Aonde você está indo?" Minha voz estava um pouquinho rouca.

"Tomar um banho."

Ela tirou a camiseta quando chegou à porta do banheiro. Um pequeno raio de luz, vindo do exterior, incidiu sobre os músculos rijos de suas costas. Ela pendurou a camiseta na maçaneta e voltou-se para olhar para mim, braços cruzados sobre os seios nus.

"Você não vai se mexer?", disse ela.

"Estou apreciando a vista", respondi.

Ela descruzou os braços e passou as mãos pelos cabelos, inclinando-se um pouco para trás, as costelas aparecendo sob a pele. Seus olhos cruzaram os meus novamente, enquanto ela de desvencilhava dos tênis e das meias. Ela passou as mãos pelo abdome e desatou o cordão da calça. Esta caiu até os tornozelos, e Grace também a descartou.

"Está começando a recuperar os sentidos?", disse ela.

"Ah, sim."

Ela se encostou no batente da porta e enfiou os dedos na tira de elástico de sua calcinha preta. Quando caminhei em sua direção ela arqueou uma sobrancelha, dando um risinho diabólico.

"O senhor faria o obséquio de me ajudar a tirar isso, senhor detetive?"

Eu ajudei. E como ajudei. Sou bom nessa história de ajudar.

De repente, quando Grace e eu estávamos fazendo amor sob o chuveiro, me ocorreu que ela sempre me faz pensar em água. Nós nos conhecemos durante a semana mais úmida de um verão frio e chuvoso; seus olhos verdes eram tão claros que me lembravam a chuva de inverno, e a primeira vez que fizemos amor foi no mar, com a chuva da noite caindo sobre nossos corpos.

Depois do banho, deitamos na cama ainda molhados, seus cabelos castanho-avermelhados parecendo mais escuros contra meu peito, o eco de nossos gemidos ainda ecoando em meus ouvidos.

Ela tinha uma cicatriz do tamanho de uma tachinha na clavícula, o preço que pagara, quando criança, por brincar no celeiro de seu tio, onde havia pregos expostos. Inclinei-me e beijei a cicatriz.

"Humm", gemeu ela. "Faça de novo."

Passei a língua na cicatriz.

Ela passou a perna por cima de mim, roçou o lado do pé em meu tornozelo. "Você acha que uma cicatriz pode ser excitante?"

"Acho que tudo pode ser excitante."

Sua mão tépida tocou meu abdome, deslizou pelo duro tecido cicatricial em forma de água-viva. "E esta aqui?"

"Nessa aí não há nada de excitante, Grace."

"Você sempre desconversa quando falo nela. Não há dúvida de que é algum tipo de queimadura."

"O que você é? Médica?"

Ela riu. "Parece." Ela passou a mão entre minhas coxas. "Diga-me onde dói, senhor detetive."

Tentei sorrir, mas duvido que o resultado tenha sido satisfatório.

Ela ergueu o corpo apoiando-se no cotovelo e olhou para mim por um longo tempo. "Você não precisa me contar", disse ela num tom suave.

Levantei a mão esquerda, afastei uma mecha de cabelo que lhe caía na fronte com as costas dos dedos e deixei que eles deslizassem molemente por seu rosto, pela suave tepidez de seu pescoço, depois pela curva suave e firme de seu seio direito. Toquei de leve no mamilo, girando a mão, erguendo-a novamente para o rosto, e puxei Grace para cima de mim. Abracei-a com tanta força por um instante que ouvi nossos corações batendo em nossos peitos como granizo caindo num balde de água.

"Meu pai me queimou com um ferro de passar para me ensinar uma lição", disse eu.

"Ensinar o quê?"

"A não brincar com fogo."

"O quê?"

Dei de ombros. "Talvez só para mostrar que tinha poder para fazer isso. Ele era o pai, eu era o filho. Ele queria me queimar, podia me queimar."

Grace levantou a cabeça e seus olhos se encheram de lágrimas. Ela enfiou os dedos em meus cabelos, e seus olhos, agora bem abertos e vermelhos, buscaram os meus. O beijo que então me deu foi vigoroso, quase dolorido, como se estivesse tentando sugar minha dor.

Quando ela afastou o rosto, ele estava molhado.

"Ele já morreu, não é?"

"Meu pai?"

Ela fez que sim.

"Ah, sim. Ele morreu, Grace."

"Ótimo", disse ela.

Fazer amor com ela mais uma vez, alguns minutos depois, foi uma das experiências mais belas e desconcertantes de toda a minha vida. Nossas mãos e nossos braços se juntaram e, ao longo de todo o meu corpo, senti minha carne e meus ossos colados contra os dela. Então suas coxas se ergueram até meus quadris e ela me puxou para si, deslizou as pernas pelas costas das minhas, cruzando os calcanhares atrás de meus joelhos e fazendo que me sentisse totalmente envolvido, como se nossa carne e nosso sangue tivessem se fundido.

Ela soltou um grito, e eu senti como se ele tivesse saído das minhas próprias cordas vocais.

"Grace", sussurrei, perdendo-me dentro dela. "Grace."

* * *

Quase dormindo, seus lábios roçaram minha orelha.

"Boa noite", disse ela com voz de sono.

"Boa noite."

Sua língua deslizou por minha orelha, quente e elétrica.

"Eu te amo", murmurou ela.

Quando abri os olhos para fitá-la, ela estava dormindo.

Eram seis horas da manhã quando acordei com o barulho do chuveiro. Meus lençóis guardavam a lembrança de seu perfume, de sua carne e um vago odor de desinfetante de hospital; nosso suor e as marcas do amor impregnavam o tecido como se lá estivessem há um milênio.

Fui encontrá-la na porta do banheiro e ela ficou encostada em mim enquanto penteava os cabelos.

Minha mão deslizou por baixo da toalha e nela recolhi as gotas de água que escorriam por suas coxas.

"Nem pense nisso, Patrick." Ela me beijou. "Preciso ver minha filha e voltar para o hospital; depois da noite passada, tenho que agradecer por ainda conseguir andar. Agora, vá tomar banho."

Tomei banho sozinho, enquanto Grace pegava roupas limpas numa gaveta destinada — de comum acordo — a ela, e me peguei esperando pelo desconforto que sempre sinto depois que uma mulher passa mais de, digamos, uma hora em minha cama. Mas não senti.

"Eu te amo", ela dissera antes de dormir.

Que estranho.

Quando voltei para o quarto, ela estava tirando os lençóis da cama. Vestira uma calça jeans preta e uma blusa oxford azul-escura.

Aproximei-me de Grace por trás, quando ela se inclinou sobre os travesseiros.

"Patrick, se tocar em mim eu mato você", disse ela.

Retirei as mãos imediatamente.

Ela sorriu enquanto se voltava, com os lençóis nas mãos. "Lavanderia. Isso significa alguma coisa para você?"

"Vagamente."

Ela deixou cair a pilha de roupas num canto. "Será que posso esperar que você arrume a cama com lençóis limpos, ou vamos ter que dormir num colchão nu da próxima vez que eu vier aqui?"

"Farei todo o possível, madame."

Ela passou os braços em volta do meu pescoço e me beijou. Depois me acarinhou sofregamente, e eu fiz o mesmo.

"Uma pessoa ligou quando você estava no banho." Ela reclinou o corpo em meus braços.

"Quem? Ainda não são sete da manhã."

"Foi o que pensei. Ele não disse o nome."

"O que ele falou?"

"Ele sabia meu nome."

"O quê?" Tirei as mãos de sua cintura.

"Era irlandês. Achei que podia ser um tio seu, por exemplo."

Neguei com a cabeça. "Eu não tenho contato com meus tios."

"Por que não?"

"Porque são irmãos de meu pai e não são muito diferentes dele."

"Oh."

"Grace", segurei-lhe a mão e sentei a seu lado na cama, "o que esse sujeito irlandês disse?"

"Ele disse: 'Você deve ser a encantadora Grace. Prazer em conhecê-la'." Ela contemplou por um instante a pilha de lençóis. "Quando falei que você estava no banho, ele disse: 'Bem, diga-lhe apenas que liguei e que a qualquer hora dessas vou lhe fazer uma visita', e desligou antes que eu pudesse perguntar seu nome."

"Só isso?"

Ela fez que sim. "Por quê?"

Dei de ombros. "Não sei. Pouca gente liga para mim antes das sete, e quando ligam normalmente dizem o nome."

"Patrick, quantos amigos seus sabem que estamos namorando?"

"Angie, Devin, Richie e Sherilynn, Oscar e Bubba."

"Bubba?"

"Você o conheceu. Um cara corpulento, está sempre de capa..."

"O louco furioso?", perguntou ela. "O cara que parece ser capaz de um dia entrar numa Seven-Eleven e matar todo mundo só porque a máquina de refresco está quebrada?"

"Ele mesmo. Você o conheceu na..."

"Naquela festa no mês passado. Eu me lembro." Ela estremeceu.

"Ele é inofensivo, Grace."

"Talvez para você. Meu Deus."

Puxei seu queixo em minha direção. "Não só para mim, Grace. Para qualquer um que eu preze. Nesse ponto, Bubba dá mostras de uma lealdade que beira a loucura."

Suas mãos afastaram os cabelos molhados de minhas têmporas. "Mas de qualquer forma é um psicopata. Pessoas como Bubba enchem o pronto-socorro com novas vítimas."

"Certo."

"Por isso, não quero que ele chegue perto de minha filha, entendeu?"

Há um olhar que os pais dão quando estão protegendo os filhos que é mais animal que humano. Ele sinaliza um perigo palpável. Não é algo que se possa ponderar e, embora tenha origem no fundo do coração, não conhece piedade.

O olhar de Grace era exatamente aquele.

"Entendido", disse eu.

Ela beijou minha testa. "Mas isso não esclarece quem é o tal irlandês que telefonou."

"Não. Ele falou mais alguma coisa?"

"'Em breve'", disse ela levantando-se. "Onde deixei meu casaco?"

"Na sala", respondi. "Que você quis dizer com esse 'em breve'?"

Ela parou a caminho da porta, voltou-se e olhou para mim. "Quando disse que ia lhe fazer uma visita, ele parou por alguns segundos e então falou: 'Em breve'."

Grace saiu do quarto, e ouvi um leve rangido das tábuas do soalho na sala quando ela a atravessou.

Em breve.

7

Logo depois que Grace saiu, Diandra telefonou. Stan Timpson iria fazer o favor de falar comigo por telefone, durante cinco minutos, a partir das onze horas.

"Cinco minutos completos?", ironizei.

"Para Stan isso já é muito. Eu lhe dei seu número. Ele vai ligar para você às onze em ponto. Stanley é pontual."

Ela me deu o horário das aulas de Jason daquela semana e o número de seu quarto no alojamento estudantil. Anotei tudo, observando que o medo tornava sua voz trêmula, apenas audível. Antes de desligar, ela disse: "Estou tão nervosa. Odeio isso".

"Não se preocupe, doutora Warren. Tudo vai dar certo."

"Será?"

Liguei para Angie e atenderam no segundo toque. Antes de ouvir sua voz, houve um barulho, como se o fone estivesse sendo passado de uma mão para outra, e então ouvi-a sussurrar: "Já peguei, tá?".

Sua voz estava rouca, bêbada de sono. "Alô."

"Bom dia."

"Ahn, ahn", disse ela. "É você." Ouvi um novo ruído do outro lado, o frufru de lençóis sendo empurrados, o ranger de uma mola de cama. "Que é que há, Patrick?"

Fiz um resumo de minha conversa com Diandra e Eric.

"Quer dizer então que não foi mesmo Kevin quem ligou para ela." Sua voz ainda estava arrastada. "Isso não faz o menor sentido."

"Não. Você tem uma caneta aí?"

"Em algum lugar. Deixe-me procurar."

Ouvi os mesmos ruídos de antes e concluí que ela largara o fone na cama enquanto procurava uma caneta. A cozinha de Angie é limpa porque ela nunca a usa, e seu banheiro brilha porque ela odeia sujeira, mas o quarto dá sempre a impressão de que ela acabou de desfazer as malas em meio a um vendaval. Meias e roupas de baixo derramam-se de gavetas abertas, calças jeans, blusas e leggings limpos espalham-se pelo chão ou pendem de maçanetas ou das colunas de sua cama. Desde que a conheço, Angie nunca vestiu a primeira roupa que pensou em usar no começo da manhã. Em meio a essa bagunça, livros e revistas, com lombadas dobradas ou arrebentadas, atulham o soalho.

Bicicletas já tinham sido perdidas no quarto de Angie, e agora ela estava procurando uma caneta.

Depois de ela ter revirado um monte de gavetas e de ter mexido em moedas e brincos em criados-mudos, uma voz disse: "O que você está procurando?".

"Uma caneta."

"Aqui tem uma."

Ela voltou à linha. "Achei a caneta."

"Pegou papel também?"

"Que merda."

Nisso ela levou mais um minuto.

"Pode falar", disse ela.

Passei-lhe o horário das aulas de Jason Warren e o número de seu quarto no alojamento da universidade. Ela deveria segui-lo, enquanto eu esperava o telefonema de Stan Timpson.

"Entendido", disse ela. "Diabo, tenho que me mexer."

Olhei meu relógio. "A primeira aula só começa às dez e meia. Você está com tempo."

"Não, tenho um encontro às nove e meia."

"Com quem?"

Sua respiração estava levemente ofegante, e percebi

que ela estava vestindo uma calça jeans. "Com meu advogado. A gente se encontra na Bryce, quando você chegar lá."

Depois que ela desligou, fiquei contemplando a avenida lá embaixo. O tempo estava tão claro que eu tinha a impressão de avistar um cânion: o bulevar lembrava um rio gelado entre duas fileiras de edifícios com fachadas de tijolos aparentes. Os pára-brisas, batidos pelo sol, pareciam opacos.

Um advogado? Às vezes, na embriaguez daqueles três últimos meses passados com Grace, eu lembrava, com uma certa surpresa, que minha sócia também vivia sua vida. Separada da minha. Sua vida com seus advogados, dificuldades, pequenos dramas e homens que lhe passavam canetas em seu quarto às oito e meia da manhã.

Então, quem seria esse advogado? E quem era o sujeito que lhe passara a caneta? E por que tinha que me preocupar com isso?

E que diabos significava aquele "em breve"?

Eu tinha uns noventa minutos para matar antes do telefonema de Timpson, e depois de muito me esforçar para isso ainda me restava mais de uma hora. Fui à geladeira procurar alguma coisa que não fosse cerveja ou soda e não achei nada. Desci a pé até a avenida para tomar um café na loja de conveniência.

Levei o copinho para a rua e fiquei encostado num poste de iluminação por alguns minutos, apreciando o dia e bebericando meu café, enquanto o trânsito rolava ali adiante e os pedestres passavam por mim a caminho da estação do metrô no final da Crescent Road.

O cheiro de cerveja choca e de uísque envelhecido em tonéis chegava até mim, vindo do bar The Black Emerald Tavern. O Black Emerald abria às oito para o pessoal que trabalhava de madrugada; agora, perto das dez, o clima era igual ao de sexta-feira à noite, uma mistura de vozes arrastadas, confusas, pontuada de tempos em tempos por um berro ou pelo ruído seco de um taco chocando-se contra um triângulo de bolas de bilhar.

"Olá, desconhecido."

Voltei-me e olhei para o rosto de uma jovem de sorriso vago, hesitante. Estava com a mão levantada, protegendo os olhos da luz do sol. Levei um minuto para reconhecê-la porque o cabelo e as roupas eram diferentes, e até a voz estava mais grave que na última vez que eu a ouvira, embora continuasse leve, aérea, dando a impressão de que iria desvanecer-se no vento, sem dar tempo para as palavras se formarem.

"Oi, Kara. Quando você voltou?"

Ela deu de ombros. "Faz um tempinho. Como vai, Patrick?"

"Bem."

Quando Kara girou para me olhar, o sorriso iluminando o lado esquerdo do rosto, ela logo me pareceu familiar novamente.

Ela fora uma menina feliz, mas solitária. Passava os recreios a rabiscar e a desenhar num caderno, enquanto as outras crianças jogavam bola. Depois, na adolescência, quando passou a freqüentar um local com vista para o Blake Yard — sua turma ocupava o lugar que a minha havia deixado dez anos antes —, ela costumava ficar sentada, sozinha, recostada nas grades ou na coluna de uma varanda, tomando um copo de vinho e olhando as ruas como se as tivesse vendo pela primeira vez. Não obstante, não era desprezada nem considerada esquisita, porque era bonita — duas vezes mais bonita que qualquer outra jovem; ora, nesse bairro se dá um valor muito maior à verdadeira beleza que a qualquer outro bem, por ser considerada mais improvável que uma inesperada entrada de dinheiro.

Todos perceberam, desde que ela começou a andar, que não iria ficar no bairro. Ele nunca conseguia manter as beldades, e a partida de Kara estava inscrita em seus olhos como uma mancha na íris. Quando a gente falava com Kara, uma parte dela — a cabeça, os braços ou suas pernas inquietas — era incapaz de ficar em repouso, como se já estivesse indo embora, como se já se orientasse para aquele outro lugar que ela antevia.

Embora seus amigos vissem nela uma exceção, mais ou menos a cada cinco anos aparecia no bairro uma nova versão de Kara. Na minha época, foi Angie. Tanto quanto sei, a única que contrariou a lógica derrotista do bairro, permanecendo nele.

Antes de Angie houve Eileen Mack, que embarcou num trem ainda vestida com a beca de formatura, para aparecer alguns anos mais tarde em *Starsky e Hutch*. Em vinte e seis minutos, ela conhecia Starsky, dormia com ele, obtinha a aprovação de Hutch (apesar de algumas hesitações iniciais) e aceitava a surpreendente proposta de casamento de Starsky. Depois do intervalo comercial, ela era encontrada morta, Starsky entrava em ação, descobria o assassino e, com uma expressão feroz e vingativa, o matava, e o episódio terminava com ele na chuva, ao lado do túmulo da amada — e a audiência percebia que ele nunca se recuperaria da tragédia.

No episódio seguinte ele já estava com outra namorada, e Eileen nunca mais foi vista ou mencionada por Starsky, por Hutch, nem por ninguém das vizinhanças.

Kara partira para Nova York depois de um ano na Universidade de Massachusetts, e eu nunca mais tinha ouvido falar dela. Angie e eu a vimos entrando no ônibus uma tarde, quando saíamos do Tom English's. Era pleno verão, e Kara estava do outro lado da avenida, no ponto do ônibus. Seus cabelos ainda não tingidos, de um loiro dourado, caíram-lhe sobre os olhos quando ela ajustou a alça de seu vestido frente única. Kara acenou para nós, nós respondemos, ela pegou a mala, o ônibus parou e a levou embora.

Agora seus cabelos estavam curtos, eriçados, pretíssimos, e a pele, branca feito cal. Usava um suéter preto sem mangas, de gola rulê, metido na calça jeans grafite coberta de motivos pintados, e cada frase sua era pontuada pela respiração ofegante, que soava quase como um soluço.

"Lindo dia, não?", disse ela.

"É mesmo. Em outubro passado, a essa altura já estava nevando."

"Em Nova York também." Ele deu um risinho, balançou a cabeça e olhou para suas botas gastas. "Hum-hum, é isso."

Tomei mais um gole de café. "E como vão as coisas, Kara?"

Ela pôs as mãos nos olhos novamente e ficou prestando atenção no trânsito, um tanto emperrado àquela hora da manhã. Os pára-brisas refletiam a luz forte do sol, e esta se insinuava por sua franja.

"Vão indo, Patrick. Vão bem. E você?"

"Não tenho do que me queixar." Olhei para a avenida e, quando voltei o rosto, ela estava olhando meu rosto atentamente, como se estivesse tentando descobrir se ele a agradava ou a desgostava.

Kara oscilava ligeiramente para um lado e para o outro, num movimento quase imperceptível, e, pela porta aberta do Black Emerald, ouvi dois sujeitos gritando alguma coisa sobre cinco dólares e um jogo de beisebol.

"Você ainda é detetive?"

"Ahn-ahn."

"E isso dá dinheiro?"

"Às vezes", respondi.

"No ano passado mamãe falou de você numa carta. Disse que você estava em todos os jornais. Incrível."

Surpreendeu-me saber que a mãe de Kara era capaz de largar a garrafa de uísque por tempo suficiente para ler um jornal e, mais improvável ainda, contar por escrito o que tinha lido.

"Ora, os jornais estavam meio sem assunto naquela semana", falei.

Ela olhou para o bar, passando o dedo acima da orelha como se para ajeitar uma mecha de cabelo que na verdade não existia.

"Quanto você cobra?"

"Depende do caso. Está precisando de um detetive, Kara?"

Seus lábios me pareceram muito finos, dando uma estranha impressão de abandono, como se ela tivesse fechado os olhos enquanto beijava e, ao abri-los, o amado já tivesse partido. "Não", ela sorriu, depois soluçou. "Logo vou me mudar para Los Angeles. Arranjei um papel na série *Days of our lives.*"

"É mesmo? Puxa, meus parab..."

"É só uma ponta", ela me interrompeu balançando a cabeça. "Sou a enfermeira que fica o tempo todo remexendo papéis atrás da enfermeira encarregada da recepção."

"Já é um começo", comentei.

Um homem pôs a cabeça para fora do bar, olhou para a direita, depois para a esquerda, fitou-nos com olhos turvos. Era Micky Doog, operário da construção civil em meio período, traficante de cocaína em tempo integral e ex-galã local da geração de Kara, esforçando-se ainda por parecer jovem, apesar da calvície em franca expansão e dos músculos cada vez mais flácidos. Ele piscou os olhos quanto me viu e então pôs a cabeça para dentro.

Os ombros de Kara se crisparam, como se ela tivesse adivinhado a presença do outro. Quando se inclinou em minha direção, senti o cheiro acre de rum em seu hálito, já às dez horas da manhã.

"Que mundo louco, hein?" Suas pupilas brilhavam como navalhas.

"Pois é...", eu disse. "Precisa de ajuda, Kara?"

Ela riu novamente, depois soluçou.

"Não, não. Não, eu só queria dar um oi, Patrick. Você foi como um irmão mais velho para nossa turma." Ela inclinou a cabeça em direção ao bar, para me mostrar aonde alguns caras daquela "turma" tinham ido parar naquela manhã. "Como lhe disse, eu só queria dar um oi."

Balancei a cabeça, percebendo os leves tremores que percorriam a pele de seus braços. Ela continuou olhando para o meu rosto como se fosse descobrir alguma coisa nele; nada tendo descoberto, desviou os olhos e voltou a olhar para mim daí a um segundo. Ela lembrava uma criança pobre no meio de outras com dinheiro de sobra junto do carrinho de sorvete, vendo casquinhas e guloseimas de chocolate passando por cima de sua cabeça e indo para outras mãos, dividida entre a certeza de que jamais ganharia nada daquilo e a esperança de que o homem do sorvete lhe desse um por engano ou por dó. Consumindo-se por dentro, presa daquele desejo.

Puxei minha carteira e tirei um cartão de visita.

Ela franziu o cenho, depois olhou para mim. Seu meio sorriso era sarcástico e um tanto feio.

"Eu estou bem, Patrick."

"Você já está meio alta às dez da manhã, Kara."

Ela deu de ombros. "Em algum lugar do mundo é meio-dia."

"Mas aqui não."

Micky Doog pôs a cabeça na porta novamente. Ele olhou diretamente para mim e seus olhos já não estavam tão turvos, sem dúvida estimulados pelo efeito da cocaína ou de outra droga qualquer que ele andava vendendo.

"Ei, Kara, você vai voltar para cá?"

Ela fez um pequeno movimento de ombros, e o suor de sua mão umedecia pouco a pouco meu cartão. "Estou indo, Mick."

Mick parecia prestes a dizer mais alguma coisa, mas apenas tamborilou na porta, fez um sinal com a cabeça e desapareceu no interior do bar.

Kara olhou para a avenida e ficou contemplando os carros por um bom tempo.

"Quando a gente sai de um lugar", disse ela, "pensa que na volta ele vai parecer menor." Ela balançou a cabeça e suspirou.

"E não é assim?"

Ela balançou a cabeça. "Continua a mesma merda."

Kara recuou alguns passos, batendo meu cartão no quadril, e abriu bem os olhos. Então me fitou e girou os ombros de forma calculada. "Te cuida, Patrick."

"Você também, Kara."

Ela levantou meu cartão. "Claro, ainda mais agora que estou com este cartão, não é?"

Ela o enfiou no bolso de trás da calça jeans e voltou-se para a porta do Black Emerald. Então parou, voltou-se e sorriu para mim. Era um sorriso largo, radiante, mas seu rosto parecia desacostumado a ele e as faces estavam um pouco trêmulas.

"Tenha cuidado, Patrick, certo?"

"Cuidado com o quê?"

"Com tudo, Patrick. Tudo."

Dei-lhe um sorriso interrogativo. Ela balançou a cabeça como se partilhássemos um segredo, então entrou no bar e não a vi mais.

8

Mesmo antes de ele próprio entrar em campo, meu pai sempre foi muito ativo na política local. Era desses que carregam bandeira e batem de porta em porta, e os pára-choques das várias Chevys que tivemos quando eu era criança viviam cobertos de adesivos que mostravam sua opção partidária. Para meu pai, política nada tinha a ver com mudança social, e ele não dava a mínima para o que a maioria dos políticos prometia publicamente; eram as relações particulares que o moviam. A política era como uma bela casa na árvore e, se você subisse nela com os meninos mais espertos da vizinhança, podia recolher a escada e deixar os cretinos lá embaixo.

Ele apoiara Stan Timpson quando este, recém-saído da faculdade de direito e recém-admitido no gabinete do procurador, concorrera nas eleições para vereador. Afinal de contas, Timpson era do bairro, um cara que estava subindo e, se as coisas corressem bem, logo seria a pessoa a quem telefonar quando a rua precisasse de algum reparo, os vizinhos barulhentos estivessem incomodando ou um primo estivesse pleiteando o seguro-desemprego.

Eu tinha uma vaga lembrança de Timpson à época de minha infância, mas não conseguia distinguir bem aquele Timpson da figura que vira na televisão. Então, quando sua voz soou em meu telefone, ela parecia estranhamente imaterial, como se fosse uma gravação.

"Pat Kenzie?", disse ele em tom caloroso.

"Patrick, senhor Timpson."

"Como vai, Patrick?"

"Vou bem. E o senhor?"

"Ótimo. Não podia estar melhor." Ele riu animadamente, como se tivesse contado uma piada cujo sentido não entendi. "Diandra me falou que você quer me fazer umas perguntas."

"Sim, quero."

"Então diga, meu filho."

Timpson era só uns dez ou doze anos mais velho que eu. Eu não entendia como podia me chamar de *filho*.

"Diandra lhe falou sobre a foto de Jason que ela recebeu?"

"Claro que sim, Patrick. E devo confessar que a coisa me parece meio estranha."

"Sim, bem..."

"Pessoalmente, acho que alguém está lhe pregando uma peça."

"Uma peça elaborada demais."

"Ela me disse que você descartou o pessoal da máfia."

"Por enquanto, sim."

"Bem, não sei o que lhe dizer, Pat."

"Seu escritório está trabalhando em algum caso que pudesse motivar alguém a ameaçar sua ex-mulher e seu filho?"

"Isso é coisa de cinema, Pat."

"Patrick."

"O que quero dizer é que em Bogotá eles vão atrás do promotor para vinganças pessoais. Não em Boston. Vamos, meu filho... é o melhor que você pode fazer?" Mais uma risada entusiástica.

"A vida de seu filho pode estar em perigo e..."

"Proteja-o, Patrick."

"Estou tentando. Mas não vou poder fazer isso se..."

"Sabe o que acho que é? Vou lhe falar com franqueza: é um daqueles malucos de Diandra. O cara esqueceu de tomar o Prozac e resolveu assustá-la. Dê uma olhada na lista dos pacientes dela, filho. É o que eu sugiro."

"Se o senhor pelo menos..."

"Pat, escute. Estou separado de Diandra há quase vinte anos. Quando ela me ligou ontem à noite, já fazia seis anos que eu não ouvia sua voz. Ninguém sabe que um dia fomos casados. Ninguém sabe de Jason. Na última campanha eleitoral, a gente estava esperando que explorassem o caso, mostrando que abandonei minha primeira mulher e meu filho ainda bebê, que não mantenho nenhum contato. Dá para imaginar, não é, Pat? Mas não levantaram a lebre. Uma campanha política nojenta, num município nojento, e a coisa não aflorou. Ninguém sabe da relação entre mim, Diandra e Jason."

"E quanto a...?"

"Foi um prazer falar com você, Pat. Diga a seu pai que Stan Timpson mandou lembranças. Sinto saudades do velho. Onde ele anda atualmente?"

"No cemitério Cedar Grove."

"Arrumou um emprego de zelador, não é? Bem, tenho que desligar. Cuide-se, Patrick."

"Esse garoto é ainda mais depravado do que você era, Patrick", disse Angie.

"Que é isso!"

Estávamos seguindo Jason Warren havia apenas quatro dias e já tínhamos a impressão de estar espionando um jovem Don Juan. Diandra insistira para que não deixássemos o rapaz perceber que estava sendo vigiado, aludindo ao orgulho de macho do filho, impermeável a qualquer tentativa de interferência em sua vida, e a seu "extraordinário" senso de privacidade.

Até eu procuraria ser discreto, se minha média fosse três mulheres em três dias.

"O cara conquistou o tri", disse eu.

"O quê?", perguntou Angie.

"O rapaz fez sua terceira conquista consecutiva na quarta-feira. Com isso ele se sagrou tricampeão."

"Os homens são uns porcos."
"Isso é verdade."
"Pare de sorrir feito um idiota."

Se andavam rondando Jason, o mais provável é que se tratasse de uma jovem inconformada em ser apenas mais uma numa série infindável de conquistas. Mas nós o vigiamos quase ininterruptamente por oitenta horas e vimos que ninguém mais o seguia. E não era difícil encontrá-lo. Jason passava os dias assistindo às aulas, sempre dava um jeito de dar uma trepadinha em seu dormitório na hora do almoço (o que certamente ele negociara com seu companheiro de quarto, um sujeito do Oregon que organizava rodinhas de maconha todas as noites, às sete horas, quando Jason estava ausente), ficava estudando no gramado até o pôr-do-sol, comia no restaurante self-service sempre na companhia de mulheres, nunca de homens, e à noite fazia a ronda dos bares próximos da Bryce.

As mulheres com quem dormia — pelo menos as três que víramos — pareciam saber umas das outras e não sentir ciúmes. E todas seguiam o mesmo modelito. Usavam roupas da moda, em geral pretas, com rasgões que lhes davam um toque ainda mais "estiloso". Usavam bijuterias de um mau gosto que — levando em conta os carros que dirigiam e a qualidade do couro de suas botas, casacos e mochilas — era perfeitamente calculado. Uma coisa tão brega que chega a ser chique — uma cutucada pós-moderna num mundo que não entende nada de nada. Ou alguma coisa do tipo. Nenhuma tinha namorado.

Elas estudavam artes e ciências humanas. Gabrielle fazia o curso de literatura. Lauren estudava história da arte, mas passava a maior parte do tempo tocando guitarra numa banda ska/punk/speed metal só de mulheres, que parecia ter levado muito a sério Courtney Love e Kim Deal. E Jade — baixinha, magra e muito dada a palavrões — era pintora.

Nenhuma das três parecia chegada a um banho. Para mim isso seria um problema, mas, pelo visto, para Jason não era. Ele também não gostava muito de água. Nunca fui particularmente conservador em meus gostos no que se refere às mulheres, mas tenho dois princípios dos quais não abro mão: o primeiro diz respeito à higiene, o segundo ao uso de piercing no clitóris. Isso certamente faz com que eu seja um desmancha-prazeres para a tribo grunge.

Ao contrário do que acontecia com Jason. Pelo que eu vira, ele era o gostosão do campus. Na quarta-feira, saiu da cama de Jade e os dois foram a um bar chamado Harper's Ferry, onde encontraram Gabrielle. Jade ficou no bar, enquanto Jason e Gabrielle foram para o BMW dela. Lá eles fizeram sexo oral, espetáculo a que tive a infelicidade de assistir. Quando eles voltaram ao bar, Gabrielle e Jade foram para o banheiro das mulheres, onde, segundo Angie, se puseram a trocar figurinhas e a fazer comparações.

"Parece que o dele é grosso feito uma jibóia", disse Angie.

"Tamanho não é documento..."

"De tanto repetir, você vai terminar acreditando nisso, Patrick."

As duas mulheres e seu garotão foram para o bar TT the Bear's Place, no Central Square, onde Lauren e sua banda, na maior desafinação, tentaram imitar a banda Hole. Depois do show, Jason foi embora com Lauren. Entraram no quarto dela, acenderam incensos e ficaram trepando feito coelhos a noite toda, ao som de álbuns antigos de Patti Smith.

Na segunda noite, num bar em North Harvard, dei um encontrão nele quando estava saindo do banheiro. Preocupado em localizar Angie no meio da multidão, só me dei conta da presença de Jason quando meu peito bateu em seu ombro.

"Procurando alguém?"

"Como?", disse eu.

Um brilho insolente, mas sem malícia, animava seus

olhos verdes, ainda mais claros pelo efeito da luz que vinha do palco.

"Perguntei se está procurando alguém." Jason acendeu um cigarro e tirou-o da boca com a mesma mão com que segurava o copo de uísque.

"Minha namorada", respondi. "Desculpa o encontrão que dei em você."

"Não tem importância", disse ele elevando a voz para se fazer ouvir em meio aos riffs da guitarra. "Você parecia meio perdido, só isso. Boa sorte."

"Como?"

"Boa sorte", gritou ele em meu ouvido. "Para encontrar sua garota ou seja lá o que for."

"Obrigado."

Abri caminho por entre a multidão. Ele voltou para junto de Jade e disse-lhe alguma coisa ao ouvido, fazendo-a sorrir.

"No começo até que foi divertido", disse Angie no quarto dia.

"O quê?"

"O voyeurismo."

"Não critique o voyeurismo. Sem ele, a cultura americana não existiria."

"Não estou criticando", disse ela. "Mas está ficando meio chato assistir a esse garoto trepar com qualquer coisa que se mexa, sabe?"

Fiz que sim.

"Eles parecem muito solitários."

"Quem?"

"Todos eles. Jason, Gabrielle, Jade, Lauren."

"Solitários. Humm... Bom, pelo visto eles estão conseguindo enganar muito bem o resto do mundo."

"Você também fez isso por muito tempo, Patrick. Você também."

"Ora, ora", resmunguei.

* * *

No fim do quarto dia, dividimos as tarefas. Para um rapaz que freqüentava tantas mulheres e tantos bares ao longo do dia, ele até que era um cara bastante organizado. Dava para prever, quase com precisão de minutos, onde ele estaria em determinado horário. Naquela noite, fui para casa, e Angie ficou vigiando o quarto de Jason.

Ela ligou quando eu estava preparando o jantar e disse que, ao que tudo indicava, Jason passaria a noite em seu quarto, na companhia de Gabrielle. Angie ia aproveitar para tirar um cochilo e na manhã seguinte acompanharia Jason até a sala de aula.

Depois do jantar, fiquei na varanda olhando a avenida enquanto a noite se adensava e esfriava. A temperatura não estava simplesmente em declínio. Ela caía vertiginosamente. A lua parecia soltar emanações de gelo seco, e o ar tinha aquele cheiro de depois de uma partida de futebol noturna da turma do colegial. Um vento cortante varria a avenida, abria caminho por entre as árvores e corroía as bordas ressecadas das folhas.

Saí da varanda quando o telefone tocou. Era Devin.

"Qual é o problema?", perguntei.

"Como assim?"

"Você não ia ligar só para bater papo, Dev. Você não é disso."

"Quem sabe estou numa nova fase."

"Negativo."

Ele resmungou. "Tudo bem. Precisamos conversar."

"Por quê?"

"Porque acabaram de matar uma moça em Meeting House Hill que estava sem documento de identidade, e eu gostaria de saber quem é ela."

"E o que eu tenho a ver com isso?"

"Talvez nada. Mas ela estava com seu cartão de visita na mão quando morreu."

"Meu cartão?"

"Sim, o seu. Meeting House Hill. A gente se vê dentro de dez minutos."

Ele desligou e fiquei com o fone no ouvido, escutando até ouvir novamente o sinal de discar. Continuei ouvindo o sinal, esperando que ele me dissesse que a moça de Meeting House Hill não era Kara Rider, que ele me dissesse alguma coisa. Qualquer coisa.

9

Quando cheguei em Meeting House Hill, a temperatura caíra para pouco mais de zero grau. Era um frio seco, sem um sopro de vento, do tipo que gela os ossos e enche o sangue de cristais de gelo.

Meeting House Hill é a linha divisória que marca o final de meu bairro e o começo de Field's Corner. Mais além, as ruas se elevam em aclives tão íngremes que se torna difícil subir por elas de carro nas noites geladas. No alto, as ruas convergem e formam uma grade de cimento e asfalto de onde se eleva uma espécie de terreno baldio, numa área tão desolada que se poderia jogar um míssil em seu centro e ninguém iria notar, a menos que atingisse um bar ou posto de distribuição de cupons de alimentação.

O sino de St. Peter tocou uma vez quando Devin veio ao meu encontro no carro. Nós dois subimos a colina penosamente. O som do sino era oco, soando com um júbilo um tanto deslocado numa noite fria, num canto que fora esquecido por algum deus. O solo começava a endurecer e tufos de relva seca rangiam sob nossos pés.

Eu conseguia ver apenas algumas silhuetas sob o poste de iluminação no alto da colina. Voltei-me para Devin. "Você trouxe todo o efetivo da polícia para esse caso, Dev?"

Ele olhou para mim, com a cabeça enfiada na gola do casaco. "Você preferiria que a gente armasse um grande circo para a imprensa? Que tivéssemos aqui um bando de jornalistas, de urubus e de principiantes pisoteando os vestígios do crime?" Ele olhou para as três fileiras de edifícios baixos que sobranceavam a colina. "O que é bom nesses homicídios na periferia é que todo mundo está cagando e andando, portanto ninguém vem atrapalhar."

"Todo mundo está cagando e andando, Devin, portanto ninguém vai lhe dizer nada."

"Aí está o lado ruim da coisa, claro."

O primeiro policial que reconheci foi seu parceiro, Oscar Lee, o sujeito mais largo que conheci. Perto dele, William Perry, o jogador de futebol tipo geladeira, iria parecer anoréxico e Michael Jordan não passaria de um anão. Até Bubba parece franzino ao lado de Oscar. Ele usava um gorro de malha azul na cabeça negra do tamanho de um toldo de circo e fumava um charuto que exalava um cheiro semelhante ao de uma praia depois de uma maré negra.

Ele se voltou quando nos aproximamos. "Que diabo Kenzie está fazendo aqui, Devin?"

Oscar. Meu amigo certo nas horas incertas.

Devin disse: "O cartão, lembra-se?".

"Quer dizer que você é capaz de identificar a moça, Kenzie."

"Se eu puder vê-la, Oscar. Talvez."

Oscar deu de ombros. "Com certeza a aparência dela já foi melhor."

Ele se afastou um pouco para que eu pudesse ver o corpo estendido sob o poste de iluminação.

Ela estava só de calcinha, uma peça azul-clara de cetim. Seu corpo inchara por causa do frio, do rigor cadavérico ou por algum outro motivo. Os cabelos, jogados para trás, descobriam-lhe a fronte, e os olhos e a boca estavam abertos. Seus lábios estavam azuis de frio e ela parecia estar fitando algo por sobre meus ombros. As pernas e os braços finos estavam abertos, e placas de sangue escuro — solidificado pelo frio — tinham se formado na base da garganta, nas palmas das mãos voltadas para o céu e nas plantas dos pés. Pequenos discos de metal brilhavam no centro das duas palmas e dos dois tornozelos.

Era Kara Rider.

Ela fora crucificada.

"Pregos ordinários", disse Devin mais tarde, quando nos encontrávamos no The Black Emerald Tavern. "Os mais comuns. Apenas dois terços das casas desta cidade os têm. São os mais usados pelos carpinteiros."

"Carpinteiros", disse Oscar.

"Isso mesmo", disse Devin. "O assassino é um carpinteiro. Ficou puto com a história de Cristo e resolveu vingar o herói de seu ofício."

"Você está anotando isso?", perguntou-me Oscar.

Tínhamos vindo para o bar à procura de Micky Doog, a última pessoa que eu vira em companhia de Kara, mas ele desaparecera desde o começo da tarde. Devin pegou o endereço dele com Gerry Glynn, o proprietário, e mandou alguns agentes até lá, mas a mãe de Micky não tinha notícias dele desde a véspera.

"Alguns deles estavam por aqui esta manhã", disse-nos Gerry. "Kara, Micky, John Buccierri, Michelle Rourke, uma parte do pessoal que costumava andar junto alguns anos atrás."

"Eles saíram juntos?"

Gerry fez que sim. "Eu estava acabando de chegar quando eles foram embora. Todos chapados, e ainda não era uma da tarde. Mas essa Kara é uma boa menina."

"Era", disse Oscar. "Era uma boa menina."

Eram quase duas da manhã e estávamos embriagados.

O cachorro de Gerry, Patton, um enorme pastor alemão de pêlo preto e castanho, estava deitado no balcão do bar a uns três metros de nós e nos olhava como se se perguntasse se era o caso de confiscar as chaves de nossos carros. Finalmente ele bocejou, e uma língua que lembrava uma grande fatia de bacon saiu de sua boca, enquanto ele desviava os olhos de nós com o que parecia um desinteresse calculado.

Depois da chegada do legista, eu ficara ao relento e exposto à friagem por mais duas horas, enquanto o corpo de Kara era colocado na ambulância e levado para o necrotério, o pessoal da polícia técnica vasculhava a área em busca de vestígios e Devin e Oscar iam de porta em porta, nas casas fronteiras ao parque, para ver se alguém tinha ouvido alguma coisa. Não era de estranhar que ninguém tivesse ouvido nada, já que mulheres gritavam naquelas redondezas todas as noites. A reação era a mesma que se tem ao alarme de um carro: quando a gente ouve muitas vezes, termina por não prestar atenção nele.

As fibras de roupas que Oscar viu nos dentes de Kara e a ausência de sangue no fundo dos buracos dos pregos na terra gelada, sob os pés e as mãos da vítima, conduziram à seguinte conclusão: ela fora morta em outro lugar, depois de o assassino ter enfiado um lenço ou um pedaço de pano em sua boca. Em seguida, ele fez um corte em sua garganta com um estilete ou um furador de gelo bem afiado para paralisar sua laringe, ficando então livre para vê-la morrer em decorrência do sério trauma, de um ataque do coração ou da lenta sufocação no próprio sangue. Por algum motivo desconhecido, o assassino levou o corpo para Meeting House Hill e crucificou Kara no solo gelado e endurecido.

"Esse sujeito é um amor", disse Devin.

"Provavelmente ele precisa de carinho", completou Oscar. "Isso o faria entrar no bom caminho."

"No fundo, não é um mau sujeito", disse Devin.

"Você está muito calado", disse Oscar olhando para mim.

Desde que vi o corpo, eu tinha falado muito pouco. Ao contrário de Oscar e de Devin, não consigo ser profissional quando me deparo com uma morte violenta. Já vi muita coisa, mas nada que se possa comparar, ainda que remotamente, com o que aqueles dois viram.

"Isso foi demais para mim. Não consigo segurar essa barra."

"Consegue, sim" disse Devin. "Claro que consegue."

"Beba mais", disse Oscar, fazendo um movimento com a cabeça em direção a Gerry Glynn. Gerry é dono do Black Emerald desde a época em que era policial e, embora costume fechar à uma da manhã, as portas de seu bar continuam abertas para "os homens" quando estão em serviço. Ele nos serviu antes que Oscar terminasse seu gesto, e já voltara para a outra ponta do balcão antes que nos déssemos conta de que estivera por perto. A definição de um bom barman.

"Crucificada", repeti pela vigésima vez naquela noite, quando Devin colocou mais uma caneca de cerveja em minha mão.

"Acho que estamos todos de acordo quanto a isso, Patrick."

"Devin", disse eu tentando fitá-lo, irritado porque ele não parava quieto. "Essa moça não tinha nem vinte e dois anos. Eu a conheço desde que ela era bebê."

O olhar de Devin permaneceu impassível e vazio. Olhei para Oscar. Ele mascava um charuto apagado, fumado pela metade; olhou para mim como se eu fosse um móvel que ele ainda não decidira onde colocar.

"Puta que pariu", eu disse.

"Patrick", disse Devin. "Patrick, está me ouvindo?"

Voltei-me para ele. Por um breve instante sua cabeça parou de se mexer. "O quê?"

"Sim, ela tinha vinte e dois anos. Uma criança. E se tivesse quarenta ou cinqüenta não faria nenhuma diferença. Morte é morte e homicídio é homicídio. Não torne as coisas piores ficando com pena da moça por causa de sua idade, Patrick. Ela foi assassinada. De forma cruel. Não há como negar. Mas..." Ele se encostou no balcão e fechou um olho. "Parceiro, o que era esse meu *mas*?"

"Mas", disse Oscar, "não importa se era homem ou mulher, rico ou pobre, jovem ou velho..."

"Preto ou branco", disse Devin.

"... preto ou branco", continuou Oscar, lançando um olhar duro a Devin. "O fato é que ela foi assassinada, Kenzie. E de forma cruel."

Eu o fitei. "Você já tinha visto uma coisa assim?"

Ele deu um risinho. "Vi coisa muito pior, Kenzie."

Voltei-me para Devin. "E você?"

"Sim, porra." Ele bebeu um pouco. "É um mundo violento, Patrick. As pessoas gostam de matar. Isso..."

"... dá a elas uma sensação de poder", completou Oscar.

"Exatamente", disse Devin. "Alguma coisa nesse troço faz com que você se sinta muitíssimo bem. A sensação de poder." Ele deu de ombros. "Mas por que estamos lhe dizendo isso? Você sabe muitíssimo bem como é."

"Que história é essa?"

"Kenzie, todo mundo sabe que você matou Marion Socia no ano passado. E que você andou ajustando contas com dois delinqüentes no conjunto habitacional de Melnea Cass."

"Ah, e por que vocês não me meteram no xadrez?"

"Patrick, Patrick, Patrick", disse Devin, com uma voz ligeiramente pastosa. "Se dependesse de nós, você ganharia uma medalha pela história de Socia. Foda-se ele. Por mim, que se foda bonitinho. Mas...", disse ele fechando um olho novamente, "você não vai me dizer que alguma parte de você não sentiu um imenso prazer em ver a luz dos olhos dele se apagar quando lhe mandou um balaço na cabeça."

"Sem comentários", falei.

"Kenzie", disse Oscar. "Você sabe que Devin tem razão. Está bêbado, mas tem razão. Você pegou aquele merda, olhou-o nos olhos e acabou com a raça dele." Ele imitou uma pistola com o polegar e indicador, apertou-a em minha têmpora. "Pam. Pam. Pam." Ele afastou a mão. "Fim de Marion Socia. É para um sujeito se sentir Deus por um dia, não?"

O que senti quando matei Marion Socia sob um elevado, enquanto as carretas faziam vibrar a armação metálica sobre nossas cabeças, foi o maior turbilhão de emoções conflitantes que experimentei em minha vida. E eu não estava nem um pouco disposto a rememorá-las num bar, junto com dois detetives da divisão de homicídios, ainda mais quando eu já estava alto. Talvez eu seja um paranóico.

Devin sorriu. "Matar uma pessoa dá uma sensação muito boa, Patrick. Não adianta tentar se enganar."

Gerry Glynn aproximou-se. "Mais uma rodada, rapazes?"

Devin fez que sim. "Ei, Ger."

Gerry parou a meio caminho da outra ponta do balcão.

"Você matou alguém quando estava na polícia?"

Gerry pareceu um tanto embaraçado, como se já estivesse cansado de ouvir aquela pergunta. "Nunca cheguei nem a apertar o gatilho."

"Não acredito", disse Oscar.

Gerry sacudiu os ombros, os olhos doces em franco contraste com a violência da função que exercera durante vinte anos. Ele coçou a barriga de Patton distraidamente. "Naquela época as coisas eram diferentes. Você se lembra, Dev."

Devin balançou a cabeça. "As coisas eram diferentes."

Gerry abriu a torneira para encher minha caneca de cerveja. "Realmente, muito diferentes."

"Um mundo diferente", disse Devin.

Gerry trouxe as bebidas. "Gostaria de poder ajudá-los, rapazes."

Olhei para Devin. "Alguém já falou com a mãe de Kara?"

Ele fez que sim. "Ela estava dormindo na cozinha, depois de ter enchido a cara. Eles a acordaram e lhe contaram. Alguém está lá com ela agora."

"Kenzie", disse Oscar. "Vamos dar uma prensa nesse Micky Doog. Se foi um outro maluco, uma gangue, seja lá o que for, vamos pegar todos eles. Dentro de algumas horas todo mundo estará acordado e vamos passar de casa em casa. Com certeza alguém viu alguma coisa. E vamos pegar o filho-da-puta, dar uma boa prensa nele até ele afrouxar. Isso não trará a moça de volta, claro, mas talvez a gente tenha a sensação de falar por ela."

Eu disse: "Sim, mas...".

Devin inclinou-se para mim. "O sacana que fez isso vai dançar, Patrick. Pode acreditar."

Era só o que eu queria. Sinceramente.

Pouco antes de sairmos, quando Devin e Oscar estavam no banheiro, levantei os olhos do balcão manchado e vi Gerry e Patton me fitando. Naqueles quatro anos que Patton estava com Gerry, nunca o ouvira nem ao menos latir, mas bastava olhar para os olhos calmos do cão para querer evitá-lo. O olhar do animal certamente tinha quarenta expressões diferentes para Gerry, que variavam do amor à simpatia, mas para os outros só tinha uma: pura ameaça.

Gerry coçou atrás das orelhas de Patton. "Crucificação."

Balancei a cabeça.

"Quantas vezes você acha que isso aconteceu nesta cidade, Patrick?"

Dei de ombros, pois já me sentia sem condições de dizer qualquer coisa.

"Talvez poucas vezes", disse Gerry, depois baixou o olhar quando Patton lambeu sua mão e Devin voltava para o salão.

Naquela noite sonhei com Kara Rider.

Eu estava andando numa plantação de repolhos cheia de vacas Black Angus e cabeças humanas cujos rostos eu não reconhecia. Na distância, a cidade ardia, e eu via a silhueta de meu pai no alto de uma escada de bombeiro, regando o incêndio com gasolina.

O fogo já saía dos limites da cidade, aproximando-se da plantação de repolhos. À minha volta, as cabeças humanas começaram a falar, primeiro numa fala engrolada, incompreensível, mas logo consegui distinguir uma ou outra frase.

"Está cheirando a fumaça", dizia uma delas.

"Você sempre diz isso", disse uma vaca. Ela regurgitou o que tinha no estômago em cima de uma folha de repolho, quando um bezerro natimorto caiu entre suas pernas e ficou estendido junto de seus cascos.

Eu ouvia Kara gritando de algum canto da plantação, enquanto o ar ia ficando escuro e viscoso, e a fumaça irritava meus olhos. Kara gritava meu nome, mas eu não conseguia distinguir os repolhos das cabeças humanas. As vacas se inclinavam sob as golfadas de vento, a fumaça me envolvia. Logo os gritos de Kara cessaram, e eu me senti aliviado quando as chamas começaram a lamber minhas pernas. Então me sentei no meio da plantação para recuperar o fôlego e olhar o mundo se incendiar à minha volta, enquanto as vacas pastavam, balançando-se para a frente e para trás, recusando-se a fugir.

Acordei com a sensação de estar sufocando e o cheiro de carne queimada ainda nas narinas. Fiquei olhando o lençol tremer sobre meu coração disparado e jurei nunca mais ir beber com Oscar e Devin.

10

Eu caíra na cama às quatro da manhã, fora acordado pelo sonho estilo Salvador Dalí lá pelas sete horas e só consegui dormir de novo por volta das oito.

O que não significou nada para Lyle Dimmick e seu amigo, Waylon Jennings.* Exatamente às nove horas, Waylon começou a berrar contra uma mulher que o maltratara, e o rangido de uma rabeca caipira chegou até minha janela e fez vibrar meu cérebro.

Lyle Dimmick era um pintor de paredes sempre queimado de sol que viera de Odessa, Texas, por causa de uma mulher. Ele a encontrou, ele a perdeu, teve-a de volta, perdeu-a novamente quando ela fugiu para Odessa com um sujeito que ela conheceu num bar das vizinhanças, um encanador irlandês que de repente meteu na cabeça que, no fundo, no fundo, sempre fora um vaqueiro.

Ed Donnegan era dono de quase todos os pequenos prédios residenciais do quarteirão, exceto o meu, e todo ano providenciava para que fossem pintados; e a cada vez, fizesse chuva, sol ou neve, ele só contratava um pintor para todo o período em que se estendia o trabalho.

Lyle usava um chapelão, um lenço vermelho em volta do pescoço e óculos escuros panorâmicos que cobriam metade de sua cara mirrada e cheia de rugas. Eram óculos do tipo usado pelos caras da cidade e constituíam a única concessão que ele fazia a um horroroso mundo de

* Cantor de música country. (N. T.)

ianques que não apreciavam os três grandes presentes de Deus para a humanidade — Jack Daniel's, o cavalo e, naturalmente, Waylon.

Enfiei a cabeça entre a persiana e a tela da janela e o vi de costas para mim enquanto pintava o prédio vizinho. A música era tão alta que ele nunca iria me ouvir, por isso fechei a janela, depois fui aos tropeções fechar as outras janelas, reduzindo a gritaria de Waylon a apenas mais uma vozinha ressoando em meu cérebro. Em seguida arrasteime de novo para a cama, fechei os olhos e rezei para ter um pouco de sossego.

Mas aquilo nada significou para Angie.

Ela me acordou pouco depois das dez, fazendo a maior barulheira no apartamento, preparando café, abrindo janelas e dando as boas-vindas a mais um dia frio de outono e mexendo na geladeira, enquanto Waylon, Merle ou Hank Jr. atravessavam a janela e invadiam meu quarto.

Como aquilo não conseguiu me tirar da cama, ela abriu a porta do quarto e disse: "Levante-se".

"Vá embora." Puxei o lençol e cobri a cabeça.

"Levante-se, menino. Estou ficando aborrecida. Agora."

Joguei um travesseiro em sua direção. Ela se esquivou, ele passou por cima de sua cabeça e terminou por quebrar alguma coisa na cozinha.

Ela disse: "Você não gostava mesmo daqueles pratos, não é?".

Levantei-me, enrolei o lençol em volta da cintura para cobrir meu short fosforescente de lutador de boxe de Marvin, o Marciano, e fui para a cozinha aos tropeções.

Angie estava de pé no meio da cozinha, segurando uma xícara de café com as duas mãos. No chão e na pia havia cacos de pratos quebrados.

"Café?", ela perguntou.

Encontrei uma vassoura e comecei a dar um jeito naquela bagunça. Angie pôs sua xícara na mesa e se abaixou na minha frente, segurando uma pá de lixo.

"Você ainda não entendeu muito bem o que significa sono, não é?"

"As pessoas dão importância demais a ele." Ela catou uns cacos de vidro e jogou-os na lata de lixo.

"Como você sabe? Você nunca experimentou."

"Patrick", ela jogou mais um punhado de vidro no lixo, "não tenho culpa se você ficou bebendo até tarde com seus amiguinhos."

Meus amiguinhos.

"Como você sabe que eu estava bebendo com alguém?"

Ela jogou os últimos cacos de vidro no lixo e ficou de pé. "Porque sua pele está com um tom esverdeado que nunca vi antes. Além disso, hoje de manhã tinha uma mensagem de um sujeito totalmente bêbado na minha secretária eletrônica."

"Ahn." Agora que ela estava falando me lembrei vagamente de um orelhão e de uma ligação a certa altura da noite. "E o que dizia a mensagem?"

Ela tirou o bule de café da mesa e se encostou na máquina de lavar roupa. "Alguma coisa do tipo: 'Onde você está? São três da manhã, aconteceu um troço fodido, a gente precisa conversar'. O resto eu não consegui entender, porque a certa altura você resolveu falar em suaíle."

Levei a pá, a lata de lixo e a vassoura para a área de serviço e me servi de café. "Então, onde você estava às três da manhã?", perguntei.

"Agora você é meu pai?" Ela franziu o cenho e beliscou minha cintura um pouco acima do lençol. "Você está começando a ficar com pneuzinhos."

Estendi a mão para pegar o leite. "Não tenho pneuzinhos."

"E sabe por quê? Porque você continua a tomar cerveja como se ainda estivesse com os colegas do ginásio."

Lancei-lhe um olhar duro, pus mais um pouco de leite em meu café. "Você não vai responder à minha pergunta?"

"Sobre onde eu andava ontem à noite?"

"Sim."

Ela tomou um pouco de café, olhou para mim por cima da xícara. "Negativo. Mas acordei me sentindo ótima e com um sorriso enorme no rosto. Enorme."

"Do tamanho desse que você está dando agora?"

"Maior ainda."

"Humm."

Ela se debruçou sobre a máquina de lavar. "Imagino que quando você me ligou de cara cheia às três da manhã não foi só para se inteirar de minha vida sexual. Que está havendo?" Ela acendeu um cigarro.

"Você se lembra de Kara Rider?"

"Sim."

"Alguém a matou ontem à noite."

"Não", disse ela arregalando os olhos.

"Sim." Com todo aquele leite, meu café estava com gosto de mamadeira. "Foi crucificada em Meeting House Hill."

Ela fechou os olhos por um instante, depois os abriu. Fitou o cigarro como se este fosse lhe dizer alguma coisa. "Tem idéia de quem fez isso?"

"Ninguém foi visto desfilando por Meeting House Hill e cantarolando 'Ah, como é bom, como é bom crucificar mulheres', se é isso o que você quer saber." Derramei meu café na pia.

Com toda a calma, ela disse: "Você já descarregou toda a bílis por hoje?".

Enchi minha xícara de café novamente. "Ainda não sei. Ainda é cedo." Dei uma volta pela cozinha e ela se afastou da máquina de lavar e se pôs na minha frente.

Vi o corpo magro de Kara jazendo na noite fria, inchado e exposto, os olhos vazios.

"Outro dia topei com ela na porta do Black Emerald. Tive a impressão de que ela estava com algum problema ou coisa assim, mas deixei pra lá. Tirei o corpo fora, entendeu?"

"E daí?", disse ela. "Você acha que tem alguma culpa?"

Sacudi os ombros.

"Não, Patrick." Ela passou a mão tépida no lado de meu pescoço, obrigando-me a fitá-la. "Entendeu?"

Ninguém devia morrer como Kara morreu.

"Entendeu?", insistiu ela.

"Sim", respondi. "Acho que sim."

"Não tem essa de achar." Ela afastou a mão, tirou um envelope branco da bolsa e o passou para mim. "Isto estava colado na porta." Ela apontou para uma pequena caixa de papelão em cima da mesa da cozinha. "E aquilo estava no chão."

Moro no terceiro andar, num apartamento onde as portas têm ferrolhos, onde tenho sempre duas armas escondidas em algum lugar, mas o que mais desencoraja possíveis assaltantes são as duas portas de entrada do edifício. Tanto a de dentro como a de fora, feitas de carvalho alemão maciço, são reforçadas com armações de metal. A parte envidraçada da primeira está ligada a um alarme, e meu senhorio instalou um total de seis fechaduras, em que se usam três chaves diferentes. Eu tenho um chaveiro com as três. Angie tem outro. A mulher do senhorio, que mora no térreo porque não suporta a presença de seu digníssimo esposo, também tem um. E Stanis, meu senhorio pirado — com medo de que a qualquer hora um comando de bolcheviques nos ataque — tem dois.

Em suma, meu prédio é tão seguro que eu não conseguia imaginar alguém colando um envelope com fita adesiva na minha porta, ou colocando uma caixa no chão na frente dela, sem disparar imediatamente nove ou dez alarmes, acordando cinco quarteirões.

O envelope era simples, branco, do tipo usado nos correios, com as palavras *patrick kenzie* datilografadas no centro. Sem endereço, nem selo, nem remetente. Eu o abri, tirei uma folha de papel e desdobrei-a. Não havia cabeçalho, nem data, nem saudação, nem assinatura. No meio da página estava escrito apenas:

OLÁ!

Nada mais.

Passei o papel a Angie. Ela o olhou, virou a folha para ver o verso, virou novamente. "Olá", leu em voz alta.

"Olá", repeti.

"Não", disse ela. "Acho que a gente deve dizer 'olá!' como uma menina à beira de um ataque de riso."

Tentei fazer o que ela sugeriu.

"Sofrível", comentou.

OLÁ!

"Você não acha que foi a Grace?", perguntou Angie se servindo de café.

"Tenho certeza que não. Ela não fala 'olá' desse jeito, pode acreditar."

"Então, quem poderia ser?"

Eu não tinha a menor idéia. Era uma mensagem tão inócua e ao mesmo tempo tão estranha. "Quem quer que tenha sido, é um mestre na arte da concisão."

"Ou então tem um vocabulário muito limitado."

Joguei a folha de papel na mesa, tirei a fita adesiva colada em volta da caixa e a abri, enquanto Angie olhava por cima de meu ombro.

"Que diabo é isso?", disse ela.

A caixa estava cheia de adesivos de pára-choques. Tirei um punhado deles e sobraram mais dois tantos.

Angie enfiou a mão e tirou mais alguns.

"Que coisa estranha...", falei.

Angie estava com a testa franzida e um meio sorriso nos lábios.

Nós os levamos para a sala e os espalhamos no chão, criando uma mistura colorida de pretos, vermelhos, azuis e tons irisados brilhantes. Contemplando aquele monte de adesivos, a gente tinha a impressão de se encontrar num universo cheio de rabugice, conceitos ocos e busca desesperada e tola de uma fórmula chocante:

CARINHO SIM, DROGA NÃO; SOU A FAVOR DA ESCOLHA E VOTO; AME SUA MÃE; NÃO SE PODE RECUSAR UMA CRIANÇA; ADORO ENGARRAFAMENTOS; SE NÃO GOSTA DE COMO DIRIJO, DISQUE 0800-

BEBA-MIJO; BRAÇOS SÃO PARA ABRAÇAR; SE EU SOU UMA TARTARUGA, SUA MULHER É UMA LESMA; VOTE EM TED KENNEDY E JOGUE UMA LOIRA NA ÁGUA; SE QUISER MEU REVÓLVER, É SÓ TOMÁ-LO DE MEU CADÁVER; PERDOAREI JANE FONDA QUANDO OS JUDEUS PERDOAREM HITLER; SE VOCÊ É CONTRA O ABORTO, NÃO O FAÇA; PAZ; É TEMPO DE PÔR EM PRÁTICA; ABAIXO OS YUPPIES; MEU CARMA É MAIS FORTE QUE SEU DOGMA; MEU CHEFE É UM CARPINTEIRO JUDEU; OS POLÍTICOS PREFEREM SEUS SERVOS DESARMADOS; ESQUECER O VIETNÃ? NUNCA; PENSE GLOBALMENTE, AJA LOCALMENTE; SE VOCÊ É RICO E BONITO, BUZINE; O ÓDIO NÃO É UM VALOR FAMILIAR; ESTOU GASTANDO A HERANÇA DE MEU FILHO; DROGAS? TÔ FORA; MINHA MULHER FUGIU COM MEU MELHOR AMIGO: VOU SENTIR MUITO A FALTA DELE; MERGULHADORES VÃO FUNDO; EU PREFERIA ESTAR PESCANDO; NÃO GOSTA DA POLÍCIA? DA PRÓXIMA VEZ QUE TIVER UM PROBLEMA, CHAME UM LIBERAL; FODA-SE; MEU FILHO É O PRIMEIRO DA CLASSE NA ESCOLA PRIMÁRIA ST. CATHERINE; MEU FILHO ESPANCA TEU PRIMEIRO DA CLASSE; TENHA UM BOM DIA, BABACA; LIBERTEM O TIBETE; LIBERTEM MANDELA; LIBERTEM O HAITI; AJUDEM A SOMÁLIA; CRISTÃOS NÃO SÃO PERFEITOS, APENAS PERDOADOS...

... e mais outros tantos.

De tanto olhar aquilo, tentando descobrir um sentido para aquela miríade de mensagens diferentes, fiquei com dor de cabeça. Eu tinha a impressão de examinar a tomografia de um esquizofrênico, onde cada personalidade tentava suplantar as outras na base do grito.

"Que loucura", disse Angie.

"É, acho que o termo é esse."

"Você consegue ver um ponto comum nessa tralha toda?"

"Além de serem todos adesivos de pára-choques?"

"Isso me parece evidente, Patrick."

"Então, não. Não estou entendendo nada."

"Nem eu."

"Vou pensar sobre isso no banho."

"Boa idéia", disse Angie. "Você está cheirando a pano de chão de botequim."

Com os olhos fechados debaixo do chuveiro, vi Kara de pé na calçada e senti o cheiro de cerveja choca que vinha do bar atrás dela, vi Kara observando o movimento dos carros na Dorchester Avenue e dizendo que tudo continuava a mesma merda.

"Te cuida", ela dissera.

Saí do chuveiro e me enxuguei, vi seu corpo sem cor, crucificado, pregado na terra gelada de uma colina.

Angie estava certa. Eu não tinha culpa. A gente não pode salvar uma pessoa, e muito menos se ela não pediu para ser salva. Cada um vai pela vida aos trambolhões, e na maioria das vezes estamos sós. Eu não devia nada a Kara.

Mas ninguém devia morrer daquele jeito, sussurrava uma voz.

Na cozinha, liguei para Richie Colgan, um velho amigo meu, colunista de *The Trib*. Como sempre, ele estava ocupado, a voz apressada, distante, as palavras se encavalando: "PrazeremteouvirPatrick. Qualéoproblema?"

"Muito ocupado?"

"Hum, hum."

"Você podia checar uma coisa para mim?"

"Claro."

"Assassinato por crucificação. Quantos houve nesta cidade?"

"Desde...?"

"Desde?"

"Desde quando?"

"Digamos, nos últimos vinte e cinco anos."

"Vá a uma biblioteca."

"Ahn?"

"Biblioteca. Já ouviu falar?"

"Sim."

"Tenho cara de biblioteca?"

"Quando pego uma informação numa biblioteca, não costumo lhe pagar uma Michelob."

"Heineken."

"Claro."

"Entãotudobem. Ligodaquiapouco." E desligou.

Quando voltei para a sala, o OLÁ! estava na mesinha de centro, os adesivos em duas pilhas bem-feitas embaixo e Angie vendo televisão. Eu estava com uma calça jeans e uma camisa de algodão e entrei na sala enxugando os cabelos com a toalha.

"Está vendo o quê?"

"CNN", disse ela, olhando para o jornal pousado em seu colo.

"Está acontecendo alguma coisa interessante em nosso mundo hoje?"

Ela sacudiu os ombros. "Um terremoto na Índia matou mais de nove mil pessoas, e um cara na Califórnia metralhou os colegas de trabalho. Saldo: sete mortos."

"Trabalhava nos correios?"

"Não, num escritório de contabilidade."

"É o que acontece quando contadores se põem a brincar com armas automáticas", falei.

"Isso mesmo."

"Alguma outra notícia boa desse tipo?"

"A certa altura, interromperam o programa para informar que Liz Taylor vai se divorciar novamente."

"Que bom."

"Bem... qual é seu plano?"

"Continuar seguindo Jason, talvez dar uma passada no escritório de Eric Gault, para ver se ele pode nos dizer alguma coisa."

"E continuamos partindo do princípio de que nem Jack Rouse nem Kevin enviaram a foto."

"Sim."

"Com isso, sobram quantos suspeitos?" Ela se levantou.

"Qual é a população desta cidade?"

"Não sei. Na cidade mesmo, seiscentas mil pessoas, por alto; em toda a região metropolitana, uns quatro milhões."

"O que dá entre seiscentos mil e quatro milhões de suspeitos", disse eu. "Menos nós dois. Por alto."

"Obrigada por reduzir nosso campo de investigação, Skid. Você é o máximo."

11

No primeiro e segundo andares do McIrwin Hall ficavam as faculdades de sociologia, psicologia e criminologia da Bryce, inclusive a sala de Eric Gault. No primeiro andar havia salas de aula. Numa delas, naquele momento, estava Jason Warren. Segundo o catálogo dos cursos da Bryce, o curso a que ele estava assistindo, "O Inferno como um Constructo Sociológico", explorava os "motivos políticos e sociais por trás da criação masculina de uma Terra de Punição, desde os sumérios e acádios até o Direito Cristão na América". Investigamos todos os professores de Jason e descobrimos que Ingrid Uver-Kett fora expulsa havia pouco tempo da seção local da organização feminista NOW, por defender idéias tão radicais que, comparadas a elas, as de Andrea Dworkin pareciam moderadas. Suas aulas duravam três horas e meia seguidas, duas vezes por semana. Uver-Kett vinha de carro, de Portland, no Maine, às segundas e quintas, para dar as aulas e, pelo visto, passava o resto do tempo escrevendo cartas furiosas a Rush Limbaugh, um radialista antifeminista.

Angie e eu concluímos que Uver-Kett estava ocupada demais em fazer mal a si mesma para ter tempo de ameaçar Jason, por isso a excluímos da lista de suspeitos.

Uma alameda pavimentada dava acesso ao McIrwin Hall, um edifício branco de estilo georgiano que avultava em meio a um bosque de bétulas e de bordos de um vermelho agressivo. Vimos Jason desaparecer numa multidão de estudantes que saíam pela porta principal. Ouvimos barulho de passos, assobios, e de repente um súbito e quase completo silêncio.

Tomamos café e voltamos para encontrar Eric. Àquela altura, apenas uma caneta esquecida ao pé da escada dava algum sinal de que passara alguém por ali naquela manhã.

O hall cheirava a amônia, a desinfetante de pinho e a duzentos anos de transpiração intelectual, conhecimento buscado e conhecimento adquirido e grandes idéias concebidas sob a luz do sol, coada através das vidraças.

Havia um balcão de recepção à direita, mas ninguém para atender. Imagino que na Bryce se parte do princípio de que todos já conhecem seu caminho.

Angie tirou sua camisa jeans, depois sacudiu a fralda da camiseta para eliminar a eletricidade estática. "Só esse clima já me dá vontade de fazer um curso aqui", disse eu.

"Mas para isso você não podia ter levado bomba em geometria no colegial."

"Ora", resmunguei.

Subimos uma escadaria curva de mogno, sob os olhares de ex-diretores da Bryce, cujos retratos ornavam as paredes. Todos com fisionomias austeras, rostos carregados, trazendo a marca de toda a genialidade que tinham em seus cérebros. A sala de Eric ficava no fim do corredor. Batemos uma vez e ouvimos um "Pode entrar" abafado, através da grossa parede de vidro.

O rabo-de-cavalo longo e grisalho de Eric caía sobre o casaco de lã azul e marrom na altura do ombro direito. Sob o casaco ele usava uma camisa denim oxford e uma gravata azul-marinho com um motivo pintado à mão: uma foquinha com olhos súplices olhando para nós.

Enquanto me sentava, lancei um olhar interrogativo para a gravata.

"Pode me condenar por ser escravo da moda", disse Eric. Ele se recostou na cadeira e fez um gesto em direção à janela. "Que tempo, hein?"

"Que tempo", concordei.

Ele soltou um suspiro e esfregou os olhos. "Então, como vai Jason?"

"A vida dele é muito movimentada", disse Angie.

"Ele era um menino muito retraído, pode acreditar", disse Eric. "Muito dócil, nunca causou problemas a Diandra, mas introvertido desde sempre."

"Mas agora não", falei.

Eric aquiesceu. "Desde que chegou aqui, ele desabrochou. Os jovens que, no curso secundário, não gostam de esportes nem cultivam a moda em geral encontram seu rumo na universidade e se soltam um pouco."

"Jason se soltou um bocado", disse eu.

"Ele me parece solitário", disse Angie.

Eric concordou. "Eu percebi isso. O fato de o pai ter ido embora quando ele era tão pequeno explica algumas coisas, mas de qualquer forma sempre houve essa... distância. Eu gostaria de poder explicar isso. Se a gente o vê com seu..."

Eric sorriu.

"... harém, quando ele não sabe que está sendo observado, ele parece uma pessoa totalmente diferente do menino tímido que sempre conheci."

"O que Diandra pensa disso?", perguntei.

"Ela não percebe. Jason é muito ligado a ela. Quando ele quer falar com alguém com um certo grau de profundidade, fala com ela. Mas não leva mulheres para casa e nunca faz a menor alusão à vida que leva aqui no campus. Diandra sabe que o filho lhe esconde algumas coisas, mas diz a si mesma que Jason prefere decidir por si mesmo e respeita isso."

"Mas você não pensa assim", disse Angie.

Ele sacudiu os ombros e por um instante ficou olhando através da janela. "Quando eu tinha a idade dele, morava no mesmo alojamento neste campus. Eu também fui um menino muito introvertido. E aqui, como Jason, saí da concha. Afinal de contas, é a universidade. A gente estuda, bebe, fuma maconha, faz sexo com quem não conhece, tira uma soneca à tarde. É o que se faz quando se vem para um lugar como este aos dezoito anos de idade."

"Você fazia sexo com gente que não conhecia?", perguntei. "Estou chocado."

"Hoje em dia eu me arrependo. De verdade. Mas tudo bem, eu não era nenhum santo. Só que, no caso de Jason, essa mudança radical e o fato de ele se entregar a certos excessos sádicos são um tanto drásticos."

"Excessos sádicos?", disse eu. "Puxa vida, como vocês intelectuais falam bonito."

"Por que essa mudança, então? O que ele está tentando provar?", perguntou Angie.

"Não sei ao certo." Eric aprumou a cabeça de uma forma que, não pela primeira vez, me fez lembrar uma naja. "Jason é um bom menino. De minha parte, não consigo imaginá-lo metido em alguma coisa que seja perigosa para ele ou para sua mãe. Mas o fato é que o conheço desde criança e nunca pensei que pudesse vir a ter esse complexo de Don Juan. Você descartou o pessoal da máfia?"

"Praticamente", respondi.

Ele franziu os lábios, expirou devagar. "De minha parte, nada mais tenho a acrescentar. Já disse tudo o que sabia sobre Jason. Eu gostaria de lhes afirmar com total segurança o que ele é e o que ele não é, mas já estou nesse ramo tempo bastante para saber que ninguém conhece ninguém de verdade." Ele fez um gesto em direção a estantes cheias de livros de criminologia e psicologia. "Se anos de estudo me ensinaram alguma coisa, foi isso."

"Profundo", eu disse.

Ele afrouxou o nó da gravata. "Vocês pediram minha opinião sobre Jason e eu lhes dei, não sem antes deixar clara minha convicção de que todos os seres humanos têm personalidades secretas e vidas secretas."

"Quais são as suas, Eric?"

Ele deu uma piscadela. "Adivinhem."

Caminhávamos sob a luz do sol quando Angie passou um braço no meu e nos sentamos na grama, sob uma árvore, de frente para a porta pela qual Jason logo haveria de sair. É um velho truque nosso fingir que somos namorados sempre que estamos seguindo alguém; pessoas que decerto estranhariam minha presença ou a de Angie em determinado lugar raramente nos lançam uma segunda olhada quando fingimos estar namorando. Os namorados, não sei por quê, em geral conseguem passar por portas que se fecham para os solitários.

Ela levantou os olhos para o leque de folhas e ramos acima de nossas cabeças. O vento úmido agitava folhas amarelas sobre os frágeis brotos da grama. Angie encostou a cabeça em meu ombro e deixou-a descansar por um bom tempo.

"Você está bem?", perguntei.

Senti sua mão se crispar em meu bíceps.

"Angie?"

"Eu assinei os papéis ontem."

"Papéis?"

"Os papéis do divórcio", murmurou ela. "Eles estavam em meu apartamento há mais de dois meses. Eu os assinei e os deixei no escritório de meu advogado. Foi isso." Ela moveu a cabeça devagar e acomodou-a no espaço entre meu ombro e meu pescoço. "Quando assinei meu nome, tive a nítida impressão de que de certo modo aquilo tornaria as coisas muito mais claras." Sua voz ficou um pouco embargada. "Foi assim com você?"

Refleti sobre o que sentira naquele escritório de advocacia pasteurizado, no momento de me livrar de um casamento breve, estéril e capenga, escrevendo meu nome numa linha pontilhada, dobrando em seguida as folhas três vezes para colocá-las num envelope. Não importa quão terapêutico seja, há algo de muito cruel em embrulhar o passado e amarrá-lo com uma fita.

Meu casamento com Renée durara menos de dois anos, mas em muitos aspectos ele já se esgotara ao cabo de dois meses. Angie ficara casada com Phil durante doze anos. Eu não conseguia imaginar o que significava abandonar um casamento de doze anos, ainda que muitos deles tivessem sido ruins.

"Tudo ficou mais claro para você?", disse Angie.

"Não", respondi apertando-a contra mim. "De modo algum."

12

Passamos mais uma semana seguindo Jason no campus e na cidade, nas portas de salas de aula e de quartos, acompanhando-o até a cama à noite e acordando com ele de manhã. É verdade que a vida de Jason era movimentada, mas quando se entrava no ritmo — acordar, comer, ir à aula, trepar, estudar, comer, ir ao bar, trepar, dormir — a coisa ficava muito aborrecida. Tenho certeza de que, se fosse contratado para seguir o próprio marquês de Sade em seus tempos áureos, também iria me entediar na terceira ou quarta vez que ele bebesse na caveira de um bebê ou passasse a noite inteira numa suruba a cinco.

Angie tinha razão: havia algo de solitário e triste em Jason e em suas parceiras. Eles vagavam em suas vidas como patinhos de plástico numa banheira, de vez em quanto se pegavam de bico na água, esperavam que alguém os endireitasse, depois continuavam a vagar. Não havia conflitos, tampouco paixão. O pequeno grupo dava a impressão de uma desenvoltura afetada, marcada por um leve cinismo, como se olhassem as próprias vidas de fora, à distância, sem o menor controle sobre elas.

De qualquer forma, Jason não estava sendo seguido. Não havia dúvida quanto a isso. Em dez dias, não tínhamos visto ninguém suspeito.

Então, no décimo primeiro, Jason quebrou a própria rotina.

Eu não tivera nenhuma informação sobre o assassinato de Kara Rider porque Oscar e Devin não respondiam aos meus telefonemas; a julgar pelo noticiário da imprensa, o caso chegara a um impasse.

No princípio, preocupado como estava em seguir Jason, eu não tinha tido muito tempo de ficar cismando; mas agora, dominado pelo tédio, começava a cismar, o que naturalmente não me levava a lugar nenhum. Kara estava morta. Eu não podia ter evitado. Não se sabia quem era o assassino, e ele continuava livre. Richie Colgan também não me ligara de volta, embora tivesse deixado um recado dizendo estar pesquisando o que lhe pedira. Se tivesse tempo, eu mesmo faria algumas investigações, mas tinha que ver Jason e seu grupinho de irresponsáveis esnobar o brilho de um magnífico verão, passando a maior parte de seus dias em quartos acanhados e cheios de fumaça, vestidos de preto ou sem nada no corpo.

"Ele vem vindo", disse Angie. Deixamos a alameda em que estávamos e seguimos Jason por Brookline Village. Ele deu uma olhada numa livraria, depois comprou uma caixa de disquetes 3.5 na Egghead Software e então se dirigiu ao Coolidge Corner Theater.

"Isso é novidade", disse Angie.

Em dez dias, Jason nunca se afastara muito de sua rotina. Agora ele estava indo ao cinema. Sozinho.

Levantei os olhos para a marquise do cinema, sabendo que devia entrar também e esperando que não estivessem passando um filme de Bergman ou, pior ainda, de Fassbinder.

O Coolidge Corner costuma passar filmes de arte para iniciados e reprises, o que é ótimo nesses tempos de estereótipos hollywoodianos. Em contrapartida, há semanas em que o Coolidge só apresenta filmes baixo-astral da Finlândia, da Croácia ou de algum outro país glacial e sombrio cujos habitantes, cada um mais pálido e magro do que o outro, pelo visto passam a vida falando de Kierkegaard e das desgraças de sua existência, em vez de pensar na possibilidade de mudar para um lugar mais ensolarado, com gente mais otimista.

Mas naquele dia estavam passando uma cópia restaurada de *Apocalypse Now*, de Coppola. O tanto que eu gosto desse filme, Angie o detesta. Diz ela que o filme lhe dá a impressão de que o vê do fundo de um pântano, depois de ter tomado um monte de comprimidos de Quaalude.

Ela ficou do lado de fora, e eu entrei. Uma das vantagens de trabalhar em dupla em situações como essa é que seguir alguém que entra no cinema, principalmente quando há pouca gente, é arriscado. Se a pessoa que está sendo vigiada resolve ir embora na metade do filme, é difícil continuar a segui-la sem dar na vista. Mas o parceiro pode ir atrás dela à saída.

O cinema estava quase vazio. Jason escolheu uma cadeira no meio de uma das fileiras da frente, e eu me sentei dez fileiras atrás, do lado esquerdo. Havia um casal a uma certa distância de mim, à direita, e uma mulher sozinha — jovem, levemente estrábica, com uma bandana vermelha em volta da cabeça — fazia anotações. Com certeza estudante de cinema.

No momento em que Robert Duvall organizava um churrasco na praia, entrou um homem e se sentou na fileira atrás de Jason, uns cinco lugares à esquerda dele. Assim que Wagner irrompeu nos alto-falantes e os helicópteros começaram a destroçar a aldeia ainda adormecida com rajadas de metralhadoras e explosivos, a luz da tela banhou o rosto do homem e consegui ver seu perfil: rosto glabro pontuado por um cavanhaque pequeno e bem desenhado, cabelos escuros cortados rente, e um cravo cintilante no lóbulo da orelha.

Durante a seqüência da ponte Do-Long, quando Martin Sheen e Sam Bottoms entraram rastejando numa trincheira sitiada, em busca do chefe do batalhão, o homem se deslocou quatro lugares para a direita.

"Ei, soldado", gritou Sheen, em meio aos tiros de morteiro, para um jovem negro apavorado, enquanto os sinais luminosos erguiam-se no ar, iluminando o céu. "Quem está no comando aqui?"

"Não é você?", gritou o rapaz, ao mesmo tempo que o sujeito de cavanhaque curvava-se para a frente e Jason inclinava a cabeça um pouco para trás.

O que ele disse a Jason foi breve, e, quando Martin Sheen saiu da trincheira e voltou para o barco, o sujeito se levantou, entrou no corredor e veio andando na minha direção. Tinha mais ou menos o mesmo peso e a mesma altura que eu, talvez uns trinta anos de idade e aparência muito boa. Usava um casaco esporte de cor escura sobre uma camiseta verde, bem folgada, calça jeans desbotada e botas de caubói. Quando viu que eu o observava, abaixou os olhos para os próprios pés, que o levaram para fora do cinema.

Na tela, Albert Hall perguntava a Sheen: "Você encontrou o comandante?".

"Não existe porra nenhuma de comandante", disse Sheen e subiu no barco, enquanto Jason levantava-se da cadeira e andava até o corredor.

Esperei não menos que três minutos e então me levantei, enquanto o barco se dirigia inexoravelmente para o campo de Kurtz e para os discursos delirantes de Brando. Dei uma espiada no banheiro para ver se estava vazio e saí do cinema.

Uma vez na Harvard Street, piscando seguidamente por causa da claridade repentina, olhei para os dois lados da rua, tentando ver Angie, Jason ou o cara de cavanhaque. Nada. Fui até a Beacon Street, mas também não estavam lá. Há muito tempo Angie e eu combinamos o seguinte: quem, de nós dois, perdesse a pista da pessoa que estivéssemos seguindo iria para casa sem o carro. Então me pus a cantarolar "O sole mio" até pegar um táxi e voltar para casa.

Jason e o cara de cavanhaque foram almoçar no Sunset Grill, na Brighton Avenue. Angie, que estava do outro lado da rua, fotografou os dois. Numa das fotografias, as mãos de ambos tinham desaparecido sob a mesa. A primeira coisa em que pensei foi tráfico de drogas.

Eles dividiram a conta e, de volta à Brighton, suas mãos se tocaram de leve, e eles trocaram um sorriso tímido. O sorriso de Jason era muito diferente dos que víramos nos dez dias anteriores, ora afetados, ora indolentes ou confiantes. Não, aquele sorriso nada tinha de afetado; havia nele até uma ponta de entusiasmo, como se Jason não tivesse tido tempo de refletir antes de deixá-lo aflorar em seus lábios.

Angie pegou o sorriso e o roçar das mãos nas fotografias. E mudei minha suposição.

O cara de cavanhaque seguiu pela Brighton em direção à Union Square, enquanto Jason tomou o caminho de volta à Bryce.

À noite, Angie e eu espalhamos as fotos na mesa de sua cozinha e tentamos decidir o que dizer a Diandra Warren.

Este é um dos pontos nos quais minha responsabilidade em relação ao cliente me parece um tanto dúbia. Eu não tinha nenhum motivo para pensar que a aparente bissexualidade de Jason tivesse alguma coisa a ver com as ameaças feitas a Diandra. Por outro lado, tampouco tinha motivos para não lhe contar sobre o encontro. Não obstante, eu não sabia se Jason assumira ou não sua opção sexual e não me sentia nem um pouco à vontade para fazer a revelação. Ainda mais que, numa das fotografias, o rapaz, pela primeira e única vez em todo o tempo em que o vínhamos observando, parecia imensamente feliz.

"Tudo bem", disse Angie. "Acho que tenho a solução."

Ela me passou uma fotografia em que Jason e o cara de cavanhaque estavam comendo, sem se olharem, concentrados em seus pratos.

"Eles se encontraram, almoçaram juntos e só", falou Angie. "Mostramos esta foto a Diandra, junto com outras de Jason com suas mulheres, perguntamos se ela conhece o cara, mas, a menos que ela pergunte, não levantamos a possibilidade de um caso entre os dois."

"Parece uma boa idéia."

"Não", disse Diandra. "Nunca vi esse homem antes. Quem é ele?"

Balancei a cabeça. "Não sei. E você, Eric?"

Eric olhou para a foto por muito tempo e por fim balançou a cabeça. "Não", ele repetiu.

Angie disse: "Doutora Warren, durante mais de uma semana, isso foi tudo que conseguimos. O círculo social de Jason é muito limitado e, até hoje, exclusivamente feminino".

Ela balançou a cabeça, depois tocou com um dedo na cabeça do amigo de Jason. "Os dois são amantes?"

Olhei para Angie. Ela me olhou.

"Ora, senhor Kenzie, acha que ignoro a vida sexual de Jason? Ele é meu filho."

"Quer dizer então que ele não lhe esconde isso?", perguntei.

"Ah, sim. Ele nunca me falou a respeito, mas eu o conheço desde sempre. E sempre deixei bastante claro para ele que não tinha nenhuma restrição ao homossexualismo, ao bissexualismo ou a qualquer outra variação, sem falar nas tendências particulares dele. Apesar disso, acho que ele se sente embaraçado ou confuso em relação à própria sexualidade." Ela tocou novamente na foto. "Esse homem representa uma ameaça?"

"Não temos nenhuma razão para pensar assim."

Ela acendeu um cigarro, recostou-se no sofá e olhou para mim. "Então, a quantas ficamos?"

"Você recebeu outras ameaças ou fotos pelo correio?"

"Não."

"Então não vejo motivo para continuar gastando seu dinheiro, doutora Warren."

Ela olhou para Eric e ele sacudiu os ombros.

Ela se voltou novamente para nós. "Jason e eu vamos passar o fim de semana numa casa que temos em New Hampshire. Quando voltarmos, vocês poderiam continuar a seguir Jason por mais alguns dias, só para tranqüilizar um coração de mãe?"

"Claro."

Na sexta-feira de manhã, Angie ligou para dizer que Diandra levara Jason para New Hampshire. Eu o seguira durante toda a quinta-feira e não acontecera nada. Nem ameaças, nem tipos suspeitos rondando seu quarto, nem um contato com o cara de cavanhaque.

Tínhamos dado um duro danado tentando identificar o cara de cavanhaque, mas era como se ele tivesse surgido do nada e para o nada tivesse voltado. Ele não era aluno nem professor da Bryce. Não trabalhava em nenhum estabelecimento num raio de dois quilômetros em volta do campus. Angie chegou a pedir a um policial amigo seu que fizesse uma pesquisa no banco de dados da polícia, sem nenhum resultado. Uma vez que se encontrara com Jason em público, num encontro que fora mais do que cordial, não havia razão para ver nele uma ameaça, por isso resolvemos ficar de olho para ver se ele iria reaparecer. Talvez ele fosse de outro estado. Talvez fosse uma miragem.

"Então vamos estar livres no fim de semana", disse Angie. "O que você vai fazer?"

"Passar o máximo de tempo possível com Grace."

"Você está frito."

"Estou mesmo. E você?"

"Não vou contar."

"Tenha juízo."

"Não", disse ela.

"Não se arrisque."

"Certo."

Limpei meu apartamento, o que não deu muito trabalho, porque permaneço nele tão pouco que mal tenho tempo de sujá-lo. Quando me deparei novamente com o OLÁ! e com os adesivos, senti um arrepio desagradável me percorrer a nuca, mas resolvi ignorá-lo e enfiar tudo no armário embutido.

Liguei novamente para Richie Colgan, deixei um recado na secretária eletrônica, e só me restava tomar um banho, fazer a barba e ir encontrar-me com Grace em sua casa. Oh, dia abençoado.

Quando descia as escadas, ouvi a respiração ofegante de duas pessoas no hall. Ao chegar ao último degrau, dei de cara com Stanis e Liva, que se encontravam, pela milionésima vez, em posição de combate.

À guisa de chapéu, Stanis estava com pelo menos dois quilos de mingau de aveia na cabeça, e o roupão desalinhado de sua mulher estava coberto de ketchup e de ovos mexidos tão quentes que ainda fumegavam. Os dois se encaravam, as veias do pescoço dele saltadas, a pálpebra esquerda da mulher tremendo convulsivamente enquanto ela amassava uma laranja com a mão direita.

Era melhor não fazer perguntas.

Passei por eles na ponta dos pés, abri a primeira porta, fechei-a atrás de mim, entrei no pequeno corredor e pisei num envelope branco que estava no chão. A grossa tira de borracha preta da porta de entrada fica tão colada ao chão que é mais fácil enfiar um elefante num clarinete que fazer passar um envelope por baixo dela.

Olhei para o envelope. Nenhuma dobra, nenhuma marca indicando que fora arrastado no chão.

No meio do envelope, as palavras datilografadas: "patrick kenzie".

Abri novamente a porta que dava para o hall. Stanis e Liva continuavam paralisados como eu os deixara, com a comida fumegando em seus corpos, a mão de Liva crispada na laranja.

"Stanis", disse eu. "Você abriu a porta para alguém hoje de manhã? Digamos... na última meia hora?"

Stanis balançou a cabeça, e um pouco de aveia caiu no chão, mas ele não despregou os olhos da mulher. "Abrir a porta para quem? Para um desconhecido? Você acha que sou louco?" Ele apontou para Liva. "Ela é que é louca."

"Vou lhe mostrar quem é louco." Ela jogou a laranja na cabeça dele.

Ele gritou: "Ai!", ou algo assim, e eu recuei mais que depressa e fechei a porta.

Fiquei de pé no corredor, envelope na mão, sentindo meu estômago embrulhar sob o efeito de um terror crescente, cuja razão eu não sabia explicar muito bem.

"Por quê?", sussurrava uma voz.

Aquele envelope. A folha de papel com o OLÁ! Os adesivos.

Nada daquilo era ameaçador, sussurrava a voz. Pelo menos abertamente. Só palavras e papel.

Abri a porta e andei em direção à escadinha. Na escola que ficava do outro lado da avenida, o recreio estava a todo vapor. As freiras corriam atrás das crianças em volta da área reservada para o jogo da amarelinha, e vi um menino puxar o cabelo de uma menina que me lembrou Mae, pela forma como ela inclinava a cabeça para o lado, como se esperando que o vento lhe dissesse um segredo. Quando o menino puxou seu cabelo, ela gritou e bateu na parte de trás da própria cabeça, como se estivesse sendo atacada por morcegos; o menino correu para se reunir aos outros garotos, e logo a menina parou de choramingar e olhou ao redor com um ar perdido e solitário. De repente, tive vontade de atravessar a avenida para pegar de jeito o sacaninha, puxar-lhe os cabelos, obrigá-lo a sentir-se também perdido e solitário, ainda que, muito provavelmente, eu tenha puxado os cabelos das meninas um montão de vezes quando tinha a idade dele.

Acho que aquele meu impulso tinha a ver com o fato de estar envelhecendo, com a consciência de que raramente uma brutalidade infligida aos mais novos fica por isso mesmo: por menor que seja, estraga e destrói o que a criança tem de mais puro, de mais frágil.

Ou talvez eu estivesse apenas de mau humor, só isso.

Olhei para o envelope em minha mão e alguma coisa me dizia que, se eu o abrisse, não iria gostar nem um pouco do que ia ler. Mas eu o fiz. E, depois que eu li, lancei um olhar para a porta de entrada de meu prédio com sua estrutura imponente de madeira maciça, seu vidro equipado com um sistema de alarme e suas três fechaduras de cobre reluzentes na luz do fim da manhã, e ela pareceu estar zombando de mim.

Estava escrito:

patrick,

nãoseesqueçadeaferrolharaporta.

13

"Cuidado, Mae", disse Grace.

Estávamos cruzando a ponte da Mass. Avenue, vindo de Cambridge. Lá embaixo o rio Charles, à luz mortiça do entardecer, tinha a cor de caramelo, e a equipe de remo de Harvard respirava ofegante, deslizando lépida, os remos cortando a água como se fossem facas afiadas.

Mae estava de pé na mureta de quinze centímetros que separava a calçada do trânsito, os dedos de sua mão direita apoiando-se levemente em minha mão enquanto tentava manter o equilíbrio.

"*Smoots?*", disse ela novamente, os lábios degustando a palavra como se fosse chocolate. "Por que se chama *smoots*, Patrick?"

"É uma forma de medir o comprimento desta ponte", disse eu. "Eles pegaram Oliver Smoot e mediram toda a ponte com o corpo dele."

"Não gostavam dele?" Ela fitou a marca amarela seguinte, o rosto anuviado.

"Todo mundo gostava dele. Eles estavam só brincando."

"Era uma brincadeira?" Ela fitou meu rosto e sorriu.

Fiz que sim. "É por isso que hoje se fala de *smoots*."

"*Smoots*", disse ela, e riu. "*Smoots, smoots.*"

Passou um caminhão, fazendo tremer a ponte sob nossos pés.

"Está na hora de descer, querida", disse Grace.

"Eu..."

"Agora."

Ela saltou a meu lado. "*Smoots*", ela me disse, com um sorriso que ia até as orelhas, como se agora aquilo fosse uma brincadeira secreta entre nós.

Em 1958, alguns estudantes do MIT deitaram seu colega Oliver Smoot na ponte da Mass. Avenue e, usando seu corpo como medida, chegaram à conclusão de que ela media 364 smoots e uma orelha. Não se sabe por que essa medida se tornou um tesouro partilhado por Boston e Cambridge, e toda vez que a ponte passa por uma reforma, pintam-se as marcas novamente.

Saímos da ponte e caminhamos na direção leste, margeando o rio. Anoitecia, o ar tinha a cor âmbar de uma fita adesiva e as árvores ostentavam um brilho chamejante; o tom cinza dourado do céu formava um contraste impressionante com a profusão de vermelhos-cereja, verdes-limão e amarelos-vivos das copas das árvores sob as quais passávamos.

"Bom, me explique essa história novamente", disse Grace me tomando o braço. "Se entendi bem, sua cliente conversou com uma jovem que dizia ser namorada de um cara da máfia. É isso mesmo?"

"Sim, só que ela não era e, pelo que sabemos, o sujeito nada tem a ver com essa história, a mulher sumiu, e não temos nenhuma prova de que ela de fato existiu. Quanto ao rapaz, o tal Jason, não há o menor indício de que tenha algo a esconder, salvo talvez sua bissexualidade, à qual a mãe não faz restrições. Seguimos o rapaz durante uma semana e meia e nada descobrimos, a não ser um sujeito de cavanhaque que talvez seja amante dele, mas que sumiu no ar."

"E aquela sua conhecida, a moça que foi morta?"

Dei de ombros. "Nada. Todos os seus conhecidos foram inocentados, mesmo os vagabundos com quem ela andava, e Devin não responde aos meus telefonemas. Esse troço é uma puta..."

"Patrick", ela me interrompeu em tom de censura.

Baixei os olhos para Mae, que caminhava a meu lado.

"Ops", fiz eu. "É um verdadeiro quebra-cabeça."

"Belo esforço, Patrick."

"Scottie",* exclamou Mae de repente. "Scottie."

Ali adiante, um casal de meia-idade estava sentado na grama ao lado da pista de jogging, com um terrier escocês preto deitado perto dos joelhos do homem, que o acariciava distraidamente.

"Posso pegar nele?", perguntou Mae a Grace.

"Primeiro peça ao homem."

Mae saiu da trilha e avançou pelo gramado um tanto hesitante, como se se aproximasse de um território estranho, ainda inexplorado. O homem e a mulher sorriram para ela, olharam em nossa direção e nós os saudamos.

"Seu cachorro é bonzinho?"

"Muito bonzinho", respondeu o homem.

Mae levantou a mão uns vinte centímetros acima da cabeça do cão, que ainda não notara sua presença. "Ele não morde?"

"Ele nunca morde", disse a mulher. "Como é seu nome?"

"Mae."

O cachorro levantou os olhos e Mae retirou a mão depressa, mas ele apenas se apoiou sobre o traseiro e fungou.

"Mae", disse a mulher. "Este é Indy."

Indy cheirou a perna de Mae e ela olhou para nós por cima dos ombros, um tanto insegura.

"Ele quer que você lhe faça um carinho", falei.

Ela foi se abaixando devagar e tocou na cabeça do animal. Ele esfregou o focinho na mão dela e ela se abaixou um pouco mais. Quanto mais ela se aproximava do cachorro, mais eu tinha vontade de perguntar ao casal se ele não mordia mesmo. Era uma sensação estranha. Numa escala de perigo, o terrier escocês deve se situar num grau entre os peixinhos dourados e os girassóis, mas eu não

* Outro nome para *Scocth terrier*, raça de cães de origem escocesa. (N. T.)

estava gostando nem um pouco de ver o corpinho de Mae cada vez mais perto de um troço com dentes.

Quando Indy pulou em Mae, quase avancei na direção deles, mas Grace pôs a mão em meu braço; Mae deu um gritinho e ela e o cão rolaram na grama como velhos amigos.

Grace soltou um suspiro. "O vestido dela estava limpinho."

Sentamo-nos num banco e por um instante ficamos olhando Mae e Indy correndo atrás um do outro, caindo, levantando e começando tudo de novo.

"Vocês têm uma filha linda", disse a mulher.

"Obrigada", respondeu Grace.

Mae passou correndo perto de nosso banco, mãos levantadas, gritando, com Indy em seus calcanhares. Eles correram por mais uns vinte metros, depois caíram num montinho de grama e de terra.

"Há quanto tempo estão casados?", perguntou a mulher.

Antes que eu pudesse responder, Grace me beliscou a coxa.

"Há cinco anos", respondeu ela.

"Vocês parecem recém-casados", disse a mulher.

"Vocês também."

O homem riu e a mulher cutucou-o de leve com o cotovelo.

"Nós sempre nos sentimos como recém-casados", disse Grace. "Não é, querido?"

Pusemos Mae na cama por volta das oito, e ela logo caiu no sono, esgotada pela longa caminhada margeando o rio e pelas correrias com Indy. Quando voltamos para a sala, Grace começou imediatamente a recolher coisas do chão — livros para colorir, brinquedos, jornais sensacionalistas e histórias de terror. Os jornais e os livros não eram de Grace, mas de Annabeth. O pai de Grace morrera quando ela estava na universidade, deixando para as duas filhas uma modesta herança. Grace logo gastou sua parte com as despesas não cobertas pela bolsa de estudos, nos dois últimos anos em Yale, e depois sustentando a si mesma, a Mae e a seu marido Bryan, antes que este a deixasse e que ela fosse aceita como bolsista no Tufts Medical. O que sobrara havia custeado as despesas do dia-a-dia.

Annabeth, quatro anos mais nova, tinha cursado um ano de faculdade e depois gastara quase toda a sua parte da herança numa viagem de um ano à Europa. Mantinha fotos da viagem coladas na cabeceira da cama e na penteadeira, todas elas tiradas em bares. Como Rodar Pela Europa e Torrar Quarenta Mil Dólares.

Mas ela era ótima com Mae — cuidava para que fosse dormir na hora certa, para que comesse direito e escovasse os dentes, para que nunca atravessasse a rua sem segurar em sua mão. Annabeth levava-a aos espetáculos infantis da escola, ao Museu da Criança, ao parque, e fazia tudo o que Grace não tinha tempo de fazer por trabalhar noventa horas por semana.

Terminamos de arrumar a bagunça feita por Mae e por Annabeth, e nos recostamos no sofá, tentando, em vão, achar alguma coisa que valesse a pena assistir na televisão. Springsteen tinha razão: um montão de canais e nada para ver.

Desligamos o aparelho e sentamo-nos de frente um para o outro, nossas pernas se cruzando na altura dos joelhos, e ela me falou de seus três últimos dias no pronto-socorro, do fluxo incessante de corpos empilhados nas macas como toras de madeira numa cabana de inverno, do nível de ruído tão alto quanto o de um show de heavy metal, de uma senhora que fora agredida quando lhe quiseram tomar a bolsa e caiu, batendo a cabeça na calçada, e que morreu segurando com força os punhos dela, Grace, enquanto lágrimas silenciosas escorriam-lhe pelas faces. Falou de bandidos de catorze anos com cara de bebê, o peito esguichando sangue feito tinta, enquanto os médicos tentavam desesperadamente tamponar os ferimentos; de um bebê que chegara ao pronto-socorro com o braço esquerdo destroncado no ombro e quebrado em três lugares perto do cotovelo, cujos pais diziam que ele tinha caído. De uma viciada em crack gritando e brigando com os enfermeiros porque queria tomar sua dose e estava pouco ligando para a insistência dos médicos em primeiro retirar a faca que estava enfiada em seu olho.

"E você acha que meu trabalho é violento?", falei.

Ela encostou a testa na minha. "Daqui a um ano vou estar na cardiologia. Só mais um ano." Ela se recostou, tomou minhas mãos nas suas e deixou-as descansar em seu colo. "A moça que foi morta no parque tem alguma coisa a ver com essa história?", perguntou.

"O que a faz pensar isso?"

"Nada, só estava perguntando."

"Não. Acontece que pegamos o caso Warren na mesma época em que Kara foi morta. Por que essa idéia?"

Ela me acariciou os braços. "Porque você está tenso, Patrick. Nunca o vi tão tenso."

"Como assim?"

"Ora, você está agindo normalmente, mas sinto isso em seu corpo, em sua postura, como se temesse ser atingido por um caminhão." Ela me beijou. "Alguma coisa o perturbou."

Pensei nos últimos onze dias. Sentei à mesa com três psicopatas. Quatro, contando com Pine. Depois vi uma mulher crucificada no alto de uma colina. Em seguida alguém me mandou um pacote de adesivos e um OLÁ!. Finalmente achei o bilhete que dizia *nãoseesqueçadeaferrolharaporta.* Andavam metralhando clínicas de aborto e trens do metrô, e jogando bombas nas embaixadas. Casas despencavam dos morros na Califórnia, outras desabavam em terremotos na Índia. Talvez eu tivesse motivos para estar tenso.

Enlacei sua cintura e puxei-a para cima de mim, estendi-me no sofá e enfiei as mãos sob seu suéter, para lhe acariciar os seios. Ela mordeu o lábio inferior e abriu mais os olhos.

"Outro dia você me disse uma coisa", falei.

"Eu disse um monte de coisas a você. Se bem me lembro, eu disse várias vezes 'Meu Deus'."

"Não me refiro a isso."

"Oh", disse ela apertando as mãos em meu peito. "Então não seria 'Eu te amo'? Era nisso que estava pensando, senhor detetive?"

"Sim, senhora."

Ela desabotoou minha camisa até o umbigo e passou as mãos em meu peito. Então que tal... Eu. Te. Amo?"

"Por quê?"

"Por quê?", repetiu ela.

Fiz que sim.

"Esta é a pergunta mais besta que você já fez em sua vida. Você não se acha digno de ser amado, Patrick?"

"Talvez não", respondi, enquanto ela passava a mão na cicatriz de meu abdome.

Nossos olhares se encontraram, e o dela era caloroso e terno como uma bênção. Grace se inclinou para a frente e minhas mãos saíram do suéter quando ela deslizou por meu corpo e descansou a cabeça em meu colo. Ela acabou de abrir minha camisa, encostou o rosto na cicatriz, passou a língua em toda a sua volta e depois a beijou.

"Eu gosto dessa cicatriz", disse, apoiando o queixo nela e levantando os olhos para olhar meu rosto. "Gosto dela porque é um símbolo do mal. Isso é o que seu pai era, Patrick. O mal. E ele tentou inoculá-lo em você. Mas fracassou. Porque você é muito terno, muito gentil com Mae, e ela gosta de você." Ela tamborilou na cicatriz com as unhas. "Portanto, seu pai perdeu porque você é bom, e se ele não o amava o problema era dele, não seu. Ele era um sacana, e você é digno de ser amado." Ela ficou de quatro em cima de mim. "Digno de todo o meu amor e do amor de Mae."

Por um instante, fiquei mudo. Olhei o rosto de Grace e vi algumas imperfeições, antevi como ela seria quando ficasse velha, vi que dentro de quinze ou vinte anos muitos homens nunca poderiam imaginar quão lindos tinham sido seu corpo e seu rosto, e aquilo não importava. Porque a longo prazo aquilo não significava absolutamente nada. Eu dissera "Eu te amo" a minha ex-mulher, Renée, e a ouvira dizer o mesmo, e ambos sabíamos que era mentira, um desejo desesperado talvez, mas muito longe da realidade. Eu amava minha sócia, amava minha irmã e minha mãe, embora na verdade nunca a tivesse conhecido de verdade.

Mas acho que nunca tinha sentido uma coisa como aquela.

Quando tentei falar, minha voz saiu trêmula e rouca, e as palavras recusaram-se a sair de minha garganta. Tinha a impressão de estar com os olhos molhados, o coração despedaçado.

Quando eu era menino, eu amava meu pai, mas ele sempre procurava me ferir. O tempo todo. Por mais que eu chorasse, por mais que eu implorasse, por mais que eu procurasse adivinhar o que ele queria, por mais que me esforçasse para descobrir o que fazer para ser digno de seu amor e não vítima de seu ódio.

"Eu te amo", eu lhe disse um dia, e ele riu. E continuou rindo. Depois me deu outro tapa.

"Eu te amo", eu lhe disse no momento em que ele batia minha cabeça contra uma porta, e ele virou meu corpo para me cuspir no rosto.

"Eu te odeio", disse-lhe eu calmamente, pouco antes de ele morrer.

Também a isso ele riu. "Mais um ponto para o velho."

"Eu te amo", eu disse a Grace.

E ela riu. Mas era um riso lindo. Um riso de surpresa, de alívio e de libertação, um riso seguido de duas lágrimas que deslizaram pelas maçãs do rosto, caíram em meus olhos e misturaram-se às minhas.

"Oh, meu Deus", murmurou ela, debruçando-se sobre mim e roçando os lábios nos meus. "Eu também te amo, Patrick."

14

Grace e eu ainda não chegáramos ao ponto de ficar na casa um do outro tempo bastante para que Mae nos surpreendesse juntos na cama. Esse momento estava próximo, mas não era um passo que quiséssemos dar de forma leviana. Mae sabia que eu era um "amigo especial" de sua mãe, mas só tinha que saber o que amigos especiais fazem juntos quando tivéssemos certeza de que esse amigo especial iria estar presente por muito tempo. Tive muitos amigos de infância que cresceram sem o pai, mas com um enorme cortejo de tios que desfilavam na cama de suas mães — e eu via como aquilo fodia com a cabeça deles.

Assim, fui embora pouco depois da meia-noite. Quando eu estava pondo a chave numa das fechaduras da porta do prédio, ouvi meu telefone tocando lá em cima. Cheguei no apartamento a tempo de ouvir Richie Colgan deixando um recado em minha secretária eletrônica:

"... nome de Jamal Cooper em setembro de 73 foi..."

"Estou aqui, Rich."

"Patrick, você está vivo. E sua secretária eletrônica voltou a funcionar."

"Ela não estava quebrada."

"Bom, então ela não gosta de gravar recados de negros."

"Por quê? Você tentou falar comigo?"

"Liguei para você umas cinco vezes na semana passada, mas só chamava e não atendia."

"Tentou ligar para o escritório?"

"A mesma coisa."

Peguei a secretária eletrônica, olhei embaixo. Não estava procurando nada em especial; era o que eu achava que tinha que fazer. Verifiquei as tomadas e os plugues e nada: estava tudo em seu devido lugar. E eu recebera mensagens durante toda a semana.

"Não sei o que lhe dizer, Rich. Parece que aqui está tudo em ordem. Talvez você tenha discado errado."

"Bom, de qualquer modo, consegui a informação que você quer. A propósito, como vai Grace?"

Richie e sua mulher, Sherilynn, tinham procurado me aproximar de Grace no verão anterior. Nos últimos dez anos, Sherilynn vinha defendendo a tese de que, para endireitar minha vida, eu só precisava de uma mulher forte que de vez em quando me desse uns pontapés na bunda e não se deixasse enganar por minhas mentiras. Ela já se enganara nove vezes, mas a décima, até aquele momento, parecia estar funcionando bem.

"Diga a Sheri que estou perdidamente apaixonado."

Ele riu. "Ela vai adorar ouvir isso. Vai adorar! Ha-ha, eu soube que você estava frito assim que olhou pela primeira vez para Grace. Frito, cozido, defumado e pronto para ser devorado."

"Humm", fiz eu.

"Ótimo", disse ele para si mesmo. "Tudo bem, você quer a informação que pediu?"

"Já estou com lápis e papel na mão."

"Bom, espero que também tenha à mão uma caixa de cerveja, seu explorador."

"Nem precisa dizer."

"Nos últimos vinte e cinco anos", principiou Richie, "houve uma crucificação nesta cidade. O nome do rapaz era Jamal Cooper. Negro, vinte e um anos, encontraram-no crucificado no soalho de madeira do porão de um albergue noturno na Scollay Square, em setembro de 1973."

"Pode me dar uma rápida biografia de Cooper?"

"Um viciado. Heroína. Ficha na polícia do comprimento de um campo de futebol. Na maioria, pequenos crimes — pequenos roubos, aliciamento, mas umas duas invasões de domicílio resultaram numa condenação a dois anos na velha casa de correção de Dedham. Mas Cooper não passava de um criminoso pé-de-chinelo. Se não tivesse sido crucificado, ninguém tomaria conhecimento de sua morte. E, mesmo assim, a princípio os policiais não se preocuparam muito em desvendar o caso."

"Quem dirigiu as investigações?"

"Duas pessoas. O inspetor chefe Brett Hardiman e, deixe-me ver... o inspetor Gerald Glynn."

Aquilo chamou minha atenção. "Eles prenderam alguém?"

"Bem, é aí que a coisa fica interessante. Tive que fuçar um pouco, mas houve um certo rebuliço na imprensa no dia em que trouxeram um tal de Alec Hardiman para ser interrogado."

"Espere um pouco... você disse que..."

"Exato. Alec Hardiman era filho do inspetor encarregado da investigação, Brett Hardiman."

"O que aconteceu?"

"O jovem Hardiman foi inocentado."

"Uma tramóia?"

"Parece que não. Não havia provas contra ele, exceto o fato de que conhecia vagamente Jamal Cooper, acho, e só. *Mas...*"

"O quê?"

Ouvi vários telefones tocando do outro lado, e Richie disse: "Fique na linha".

"Não, Richie. Não, eu..."

O sacana me deixou na espera. Eu esperei.

Quando ele voltou a falar, sua voz voltara a soar como a do jornalista envolvido na agitação do noticiário local. "Patrick, preciso desligar."

"Não."

"Sim. Escute, Alec Hardiman foi condenado por outro homicídio em 1975. Ele está cumprindo pena de prisão perpétua em Walpole. Até mais."

Ele desligou e olhei para os nomes anotados em meu bloco: Jamal Cooper. Brett Hardiman. Alec Hardiman. Gerald Glynn.

Pensei em ligar para Angie, mas era tarde, e ela devia estar cansada de passar a semana inteira observando Jason não fazer nada.

Contemplei o telefone por um instante, depois peguei meu casaco e saí do apartamento.

Não precisei do casaco. Era mais de uma hora da manhã, e a umidade cobria minha pele deixando-a engordurada, malcheirosa e flácida.

Outubro. Quem diria?

Gerry Glynn estava lavando copos na pia do bar quando entrei no Black Emerald. O salão estava vazio, os três aparelhos de televisão ligados, mas sem som, os bancos sobre o balcão, o chão varrido, cinzeiros cor de âmbar limpos como moedas recém-cunhadas, o jukebox fazendo soar em surdina a versão dos Pogues de "Dirty Old Town".

"Desculpe", disse Gerry sem levantar os olhos da pia. "Está fechado."

De cima da mesa de bilhar no fundo do salão, Patton levantou a cabeça e olhou para mim. Não consegui enxergar muito bem o focinho dele através da fumaça que ainda pairava no salão como uma nuvem, mas eu sabia o que ele diria se pudesse falar: "Você não ouviu, cara? Está *fechado*".

"Olá, Gerry."

"Patrick", disse ele, confuso mas num tom animado. "Que faz por aqui?"

Ele enxugou a mão e estendeu para mim.

Estendi a mão e ele a apertou com força, olhando no fundo dos meus olhos, um hábito da velha geração que me lembrava meu pai.

"Preciso lhe fazer uma ou duas perguntas, Ger, se você tiver tempo."

Ele endireitou a cabeça; seu olhar, sempre cheio de doçura, endureceu um pouco, mas logo voltou a ficar límpido. Gerry ajeitou o corpanzil em cima do freezer que estava atrás dele e abriu bem as mãos, palmas viradas para cima. "Claro. Quer uma cerveja ou alguma outra coisa?"

"Não quero incomodá-lo, Ger", disse eu, sentando-me no banco de frente para ele.

Ele levantou a tampa de outro freezer, mergulhou o braço grosso dentro dele e remexeu no gelo. "Não tem problema. Só não sei dizer o que vou pescar aqui dentro."

Sorri. "Desde que não seja uma Busch..."

Ele desandou a rir. "Não. É uma..." Seu braço emergiu molhado de água gelada, coberto de escaminhas de gelo brancas. "... Lite."

Sorri quando ele me passou a cerveja. "Tomar um troço desses é como fazer sexo num veleiro", comentei.

Gerry soltou uma gargalhada e completou a piada: "Entre ela e a água, a distância é quase nenhuma. Essa é muito boa". Sem virar a cabeça, pegou uma Stolichnaya da prateleira atrás dele. Serviu-se de uma dose de vodca, pôs a garrafa no lugar e levantou o copo.

"Saúde."

"Saúde", brindei e tomei um pouco da cerveja Lite. Tinha gosto de água, mas ainda era melhor que a Busch. Naturalmente, um copo de óleo Diesel é melhor que a Busch.

"Bom, o que você quer perguntar?", disse Gerry. Ele deu um tapinha na barriga. "Está com inveja do meu físico?"

Sorri. "Um pouco." Tomei mais um gole de cerveja. "Gerry, o que você sabe sobre um sujeito chamado Alec Hardiman?"

Ele ergueu seu copo em direção à lâmpada fluorescente, e o líquido claro desapareceu num reflexo branco. Com os olhos fixos no copo, girou-o entre os dedos.

"Bom", disse ele calmamente, ainda fitando o copo, "de onde você tirou esse nome, Patrick?"

"Ouvi uma referência a ele."

"Você andou pesquisando sobre o método usado pelo assassino de Kara Rider, para saber se havia precedentes." Ele abaixou o copo e olhou diretamente para mim. Não parecia estar com raiva ou aborrecido, e sua voz era neutra e monótona, mas havia uma fleuma em seu corpanzil que não estava lá um minuto antes.

"Por sugestão sua, Ger."

No jukebox atrás de mim, a certa altura o som dos Pogues foi substituído por "Don't Bang the Drum", do The Waterboys. Os aparelhos de televisão acima da cabeça de Gerry estavam sintonizados em três canais diferentes. Um transmitia uma partida de rúgbi, outro, o que parecia ser um episódio antigo de *Kojak*, e o outro mostrava a bandeira americana tremulando na brisa, anunciando o fim da programação daquela noite.

Desde que colocara o copo ao seu lado, Gerry não tinha feito um gesto, nem ao menos piscara, e eu ouvia apenas sua respiração contida e breve. A bem dizer, ele não olhava para mim: era como se o que visse estivesse por trás de minha cabeça e ele enxergasse através dela.

Ele pegou a garrafa de vodca e se serviu de mais uma dose. "Quer dizer então que Alec vai nos assombrar novamente", disse ele com um risinho. "Era de se esperar."

Patton pulou da mesa e andou devagar até o salão, olhou-me como se eu estivesse sentado em seu banco, depois pulou para o balcão, bem à minha frente, e se deitou, as patas cobrindo os olhos.

"Ele quer que você lhe faça um carinho", disse Gerry.

"Não, não quer." Fiquei olhando as costelas de Patton subindo e descendo.

"Ele gosta de você, Patrick. Vá em frente."

Com a impressão de entender melhor o que Mae sentira, estendi uma mão hesitante em direção à magnífica pelagem preta e cor de âmbar, sob a qual senti os músculos coleantes, duros como aço. Patton levantou a cabeça, gemeu e deu uma lambida na minha mão livre, depois esfregou nela o focinho gelado.

"No fundo você é um sentimental, hein?", disse eu.

"Infelizmente", respondeu Gerry. "Mas não espalhe."

"Gerry", disse eu enquanto a rica pelagem de Patton ondulava e se encrespava em volta de minha mão. "Você acha que esse Alec Hardiman pode ter matado..."

"Kara Rider?" Ele balançou a cabeça. "Não, não. Isso seria muito difícil, mesmo para Alec. Ele está preso desde 1975, e não estarei mais aqui para vê-lo sair. E, provavelmente, você também não."

Terminei de tomar minha cerveja. Gerry, sempre profissional, enfiou a mão no freezer antes mesmo que eu tivesse recolocado a garrafa no balcão. Dessa vez ele pescou uma Harpoon IPA, girou-a em sua mãozorra e retirou a tampinha com o abridor fixado na parede. Quando me passou a garrafa, um pouco de espuma escorreu em minha mão e Patton a lambeu.

Gerry encostou novamente a cabeça na borda da prateleira atrás dele. "Você conheceu um rapaz chamado Cal Morrison?"

"Não muito bem." Tentei conter o tremor que sempre me vinha ao ouvir o nome de Cal Morrison. "Ele era alguns anos mais velho que eu."

Gerry balançou a cabeça. "Mas você sabe o que aconteceu com ele."

"Mataram-no a punhaladas no Blake Yard."

Gerry me fitou por um instante e soltou um suspiro. "Quantos anos você tinha naquela época?"

"Nove ou dez."

Ele pegou outro copo, colocou nele um dedo de vodca e colocou-o no balcão, à minha frente. "Beba."

Aquilo me lembrou a vodca de Bubba e seus efeitos em minha espinha. Ao contrário de meu pai e de seus irmãos, devo carecer de um dos genes fundamentais dos Kenzie, porque nunca consegui tolerar bebidas fortes.

Olhei para Gerry e dei um sorriso desanimado. "*Dosvidanya.*"*

Ele levantou seu copo, nós bebemos, e tive de piscar para conter as lágrimas.

"Cal Morrison não foi morto a punhaladas, Patrick." Ele soltou mais um suspiro, dessa vez fraco e melancólico. "Cal Morrison foi crucificado."

* "Obrigado", em russo. (N. T.)

15

"Cal Morrison não foi crucificado", falei.

"Não?", disse Gerry. "Você viu o corpo?"

"Não."

Ele bebericou um pouco de vodca. "Eu vi. Eu dirigi as investigações. Eu e Brett Hardiman."

"O pai de Alec Hardiman."

Ele confirmou. "Meu parceiro." Ele se inclinou para a frente e pôs mais um pouco de vodca no copinho à minha frente. "Brett morreu em 1980."

Olhei para o copinho e o afastei de mim uns quinze centímetros, enquanto Gerry enchia novamente o próprio copo.

Ele percebeu meu gesto e sorriu. "Você não é como seu pai, Patrick."

"Obrigado pelo cumprimento."

Gerry deu um risinho. "Mas você se parece com ele. Como duas gotas de água. O que, aliás, você deve saber."

Dei de ombros.

Ele girou os punhos, ficou por um instante observando-os. "Sangue é um troço estranho."

"Como assim?"

"Ele circula no ventre de uma mulher e cria uma vida. Esse novo ser pode ser muito parecido com o pai, mas pode ser tão diferente que este começa a desconfiar que o carteiro fez muito mais do que entregar cartas. Você tem o sangue de seu pai, eu tenho o do meu, Alec Hardiman tem o do dele."

"E o pai dele era..."

"Um homem bom." Ele balançou a cabeça, mais para si mesmo do que para mim, e bebeu mais um pouco. "Na verdade, um homem excelente. Íntegro. Honesto. E muito, muito brilhante. Nem parecia ser policial. Dava a impressão de ser um ministro ou um banqueiro. Vestia-se de forma impecável, falava de forma impecável, fazia tudo... de forma impecável. Ele morava numa casinha colonial branca em Melrose, com uma doce e terna esposa e um belo filho loiro, e o banco de seu carro era tão limpo que nele se poderia servir uma refeição."

Tomei um gole de cerveja no momento em que apareceu a bandeira americana no segundo televisor, seguida por uma tela toda azul, e me dei conta de que o jukebox agora estava tocando "Coast of Malabar", dos Chieftains.

"Em suma, um cara perfeito, com uma vida perfeita. Esposa perfeita, carro perfeito, casa perfeita, filho perfeito." Gerry contemplou a unha do polegar por alguns instantes. Em seguida olhou para mim, e seus olhos calorosos estavam levemente vacilantes, como se tivessem fitado o sol por muito tempo e só agora estivessem recuperando a percepção das formas e das cores. "Aí, não sei o que houve com Alec. Simplesmente... aconteceu. Nenhum psiquiatra conseguiu explicar o que se passou. Num dia ele era um menino normal, como todos os outros. No outro..." Ele levantou as mãos. "No outro, não sei."

"E ele matou Carl Morrison?"

"Nós não sabemos." A voz de Gerry estava alterada.

Não sei por quê, ele não conseguia olhar para mim. Seu rosto estava vermelho, as veias do pescoço saltadas, e ele fitava o chão e batia o calcanhar na lateral do freezer. "Nós não sabemos", repetiu.

"Gerry", disse eu. "Espere um pouco. Pelo que ouvi, Cal Morrison foi morto a punhaladas no Blake Yard, por um marginal."

"Um cara negro", disse ele, o riso manso de novo em

seus lábios. "Foi isso o que se comentou na época, não foi?"

Fiz que sim.

"Quando não se acha alguém em quem pôr a culpa, põe-se a culpa num crioulo, não é?"

Sacudi os ombros. "De qualquer forma, foi essa a história que contaram."

"Bem, ele não foi morto a punhaladas, como a mídia divulgou. Foi crucificado. E não por um negro. Encontramos fios de cabelos loiros e castanhos nas roupas de Cal Morrison. Não encontramos cabelos negros. Alec Hardiman e um amigo seu, Charles Rugglestone, tinham sido vistos nas proximidades naquela noite, e, como já estávamos nervosos por causa dos outros homicídios, deixamos circular a história do negro por algum tempo, enquanto procurávamos o culpado." Ele sacudiu os ombros. "Poucos negros se arriscavam a dar as caras naquele pedaço; a coisa nos pareceu uma boa forma de dissimulação."

"Que outros homicídios, Gerry?", perguntei.

A porta do bar se abriu, a porta de madeira maciça bateu contra a parede de tijolos pelo lado de fora, e vimos um sujeito de cabelos espetados, argola no nariz, camiseta furada e uma calça jeans cuidadosamente rasgada.

"Está fechado", disse Gerry.

"Eu só queria uma coisinha para esquentar a pança numa noite solitária", disse o desconhecido, num horrível sotaque irlandês forçado.

Gerry saiu de cima do freezer e deu a volta no balcão. "Você pelo menos sabe onde está, meu filho?"

Sob minha mão, os músculos de Patton se crisparam, ele levantou a cabeça e olhou para o rapaz.

O rapaz deu um passo à frente. "Só um pouquinho de uísque." Ele sorriu cobrindo a boca com a mão, piscou os olhos por causa da luz. Seu rosto estava inchado de tanta bebida e sabe Deus do que mais.

"Kenmore Square fica naquela direção", disse Gerry apontando para a porta.

"Não quero saber de Kenmore Square", disse o rapaz. Ele oscilava um pouco para um lado e para o outro, enquanto mexia no cós da calça, procurando seus cigarros.

"Filho", disse Gerry. "Está na hora de ir embora."

Gerry pôs o braço no ombro do cara e, por um instante, este pareceu prestes a empurrá-lo. Mas então ele olhou para mim, depois para Patton, depois baixou os olhos para olhar Gerry. Os modos de Gerry eram calmos e amistosos, e ele era alguns centímetros mais baixo que o outro, mas, mesmo bêbado, o rapaz percebeu quão depressa aquela gentileza podia desaparecer.

"Eu só queria um drinque", murmurou.

"Eu sei", disse Gerry. "Mas não posso lhe servir. Não quer pegar um táxi? Onde você mora?"

"Eu só queria um drinque", repetiu o rapaz. Ele olhou para mim. Lágrimas escorriam por suas faces, encharcando o cigarro que pendia, flácido, de seus lábios. "Eu só..."

"Onde você mora?", perguntou Gerry novamente.

"Hein? Lower Mills." O rapaz fungou.

"E você consegue andar por Lower Mills vestido desse jeito?" Gerry riu. "Aquilo lá deve ter mudado muito em dez anos."

"Lower Mills", soluçou o rapaz.

"Garoto", disse Gerry. "Ora, vamos. Está tudo bem. Tudo bem. Você sai por essa porta e, pegando a direita, um pouco mais adiante, vai encontrar um táxi. O nome do taxista é Achal. Ele fica lá até as três em ponto. Então você pede a ele que o leve a Lower Mills."

"Não tenho um puto."

Gerry pôs a mão na cintura do rapaz e, quando a tirou, havia uma nota de dez dólares metida no cós da calça. "Parece que você esqueceu que tem uma nota de dez."

O rapaz olhou para a cintura. "Minha?"

"Minha é que não é. Agora vá e pegue um táxi, está bem?"

"Certo." No momento em que Gerry o conduzia até a

porta, o rapaz fungou, voltou-se de repente e abraçou o quanto pôde seu corpulento benfeitor.

Gerry deu um risinho. "Está bem, está bem."

"Eu te amo, cara", disse o rapaz. "Eu te amo!"

Um táxi parou na frente do bar e Gerry acenou para o motorista, quando conseguiu se desvencilhar do abraço. "Agora vá, vá."

Patton abaixou a cabeça, se encolheu numa posição fetal em cima do balcão e fechou os olhos. Cocei-lhe o focinho, ele mordiscou meus dedos delicadamente e pareceu me dar um sorriso sonolento.

"Eu te amo!", gritou o rapaz enquanto avançava cambaleante.

"Estou comovido", disse Gerry. Ele fechou a porta do bar e ouvimos o cantar dos pneus quando o taxista deu a volta na avenida para seguir para Lower Mills. "Profundamente comovido." Gerry passou a chave na porta, olhou para mim erguendo as sobrancelhas e passou a mão pelos cabelos ruivos emaranhados.

"Meu Amigo Policial, em plena ação", falei.

Ele sacudiu os ombros, depois franziu o cenho. "Você também assistiu a essa minha palestra na escola? Sobre o Meu Amigo Policial?"

Fiz que sim. "No segundo ano da St. Bart."

Ele levou sua garrafa e seu copo para a mesa perto do jukebox e eu me juntei a ele, tomando o cuidado de deixar meu copo de vodca no balcão, a uns dois metros de mim, que era onde devia estar. Patton continuou no balcão, olhos fechados, sonhando com gatos imensos.

Gerry se recostou na cadeira, inclinando-a bem para trás, esticou os braços para cima e soltou um sonoro bocejo.

"Sabe de uma coisa? Agora estou me lembrando."

"Ora, que é isso?", disse eu. "Faz mais de vinte anos."

"Humm." Ele deixou que as pernas dianteiras da cadeira tocassem o chão de novo, depois encheu o próprio copo mais uma vez. Pelas minhas contas, ele já tomara seis doses, e não se percebia o menor efeito. "Mas aquela classe era meio especial", disse ele erguendo o copo em minha direção, num brinde. "Nela estavam você, Angela e o pobre coitado com quem ela casou. Como era mesmo o nome dele?"

"Phil Dimassi."

"Phil, isso mesmo." Ele balançou a cabeça. "Tinha também o pirado do Kevin Hurlihy e aquele outro miolo mole, Rogowsky."

"Bubba é legal."

"Eu sei que vocês são amigos, Patrick, mas tenha dó. Ele é suspeito de pelo menos sete casos não resolvidos de homicídio."

"E os caras que morreram, tenho certeza, eram todos gente muito boa."

Ele sacudiu os ombros. "Homicídio é homicídio. Se você tira uma vida sem razão, deve ser punido. Ponto final."

Tomei um gole de cerveja, olhei para o jukebox.

"Você não acha?", ele perguntou.

Levantei as mãos, recostei-me na cadeira. "Eu achava. Mas às vezes... Ora, Gerry, a vida de Kara Rider valia mais que a do sujeito que a matou."

"Que bonito", disse ele com um sorriso sombrio. "Lógica utilitarista em sua melhor forma, que está na base das ideologias mais fascistas, se você me permite dizer." Ele tomou mais uma dose, fitando-me com olhos límpidos, imperturbáveis. "Se você parte do princípio de que a vida da vítima vale mais que a do assassino, e então você vai e mata esse assassino, será que isso não torna sua vida menos importante que a do assassino que você matou?"

"Só me faltava essa, Gerry", disse eu. "Quer dizer que agora você virou jesuíta? Quer me enrolar com silogismos?"

"Responda à pergunta, Patrick. Pare de conversa."

Mesmo ainda criança, sempre achei que Gerry tinha alguma coisa de etéreo. Ele não existia no mesmo plano que nós. Percebia-se que uma parte dele mergulhava naquela nebulosa espiritual que os padres diziam existir logo acima de nossa consciência cotidiana. O lugar de onde vêm os sonhos, a arte, a fé e a inspiração divina.

Dei a volta no balcão para pegar outra cerveja, e ele ficou me observando com aqueles olhos calmos, ternos. Mergulhei a mão no freezer, pesquei outra Harpoon e voltei para a mesa.

"A gente poderia passar a noite toda aqui discutindo, Gerry, e talvez num mundo ideal isso fosse válido, mas neste em que vivemos algumas vidas valem, sim, muito mais do que outras." Sacudi os ombros quando ele arqueou as sobrancelhas. "Pode ser que eu seja um fascista, mas eu diria que a vida de Madre Teresa vale muito mais do que a de Michael Millken. E a de Martin Luther King, muitíssimo mais do que a de Hitler."

"Interessante." Sua voz era quase um sussurro. "Então, se você é capaz de julgar o valor de outra vida humana, deduz-se que você é superior a essa vida."

"Não necessariamente."

"Você é melhor do que Hitler?"

"Claro."

"Do que Stalin?"

"Sim."

"Pol Pot?"

"Sim."

"Do que eu?"

"Você?"

Ele fez que sim.

"Você não é um assassino, Gerry."

Ele deu de ombros. "É assim que você julga? Você é melhor do que pessoas que matam ou mandam matar?"

"Se esses crimes são cometidos contra vítimas que não constituem nenhuma ameaça real para o assassino ou para quem ordena o assassinato, sim, sou melhor do que eles."

"Quer dizer então que você é superior a Alexandre, César, vários presidentes americanos, alguns papas."

Comecei a rir. Ele me pusera contra a parede, eu tinha percebido seu movimento, sem adivinhar, porém, de onde viria o argumento.

"É como eu lhe disse, Gerry, você é meio jesuíta."

Ele sorriu e passou a mão no cabelo eriçado. "Admito que eles me doutrinaram bem." Apertando os olhos, ele se debruçou sobre a mesa. "Eu simplesmente odeio essa idéia de que algumas pessoas têm mais direito de tirar a vida do que outras. É uma concepção fundamentalmente corrupta. Se você mata, deve ser punido."

"Como Alec Hardiman?"

Ele piscou. "Você é meio pit bull, não é, Patrick?"

"É para isso que os clientes me pagam, Ger." Estendi a mão e enchi novamente o copo dele. "Fale-me de Alec Hardiman, de Cal Morrison e Jamal Cooper."

"Talvez Alec tenha matado Cal Morrison e Cooper, não tenho certeza. Quem quer que tenha matado aqueles rapazes queria marcar posição, não há dúvida. Crucificou Morrison sob a estátua de Edward Everett, enfiou um furador de gelo em sua laringe para impedi-lo de gritar, cortou pedaços de seu corpo que nunca foram encontrados."

"Que partes?"

Gerry tamborilou na mesa por um instante, lábios franzidos enquanto decidia o quanto deveria me contar. "Os testículos, uma rótula, os dois dedões dos pés. Fizeram o mesmo com outras vítimas de que ouvi falar."

"Outras vítimas além de Cooper?"

"Pouco antes do assassinato de Cal", disse Gerry, "alguns bêbados e vagabundos foram mortos entre a Zona, no centro da cidade, e a estação rodoviária de Springfield. Foram seis no total, começando por Jamal Cooper. As armas do crime variaram, o perfil das vítimas não era o mesmo, variaram também os métodos de execução, mas Brett e eu achávamos que tudo aquilo era obra de dois assassinos."

"Dois?"

Ele confirmou. "Trabalhando juntos. Poderia ser um só,

mas aí ele teria que ser incrivelmente forte, ambidestro e rápido como um raio."

"Se as armas, os métodos e o perfil das vítimas eram tão diferentes, por que você acha que se tratava dos mesmos assassinos?"

"Havia nos assassinatos um nível de crueldade que eu nunca tinha visto antes e nem vi depois. Esses caras não apenas gostavam de fazer aquilo, Patrick, mas eles — ou ele — pensavam também nas pessoas que encontrariam os corpos, anteviam a reação delas. Eles cortaram um bêbado em cento e sessenta e quatro pedaços. Imagine cento e sessenta e quatro pedaços de carne e ossos, alguns menores que uma falange, colocados sobre a cômoda, enfileirados na cabeceira da cama, dispostos a intervalos regulares no chão ou pendurados nos ganchinhos da cortina do banheiro, naquele horrível albergue da Zona. O albergue nem existe mais, mas não consigo passar pelo lugar onde ele ficava sem me lembrar daquela cena. Eles pegaram uma menina de dezesseis anos que fugira de casa, quebraram-lhe o pescoço, giraram sua cabeça uns cento e oitenta graus e fixaram-na nessa posição com fita adesiva, para causar impacto na primeira pessoa que entrasse pela porta. Aquilo foi a coisa mais terrível que vi, e ninguém vai me dizer que aquelas seis vítimas, cujos casos permanecem oficialmente sem solução, não foram mortas pela mesma ou mesmas pessoas."

"E Cal Morrison?"

Ele confirmou com a cabeça. "O número sete. E Charles Rugglestone, talvez, o número oito."

"Espere um pouco", disse eu. "O Rugglestone que era amigo de Alec Hardiman?"

"Esse mesmo." Gerry levantou o copo, abaixou-o e ficou olhando para ele. "Mataram Charles Rugglestone num depósito, não muito longe daqui. Ele foi golpeado trinta e duas vezes com um furador de gelo, e bateram nele com tanta força com um martelo que os buracos em seu crânio pareciam ter sido feitos por animaizinhos que estavam morando em seu cérebro e resolveram abrir caminho para sair. Além disso queimaram-no, centímetro por centímetro, dos tornozelos até o pescoço, e isso, em sua maior parte, enquanto ele ainda estava respirando. Encontramos Alec Hardiman na seção de expedição, inconsciente e coberto de sangue de Rugglestone. O furador de gelo estava a seu lado, com suas impressões digitais."

"Quer dizer que foi ele."

Gerry sacudiu os ombros. "Todo ano, atendendo a um pedido do pai dele, eu visito Alec em Walpole. E, quem sabe, talvez porque eu goste dele. Ainda vejo nele o menininho que foi um dia. Mas, apesar da estima que tenho por Alec, ele continua sendo um enigma. Ele é capaz de matar? Sim. Não duvido disso nem por um segundo. Mas lhe digo também que nenhum homem sozinho, por mais forte que fosse, teria forças para fazer o que fizeram com Rugglestone." Gerry franziu os lábios e bebeu mais uma dose. "Logo no início do processo contra Alec, os crimes cessaram. Seu pai, naturalmente, aposentou-se pouco depois que ele foi preso, mas continuei investigando o assassinato de Morrison e os seis anteriores e concluí pela inocência de Alec em pelo menos dois deles."

"Mas ele foi condenado."

"Só pelo assassinato de Rugglestone. Ninguém queria admitir que se suspeitava de um *serial killer* e que o grande público não tinha sido notificado. Ninguém queria receber mais ovos na cara depois que o filho de um policial condecorado fora preso por um assassinato brutal. Então Alec foi julgado pelo assassinato de Rugglestone e condenado à prisão perpétua, e desde então está apodrecendo em Walpole. Seu pai foi para a Flórida e provavelmente morreu tentando entender onde tinha errado. E acho que nada disso teria muita importância, exceto pelo fato de que alguém crucificou Kara Rider numa colina e uma outra pessoa soprou meu nome e o de Alec Hardiman para você."

"Então, supondo-se que tenham sido dois os assassinos, um dos quais Alec Hardiman..."

"... o outro ainda está por aí, claro", completou Gerry. Ele agora estava com olheiras negras, os olhos encovados. "E se ele ainda anda por aí depois de quase vinte anos, e se esteve todo esse tempo preparando seu retorno, eu diria que ele está muito puto da vida."

16

Nevava num luminoso dia de verão quando Kara Rider me parou na rua para me perguntar como ia o caso Jason Warren.

Seus cabelos, não mais tingidos de preto, tinham voltado ao tom loiro natural, e ela estava sentada numa cadeira de jardim na frente do Black Emerald, usando apenas a parte de baixo de um biquíni. A neve caía à direita e à esquerda de sua cadeira, mas sua pele era tocada apenas pelo sol. Seus seios pequenos eram duros, cobertos de gotas de suor. Eu me esforçava o tempo todo para me lembrar de que a conhecia desde que era pequena e que não devia lhe lançar um olhar cobiçoso.

Um pouco mais adiante, Grace estava colocando uma rosa negra no cabelo de Mae. Do outro lado da avenida, um bando de cachorros brancos, pequenos e nodosos como punhos, olhava para elas, com baba escorrendo pelos lados das bocas.

"Preciso ir embora", falei para Kara, mas, quando olhei para trás, Grace e Mae tinham desaparecido.

"Sente-se", disse ela. "Só por um segundo."

Então eu me sentei e a neve começou a cair na parte de trás de meu colarinho, gelando minha espinha. Meus dentes batiam quando eu disse: "Pensei que você estava morta".

"Não", disse ela. "Eu só dei uma saidinha."

"Para onde você foi?"

"Para Brookline. Merda."

"O quê?"

"Esse lugar continua a mesma merda."

Grace pôs a cabeça para fora do Black Emerald. "Você não vem, Patrick?"

"Tenho que ir embora", disse eu, batendo de leve no ombro de Kara.

Ela pegou minha mão e colocou-a sobre o peito nu.

Olhei para Grace, mas ela pareceu não se importar. Angie estava a seu lado, e as duas sorriram.

Com minha mão, Kara acariciou o próprio mamilo. "Não se esqueça de mim."

Agora a neve caía em seu corpo, amortalhando-o.

"Não vou esquecer. Preciso ir."

"Até."

As pernas de sua cadeira de jardim cederam sob o peso da neve, e, quando olhei para trás, mal pude distinguir suas formas sob a pilha de neve macia.

Mae saiu do bar, pegou minha mão e deu para seu cachorro comer.

Fiquei olhando meu sangue espumar na boca do cachorro. Eu não sentia dor — era quase agradável.

"Está vendo?", disse Mae. "Ele gosta de você, Patrick."

Na última semana de outubro, abandonamos o caso Jason Warren de comum acordo com Diandra e Eric. Conheço gente que seria bem capaz de esticar o caso, explorando os temores de uma mãe angustiada, mas eu não faço isso. Não porque eu seja um modelo de honestidade, mas porque tirar metade do seu sustento de casos que não terminam nunca é um mau negócio. Tínhamos dossiês sobre todos os professores que Jason tivera na Bryce (onze) e sobre todos os seus conhecidos (seu companheiro de quarto, Jade, Gabrielle, Lauren), exceto o cara de cavanhaque, e nada fazia supor que alguma dessas pessoas constituísse uma ameaça para ele. Tínhamos também as anotações do trabalho de observação feito dia após dia, além de resumos de nosso encontro com Freddy Gordo, Jack Rouse e Kevin Hurlihy e de minha conversa com Stan Timpson por telefone.

Diandra não recebera mais ameaças, nem telefonemas nem fotografias pelo correio. Numa conversa com Jason em New Hampshire, mencionara o fato de que um amigo dela o vira com um rapaz no Sunset Grill na semana anterior, e Jason respondera que ele era "só um amigo", sem dar mais detalhes.

Passamos mais uma semana seguindo-o, e não aconteceu nada de novo: intensa atividade sexual, solidão, estudo.

Diandra concordou conosco que aquilo não estava levando a nada, que o único indício de que Jason estava em perigo era a fotografia mandada pelo correio. Chegamos, portanto, à conclusão de que nossa suspeita inicial — que Diandra, inadvertidamente, irritara Kevin Hurlihy — estava correta, uma vez que não houvera mais nenhum incidente depois de nossa conversa com Freddy Gordo. Talvez Freddy, Kevin, Jack e toda a canalha tivessem decidido deixar pra lá, mas não estivessem dispostos, na ocasião, a dar a cara para bater a dois detetives particulares.

Fosse como fosse, agora tudo terminara, e Diandra pagou nossos honorários e nos agradeceu. Deixamos nossos cartões e nossos números de telefone, para o caso de surgir alguma novidade, e voltamos a nossas atividades, no período mais aborrecido do ano.

Alguns dias depois, a pedido de Devin, fomos encontrá-lo no Black Emerald às duas da tarde. Havia uma tabuleta onde se lia FECHADO na entrada, mas batemos e Devin abriu a porta, fechando-a atrás de nós quando entramos no bar.

Atrás do balcão, sentado em cima do freezer, Gerry Glynn não parecia muito contente. Oscar estava sentado ao balcão, com um prato de comida, e Devin ocupou um assento a seu lado e mordeu o cheeseburger mais sangrento que já vi na vida.

Sentei-me ao lado de Devin, e Angie ao lado de Oscar, de quem roubou uma batata frita.

Olhei para o prato de Devin. "Será que eles só encostaram a vaca no radiador?"

Ele soltou um resmungo enfiou mais um naco do sanduíche na boca.

"Devin, você sabe o mal que carne vermelha faz ao coração. E eu nem quero falar dos intestinos!"

Ele limpou a boca com um guardanapo de papel. "Você aproveitou que eu não estava olhando para virar um desses fanáticos por dietas holísticas, saudáveis e politicamente corretas, Kenzie?"

"Não, mas acabei de ver um fazendo uma manifestação aí fora."

Ele passou a mão na cintura. "Tome, pegue este revólver dê um tiro no babaca. E aproveite para acertar um palhaço. Eu cuido para que a história saia direitinho nos jornais."

Ouvi alguém pigarrear atrás de mim e olhei pelo espelho do bar. Por cima de meu ombro esquerdo, vi um homem sentado num boxe meio às escuras.

Usava terno preto, gravata preta, camisa branca impecável e um cachecol de mesma cor. Seus cabelos tinham a cor de mogno polido. Estava tão empertigado que dava a impressão de que a coluna vertebral fora substituída por uma vara.

Sem se voltar, Devin apontou-o com o polegar.

"Patrick Kenzie, Angela Gennaro, eu lhes apresento o agente especial Barton Bolton, do FBI."

Girei meu banco, Angie fez o mesmo, e dissemos: "Olá".

O agente especial Barton Bolton não respondeu. Ele nos olhou de alto a baixo, como um comandante de campo de concentração tentando decidir se era melhor nos exterminar ou nos submeter a trabalhos forçados, depois desviou o olhar para um ponto qualquer acima do ombro de Oscar.

"Estamos com um problema", disse Oscar.

"Talvez um pequeno problema, talvez um grande problema", disse Devin.

"E qual seria?", perguntou Angie.

"Primeiro vamos nos sentar todos juntos", disse Oscar empurrando o prato.

Devin fez o mesmo e fomos todos nos sentar no boxe onde estava o agente especial Barton Bolton.

"E Gerry?", perguntei, vendo-o retirar os pratos do balcão.

"O senhor Glynn já foi interrogado", disse Bolton.

"Ah."

"Patrick", disse Devin. "Encontraram seu cartão na mão de Kara."

"Já lhe disse como ele foi parar na mão dela."

"Quando estávamos trabalhando com a hipótese de que Micky Doog ou um de seus comparsas a matara porque ela se recusara a chupá-lo ou algo parecido, não havia nenhum problema."

"E sua suposição mudou?", perguntou Angie.

"Receio que sim", disse Devin acendendo um cigarro.

"Você tinha parado de fumar, não?", disse eu.

"Sim, mas não deu certo." Ele sacudiu os ombros.

O agente Bolton tirou uma fotografia de sua pasta e passou-a para mim. A foto era de um jovem na casa dos trinta anos, com físico de estátua grega. Estava só de short e sorria para a câmera. Seu tronco eram puros relevos cinzelados e músculos salientes, e os bíceps eram do tamanho de uma bola de beisebol.

"Você conhece esse homem?"

"Não", disse eu, passando a foto para Angie.

Ela a fitou por um momento. "Não."

"Vocês têm certeza?"

"Eu nunca esqueceria um corpo desses, pode acreditar."

"Quem é ele?"

"Peter Stimovich", disse Oscar. "Na verdade, o nome completo é O Defunto Peter Stimovich. Ele foi morto na noite passada."

"Ele também estava com meu cartão?"

"Pelo que sei, não."

"Então por que vocês me chamaram?"

Devin olhou para Gerry por cima do balcão. "Sobre o que você e Gerry conversaram quando esteve aqui no bar há alguns dias?"

"Pergunte a Gerry."

"Nós perguntamos."

"Espere um pouco" disse eu. "Como vocês sabem que estive aqui há alguns dias?"

"Você estava sendo seguido", disse Bolton.

"Como?"

Devin sacudiu os ombros. "A coisa vai muito mais longe do que você imagina, Patrick. Muito mais longe."

"Por quanto tempo?"

"Há quanto tempo o quê?"

"Eu venho sendo seguido?", disse eu, olhando para Bolton.

"Desde que Alec Hardiman se recusou a falar conosco", disse Devin.

"E daí?"

"Quando se recusou a falar conosco", explicou Oscar, "ele disse que só falaria com você."

"Comigo?"

"Com você, Patrick, só com você."

17

"Por que Alec Hardiman quer falar comigo?"

"Boa pergunta", disse Bolton. Ele abanou a mão para afastar a fumaça do cigarro de Devin. "Senhor Kenzie, tudo o que falarmos a partir de agora é absolutamente confidencial. Entendido?"

Angie e eu respondemos sacudindo os ombros da forma mais enfática possível.

"Só mais uma coisa: se passarem adiante o que for dito aqui hoje, vocês serão acusados de obstrução da justiça federal e poderão receber penas de até dez anos de prisão."

"Você gosta de dizer isso, não?", disse Angie.

"Isso o quê?"

Ela repetiu, engrossando a voz: "Serão acusados de obstrução da justiça federal".

Ele soltou um suspiro. "Senhor Kenzie, quando mataram Kara Rider, ela estava com seu cartão na mão. Sua crucificação, como deve saber, foi muito parecida com a de um rapaz assassinado neste mesmo bairro em 1974. O que você não sabe é que o sargento Amronklin trabalhava na época com o inspetor Hardiman e com o ex-inspetor chefe Glynn."

Olhei para Devin. "Na noite em que o corpo de Kara Rider foi encontrado, você já achava que o crime podia ter alguma relação com a morte de Cal?"

"Eu considerei essa possibilidade."

"Mas você não me disse nada."

"Não." Ele apagou o cigarro. "Você é um cidadão comum, Patrick. Não tenho que lhe informar de nada. Além disso, eu achava que era uma possibilidade muito remota. Era só uma idéia que eu guardava num canto da mente."

O telefone do bar tocou e Gerry atendeu, olhos fixos em nós. "Black Emerald." Ele balançou a cabeça, como se já esperasse a pergunta de seu interlocutor. "Não, sinto muito. O bar está fechado. Problema de encanamento." Ele fechou os olhos por um instante, balançando a cabeça impaciente. "Se você está tão desesperado por um drinque, procure outro bar. Bom, tenho que desligar." Ele estava prestes a desligar. "Já não lhe disse que está fechado? Também sinto muito."

Ele desligou, olhou para nós e sacudiu os ombros.

"Essa outra vítima...", disse eu.

"Stimovich."

"Sim. Ele foi crucificado?"

"Não", disse Bolton.

"Como ele morreu?"

Bolton olhou para Devin. Este olhou para Oscar, que disse: "Contem a ele. Que importância tem isso? Precisamos de toda a ajuda possível, antes que outros corpos venham cair em nossas mãos".

"O senhor Stimovich foi amarrado a uma parede, tiraram-lhe tiras da pele e arrancaram-lhe as vísceras com ele ainda vivo", explicou Bolton.

"Meu Deus", disse Angie benzendo-se tão depressa que nem sei se ela se deu conta de tê-lo feito.

O telefone do bar tocou novamente.

Bolton franziu o cenho. "Você pode deixá-lo fora do gancho por algum tempo, senhor Glynn?"

Gerry pareceu chateado. "Agente Bolton, com todo o respeito pelo morto, vou manter meu estabelecimento fechado quanto vocês precisarem, mas há muitos fregueses querendo saber por que o bar não abriu hoje."

Bolton fez um gesto vago e Gerry atendeu ao telefone.

Depois de ouvir por alguns segundos, ele balançou a

cabeça. "Bob, Bob, ouça, estamos com um problema de encanamento. Sinto muito, mas o salão está alagado e..." Ele ficou escutando. "Então faça o que estou lhe dizendo: vá para o Leary's ou para o Fermanagh. Vá *a algum lugar*, está bem?"

Ele desligou e sacudiu os ombros mais uma vez.

Eu disse: "Como vocês sabem que Kara não foi morta por um conhecido dela? Por Micky Doog, por exemplo. Ou que não se trata de um rito de iniciação de uma gangue?".

Oscar balançou a cabeça. "Não foi isso. Todos os seus conhecidos de que temos notícia têm álibis, inclusive Micky Doog. E não sabemos ainda por onde ela andou desde que voltou para esta cidade."

"Ela não parou muito no bairro", disse Devin. "Sua mãe não sabia aonde ela ia. Mas ela se encontrava aqui havia apenas três semanas e não deve ter tido tempo de conhecer muita gente em Brookline."

"Brookline?", repeti, lembrando-me de meu sonho.

"Brookline. Pelo que sabemos, esse é o único lugar onde ela esteve várias vezes. Recibos de cartão de crédito da Cityside, um ou dois restaurantes nas imediações da Bryce University."

"Meu Deus", disse eu.

"O quê?"

"Nada. Nada. Escute, como você sabe que existe uma ligação entre esses casos, se as vítimas foram mortas de modos diferentes?"

"Pelas fotografias", disse Bolton.

Senti um bloco de gelo se fundir em meu peito.

"Que fotografias?", perguntou Angie.

"A mãe de Kara tinha em casa uma pilha de envelopes ainda fechados, entregues pelo correio alguns dias antes da morte da filha", explicou Devin. "Num desses envelopes, sem endereço do remetente e sem ao menos um bilhete, havia apenas uma foto de Kara, uma foto inocente, sem..."

Angie disse: "Gerry, posso usar seu telefone?".

"Qual o problema?", perguntou Bolton.

Ela já estava no balcão, fazendo a ligação.

"E o outro rapaz, o tal Stimovich?", perguntei.

"Não tem ninguém no quarto dele", disse Angie enquanto desligava e punha-se a discar outro número.

"O que está havendo, Patrick?", perguntou Devin.

"Fale-me sobre Stimovich", disse eu, tentando conter o pânico em minha voz. "Por favor, Devin, agora."

"A namorada de Stimovich, Alice Boorstin..."

"Não tem ninguém no escritório de Diandra", disse Angie desligando abruptamente e recomeçando a discar.

"... recebeu uma foto dele pelo correio há duas semanas. Como no caso de Kara, o envelope não tinha remetente nem um bilhete, só uma foto."

"Diandra", disse Angie ao telefone. "Onde está Jason?"

"Patrick", disse Oscar. "Abra o jogo."

"Eu *tenho* o horário de suas aulas", disse Angie. "Hoje ele só tem uma aula, e faz mais de cinco horas que ela acabou."

"Nossa cliente também recebeu uma foto assim há algumas semanas", eu disse. "De seu filho."

"Vamos manter contato. Fique onde está. Não se preocupe." Angie desligou. "Puta que pariu, puta que pariu, puta que pariu."

"Vamos embora", falei levantando-me.

"Vocês não vão a lugar nenhum", disse Bolton.

"Então me prendam", eu disse enquanto me dirigia à porta, seguindo os passos de Angie.

18

Encontramos Jade, Gabrielle e Lauren jantando no restaurante universitário, mas não Jason. Elas nos lançaram um olhar do tipo "Quem diabo são vocês?", mas responderam a nossas perguntas. Nenhuma delas tinha visto Jason depois daquela manhã.

Fomos ao alojamento, mas ele não aparecia por lá desde a noite anterior. Seu companheiro de quarto, envolto numa nuvem de fumaça de maconha, enquanto Henry Rollins vociferava nas caixas de som, nos disse: "Não, cara, não faço idéia de onde ele esteja. Talvez com aquele cara, sabe?".

"A gente não sabe."

"Aquele cara. Sabe, o cara com quem ele anda de vez em quando."

"O cara de cavanhaque?", disse Angie.

O rapaz confirmou. "O cara de olhos vazios, como um zumbi. Mas isso não importa: se fosse uma garota seria um puta avião. Estranho, não?"

"Esse zumbi tem nome?"

"Eu, pelo menos, não sei."

Enquanto andávamos de volta ao carro, lembrei-me de Grace me perguntando algumas noites antes: "Será que esses casos têm alguma ligação entre si?".

Bem, agora não havia dúvida. Mas o que isso significava?

Diandra Warren recebe uma fotografia do filho e deduz que isso tem alguma relação com um sujeito da máfia a quem ela, sem querer, ofendera. Só que ela não o ofendera. Ela fora procurada por uma impostora, e as duas se encontraram em Brookline. A impostora tinha um sotaque carregado de Boston e cabelos loiros e finos. Quando vi Kara, tive a impressão de que ela tingira o cabelo havia pouco tempo. Kara antes era loira, e os recibos de seu cartão de crédito indicavam que ela se encontrava em Brookline na mesma época em que "Moira Kenzie" entrara em contato com Diandra.

Diandra Warren não tinha aparelho de televisão em seu apartamento. E, se ela lia jornal, era *The Trib*, e não *The News*. Este estampara a foto de Kara na primeira página. *The Trib*, bem menos sensacionalista, e na verdade um tanto atrasado na cobertura do caso, não publicara nenhuma foto da moça.

Mal chegamos ao carro, Eric Gault parou seu Audi cor de bronze logo atrás dele. Ele nos olhou um tanto surpreso quando saiu do carro.

"O que os traz aqui, meus jovens?"

"Estamos procurando Jason."

Ele abriu o porta-malas e começou a tirar livros perdidos em meio a um monte de jornais velhos. "Pensei que vocês tinham abandonado o caso."

"Surgiram alguns elementos novos", esclareci, fingindo uma confiança que estava longe de sentir. Olhei para os jornais do porta-malas de Eric. "Você os coleciona?"

Ele balançou a cabeça. "Eu os enfio aí e, quando não consigo mais fechar o porta-malas, levo para a reciclagem."

"Estou procurando uma edição de dez dias atrás. Posso dar uma olhada?"

Ele deu um passo atrás. "Esteja à vontade."

Fui tirando os exemplares do *News* que estavam no alto da pilha. O quarto número já era o que tinha a foto de Kara. "Obrigado", disse eu.

"Por nada." Ele fechou o porta-malas. "Se querem encontrar Jason, procurem no Coolidge Corner ou nos bares da Brighton Avenue. O Kells, o Harper's Ferry... os preferidos do pessoal da Bryce."

"Obrigado."

Angie apontou para os livros que ele trazia debaixo do braço. "Perdeu o prazo de devolução?"

Ele balançou a cabeça, olhou para os edifícios imponentes de tijolos vermelhos e brancos do alojamento da universidade. "Trabalho extra. Nesses tempos de recessão, mesmo professores titulares como eu têm que dar umas aulas particulares de vez em quando."

Entramos no carro e nos despedimos.

Eric nos fez um aceno, em seguida nos deu as costas e se dirigiu ao alojamento, assobiando baixinho no ar cada vez mais frio.

Procuramos em todos os bares da Brighton Avenue, North Harvard e em alguns na Union Square. Nada de Jason.

A caminho da casa de Diandra, Angie perguntou: "Por que você pegou esse jornal?".

Eu lhe disse.

"Meu Deus", disse ela. "Isso é um pesadelo."

"É mesmo."

Subimos de elevador para o apartamento de Diandra, vendo a orla marinha erguer-se e refluir em seguida para o porto mergulhado em tinta negra. A apreensão que pesava em meu estômago nas últimas horas aumentava e se agitava em torvelinho, deixando-me nauseado.

Quando Diandra abriu a porta para nós, a primeira coisa que eu disse foi: "Essa tal Moira Kenzie tinha a mania de puxar uma mecha de cabelo para trás da orelha direita, ainda que não houvesse nada que pudesse puxar?".

Ela apenas me fitou.

"Tinha?"

"Sim, mas como você...?"

"Tente lembrar. Ela pontuava as frases com uma espécie de risinho nervoso, esquisito, quase um soluço?"

Ela fechou os olhos por um momento. "Sim. Sim, ela fazia isso."

Mostrei-lhe o *The News*. "É ela?"

"Sim."

"Filha-da-puta", gritei.

Moira Kenzie era Kara Rider.

Liguei para Devin do apartamento de Diandra.

"Cabelos pretos", disse-lhe. "Vinte anos. Alto. Bem constituído. Covinha no queixo. Normalmente usa calças jeans e camisas de flanela." Olhei para Diandra. "Você tem fax aqui no apartamento?"

"Tenho."

"Devin, vou lhe mandar uma foto por fax. Qual é o número?"

Ele me deu. "Patrick, vamos colocar uns cem caras para proteger o rapaz."

"Se você puser duzentos, vou ficar mais tranqüilo."

O aparelho de fax ficava no lado leste do apartamento, perto do escritório. Enviei a foto de Jason que Diandra recebera pelo correio, esperei a confirmação do envio e voltei à sala de estar, onde estavam Diandra e Angie.

Expliquei a Diandra que estávamos um pouco preocupados porque tínhamos provas de que nem Jack Rouse nem Kevin Hurlihy estavam envolvidos no caso. Disse que, como Kara morrera pouco tempo depois de ter fingido ser Moira Kenzie, eu queria reabrir o caso. Não lhe contei que todos os que receberam fotos tiveram parentes próximos assassinados.

"Mas ele está bem?" Sentada no sofá, dobrou as pernas sob si e nos encarou.

"Achamos que sim."

Ela balançou a cabeça. "Vocês estão preocupados. É evidente. E estão escondendo alguma coisa. Por favor, digam-me o que é. Por favor."

"Não é nada", disse eu. "Só me incomoda o fato de que a moça que se fingiu de Moira Kenzie e começou toda essa história tenha sido morta."

Ela não acreditou em mim e inclinou-se para a frente, cotovelos apoiados nos joelhos. "Toda noite, sem falta, Jason telefona entre nove e nove e meia."

Olhei para meu relógio. Nove e cinco.

"Será que ele vai ligar, senhor Kenzie?"

Olhei para Angie. Ela estava olhando atentamente para Diandra.

Diandra fechou os olhos por um instante. Quando os abriu, ela disse: "Algum de vocês tem filhos?".

Angie fez que não.

Por um instante, pensei em Mae.

"Não", respondi.

"Era o que eu pensava." Ela andou até uma janela, as mãos apoiadas na parte de trás dos quadris. Enquanto estava diante da vidraça, as luzes de um apartamento vizinho foram se apagando uma a uma, e manchas de sombra se espalharam no soalho claro da sala.

Ela disse: "A gente nunca fica tranqüila. Nunca. A gente se lembra da primeira vez em que ele subiu na grade do berço e caiu no chão, antes que houvesse tempo de socorrê-lo. E a gente pensou que ele estava morto. Só por um segundo. E a gente se lembra do horror que foi aquele pensamento. Quando ele cresce e anda de bicicleta, sobe em árvores, vai para a escola sozinho e atravessa a rua correndo em vez de esperar o sinal abrir, a gente finge que está tudo bem. A gente diz: 'Criança é assim mesmo. Eu também era assim na idade dele'. Mas há sempre um grito mal contido no fundo da garganta. Não faça isso. Pare. Por favor, não se machuque". Ela deu as costas para a janela e olhou para nós de entre as sombras. "Isso nunca acaba. A preocupação. O medo. Nem por um segundo. Esse é o preço que se paga por trazer uma vida ao mundo."

Vi Mae aproximando a mão da boca do cachorro, lembrei-me de como eu estivera prestes a pular, a arrancar a cabeça daquele terrier escocês, se fosse preciso.

O telefone tocou. Nove e quinze. Nós três nos sobressaltamos, e Diandra atravessou a sala com quatro largos passos. Angie se virou para mim e revirou os olhos em sinal de alívio.

Diandra pegou o telefone. "Jason?" "Jason?"

Não era Jason. Isso ficou evidente quando ela passou a mão pela têmpora, apertando-a contra os cabelos. "O quê?", disse ela. Ela voltou a cabeça e olhou para mim. "Espere um pouco."

Ela me passou o telefone. "Um tal de Oscar."

Peguei o fone de sua mão e dei as costas para ela e para Angie, enquanto mais uma série de lâmpadas se apagava no edifício ao lado, espalhando a escuridão no soalho feito um líquido, e Oscar me dizia que Jason Warren fora encontrado.

Cortado em pedaços.

19

Num depósito de mercadorias abandonado, no sul da zona portuária de Boston, o assassino dera um tiro no estômago de Jason Warren, apunhalara-o várias vezes com um furador de gelo e em seguida o golpeara com um martelo. Depois de amputar-lhe os membros e colocá-los nos peitoris das janelas, tinha deixado seu tronco numa cadeira de frente para a porta e amarrado sua cabeça a um cabo elétrico desligado que pendia de uma esteira rolante elevada.

Uma equipe de legistas passou a noite e mais a manhã seguinte tentado, em vão, achar as rótulas de Jason.

Os dois primeiros policiais na cena do crime eram novatos. Um deles deu baixa da corporação na semana seguinte. O outro, pelo que Devin me contou, tirou licença para fazer um tratamento psiquiátrico. Devin disse-me também que, quando ele e Oscar entraram no depósito, a princípio pensaram que Jason tivesse sido atacado por um leão.

Naquela noite, quando desliguei o telefone depois de receber a informação de Oscar e me voltei para Diandra e para Angie, Diandra já sabia.

Ela disse: "Meu filho está morto, não é?".

E eu confirmei balançando a cabeça.

Ela fechou os olhos e cobriu as orelhas com as mãos, como se quisesse refugiar-se no silêncio, de modo a poder ouvir alguma coisa. Seu corpo oscilou um pouco, como um uma folha ao sopro do vento, e Angie aproximou-se dela.

"Não toque em mim", disse, ainda com os olhos fechados.

Quando Eric chegou, Diandra estava sentada junto à janela, o olhar fixo no porto. A seu lado, frio e intacto, o café que Angie preparara. Durante uma hora, ela não dissera uma palavra.

Eric entrou na sala, e ela ficou olhando enquanto ele tirava a capa de chuva e o chapéu, pendurava-os num cabide e voltava-se para nós.

Fomos os dois para a cozinha minúscula, e eu contei a ele.

"Meu Deus", disse, e por um momento pensei que fosse vomitar. Seu rosto perdeu a cor e ele crispou as mãos no balcão com tanta força que as articulações dos dedos ficaram brancas. "Assassinado? Como?"

Balancei a cabeça. "Por enquanto, basta saber que foi assassinado", disse eu.

Ele continuou com as duas mãos em cima do balcão, a cabeça baixa. "Como Diandra reagiu ao saber disso?"

"Ela está calma."

Ele balançou a cabeça. "Ela é assim. Você ligou para Stan Timpson?"

"Acho que a polícia o fará."

Seus olhos se encheram de lágrimas. "Pobre criança... ele era tão bonito."

"Agora, conte-me".

Ele olhou para a geladeira, por cima de meu ombro. "Contar o quê?"

"Tudo o que você sabe sobre Jason. Tudo o que você estava escondendo."

"Escondendo?", falou em voz baixa.

"Escondendo", repeti. "Desde o começo você não tem sido muito claro."

"Por que você diz isso?"

"Digamos que é uma intuição minha. O que você estava fazendo na Bryce esta noite?"

"Eu já lhe disse. Dando aulas particulares."

"Mentira. Eu vi os livros que você tirou do carro. Um deles era um guia de automóveis, Eric."

"Escute", disse ele. "Agora vou para junto de Diandra. Sei como ela vai reagir e acho que você e Angie devem ir embora. Ela não vai querer que vocês estejam aqui quando sucumbir à dor."

Balancei a cabeça. "Depois ligo para você."

Ele ajustou os óculos, passou por mim. "Vou providenciar para que recebam o resto de seus honorários."

"Nós já recebemos o pagamento, Eric."

Ele foi ao encontro de Diandra. Olhei para Angie e fiz um movimento com a cabeça em direção à porta. Ela pegou sua bolsa do chão e o casaco do sofá no momento em que Eric punha a mão no ombro de Diandra.

"Eric", disse ela. "Oh, Eric. Por quê? Por quê?"

Ela tombou da cadeira e caiu em seus braços. Angie veio ao meu encontro na porta. Quando a abri, Diandra se pôs a urrar. Foi uma das coisas mais terríveis que ouvi na vida — um grito raivoso, torturado, dilacerado, que explodiu em seu peito, ecoou no apartamento e ainda reverberava em minha cabeça muito tempo depois de eu ter saído do prédio.

"Eric está mentindo", falei para Angie no elevador.

"Mentindo em relação a quê?"

"Ele está mentindo", repeti. "Ele tem culpa no cartório ou então está escondendo algo."

"O quê?"

"Não sei. Ele é nosso amigo, Ange, mas não gosto do jeito como vem se comportando nessa história toda."

"Vou ver se descubro alguma coisa."

Aquiesci. O grito de Diandra ainda ressoava em meus ouvidos, e eu só tinha um desejo: encolher o corpo e me proteger dele.

Angie se encostou na parede de vidro do elevador,

abraçou o próprio corpo e não disse uma palavra no caminho de casa.

Uma das coisas que a convivência com as crianças nos ensina é que, seja qual for a tragédia, temos que continuar em atividade. Não temos escolha. Muito antes da morte de Jason, quando eu ainda nem sabia de sua existência nem da existência de sua mãe, eu me comprometera em ficar com Mae por um dia e meio, enquanto Grace trabalhava e Annabeth ia ao Maine encontrar uma velha amiga de seu único ano de faculdade.

Ao ouvir a história de Jason, Grace me falou: "Vou ver se arrumo outra pessoa para ficar com ela. Ou então dou um jeito de tirar uma folga".

"Não", disse eu. "O combinado está de pé. Quero ficar com ela."

E fiquei. E aquela foi uma das decisões mais acertadas que tomei em minha vida. Sei que a sociedade nos estimula a falar dos dramas que estamos vivendo, a discuti-los com os amigos ou com especialistas a quem não conhecemos, e isso talvez seja positivo. Mas também acho que nossa sociedade tende a falar demais, a considerar a verbalização uma panacéia, quando na maior parte das vezes não o é; acho também que fechamos os olhos à autocomiseração mórbida, que é o resultado perfeitamente previsível dessa atitude.

Como tenho tendência a ficar cismando e passo muito tempo sozinho — o que só piora as coisas —, talvez me fizesse bem conversar com alguém sobre a morte de Jason e sobre meu sentimento de culpa em relação à tragédia. Mas não o fiz.

Em vez disso, fiquei com Mae, e o simples fato de estar com ela, de procurar distraí-la, de lhe dar comida, de levá-la para dormir, de lhe explicar as momices dos irmãos Marx enquanto assistíamos a *Os galhofeiros* e *Diabo a quatro*, de ler Dr. Seuss para ela depois de fazê-la deitar-se no sofá-cama que eu abrira no quarto — o simples fato de cuidar de outro ser humano mais frágil me fez mais bem que mil sessões de terapia, e me peguei me perguntando se as gerações passadas foram sábias em aceitar a idéia do desabafo como uma verdade incontestável.

Na metade de *Fox in sox*, os olhos de Mae começaram a se fechar. Puxei o lençol até a altura de seu queixo e fechei o livro.

"Patrick, você gosta da mamãe?", disse ela.

"Gosto de sua mãe. Agora durma."

"Mamãe gosta de você", murmurou ela.

"Eu sei. Durma."

"Você gosta de mim?"

Beijei-lhe o rosto e desta vez puxei o lençol até seu nariz. "Adoro você, Mae."

Mas ela já adormecera.

Grace ligou por volta das onze horas.

"Como está minha ferinha?"

"Está ótima e dormindo."

"Detesto isso. Quando está comigo ela se comporta durante semanas como uma pestinha. Depois, com você, vira Poliana."

"É que eu sou uma companhia muito mais divertida."

Ela deu um risinho. "Agora, falando sério: ela se comportou bem?"

"Muito bem."

"Você está se sentindo melhor em relação ao caso Jason?"

"Desde que não pense nele..."

"Entendi o recado. Quanto ao que aconteceu na noite passada..."

"Entre nós dois?"

"Sim."

"Quer dizer que aconteceu alguma coisa na noite passada?"

Grace soltou um suspiro. "Seu sacana."

"Grace."

"Sim?"

"Eu te amo."

"Eu também te amo."

"Que coisa boa, hein?"

"A melhor coisa do mundo", disse ela.

Na manhã seguinte, enquanto Mae ainda dormia, desci até a entrada do prédio e vi Kevin Hurlihy parado bem em frente, encostado no Diamante lustroso que ele dirigia para Jack Rouse.

Depois que meu misterioso correspondente recomendou que eu trancasse bem a porta, eu levava o revólver comigo aonde quer que fosse. Mesmo quando descia para pegar a correspondência. Principalmente quando descia para pegar a correspondência.

Então, quando vi o maluco do Kevin olhando para mim da calçada, certifiquei-me de que meu revólver estava à mão. Por sorte eu estava com minha Beretta 6.5 mm, com capacidade para quinze balas; em se tratando de Kevin, eu tinha a impressão de que precisaria usar toda a carga.

Ele ficou olhando para mim um tempão. Por fim, sentei-me no primeiro degrau da escada, abri as três contas que pegara na caixa do correio, folheei meu último número do *Spin* e li uma parte de um artigo sobre o Machinery Hall.

"Já ouviu falar do Machinery Hall, Kev?", perguntei de repente.

Kevin olhou para mim e se limitou a respirar com mais força pelas narinas.

"Uma boa banda", disse eu. "Você devia comprar o CD deles."

Kevin não parecia inclinado a dar uma passada na Tower Records depois daquela conversa.

"É verdade que a música deles é um pouco comercial, mas qual não é, hoje em dia?"

Kevin não se mostrou muito sensível à questão que eu levantava.

Ele ficou calado por mais uns dez minutos, de olhos fixos em mim, olhos mortos e opacos, animados como a água de um pântano. Concluí que aquele era o Kevin matinal. O Kevin da noite tinha olhos agitados, que vibravam com uma pulsão homicida. O Kevin matinal parecia catatônico.

"Bom, Kevin, não sei se estou tirando conclusões apressadas, mas me parece que você não é muito fã de música alternativa."

Kevin acendeu um cigarro.

"Sabe", continuei, "eu também não era, mas minha sócia acabou por me convencer de que existe muita coisa boa por aí, além dos Stones e de Springsteen. Não me entenda mal: tem muita porcaria, muita coisa a que se dá valor, mas não está com nada. Vá explicar o sucesso de Morrisey, por exemplo. Mas aí você topa com um Kurt Cobain ou um Trent Reznor e diz: "Esses caras são o máximo", e isso já basta para lhe dar esperanças. Mas talvez eu esteja errado. A propósito, Kevin, como você se sentiu quando Cobain morreu? Você acha que nós perdemos a voz de nossa geração, ou isso aconteceu quando o pessoal da banda Frankie Goes to Hollywood se separou?"

Uma súbita ventania varreu a avenida, e a voz dele soou oca, como um nada horrível e sem alma.

"Kenzie, um sujeito roubou uma boa grana de Jackie alguns anos atrás."

"Que loucura", falei.

"Faltavam duas horas para o cara pegar um avião para o Paraguai ou alguma outra bosta de lugar, quando encontrei ele na casa da namorada." Kevin jogou o cigarro no meio das plantas que ficam na frente do prédio. "Fiz ele deitar de cara no chão, Kenzie, e fiquei pulando nas costas dele até a espinha se partir em duas. Fez um barulho igual ao de uma porta sendo arrombada. Igualzinho. Você ouve um estalo grande e um monte de barulhinhos de estilhaços ao mesmo tempo."

O vento frio varreu a rua novamente, e ouviu-se o crepitar de folhas secas arrastadas pelas sarjetas.

"Bom, você imagina a cena?", continuou Kevin. "O cara berra, a namorada berra, os dois de olhos fixos na porta daquela bosta de apartamento, não porque eles acham que têm alguma chance de fugir, mas porque sabem que a porta significa que estão trancados. *Comigo.* Eu tenho a força. Eu é que decido que imagens eles vão levar para o inferno."

Ele acendeu outro cigarro, e tive a impressão de que o vento tentava atravessar meu peito.

"Então", disse ele, "viro o cara de frente. Faço ele sentar, apesar da coluna estourada, e fico estuprando a namorada dele por umas duas horas. Tive que ficar jogando uísque na cara dele para ele não desmaiar. Então dou uns seis ou sete tiros nela. Depois tomo um trago e fico olhando por um tempo os olhos do cara."

"Tudo acabado", continuou Kevin. " Toda a esperança do cara. Todo o orgulho. Todo o amor. Agora são meus. Meus. E ele sabe disso. Aí eu vou para trás dele. Encosto meu revólver atrás da cabeça dele, bem na altura do cerebelo. E aí, sabe o que eu faço?"

Fiquei calado.

"Espero. Espero uns cinco minutos. E adivinhe o que o cara faz, Kenzie. Adivinhe."

Cruzei as mãos no colo.

"O cara implora, Kenzie. O puto está paralisado. Ele acaba de ver outro cara estuprar e matar sua namorada, sem poder fazer porra nenhuma. Ele não tem nenhum motivo para querer viver. Nenhum. Mas ainda assim ele pede para continuar vivo. Que merda de mundo louco."

Ele jogou o cigarro alguns degraus abaixo daquele em que eu estava, as cinzas se espalharam e foram carregadas pelo vento.

"Meti uma bala no cérebro dele quando começou a implorar."

Até então, quando olhava para Kevin eu não via nada, apenas uma grande ausência. Mas agora eu percebia que não era um nada. Era tudo. Tudo que havia de repugnante neste mundo. Eram suásticas, campos de extermínio e de trabalhos forçados, a peste e o fogo caindo do céu. O nada de Kevin era simplesmente uma infinita capacidade para tudo isso e muito mais.

"Fique longe dessa história de Jason", disse ele. "Sabe essa cara que roubou Jackie e a namorada dele? Eram meus amigos. E você...", continuou Kevin, "... nunca morri de amores por você."

Ele ficou imóvel por mais um minuto, os olhos sempre fixos em mim, e me senti invadido, violado, como se meu sangue estivesse sendo contaminado por alguma coisa repugnante, depravada, que sujava, sujava, sujava cada centímetro de meu corpo.

Ele deu a volta no carro, parou do lado da porta do motorista e apoiou as mãos no capô.

"Ouvi falar que você arranjou uma pequena família já pronta, Kenzie. Uma médica piranha e uma piranhinha. Essa menina... quantos anos ela tem? Uns quatro?"

Pensei em Mae dormindo três andares acima.

"Você acha que a coluna vertebral de uma menina de quatro anos é muito forte, Kenzie?"

"Kevin." Minha voz me pareceu grossa, pastosa. "Se você..."

Ele gesticulou, como se não agüentasse mais me ouvir, e baixou os olhos para a porta do carro.

"Ei, seu babaca", gritei, e minha voz rouca ecoou na avenida. "Estou falando com você."

Ele olhou para mim.

"Kevin, se chegar perto dessa mulher ou da menina, vou enfiar tanta bala na sua cabeça que você vai ficar parecendo uma bola de boliche."

"Conversa", disse ele abrindo a porta. "Pura conversa, Kenzie. A gente se vê por aí."

Puxei meu revólver da cintura e atirei várias vezes no vidro da janela do passageiro.

Kevin pulou para trás quando o vidro estourou no banco, depois voltou a cabeça para mim.

"Isto é um aviso, Kevin. E pode acreditar que é pra valer."

Por um instante, pensei que ele ia fazer alguma coisa. Naquela hora. Ali mesmo. Mas ele não fez. Apenas disse: "Você acaba de encomendar um jazigo no Cedar Grove, Kenzie. Você sabe disso".

Balancei a cabeça.

Kevin olhou os cacos de vidro no banco e a fúria explodiu de repente em seu rosto. Ele levou a mão à cintura e começou a dar a volta no carro a toda velocidade.

Mirei o revólver bem no meio de sua testa.

Ele parou, a mão ainda na cintura, e então, bem devagar, sorriu. Voltou para a porta do lado do motorista, abriu-a, depois descansou os braços no volante e olhou para mim. "Escute só o que vai acontecer. Aproveite bem o tempo com essa sua namorada, trepe com ela duas vezes por noite se puder e esforce-se para ser superlegal com a menina. Pois logo — talvez ainda hoje, talvez na próxima semana — eu vou voltar. Primeiro, mato você. Depois, espero um pouco. Talvez eu coma alguma coisa, vá dar um passeio ou tome umas cervejas. Ainda não sei bem. Depois, vou para a casa de sua namorada, mato a mãe e mato a filha. Então eu vou para casa, Kenzie, achando tudo isso o maior barato."

Ele entrou no carro e foi embora, e eu fiquei na frente do prédio, o sangue fervendo e latejando nas veias.

20

Quando voltei para o apartamento, a primeira coisa que fiz foi dar uma olhada em Mae. Ela estava virada para um lado e encolhida, agarrada a um dos travesseiros, olhos cobertos pela franja, o rosto avermelhado pelo calor e pelo sono.

Olhei o relógio. Oito e meia. Qualquer que fosse o número de horas de sono perdidas por sua mãe, a filha as compensava largamente.

Fechei a porta e fui para a cozinha, onde atendi a três telefonemas de vizinhos furiosos, que queriam saber por que diabos eu estava descarregando o revólver na frente do prédio às oito da manhã. Não consegui descobrir se o que os irritara mais tinham sido os disparos ou a hora em que eu os fizera, tampouco me dei ao trabalho de perguntar. Pedi desculpas, e dois desligaram na minha cara, ao passo que o terceiro me sugeriu que consultasse um psiquiatra.

Quando desliguei pela terceira vez, telefonei para Bubba.

"Qual é o problema?"

"Você está livre para seguir duas pessoas por alguns dias?"

"Quem?"

"Kevin Hurlihy e Grace."

"Claro. Mas não me parece que eles freqüentam os mesmos lugares."

"Exato. Ele pode acabar com ela para me atingir, por

isso preciso saber onde os dois estão. É trabalho para uma dupla."

Ele bocejou. "Vou chamar Nelson."

Nelson Ferrare era um cara do bairro que colaborava com Bubba no negócio de armas toda vez que este precisava de um pistoleiro ou de um motorista. Baixinho — não tinha mais de um metro e sessenta —, sempre falava num sussurro, e nunca mais de cinco ou seis palavras por dia. Era tão louco quanto Bubba, com o agravante do complexo de Napoleão, mas, como Bubba, conseguia controlar a própria psicose, desde que tivesse algo com que ocupar o tempo.

"Tudo bem. Ouça, Bubba. Se acontecer alguma coisa comigo na próxima semana, se eu sofrer um acidente, por exemplo, você faz uma coisa para mim?"

"É só dizer."

"Encontre um lugar seguro para Mae e Grace..."

"Certo."

"... e depois acabe com a raça de Hurlihy."

"Sem problema. Só isso?"

"Só."

"Beleza. A gente se vê."

"Assim espero."

Ao desligar, percebi que os tremores que me agitavam as mãos e os punhos desde que atirara na janela de Kevin tinham cessado.

Em seguida, liguei para Devin.

"O agente Bolton quer falar com você."

"Não me admira."

"Não lhe agrada nem um pouco ver você envolvido em dois de cada quatro homicídios."

"Quatro?"

"Parece que ele matou mais um ontem à noite. Por enquanto, não posso dar maiores detalhes. Você vai vir aqui ou Bolton vai ter que procurá-lo?"

"Eu dou um pulo aí."

"Quando?"

"Logo. A propósito, Kevin Hurlihy acaba de me fazer uma visita para me dizer que fique longe da investigação."

"Ficamos de olho nele durante dias. Ele não é o assassino."

"Não pensei que fosse. O cara não tem imaginação para uma armação desse calibre. Mas ele deve estar envolvido, de um modo ou de outro."

"Também acho. Escute, Patrick, trate de ir logo ao FBI. Bolton está pensando em dar uma prensa em você, em Gerry Glynn, Jack Rouse, Freddy Gordo, em todos os que têm alguma coisa a ver com alguma das vítimas."

"Obrigado pela dica."

Desliguei. Uma explosão de música country irrompeu pela janela aberta da cozinha, fazendo vibrar as paredes do apartamento. Naturalmente, se estamos ouvindo Waylon, devem ser nove horas.

Consultei o relógio. Nove em ponto.

Fui até a sacada. Lyle estava trabalhando no prédio vizinho ao meu e abaixou o volume do rádio quando me viu.

"Olá, Patrick, como vai?"

"Lyle", falei, "eu trouxe a filha de minha namorada para dormir aqui. Será que você poderia baixar um pouco o volume do rádio?"

"Claro, rapaz, claro."

"Obrigado. Logo a gente vai sair, e aí você pode aumentar o volume."

Ele deu de ombros. "Hoje não vou poder trabalhar muito. Passei quase a noite toda acordado por causa de uma dor de dente."

"Vai ao dentista?"

"É...", disse ele devagar. "Detesto dar dinheiro a esses filhos-da-puta, mas tentei arrancar o dente ontem à noite com um alicate, e o danado nem se mexeu. O pior é que, com aquela sangueira toda, o alicate começou a deslizar e aí..."

"Boa sorte no dentista, Lyle."

"Obrigado", disse ele. "Vou lhe dizer uma coisa: não vou deixar o filho-da-puta usar novocaína em mim. O velho aqui quase desmaia só de ver uma seringa. Sou um pouco covarde, sabe?"

Claro, Lyle, pensei. Um medrosão. Vá arrancar mais alguns dentes com um alicate para mostrar a todo mundo que você é um molenga.

Voltei ao quarto, Mae tinha sumido.

O edredom estava todo amarfanhado no pé da cama, e a senhorita Lilly, sua boneca, sentada no sofá-cama, olhava para mim com seus olhos inanimados.

Então ouvi a descarga do banheiro e entrei no corredor no momento em que Mae saía do banheiro esfregando os olhos.

O coração quase me saía pela boca seca como um solo árido, e tive vontade de cair de joelhos, avassalado pelo alívio que me dobrava o corpo.

"Estou com fome, Patrick", disse ela enquanto entrava na cozinha vestida em seu pijama de Mickey com pés acolchoados.

"Apple Jacks ou Sugar Pops?", perguntei, com dificuldade.

"Sugar Pops."

"Saindo um Sugar Pops para a senhorita."

Enquanto Mae estava no banheiro trocando de roupa e escovando os dentes, liguei para Angie.

"Oi", disse ela.

"Como vai?"

"Eu estou... bem. Ainda estou tentando me convencer de que não podíamos ter feito nada para evitar a morte de Jason."

Caiu um silêncio entre nós, porque eu estava tentando me convencer da mesma coisa.

"Descobriu alguma coisa sobre Eric?", perguntei.

"Uma coisinha. Cinco anos atrás, quando Eric ainda

dava aulas na U/Mass-Boston, um certo Paul Hobson, vereador de Jamaica Plain, prestou uma queixa contra o estabelecimento e contra ele."

"Por quê?"

"Não sei. Todas as informações sobre o caso são consideradas confidenciais pela Justiça. Acho que se resolveu o caso de forma amigável, e as partes se comprometeram a manter silêncio sobre a história. Mas Eric saiu da U/Mass."

"Mais alguma coisa?"

"Por enquanto não. Ainda estou fuçando."

Contei-lhe sobre meu encontro com Kevin.

"Meu Deus, você atirou na janela do carro dele, Patrick!"

"Eu estava um pouco perturbado."

"Tudo bem, mas atirar na janela do carro?"

"Angie", disse eu. "Ele ameaçou Mae e Grace. Se ele fizer algo parecido da próxima vez que eu o encontrar, talvez eu esqueça o carro e atire nele."

"Pode esperar o troco."

"Sei disso." Dei um suspiro, sentindo uma pressão por trás das órbitas e o cheiro do medo em minha camisa. "Bolton me convocou a comparecer ao edifício JFK."

"A mim também?"

"Não mencionaram seu nome."

"Ótimo."

"Tenho que dar um jeito de deixar Mae com alguém."

"Eu fico com ela", disse Angie.

"Mesmo?"

"Vou adorar. Traga ela aqui. Vou levá-la ao parquinho que fica do outro lado da rua."

Liguei para Grace para informá-la da mudança de planos. Ela disse que era uma boa idéia deixar Mae com Angie, desde que minha sócia não se importasse.

"Ela está ansiosa por isso, pode acreditar."

"Ótimo. Está tudo bem com você?"

"Tudo. Por quê?"

"Não sei", disse ela. "Sua voz está ligeiramente trêmula."

Sujeitos como Kevin sempre provocam esse tipo de reação, pensei.

"Eu estou bem. Logo a gente se vê."

Mae entrou na cozinha no momento em que eu desligava o telefone.

"Ei, garota, está a fim de ir ao parquinho?"

Ela abriu um sorriso, o sorriso de sua mãe, largo, franco, espontâneo. "Parquinho? Tem balanço?"

"Claro que tem balanço. Se não tivesse balanço, não seria um parquinho."

"Tem trepa-trepa?"

"Tem."

"Tem montanha-russa?"

"Ainda não, mas vou sugerir à administração que ponha uma."

Ela subiu na cadeira à minha frente e esticou os pés na minha direção, para que eu amarrasse seus tênis. "Eu topo, Patrick."

"Mae", falei, enquanto amarrava os cadarços. "Eu tenho que ir me encontrar com um amigo e não posso levar você."

A momentânea expressão de perplexidade em seus olhos me partiu o coração.

"Mas", acrescentei, mais que depressa, "você se lembra de minha amiga Angie? Ela quer brincar com você."

"Por quê?"

"Porque ela gosta de você. E ela gosta de parquinhos."

"Os cabelos dela são bonitos."

"É verdade."

"São pretos, embaraçados, e eu gosto deles."

"Vou contar a ela que você disse isso, Mae."

"Patrick, por que você parou?", perguntou Mae.

Estávamos na esquina da Dorchester Avenue com a Howes Street. Olhando-se para o outro lado da avenida, via-se o parque Ryan.

Olhando-se para o lado da Howes Street, via-se a casa de Angie.

E, na frente da casa de Angie, a própria. Parada na porta.

Beijando o rosto do ex-marido, Phil.

Meu peito se crispou, descontraiu-se em seguida e recebeu uma golfada de ar frio que pareceu penetrá-lo como uma espada.

"Angie!", gritou Mae.

Angie se voltou, Phil também, e me senti como um voyeur. Um voyeur raivoso, cheio de impulsos violentos.

Eles atravessaram a rua juntos e caminharam até a esquina. Como sempre, ela estava magnífica, com calça jeans, camiseta roxa, casaco de couro preto no ombro. Os cabelos estavam úmidos, e uma mecha deslizou por detrás da orelha para a maçã do rosto. Angie a pôs no lugar enquanto se aproximava e acenava para Mae.

Infelizmente, Phil também estava com uma aparência ótima. Angie tinha me contado que ele parara de beber, e dava para notar o resultado. Ele perdera pelo menos uns dez quilos desde a última vez que eu o vira, seu queixo estava escanhoado e firme, e os olhos, sem o inchaço que ostentavam havia cinco anos. De camisa branca e calça grafite que combinava com a cor de seus cabelos, penteados para trás, ele se movia com desembaraço. Parecia quinze anos mais novo, e seus olhos tinham um brilho que eu não via desde que ele deixara de ser criança.

"Olá, Patrick", disse ele.

"Olá, Phil."

Ele parou no meio-fio e levou a mão ao peito. "É ela?", perguntou. "Essa é a grande, a inesquecível, a mundialmente famosa Mae?"

Ele se agachou ao lado dela e Mae abriu um grande sorriso.

"Eu sou Mae", disse ela devagar.

"Prazer em conhecê-la, Mae", disse ele apertando-lhe

a mão formalmente. "Aposto como você transforma sapos em príncipes nas horas vagas. É mesmo uma bonequinha."

Ela olhou para mim curiosa e um tanto confusa, mas, ao ver seu rostinho afogueado e o brilho de seus olhos, percebi que o encanto de Phil já estava fazendo efeito.

"Eu sou Mae", ela repetiu.

"E eu sou Phillip", disse ele. "Esse cara está cuidando bem de você?"

"Ele é meu amigo", disse Mae. "É Patrick."

"Não existe melhor amigo que ele."

Não é preciso ter conhecido Phil quando ele era mais jovem para reconhecer sua capacidade de se comunicar com as pessoas, não importa a idade delas. Mesmo quando ele andava maltratando a esposa e bebendo demais. Desde que saíra do berço, Phil sempre tivera esse dom. Aquilo nada tinha a ver com mesquinharia, com fingimento, nem com desejo e esforço consciente de manipulação. Era uma capacidade simples, mas muito rara, de fazer com que o interlocutor se sentisse como a única pessoa no mundo digna de atenção. Era como se seus ouvidos estivessem em sua cabeça exclusivamente para ouvir o que você tinha a dizer, e como se seus olhos existissem apenas para ver você, como se a única razão da vida dele fosse o encontro — qualquer que fosse sua natureza — com você.

Eu tinha me esquecido disso até o momento em que o vi com Mae. Era muito mais fácil lembrar dele como o bêbado estúpido que conseguira casar com Angie. Mas Angie ficara casada com ele durante doze anos. Mesmo quando apanhava dele. E havia uma razão para isso. Por mais que se tivesse transformado em um monstro, no fundo, no fundo ele continuava sendo o bom sujeito que a gente tinha prazer em conhecer.

Foi aquele Phil que se levantou de perto de Mae quando Angie disse: "Como vai, menina bonita?".

"Muito bem." Mae levantou a mão para tocar nos cabelos de Angie.

“Ela gosta do seu cabelo”, falei.

“Você gosta dessa bagunça?”

“É muito embaraçado”, disse Mae.

“É o que minha cabeleireira sempre diz.”

“Como vai, Patrick?”, disse Phil estendendo a mão.

Olhei-o por alguns segundos. Numa bela manhã de outono, com o ar fresco revigorante como um tônico e o sol brincando nas folhas alaranjadas, me pareceu uma bobagem não estar em paz com as pessoas próximas.

Deixei clara minha hesitação, e então estendi a mão e cumprimentei Phil. “Vou indo, Phil. E você?”

“Vou bem”, disse ele. “Sempre na luta, sabe como é, todo mundo tem seus problemas.”

“É verdade.” Considerei por um instante meus próprios problemas.

“Pois é. Bem...” Ele olhou para sua ex-esposa e para uma criança, muito entretidas em brincar com os cabelos uma da outra. “Ela é uma graça.”

“Qual das duas?”, perguntei.

Ele esboçou um sorriso melancólico.

“Acho que as duas. Mas agora eu estava falando da de quatro anos.”

Balancei a cabeça, concordando. “Ela é uma gracinha.”

Angie aproximou-se dele, segurando a mão de Mae. “A que horas você vai para o trabalho?”

“Ao meio-dia.” Phil olhou para mim. “O cara para quem estou trabalhando agora é um *artiste* de Back Bay. Ele me mandou quebrar todo o seu duplex, arrancar o soalho de madeira do século XIX e substituir por mármore preto. Mármore preto por todo lado, você acredita?” Ele deu um suspiro e passou a mão nos cabelos.

“Eu estava me perguntando”, disse Angie, “se você não estaria a fim de empurrar Mae no balanço comigo.”

“Ahn? Não sei”, disse Phil olhando para Mae. “Meu braço está doendo um pouco.”

“Ora, não banque o bebezão”, disse Mae.

“Tem razão. Na minha idade, a gente não é mais bebê, não é?" Phil a levantou com um braço, ela prendeu as pernas em seu quadril, e os três atravessaram a avenida em direção ao parque, acenaram animadamente para mim e depois subiram as escadas em direção aos balanços.

21

"Você vai se encontrar com Alec Hardiman", disse Bolton sem levantar os olhos, enquanto nos dirigíamos à sala de reuniões.

"Vou?"

"Vai ser hoje, à uma da tarde."

Olhei para Devin e Oscar. "É verdade?"

"O departamento vai monitorar toda a conversa."

Sentei-me na cadeira de frente para Devin, tendo entre mim e ele uma mesa de cerejeira escura do tamanho do meu apartamento. Oscar sentou-se à esquerda de Devin. Meia dúzia de federais de terno e gravata ocupavam o resto da mesa, a maioria falando ao telefone. Devin e Oscar não tinham telefone. Bolton, na outra ponta da mesa, tinha dois à sua frente, um normal e outro que parecia um batfone especial.

Ele se levantou e veio na minha direção. "O que você e Kevin Hurlihy andaram discutindo?"

"Política, a cotação do iene, coisas assim."

Bolton pôs a mão no encosto de minha cadeira e aproximou tanto o corpo que senti o cheiro de menta em sua boca. "Diga-me sobre o que conversaram, senhor Kenzie."

"O que você acha que conversamos de tão especial, agente Bolton? Ele me disse para ficar fora da investigação do caso Warren."

"E aí você atirou no carro dele."

"Na ocasião, me pareceu que era a resposta adequada."

"Por que seu nome volta e meia aparece nesse caso?"

"Não tenho a menor idéia."

"Por que Alec Hardiman quer falar apenas com você, e com mais ninguém?"

"Também não sei."

Ele bateu com a mão nas costas da cadeira, começou a dar a volta à mesa, parou atrás de Devin e de Oscar, pôs as mãos nos bolsos. Dava a impressão de estar sem dormir há uma semana.

"Preciso de respostas, senhor Kenzie."

"Sinto muito, não as tenho. Enviei a Devin, por fax, cópia de meu arquivo sobre o caso Warren. Mandei-lhe fotos do sujeito de cavanhaque. Contei a vocês tudo o que me lembro sobre meu encontro com Kara Rider. À parte isso, estou tão por fora quanto vocês."

Ele tirou uma mão do bolso e esfregou a nuca. "O que você, Jack Rouse, Kevin Hurlihy, Jason Warren, Kara Rider, Peter Stimovich, Freddy Constantine, o promotor Timpson e Alec Hardiman têm em comum?"

"É uma adivinhação?"

"Responda à pergunta."

"Puta que pariu. Eu. Não. Sei", disse eu levantando as mãos. "Ficou claro?"

"Você tem que nos ajudar nesse caso, senhor Kenzie."

"E eu estou tentando, Bolton, mas seu método de atuação é tão sutil quanto o de um agiota. Se você me irritar, vou ter que me esforçar para conter a raiva, e não vou poder ajudar em nada porque não consigo pensar."

Bolton foi para o outro extremo da sala. A parede do fundo media dez metros, isto é, toda a largura da sala, e o pé-direito tinha três metros e meio. Bolton puxou a cortina que a escondia, e então vi um painel de cortiça que ocupava noventa por cento da parede.

Fotografias e croquis das cenas dos crimes, placas de análises espectrais e listas de indícios e provas estavam pregados na cortiça com percevejos ou pendurados com fios finos. Levantei-me da cadeira e fui andando devagar ao longo da mesa, esforçando-me para apreender o conjunto daqueles elementos.

Atrás de mim, Devin dizia: "Já interrogamos todos os envolvidos que sabíamos ter alguma relação com esses casos, Patrick. Interrogamos também todas as pessoas que conheciam Stimovich e a última vítima, Pamela Stokes... e nada. Nada de nada."

Havia fotos de todas as vítimas, duas mostrando-as ainda vivas, várias tiradas depois de mortas. Pamela parecia ter uns trinta anos de idade. Numa das fotos ela estava com os olhos semicerrados por causa do sol, a mão levantada na altura da testa, o sorriso iluminando um rosto bastante comum.

"O que sabemos sobre ela?"

"Vendedora da Anne Klein", disse Oscar. "Na última vez que foi vista, duas noites atrás, estava saindo do Mercury Bar, na Boylston Street."

"Sozinha?", perguntei.

Devin balançou a cabeça. "Com um sujeito de boné de beisebol, óculos escuros e cavanhaque."

"O cara estava de óculos escuros num bar, e ninguém estranhou?"

"Você já esteve no Mercury?", perguntou Oscar. "É cheio de esnobes *très chics*. Todos usam óculos escuros dentro do bar."

"Então aí temos nosso assassino", disse eu apontando para a foto que mostrava Jason e o cara de cavanhaque.

"Ou pelo menos um deles", disse Oscar.

"Vocês têm certeza de que são dois?"

"Estamos trabalhando a partir dessa hipótese. Jason Warren foi morto por dois homens, não há dúvida."

"Como sabe disso?"

"Ele os arranhou", disse Devin. "Há dois tipos diferentes de sangue em suas unhas."

"As famílias de todas as vítimas receberam fotos delas antes dos assassinatos?"

"Sim", disse Oscar. "É talvez a única característica de

seu *modus operandi.* Três das quatro vítimas foram encontradas em lugares distantes daqueles em que foram mortas. Kara Rider foi encontrada em Dorchester, Stimovich em Squantum e os restos de Pamela Stokes em Lincoln."

Sob a fileira das vítimas recentes, havia fotos com a indicação "Vítimas de 1974". O rosto juvenil de Cal Morrison, com um ar ligeiramente insolente, parecia olhar para mim. Embora eu não tivesse pensado nele por muitos anos até aquela noite no bar de Gerry, tive de repente a impressão de sentir o cheiro do xampu Piña Colada que ele usava no cabelo e me lembrei que todos zombávamos dele por causa disso.

"Vocês investigaram a existência de pontos comuns entre as vítimas?"

"Sim", disse Bolton.

"E então?"

"Descobrimos dois", disse Bolton. "A mãe de Kara Rider e o pai de Jason Warren cresceram em Dorchester."

"E o outro?"

"Kara Rider e Pam Stokes usavam o mesmo perfume."

"Qual?"

"Segundo as análises laboratoriais, Halston para mulheres."

"Análises laboratoriais", repeti, observando as fotos de Jack Rouse, Stan Timpson, Freddy Constantine, Diandra Warren, Diedre Rider. Havia duas de cada um. Uma recente, outra tirada há pelo menos vinte anos.

"Vocês têm alguma idéia do motivo desses crimes?", perguntei, olhando para Oscar. Este desviou os olhos e fitou Devin, e Devin passou a bola para Bolton.

"Agente Bolton", disse eu. "Vocês descobriram alguma coisa?"

"Sim. Sobre a mãe de Jason Warren", disse ele finalmente.

"O que tem ela?"

"De vez em quando ela dá consultoria, como psiquiatra, em processos criminais."

"E daí?"

"Daí que ela traçou um perfil psicológico de Hardiman, durante seu julgamento, refutando definitivamente o argumento da defesa, que alegava insanidade. Diandra Warren, senhor Kenzie, mandou Alec Hardiman para a prisão."

A unidade volante de comando de Bolton era uma van preta com janelas de vidro fumê. Ele esperava por nós, com o motor ligado, na New Sudbury Street.

Dentro dela, dois agentes, Erdham e Fields, sentados diante de uma estação de trabalho cinza e preta que ocupava toda a lateral direita. Em cima da mesa havia um emaranhado de cabos, dois computadores, dois aparelhos de fax, duas impressoras a laser. Uma fileira de seis monitores encimava os periféricos, e, diante dela, alinhava-se outra fileira, na lateral esquerda. Na extremidade do posto de controle, havia receptores e gravadores digitais, uma filmadora, áudio e videocassetes, disquetes e CDs.

Fixadas na lateral esquerda, havia uma mesinha e três cadeiras. Quando o veículo deu uma guinada no trânsito, sentei-me numa delas e descansei a mão numa pequena geladeira.

"Você leva esse troço em viagens de recreio?", perguntei.

Bolton fingiu que não ouviu. "Agente Erdham, você está com a permissão de visita?"

Erdham lhe passou uma folha de papel, e Bolton a pôs no bolso.

Ele se sentou a meu lado. "Você vai se encontrar com Hardiman acompanhado de Warden Lief, o diretor da prisão, e do doutor Dolquist, chefe da equipe de psicólogos do estabelecimento. Eles lhe darão um informe sobre Hardiman, por isso pouco me resta a dizer sobre ele, exceto que você não pode baixar a guarda nem por um minuto, por mais interessante que ele possa lhe parecer. Ele é suspeito de três homicídios por trás das grades, mas não há ninguém, em toda a população da prisão de segurança máxima, que apresente uma prova contra ele. Os caras são homicidas contumazes, incendiários e estupradores, e todos morrem de medo de Alec Hardiman. Deu pra sentir a barra?"

Fiz que sim.

"A cela onde se dará o encontro estará cheia de microfones. Esta cabine de controle nos garante o acesso audiovisual. Vocês estarão sob vigilância o tempo todo. As duas pernas de Hardiman serão algemadas, e pelo menos um punho. Mesmo assim, tenha cuidado com ele."

"Hardiman autorizou as gravações em áudio e em vídeo?"

"Quanto ao vídeo, ele não tem direito de objetar. Só as gravações em áudio violam seus direitos."

"E ele autorizou?"

Ele balançou a cabeça enorme. "Não, não autorizou."

"Mas vocês vão gravar assim mesmo."

"Sim. Não estou pensando em apresentá-las no tribunal, mas posso recorrer a elas de vez em quando, no curso da investigação. Você tem alguma restrição a fazer quanto a isso?"

"Nenhuma."

O carro deu uma nova guinada quando passou por Haymarket, para entrar na 93, e eu me sentei novamente e olhei pelas janelas me perguntando como me metera naquela história.

O doutor Dolquist era um homem baixo mas de constituição forte. Ele sustentou meu olhar apenas por alguns segundos e em seguida desviou os olhos.

Lief, o diretor da prisão, era alto e tinha um crânio negro raspado tão rente que brilhava.

Deixaram-me a sós com o doutor Dolquist por vários minutos no escritório de Lief, enquanto este se reunia com

Bolton para repassar os detalhes relativos à segurança. Dolquist pôs-se a observar uma fotografia de Lief e dois amigos segurando orgulhosamente um marlim ao lado de uma cabana, sob o sol escaldante da Flórida, enquanto eu esperava que o silêncio ficasse menos constrangedor.

"É casado, senhor Kenzie?", perguntou ele fitando a foto.

"Divorciado. Há muito tempo."

"Tem filhos?"

"Não, e você?"

Ele fez que sim. "Dois. Isso ajuda."

"Ajuda em quê?"

Ele fez um gesto em direção às paredes. "Ajuda a suportar este lugar. É bom poder voltar para casa, ficar junto dos filhos e sentir cheiro de gente limpa." Ele olhou para mim e em seguida desviou o olhar.

"Não tenho dúvida, doutor."

"Seu trabalho", disse ele, "deve pôr você em contato com tudo o que há de ruim na natureza humana."

"Depende do caso."

"Há quanto tempo trabalha nisso?"

"Quase dez anos."

"Deve ter começado ainda jovem."

"Sim."

"Pretende continuar nele a vida toda?", perguntou ele lançando-me aquele olhar furtivo.

"Ainda não sei. E você, doutor?"

"Acredito que sim", disse ele bem devagar. "Acredito que sim", repetiu num tom lúgubre.

"Fale-me sobre Hardiman", pedi.

"Na verdade, Alec é um enigma", principiou ele. "Recebeu uma boa educação, não sofreu maus-tratos nem teve traumas na infância. Tampouco apresentou sinais precoces de qualquer disfunção mental. Pelo que sabemos, ele não torturava animais, não tinha obsessões mórbidas nem mostrava um comportamento anormal. Era um aluno brilhante e muito popular. Até que um dia..."

"O que houve?"

"Não sabemos. O problema começou quando ele tinha entre dezesseis e dezessete anos. Meninas do bairro reclamando que ele exibira o corpo para elas. Gatos estrangulados, pendurados nos cabos telefônicos perto de sua casa. Súbitos acessos de violência na escola. Então, tudo voltou ao normal. Aos dezessete, ele voltou a uma normalidade aparente. E, se não tivesse rompido com Rugglestone, quem sabe por quanto mais tempo eles continuariam com as matanças."

"*Alguma coisa* deve ter acontecido."

Ele balançou a cabeça. "Trabalho com ele há quase duas décadas, senhor Kenzie, e não descobri. Mesmo agora, Alec Hardiman parece um homem polido, sensato, completamente inofensivo."

"Mas não é."

Dolquist riu, um súbito ruído áspero na pequena sala. "Ele é o homem mais perigoso que conheci." Pegou um porta-canetas da mesa de Lief, olhou-o distraidamente e o recolocou-o no lugar. "Há três anos ele é soropositivo." Fitou-me por um instante, sem desviar os olhos. "Há pouco tempo, seu estado piorou e a AIDS se manifestou. Ele vai morrer, senhor Kenzie."

"Você acha que é por isso que ele quer falar comigo? Confissões no leito de morte, uma súbita mudança moral no último minuto?"

Ele balançou a cabeça. "De modo algum. Alec não tem moral. Desde que se descobriu a doença, ele foi separado do resto da população carcerária. Mas acho que, bem antes de nós, Alec sabia que estava contaminado. Nos dois meses que precederam o diagnóstico, ele violentou pelo menos dez homens. Pelo menos dez. Tenho certeza de que não fez isso para satisfazer seu instinto sexual, mas para satisfazer seus instintos assassinos."

Warden Lief enfiou a cabeça pela porta da sala. "Hora de entrar em cena."

Ele me passou um par de luvas justas de lona, em seguida ele e Dolquist colocaram as suas.

"Mantenha as mãos longe da boca dele", disse Dolquist baixinho, olhando para o chão.

Saímos do escritório e nenhum de nós disse uma palavra durante a longa caminhada pelo pavilhão estranhamente silencioso, em direção à cela onde estava Alec Hardiman.

22

Alec Hardiman tinha quarenta e um anos, mas aparentava ser quinze anos mais jovem. Os cabelos loiros claros cobriam-lhe a testa feito os de um menino da escola primária. Os óculos eram pequenos e retangulares — óculos de vovó —, e ele falava com uma voz que parecia um tanto etérea.

"Olá, Patrick", disse ele quando entrei na cela. "Que bom que você pôde vir."

Estava sentado a uma mesa de metal fixada ao chão. As mãos delicadas estavam presas em dois orifícios no tampo da mesa, e os pés, acorrentados. Quando ele levantou os olhos na minha direção, suas lentes grossas refletiram a luz da lâmpada fluorescente.

Sentei-me na cadeira de frente para ele. "Ouvi dizer que pode me ajudar, prisioneiro Hardiman."

"É mesmo?" Ele se recostou na cadeira, dando a impressão de estar completamente à vontade naquele lugar. As lesões que havia em seu rosto e em seu pescoço brilhavam, parecendo estar em carne viva. No fundo dos olhos encovados, as pupilas pareciam irradiar uma luz intensa.

"Sim. Disseram-me que você queria conversar."

"Claro", disse ele enquanto Dolquist sentava-se ao meu lado e Lief se encostava na parede, olhos impassíveis, a mão em seu cassetete. "Há muito tempo desejo falar com você, Patrick."

"Comigo? Por quê?"

"Tenho interesse em você", disse ele sacudindo os ombros.

"Esteve na prisão durante o tempo de quase toda a minha vida, prisioneiro Hardiman..."

"Por favor, chame-me de Alec."

"Alec. Não entendo esse seu interesse."

Ele inclinou a cabeça para endireitar os óculos, que estavam escorregando.

"Água?"

"O quê?", perguntei.

Ele inclinou a cabeça para indicar uma garrafa de plástico e quatro copinhos também de plástico na mesa à sua esquerda.

"Quer um pouco de água?", perguntou ele.

"Não, obrigado."

"Um bombom?" Ele deu um sorriso brando.

"O quê?"

"Gosta de seu trabalho?"

Olhei para Dolquist. O trabalho devia ser uma obsessão entre aquelas paredes.

"Consigo pagar as contas", respondi.

"Mas ele significa mais do que isso", disse Hardiman. "Não é?"

Dei de ombros.

"Você se imagina fazendo a mesma coisa aos cinqüenta e cinco anos?", perguntou.

"Não estou bem certo de continuar fazendo isso nem aos trinta e cinco anos, prisioneiro Hardiman."

"Alec."

"Alec", repeti.

Ele balançou a cabeça à maneira de um padre no confessionário. "Que alternativas você tem?"

Suspirei. "Alec, não viemos aqui para discutir meu futuro."

"Isso não significa que não podemos fazê-lo, Patrick. Não acha?" Ele arqueou as sobrancelhas, e uma expressão de inocência suavizou seu rosto esquelético. "Tenho interesse em você. Satisfaça essa minha curiosidade. Responda-me, por favor."

Olhei para Lief e ele sacudiu os ombros largos.

"Talvez eu me torne professor", disse eu.

"É mesmo?" Ele se inclinou para a frente.

"Por que não?"

"Por que não trabalhar para uma grande agência?", perguntou. "Dizem que pagam bem."

"Algumas, sim."

"Elas oferecem benefícios, seguro-saúde, essas coisas."

"É verdade."

"Já pensou nisso, Patrick?"

Odiei a forma como ele pronunciou meu nome, mas sem saber bem por quê.

"Já pensei nisso."

"Mas você prefere sua independência."

"É por aí." Pus um pouco de água num copo para mim, e os olhos brilhantes de Hardiman ficaram fixos em meus lábios enquanto eu bebia. "Alec", insisti, "o que você pode nos falar sobre..."

"Você conhece a parábola dos três talentos, não?"

Fiz que sim.

"Aqueles que acumulam riquezas ou se recusam a se servir de seus dons não são 'nem quentes nem frios', e por isso Deus os vomitará."

"Conheço a parábola, Alec."

"E então?" Ele se recostou na cadeira e virou as palmas para cima. "Um homem que vira as costas para a própria vocação não é quente nem frio."

"E se o homem não tiver certeza de ter encontrado a própria vocação?"

Ele sacudiu os ombros.

"Alec, se a gente pudesse conversar sobre..."

"Acho que você recebeu o dom da fúria, Patrick. É verdade. Eu a vi em você."

"Quando?"

"Você já se apaixonou?" Ele se inclinou para a frente.

"O que isso tem a ver com..."

"Já?"

"Sim."

"E está apaixonado agora?" Ele perscrutou meu rosto.

"O que você tem a ver com isso, Alec?"

Ele se inclinou para trás, fitou o teto. "Eu nunca me apaixonei. Nunca me apaixonei, nunca andei de mãos dadas nem andei pela praia com uma mulher, nem conversei sobre... assuntos domésticos — quem vai cozinhar, quem vai lavar a louça esta noite, será que chamamos alguém para consertar a máquina de lavar? Nunca vivi essas experiências e às vezes, à noite, fico pensando nisso e começo a chorar." Ele mordeu o lábio inferior por um instante. "Mas acho que todos sonhamos com vidas diferentes. Todos queremos viver mil existências diferentes durante nosso tempo aqui na terra. Mas não podemos, não é?"

"Não", disse eu. "Não podemos."

"Perguntei sobre suas aspirações profissionais, Patrick, porque acho que você é um homem capaz de deixar sua marca. Está entendendo?"

"Não."

Ele deu um sorriso triste. "A maioria das pessoas passam seu tempo na terra sem se distinguir umas das outras. Vivem num desespero tranqüilo, esse tipo de coisa. Elas nascem, vivem por algum tempo, com todas as suas paixões, amores, sonhos e sofrimentos individuais, depois morrem. Mal se nota sua existência. Patrick, existem bilhões de pessoas assim — dezenas de bilhões — ao longo da história que viveram sem deixar sua marca, que poderiam muito bem nem ter nascido."

"Essas pessoas de quem você fala talvez não concordem com isso."

"Tenho certeza de que não concordam." Ele abriu um sorriso largo e se inclinou para mim como se fosse me contar um segredo. "Mas quem se importa?"

"Alec, o que a gente precisa saber é por que..."

"Você tem o potencial de um homem marcante, Patrick. Você poderia ser lembrado muito tempo depois de sua morte. Pense no significado disso, ainda mais numa cultura como a nossa, onde tudo é descartável. Pense nisso."

"E se eu não tiver a menor vontade de ser um 'homem marcante'?"

Por um instante, o reflexo da lâmpada fluorescente escondeu seus olhos. "Talvez você não tenha escolha. Talvez você seja forçado a se tornar um desses homens, quer queira, quer não", disse ele sacudindo os ombros.

"Por quem?", perguntei.

Ele sorriu. "Para quem."

"Para quem, então?"

"O Pai", disse ele. "O Filho e o Espírito Santo."

"Claro", concordei.

"Você é um homem marcante, Alec?", perguntou Dolquist.

Ambos voltamos a cabeça e olhamos para ele.

"É?", insistiu Dolquist.

Alec Hardiman virou a cabeça lentamente para mim, e seus óculos escorregaram até o meio do nariz. Os olhos por trás das lentes eram de um verde-claro que lembrava as áreas poucos profundas do mar do Caribe. "Desculpe a interrupção do doutor Dolquist, Patrick. Ele anda um pouco nervoso por causa de sua mulher."

"Minha mulher?", falou Dolquist.

"Judith, a mulher de Dolquist", disse Hardiman, "certa vez o deixou por outro homem. Você sabia disso, Patrick?"

Dolquist tirou um fiapinho de tecido da perna da calça e se concentrou nos próprios sapatos.

"Então ela voltou, e ele a aceitou. Tenho certeza de que houve lágrimas, pedidos de perdão, algumas advertências de mentirinha da parte do doutor. A gente faz uma idéia. Mas isso foi há três anos, não foi, doutor?"

Dolquist olhou para Hardiman com olhos límpidos,

mas sua respiração se acelerara um pouco e a mão direita continuava a beliscar distraidamente a perna da calça.

"Tenho informação de fonte limpa", disse Hardiman, "de que, na segunda e na quarta quarta-feira de cada mês, a rainha Judith do doutor Dolquist se deixa penetrar, em todos os seus orifícios, por dois ex-detentos deste estabelecimento, num quarto do motel Red Roof, na Rodovia 1, em Saugus. Imagino como o doutor Dolquist se sente em relação a isso."

"Basta, Hardiman", disse Lief.

Dolquist fixou um ponto qualquer acima da cabeça de Hardiman e falou com voz macia, embora sua nuca estivesse com uma faixa de um vermelho vivo. "Alec, guarde seus delírios para outra ocasião. Hoje..."

"Não são delírios."

"... o senhor Kenzie está aqui a pedido seu e..."

"Na segunda e na quarta quarta-feira de cada mês", disse Hardiman, "entre duas e quatro da tarde no Red Roof. Quarto 217."

A voz de Dolquist fraquejou por um instante; foi uma pausa não muito natural. Eu percebi, Hardiman também percebeu e deu um leve sorriso para mim.

"O objetivo deste encontro...", prosseguiu Dolquist.

Hardiman agitou os dedos finos num movimento de desdém e voltou toda a atenção para mim. Eu via minha imagem refletida pela luz crua da lâmpada fluorescente na metade superior de suas lentes. Via também suas íris verdes, logo abaixo do reflexo evanescente de meu rosto. Ele se inclinou novamente para a frente e eu resisti ao impulso de recuar, porque já sentia o calor do corpo dele, o fedor horrível e pútrido de uma consciência degenerada.

"Alec", falei. "O que você pode nos dizer sobre as mortes de Kara Rider, Peter Stimovich, Jason Warren e Pamela Stokes?"

Ele suspirou. "Quando eu era criança, fui atacado por um enxame de vespas rajadas de amarelo. Eu estava andando à beira de um lago e não faço idéia de onde elas surgiram. A certa altura, porém, como uma miragem, elas me envolveram naquela enorme nuvem preta e amarela. Eu mal conseguia ver meus pais e alguns vizinhos que corriam em meu socorro, mas tive vontade de lhes gritar que estava tudo bem. Estava tudo ótimo. Mas aí as abelhas começaram a me picar. Mil agulhas penetravam minha carne e sugavam meu sangue, e a dor era tão excruciante que chegava a ser orgástica." Ele olhou para mim no momento em que uma gota de suor escorreu de seu nariz e caiu no queixo. "Eu tinha onze anos e tive meu primeiro orgasmo, ali mesmo, de calção de banho, enquanto mil vespas amarelas sugavam meu sangue."

Lief franziu o cenho e encostou o corpo na parede.

"Da última vez eram marimbondos", disse Dolquist.

"Eram vespas rajadas de amarelo."

"Você disse marimbondos, Alec."

"Eu disse vespas rajadas de amarelo", disse Alec calmamente e olhando novamente para mim. "Você já foi picado alguma vez?"

Dei de ombros. "Talvez uma ou duas vezes, quando era criança. Não me lembro."

Houve então um silêncio que durou vários minutos. Alec Hardiman, de frente para mim, olhava-me como se estivesse se perguntando como eu ficaria cortado em pedacinhos num prato de porcelana branca, e que talheres escolher entre os que estavam à sua disposição.

Esforcei-me para sustentar seu olhar, sabendo que ele se recusaria a responder a qualquer pergunta que eu fizesse naquela hora.

Quando ele falou, não vi seus lábios se mexendo; só consegui vê-los depois, ao relembrar a cena.

"Você pode endireitar meus óculos, Patrick?"

Olhei para Lief, que deu de ombros. Inclinei-me para a frente e empurrei-os de volta para perto dos olhos. Ele aproximou as narinas da pele nua entre minha mão enluvada e a manga de minha camisa e cheirou ruidosamente.

Retirei minha mão.

"Você fez sexo hoje de manhã, Patrick?"

Não respondi.

"Eu sinto o cheiro do sexo dela em sua mão", disse ele.

Lief afastou o corpo da parede, apenas o suficiente para que eu visse sua expressão de advertência.

"Quero que você entenda uma coisa", disse Hardiman. "Quero que entenda que existem escolhas. Você pode fazer a escolha certa ou a escolha errada, mas terá que escolher. Nem todas as pessoas de quem a gente gosta podem continuar a viver."

Tentei manter um pouco de saliva umedecendo minha língua e minha garganta ressecadas. "O filho de Diandra Warren morreu porque ela mandou você para cá. Isso eu sei. E as outras vítimas?"

Ele se pôs a cantarolar, baixinho a princípio, e só consegui reconhecer a música quando ele abaixou a cabeça e elevou um pouco a voz. "Send in the clowns."*

"E as outras vítimas?", repeti. "Por que foram mortas?"

"'Não é uma bênção?'", cantarolou ele.

"Você pediu que eu viesse aqui por alguma razão", insisti.

"'Você desaprova'..."

"Por que foram mortas, Alec?", insisti.

"'Alguém que fica girando por aí'...". Sua voz se reduzira a um murmúrio agudo. "'Alguém que não consegue se mexer'..."

"Prisioneiro Hardiman..."

"'Então mandem os palhaços'..."

Olhei para Dolquist, depois para Lief.

Hardiman apontou um dedo para mim. "'Não se preocupe'", cantarolou ele. "'Eles estão aqui.'"

E ele riu. Um riso forte: cordas vocais vibrando, boca

* "Mandem os palhaços", canção de Stephen Sondheim. (N. T.)

escancarada, espuma se formando nos cantos dos lábios, olhos ainda mais abertos, fixos em mim. Tive a impressão de que aquela boca escancarada ia sorver todo o ar da cela e encher todo o seu corpo, impedindo-nos de respirar, asfixiando-nos pouco a pouco.

Então sua boca se fechou, seus olhos brilharam e ele se fez sensato e gentil como um bibliotecário de uma cidadezinha do interior.

"Por que me fez vir aqui, Alec?"

"Você acabou domando aquele redemoinho, Patrick."

"O quê?"

Ele virou a cabeça e disse a Lief: "Patrick tinha um redemoinho horrível na parte de trás da cabeça. Ele despontava feito um dedo quebrado".

Resisti ao impulso de passar a mão na cabeça para abaixar o redemoinho que há muito eu não tinha mais. Ao mesmo tempo, senti uma estranha sensação de fraqueza e de frio na boca estômago.

"Por que me fez vir aqui? Você podia ter falado com mil policiais, com mil agentes federais, mas..."

"Se eu dissesse que meu sangue foi envenenado pelo governo, que as ondas alfa provenientes de outra galáxia alteraram minhas faculdades mentais ou que minha mãe me sodomizou à força, o que você responderia?"

"Eu não saberia o que dizer."

"Realmente não saberia. Porque você não sabe nada, e nada disso é verdade e, mesmo que fosse, não teria a menor importância. E se eu lhe dissesse que sou Deus?"

"Que Deus?"

"O único."

"Eu iria me perguntar como Deus veio parar na cadeia e por que não faz um milagrezinho para cair fora daqui."

Ele sorriu. "Muito bem. Muito esperto, claro, mas esse é seu jeito de ser."

"E o seu, qual é?"

"Meu jeito de ser?"

Fiz que sim.

Ele olhou para Lief. "Vamos ter frango assado novamente esta semana?"

"Na sexta-feira", respondeu o diretor.

Hardiman balançou a cabeça. "Ótimo. Gosto de frango assado. Patrick, foi um prazer ver você. Apareça de vez em quando."

Lief olhou para mim e deu de ombros. "Fim da conversa."

"Espere", disse eu.

Hardiman riu. "A conversa acabou, Patrick."

Dolquist se levantou. Um minuto depois, fiz o mesmo.

"Doutor Dolquist", disse Hardiman, "mande lembranças minhas à rainha Judith."

Dolquist se dirigiu à porta da cela.

Fiz o mesmo e, vendo as grades, tive a impressão de que elas iriam me reter, me impedir de voltar para o mundo, prendendo-me ali junto com Hardiman.

Lief foi até a porta da cela e pegou uma chave. Agora estávamos os três de costas para Hardiman.

E ele sussurrou: "Seu pai era uma vespa rajada de amarelo".

Voltei-me e ele estava olhando para mim, impassível.

"Ele era o quê?"

Hardiman balançou a cabeça e fechou os olhos, tamborilou na mesa com os dedos da mão algemada. Quando falou, a voz parecia sair dos cantos da cela, do teto, e das próprias grades — de todos os lugares, menos de sua boca.

"Eu disse: 'Estripe-os, Patrick. Mate todos eles'."

Ele franziu os lábios, e nós ficamos esperando, mas em vão. Passou-se um minuto em completo silêncio, enquanto ele permanecia impassível. Apenas um leve tremor lhe percorria a pele pálida e esticada sobre os ossos.

As portas se abriram, saímos para o corredor do Pavilhão C e passamos pelos dois guardas que estavam de sentinela na porta da cela, enquanto Alec Hardiman se punha a cantar: "Estripe-os, Patrick. Mate todos eles", numa voz tão suave, embora melodiosa e forte, que tínhamos a impressão de ouvir uma ária.

"Estripe-os, Patrick."

As palavras ressoaram no corredor como o canto de um pássaro.

"Mate todos eles."

23

Lief nos conduziu por um labirinto de corredores da área de manutenção, cujas grossas paredes abafavam os ruídos da prisão. Os corredores cheiravam a detergente e a desinfetante industrial, e o soalho tinha aquela cor amarelada característica das instituições públicas.

"Você sabia que ele tem um fã-clube?"

"Quem?"

"Hardiman", disse Lief. "Estudantes de criminologia, estudantes de direito, mulheres de meia-idade solitárias, umas duas assistentes sociais, alguns religiosos fanáticos. Sem contar os correspondentes a quem ele convenceu da própria inocência."

"Você está brincando comigo..."

Lief sorriu e balançou a cabeça. "Oh, não. Alec adora fazer isso: ele os convida a lhe fazerem uma visita, para conhecer Sua Excelência em carne e osso, ou qualquer coisa do tipo. E muitas dessas pessoas são pobres. Elas gastam as economias de uma vida inteira para vir até aqui. E adivinhe o que Alec faz?"

"Ri delas?"

"Ele se recusa a recebê-las", disse Dolquist. "Sempre."

"Exato", disse Lief. Ele digitou alguns números num teclado ao lado da porta à nossa frente, e ela abriu com um pequeno clique. "Da janela de sua cela, Hardiman observa as pessoas fazendo o longo caminho em direção a seus carros, perplexas, humilhadas e solitárias, e se diverte com isso."

"Assim é Alec", disse Dolquist quando passamos pelo portão principal e desembocamos na luz.

"Que história foi aquela sobre seu pai?", perguntou Lief enquanto saíamos da prisão e nos dirigíamos ao carro de Bolton, estacionado no meio do caminho de cascalhos.

Dei de ombros. "Não sei. Ao que me consta, ele não conheceu meu pai."

"Ele parece querer que você pense que sim."

"E aquela bobagem sobre o redemoinho", disse Lief. "Ou ele conheceu você, ou então deu um puta chute."

O cascalho rangia sob nossos pés quando nos aproximamos do carro, e eu disse: "Nunca vi esse cara antes".

"Bem, Alec é muito bom em foder com a cabeça das pessoas. Quando me informaram que você viria, me lembrei disto." Lief me passou um pedaço de papel. "Nós o interceptamos quando Alec tentava mandá-lo, por intermédio de seus mensageiros, para um rapaz de dezenove anos que ele tinha estuprado depois de descobrir que era soropositivo."

Abri o bilhete:

A morte em meu sangue
Eu lhe ofereci
No fundo de meu túmulo
Esperarei por você.

Devolvi o bilhete como se queimasse em minhas mãos.

"Ele queria que o rapaz sentisse medo dele mesmo depois de sua morte. Eis o que Alec é", disse Lief. "E talvez você nunca o tenha encontrado, mas ele quis falar justamente com você. Lembre-se disso."

Fiz que sim.

"Vai precisar de mim?", perguntou-lhe Dolquist, um tanto hesitante.

Lief fez que não com a cabeça. "Escreva um relatório e ponha-o em minha mesa amanhã de manhã. Acho que basta isso, Ron."

Dolquist parou bem perto da van e apertou minha mão. “Prazer em conhecê-lo senhor Kenzie. Espero que tudo dê certo.”

“Desejo o mesmo para vocês aqui.”

Ele balançou a cabeça mas evitou meu olhar, em seguida fez um breve aceno a Lief e voltou-se para ir embora.

Lief deu-lhe um tapinha nas costas, um tanto timidamente, como se nunca tivesse feito aquilo antes. “Cuide-se, Ron.”

Sob nossos olhares, o homenzinho troncudo avançou pela trilha por alguns metros, depois virou bruscamente à esquerda e cortou caminho pelo gramado em direção ao estacionamento.

“Ele é um pouco estranho”, disse Lief, “mas é um homem bom.”

Os muros da prisão projetavam uma imensa sombra sobre o gramado, tornando-o quase negro, e Dolquist parecia temer aquela zona escura. Ele andava ao longo de seus limites, na faixa do gramado iluminada pelo sol, e o fazia com tal cuidado que parecia recear pender para a esquerda e ser engolido pela zona escura.

“Aonde você acha que ele vai?”

“Vai atrás da mulher.” Lief cuspiu no cascalho.

“Você acha que o que Hardiman disse é verdade.”

Ele deu de ombros. “Não sei. Mas os detalhes eram bastante precisos. Se fosse sua mulher, e ela já o tivesse traído antes, você não iria checar?”

Dolquist, agora uma figura minúscula ao longe, contornou a sombra da prisão, entrou no estacionamento e desapareceu de vista.

“Pobre-diabo”, disse eu.

Lief cuspiu no cascalho novamente. “Reze para que não se possa dizer o mesmo de você algum dia.”

Uma súbita rajada de vento se levantou da zona de sombra junto aos muros, e encolhi os ombros pare me proteger dela enquanto abria a porta traseira da van.

"Bela técnica de interrogatório", disse Bolton. "Você fez algum curso?"

"Fiz o melhor que pude", respondi.

"Você não fez merda nenhuma", disse ele. "Você não descobriu absolutamente nada sobre os homicídios recentes."

"Pois é." Olhei em volta, dentro do veículo. Erdham e Fields estavam sentados à mesinha preta. Acima deles, cinco monitores exibiam cinco gravações de nossa conversa, enquanto o sexto mostrava Alec ao vivo, na mesma posição em que o deixáramos, olhos fechados, cabeça inclinada para trás, lábios franzidos.

A meu lado, Lief olhava para a outra fileira de monitores, no lado oposto. Neles aparecia uma série de fotografias de prisioneiros, rostos raivosos sendo substituídos por outros igualmente raivosos, numa média de seis a cada dois minutos. Observei os dedos ágeis de Erdham trabalhando no teclado de um dos computadores e percebi que ele estava repassando os dossiês de todos os prisioneiros.

"Quem lhe deu autorização para isso?", perguntou Lief.

Bolton pareceu contrariado. "Um juiz federal, às cinco da manhã de hoje." Ele passou a autorização a Lief. "Veja você mesmo."

Olhei para a fileira de monitores acima de sua cabeça quando apareceu uma nova fornada de prisioneiros. Enquanto Lief lia o documento com toda a atenção, seguindo cada linha com o indicador, fiquei observando os seis presidiários da tela, até serem substituídos por outros seis. Dois eram negros, dois brancos, outro tinha tantas tatuagens no rosto que dava a impressão de ser verde e o último parecia um jovem hispânico, exceto pelos cabelos, que eram totalmente brancos.

"Congele essa imagem", falei.

Erdham me olhou por sobre o ombro. "O quê?"

"Congele esses rostos", repeti. "Você pode fazer isso?"

Ele tirou as mãos do teclado. "Pronto." Ele olhou para Bolton. "Até agora, nenhum deles casou."

"Casou o que com quê?", perguntei.

Bolton explicou: "Estamos confrontando os dossiês de cada presidiário com todos os arquivos da prisão, mesmo os menos importantes, para ver se existe alguma relação com Alec Hardiman. Agora estamos chegando ao fim da letra A".

"Os dois primeiros estão limpos", disse Erdham. "Não tiveram o menor contato com Hardiman."

Agora Lief também estava de olho nos monitores. "Observe o sexto", disse ele.

Aproximei-me dele. "Quem é esse cara?"

"Você já o viu antes?"

"Não sei", disse eu. "Ele me parece vagamente familiar."

"Mas você não deixaria de lembrar desses cabelos."

"Não mesmo", concordei.

"Evandro Arujo", disse Erdham. "Nada a assinalar no pavilhão, nada a assinalar na oficina, nada a assinalar no pátio, nada a assinalar..."

"Tem muita coisa que essa sua máquina não vai lhe contar", disse Lief.

"... no que se refere à condenação. Agora estou verificando os relatórios sobre incidentes."

Olhei para o rosto do prisioneiro. Era suave e feminino, o rosto de uma mulher bonita. O cabelo branco contrastava fortemente com os olhos amendoados e a pele âmbar. Os lábios carnudos também eram femininos, com uma expressão de amuo, e os cílios eram longos e negros.

"Primeiro incidente importante: o prisioneiro Arujo afirma ter sido estuprado na sala de hidroterapia, em 6 de agosto de 1987. O prisioneiro se recusa a identificar seus agressores e pede para ser posto em isolamento. Pedido negado."

Olhei para Lief.

"Nessa época eu ainda não estava aqui", disse ele.

"Por que ele tinha sido preso?"

"Roubo de carro. Era réu primário."

"Ele veio para cá só por causa disso?", espantei-me.

Bolton agora estava de pé ao nosso lado, e eu sentia o cheiro de menta em seu hálito. "Normalmente, um roubo de carro não justifica o encarceramento numa prisão de segurança máxima", comentou.

"Vá dizer isso ao juiz", disse Lief. "E ao policial de quem Evandro roubou o carro, companheiro de bar do tal juiz."

"Segundo incidente importante: suspeita de agressão. Março de 1988. Sem maiores informações."

"Isso significa que ele próprio estuprou alguém", explicou Lief.

"Terceiro incidente importante: foi preso e julgado por homicídio culposo. Condenado em junho de 1989."

"Bem-vindo ao Mundo de Evandro", disse Lief.

"Imprima isso", pediu Bolton.

A impressora a laser fez um pequeno ruído, e a primeira coisa a ser impressa foi a foto que estávamos todos observando.

Bolton pegou-a e olhou para Lief. "Houve algum contato entre esse prisioneiro e Hardiman?"

Lief fez que sim. "Mas não temos registro disso."

"Por que não?"

"Porque existem coisas que a gente sabe e pode provar e coisas que a gente apenas sabe. Evandro era a 'mulher' de Hardiman. Quando entrou aqui para cumprir pena de nove meses por roubo de carro, era um rapaz mais ou menos decente. Quando saiu, nove anos e meio depois, era um verdadeiro monstro."

"E os cabelos dele? Por que ficaram assim?", perguntei.

"Choque", contou Lief. "Depois do estupro coletivo que sofreu na sala de hidroterapia, encontraram-no caído no chão, vertendo sangue por todos os orifícios do corpo e com os cabelos brancos. Ao sair da enfermaria, foi mandado de volta para o meio dos outros, porque o antigo diretor não gostava de latinos. Quando cheguei aqui, ele tinha sido comprado e vendido umas mil vezes e acabou ficando com Hardiman."

"Quando ele foi solto?", perguntou Bolton.

"Há seis meses."

"Mostre todas as fotos e imprima-as", disse Bolton.

Os dedos de Erdham voltaram a mexer no teclado, e de repente a fileira de monitores mostrou cinco fotos diferentes de Evandro Arujo.

A primeira era uma foto de identidade judiciária, tirada pela polícia de Brockton. Seu rosto estava inchado, o osso malar parecia quebrado do lado direito e seus olhos ternos refletiam terror.

"Batida de carro", explicou Lief. "A cabeça se chocou contra o volante."

A seguinte fora tirada no dia de sua chegada a Walpole. Olhos arregalados e assustados, rosto sem cortes ou inchaço. Tinha belos cabelos pretos e os mesmos traços femininos, ainda mais suaves, que lembravam os de um bebê.

A foto seguinte era a primeira que eu vira. Seus cabelos estavam brancos, e havia uma expressão diferente nos olhos grandes, como se alguém tivesse removido uma camada de emoção, da mesma forma que se remove a fina película do interior da casca do ovo.

"Esta foi tirada depois que ele matou Norman Sussex", disse Lief.

Na quarta foto, ele tinha perdido muito peso, e seus traços femininos pareciam grotescos; era o rosto esquálido de uma feiticeira no corpo de um jovem. Os olhos grandes tinham um intenso brilho febril, e seus lábios carnudos esboçavam um sorriso de escárnio.

"O dia em que foi condenado."

A última foto fora tirada no dia em que saíra da prisão. Ele pintara umas mechas grisalhas nos cabelos, talvez com carvão, ganhara peso e fizera um biquinho com os lábios para o fotógrafo.

"Como é possível soltar um cara como esse?", disse Bolton. "Ele parece completamente desequilibrado."

Olhei para a segunda foto: o jovem Evandro, cabelos escuros, rosto sem cicatrizes, olhos arregalados e temerosos.

"Ele foi condenado por homicídio culposo", disse Lief. "Não por assassinato. Eu sei que ele atacou Sussex sem ser provocado, mas não consegui prová-lo. E os ferimentos em Sussex e em Arujo pareciam ter sido causados por uma luta de faca entre dois homens." Na foto mais recente de Arujo, ele apontou uma fina linha branca que lhe marcava a testa. "Está vendo isto? É a cicatriz de um corte. Como Sussex não podia nos contar o que acontecera, Arujo alegou legítima defesa, disse que a lâmina pertencia a Sussex. E pegou oito anos porque o juiz não acreditou nele, mas nada podia provar. Não sei se lhes contaram, mas tínhamos um problema de superpopulação em nossas prisões, e Arujo, à parte isso, era um presidiário-modelo. Assim sendo, cumprida a pena, ele conseguiu liberdade condicional."

Fiquei observando as várias encarnações de Evandro Arujo. Ferido. Jovem e assustado. Abatido e acabado. Esquálido e vazio. Insolente e perigoso. E eu tinha absoluta certeza de que já o vira. Mas não sabia onde.

Pensei nas diferentes possibilidades.

Na rua. Num bar. Num ônibus. No metrô. Dirigindo um táxi. Num ginásio de esportes. Num jogo. Na multidão. Num cinema. Num concerto. Num...

"Alguém aí tem uma caneta?"

"O quê?"

"Uma caneta", repeti. "Preta. Ou um marca-texto."

Fields me passou um pincel atômico, que eu quase arranquei de sua mão. Tirei então a foto de Evandro da impressora e comecei a rabiscá-la.

Lief se debruçou sobre meu ombro.

"Por que está desenhando um cavanhaque, Kenzie?"

Contemplei o rosto que eu vira no cinema: era o rosto que aparecia nas várias fotos que Angie tinha tirado.

"Para que ele não possa mais continuar se escondendo."

24

Devin nos mandou por fax a cópia de uma das fotos de Evandro Arujo que Angie lhe passara, e Erdham a incorporou ao arquivo do computador.

Avançávamos lentamente na direção norte, numa Rodovia 95 engarrafada, quando Bolton disse a Devin: "Quero que enviem imediatamente os dados dele a todas as forças da polícia". Voltando-se para Erdham, gritou: "Consiga para mim o nome do oficial de reinserção social".

Erdham olhou para Fields, Fields apertou um botão e disse: "Sheila Lawn. Escritório no Saltonstall Building".

Bolton ainda estava falando com Devin. "... um metro e oitenta, oitenta e um quilos, cerca de trinta anos; sinais particulares: apenas uma cicatriz de uns três centímetros no alto da testa, logo abaixo da linha dos cabelos, cicatriz de um corte..." Ele cobriu o fone com a mão. "Kenzie, ligue para ela."

Fields me deu o número do telefone, e eu disquei no momento em que a foto de Evandro aparecia na tela de Erdham. No mesmo instante, ele começou a fazer retoques para melhorar a qualidade da imagem e das cores.

"Escritório de Sheila Lawn."

"Senhora Lawn, por favor."

"Sou eu."

"Senhora Lawn, meu nome é Patrick Kenzie. Sou detetive particular e preciso de informações sobre um dos ex-presidiários cujos casos você acompanha."

"Assim, sem mais nem menos?"

"Como?"

O veículo entrou numa fila que avançava um tantinho mais que as outras, e houve um festival de buzinas.

"Você acha que vou dar, por telefone, informações sobre um cliente meu a um homem que se diz detetive particular?"

"Bem..."

Bolton olhava para mim enquanto conversava com Devin. Então tomou o fone de minha mão e falou nele pelo canto da boca, ao mesmo tempo que escutava o que Devin estava lhe dizendo.

"Oficial Lawn, aqui é o agente especial Barton Bolton, do FBI. Fui designado para o departamento de Boston e meu número de identificação é seis-zero-quatro-um-nove-dois. Ligue para confirmar essas informações e mantenha Kenzie na linha. Trata-se de uma investigação federal, e contamos com sua cooperação."

Ele me devolveu o fone e disse a Devin: "Vá em frente. Estou ouvindo".

"Alô", disse eu.

"Alô", disse ela. "Estou me sentindo com se tivesse sido castigada. Por ninguém menos que Barton. Espere na linha."

Enquanto esperava, olhei pela janela no momento em que nosso veículo mudava de fila novamente, e vi o que estivera atrapalhando o trânsito: um Volvo tinha batido na traseira de um Datsun, e um dos motoristas estava sendo levado para uma ambulância parada no acostamento. Havia muito sangue e estilhaços de vidro em seu rosto, e ele apoiara as mãos numa posição esquisita na frente do corpo, como se não soubesse ao certo se ainda lhe pertenciam.

O acidente não bloqueava mais o trânsito, se é que chegara mesmo a bloquear, mas todo mundo diminuía a velocidade para dar uma olhadinha. Um pouco à frente de onde estávamos, o passageiro do banco de trás de um carro filmava tudo com sua câmera. Vídeos caseiros para a mulher e as crianças. Olhe, filho, contusões graves no rosto.

"Senhor Kenzie?"

"Sim?"

"Recebi meu segundo castigo. Desta vez, do chefe do agente Bolton, por desperdiçar o precioso tempo do FBI, por causa de uma bobagem como a proteção dos direitos de meu cliente. Bom, sobre qual de meus pupilos você quer saber?"

"Evandro Arujo."

"Por quê?"

"Precisamos de informações sobre ele. É só o que posso dizer."

"Está bem. Pode falar."

"Quando o viu pela última vez?"

"Duas semanas atrás, numa segunda-feira. Evandro é pontual. Comparado aos outros, ele é uma maravilha."

"Como assim?"

"Nunca falta a um encontro, nunca se atrasa, conseguiu trabalho duas semanas depois que foi solto..."

"Onde?"

"No Hartow Kennel, em Swampscott."

"Pode me dar o endereço e o telefone do Hartow Kennel?"

Anotei os dados, destaquei a folha e passei-a para Bolton, que acabara de desligar o telefone.

Lawn prosseguiu: "O patrão dele, Hank Rivers, o adora. Disse que, se todos fossem como Evandro, só contrataria ex-presidiários".

"Onde Evandro mora, oficial Lawn?"

"Prefiro que me chame de senhora. O endereço dele é... deixe-me ver, Custer Street, número dois-zero-cinco."

"Onde fica isso?"

"Em Brighton."

Bem perto da Bryce. Anotei o endereço e passei-o para Bolton.

"Ele está com algum problema?", perguntou ela.

"Sim", disse eu. "Caso o veja, senhora Lawn, não se

aproxime dele. Telefone para o número que Bolton lhe passou ainda há pouco."

"E se ele vier aqui? O próximo encontro está previsto para daqui a menos de duas semanas."

"Ele não vai comparecer. E, se o fizer, feche bem a porta e peça socorro."

"Você acha que ele crucificou aquela moça há algumas semanas, não é?"

Agora a van estava avançando a grande velocidade, mas ali dentro eu tinha a impressão de que o trânsito parara.

"Por que diz isso?", perguntei.

"Porque ele tocou no assunto uma vez."

"Que foi que ele falou?"

"Você tem que entender que, como já lhe disse, ele é um dos casos mais fáceis com que tenho lidado. Tem sido sempre dócil e gentil e, puxa vida, me enviou flores no hospital quando quebrei a perna. Não sou nenhuma ingênua quando se trata de ex-detentos, senhor Kenzie, mas Evandro parecia mesmo um rapaz honesto que tinha dado um passo em falso e não queria dar outro."

"O que ele falou sobre crucificação?"

Bolton e Fields olharam para mim, e percebi que mesmo Erdham, que normalmente se mostrava indiferente, estava observando meu reflexo em sua tela.

"Certo dia, no final de nossa conversa aqui no escritório, Evandro ficou olhando fixamente meu peito. A princípio pensei que ele estava tarando meus seios, mas logo notei que estava olhando era para o crucifixo que costumo usar. Normalmente eu o deixo por baixo da blusa, mas naquele dia ele tinha ficado para fora, e eu só notei quando Evandro grudou os olhos nele. Um olhar nada inocente, um tanto obsessivo, se é que você me entende. Quando lhe perguntei o que estava olhando ele disse: 'O que você pensa de crucificações, Sheila Lawn?'. Não oficial Lawn, ou senhora Lawn, mas *Sheila* Lawn."

"O que você respondeu?"

"Eu disse: 'Em que contexto?', ou algo do tipo."

"E Evandro?"

"Ele disse: 'No contexto sexual, é claro'. Acho que o que me chamou atenção foi esse 'é claro', porque ele parecia achá-lo um contexto perfeitamente normal para uma crucificação."

"Você mencionou essa conversa num relatório?"

"Para quem? Você está brincando? Atendo dez homens por dia, senhor Kenzie, que me dizem coisas muito piores e não estão violando nenhuma lei, embora eu pudesse considerá-las como assédio sexual, se meus colegas homens também não as ouvissem."

"Senhora Lawn", disse eu. "Por que, logo às primeiras perguntas que fiz, quis saber se Evandro crucificara alguém, se em nenhum momento eu lhe disse que ele estava sendo procurado por homicídio?"

"Você está trabalhando com o FBI, não está? E você recomendou que me escondesse se visse Evandro."

"Mas se Evandro era um ex-detento tão exemplar, por que você pensou que ele fosse capaz..."

"... de crucificar uma jovem?"

"Sim."

"Porque... Porque neste trabalho a gente fica o tempo todo descartando coisas da memória, senhor Kenzie. É a única forma de continuar nessa função. E eu tinha esquecido completamente a conversa sobre crucificação até ler a reportagem sobre a moça assassinada. Lembrei-me imediatamente da forma como me senti, apenas por um segundo, quando ele me disse: 'No contexto sexual, é claro', e de como me senti suja, nua e completamente vulnerável. Mas, mais que isso, senti-me aterrorizada — também só por um segundo — porque achei que ele estava pensando..."

Houve um longo silêncio enquanto ela procurava as palavras.

"... na possibilidade de crucificá-la?"

Ela tomou ar rapidamente. "Isso mesmo."

* * *

"Além da cor do cabelo e do cavanhaque", disse Erdham enquanto olhávamos a fotografia de Evandro atingir sua definição plena na tela, "ele alterou a linha de implantação dos cabelos."

"Como?"

Ele mostrou a foto de Evandro tirada na prisão. "Está vendo a cicatriz da lâmina no alto da testa?"

"Merda", disse Bolton.

"Agora não existe mais", disse Erdham, pondo o dedo na tela.

Examinei a foto que Angie tirara de Evandro quando ele saía do Sunset Grill. Nela, a linha de implantação dos cabelos era pelo menos um centímetro mais baixa.

"Mas não acho que isso seja necessariamente um detalhe de seu disfarce", disse Erdham. "É muito insignificante. A maioria das pessoas nem sequer notaria."

"Ele é vaidoso", falei.

"Exatamente."

"O que mais?", disse Bolton.

"Veja você mesmo."

Olhei para as duas fotos. Não era fácil abstrair o efeito dos cabelos brancos que tinham se tornado castanhos, mas pouco a pouco...

"Os olhos", disse Bolton.

Erdham fez que sim com a cabeça. "Originalmente castanhos, mas verdes nas fotos tiradas pela sócia do senhor Kenzie."

Fields largou o telefone. "Agente Bolton?"

"Sim", disse ele nos dando as costas.

"As maçãs do rosto", acrescentei, vendo minha própria imagem sobrepor-se à de Evandro na tela.

"Você é bom nisso", disse Erdham.

"Não consegui nada nem em sua casa, nem no local de trabalho", dizia Fields. "Faz duas semanas que o senhorio não o vê, e o patrão diz que ele ligou há dois dias dizendo que estava doente e não deu mais notícias."

"Quero que coloquem agentes nos dois lugares. Imediatamente."

"Eles já estão a caminho, senhor."

"E o que há com as maçãs do rosto?", perguntou Bolton.

"Implantes", disse Erdham. "É o que suponho. Está vendo?" Ele apertou um botão três vezes para ampliar a foto de Evandro. A certa altura estavam visíveis apenas os plácidos olhos verdes, a metade superior do nariz e as maçãs do rosto. Erdham tocou a caneta na maçã do rosto esquerda. "O tecido aqui parece muito mais macio do que na outra foto. Puxa, quase não há carne. Mas aqui... E veja como a pele parece quase rachada, ligeiramente avermelhada. Isso porque a pele está mais esticada do que o normal, como acontece quando se forma uma bolha."

"Você é um gênio", disse Bolton.

"Sem dúvida", disse Erdham, e seus olhos se iluminaram por trás dos óculos como os de um menino olhando para as velas de seu bolo de aniversário. "Mas ele também é muito inteligente. Não procurou fazer grandes mudanças em sua aparência, o que causaria estranheza à oficial de reinserção social e a seu senhorio. Exceto nos cabelos", apressou-se em dizer, "mas nesse caso qualquer um entenderia. Em vez disso, ele se esmerou em pequenas mudanças cosméticas. Pode-se comparar essa foto com as de todos os detentos, com o auxílio do computador, e não se encontra nenhuma que bata com essa, a menos que se saiba *exatamente* o que se está procurando."

A van oscilou um pouco quando entramos na Rodovia 93, em Braintree, e Bolton e eu nos seguramos no teto por um instante.

"Se ele pensou nesses detalhes com tanta antecedência", disse eu, "é porque sabia que iríamos procurá-lo, ou então a alguém com traços semelhantes aos seus." Apontei para a tela do computador.

"Isso mesmo", concordou Erdham.

"Então", disse Bolton, "ele acha que vai ser pego."

"Parece que sim", disse Erdham. "De outro modo, por que haveria de reproduzir alguns assassinatos de Hardiman?"

"Ele sabe que vai ser pego", disse eu. "Mas não se importa."

"A coisa pode ser ainda pior", disse Erdham. "Talvez até deseje ser preso, o que significa que todas essas mortes são uma espécie de mensagem, e ele vai continuar matando até que a gente descubra o que ela significa."

"O sargento Amronklin me contou umas coisas interessantes enquanto você falava com a oficial Lawn."

A viatura saiu da 93 em Haymarket, e mais uma vez Bolton e eu tivemos que nos apoiar no teto para não perder o equilíbrio.

"O quê, por exemplo?"

"Ele conseguiu entrar em contato com a companheira de quarto de Kara Rider em Nova York. Há três meses, a senhorita Rider conhecera um rapaz que estudava artes dramáticas na mesma turma que ela. Ele dizia que era de Long Island e que ia até Manhattan uma vez por semana para assistir às aulas." Ele olhou para mim. "E adivinhe uma coisa."

"O cara usava cavanhaque."

Ele fez que sim. "Dizia chamar-se Evan Hardiman. Que tal? A companheira de quarto da senhorita Rider disse também o seguinte — e aqui repito suas próprias palavras: 'Era o homem mais sensual do mundo'."

"Sensual", disse eu.

Ele fez uma careta. "Sabe, ela é um pouco dramática."

"O que mais ela disse?"

"Que Kara lhe contou que ele era a melhor foda que jamais tivera. 'A melhor de todas, do princípio ao fim', foi o que ela disse."

"Para ela o fim não foi tão bom assim."

* * *

"Preciso de um perfil psicológico imediatamente", disse Bolton no elevador. "Quero saber tudo sobre Arujo, desde que lhe cortaram o cordão umbilical até hoje."

"Entendido", disse Field.

Ele enxugou o rosto com a manga da camisa. "Quero também que chequem todos os seus contatos dentro da prisão, como fizemos com Hardiman, e que coloquem um agente na porta de cada um deles, amanhã de manhã."

"Entendido." Fields rabiscava freneticamente em seu bloco de anotações.

"E agentes na porta da casa de seus pais, se ainda estiverem vivos", disse Bolton ofegante, tirando o casaco. "E mesmo que não estejam, porra. Agentes na porta de cada namorada ou namorado, amigo ou amiga que ele teve, de cada garoto ou garota que resistiu a seu assédio."

"Vai precisar de um bocado de gente."

Bolton deu de ombros. "Isso não é nada comparado ao que o governo gastou no caso Waco, e nós, pelo menos, temos a chance de nos sair bem. Quero uma nova investigação de todas as cenas dos crimes, e que interroguem todos os bundões do Departamento de Polícia de Boston que mexeram na cena do crime antes de nós chegarmos. Quero que todas as testemunhas da lista de Kenzie sejam interrogadas novamente", continuou ele, contando nos dedos, "Hurlihy, Rouse, Constantine, Pine, Timpson, Diandra Warren, Glynn, Gault, e que se façam investigações extensivas, não, *exaustivas*, sobre seus antecedentes, para ver se tiveram algum contato com Arujo." Ele levou a mão ao bolso do casaco para pegar sua bombinha para asma quando o elevador parou. "Entenderam? Entenderam? Então, ao trabalho."

As portas se abriram e ele se precipitou para fora, aspirando ruidosamente na bombinha.

Atrás de mim, Field perguntou a Erdham: "Exaustivas se escreve com xis ou com zê?".

"Com xis", disse Erdham. "No nosso caso, melhor seria escrever com zê de zebra."

Bolton afrouxou o nó da gravata até ele chegar à altura do esterno e caiu pesadamente na cadeira atrás de sua mesa de trabalho.

"Feche a porta atrás de você", disse ele.

Fiz o que ele pediu. Seu rosto estava rosado, a respiração irregular.

"Você está bem?"

"Nunca estive tão bem. Fale-me de seu pai."

Sentei-me. "Não há o que dizer. Acho que Hardiman estava blefando, tentando me abalar com mentiras."

"Eu não acho." Ele usou a bombinha novamente. "Vocês três estavam de costas para Hardiman quando ele disse aquilo, mas eu o estava observando no filme. Ele pareceu livrar-se de um peso quando disse que seu pai era uma vespa rajada de amarelo. Era como se tivesse guardado aquilo para conseguir o máximo de impacto." Bolton passou a mão no cabelo. "Você tinha um redemoinho no cabelo quando era mais novo, não tinha?"

"Muitos meninos tinham."

"Muitos meninos, quando crescem, não têm sua presença solicitada por um *serial killer*."

Levantei a mão, balancei a cabeça. "Eu tinha um topete, agente Bolton. Normalmente só se podia notar quando eu suava muito."

"Por quê?"

"Acho que porque eu era vaidoso. Eu punha um monte de porcaria no cabelo pro topete não aparecer."

Ele balançou a cabeça. "Ele conhecia você."

"Não sei o que lhe dizer, agente Bolton. Nunca vi esse sujeito antes."

Outro sacudir de cabeça. "Fale-me de seu pai. Você sabe que a partir de agora já tenho gente investigando sobre ele."

"Já imaginava."

"Como ele era?"

"Ele era um sacana que gostava de fazer os outros sofrerem, Bolton. Não gosto de falar sobre ele."

"Sinto muito", disse ele, "mas nesse momento suas suscetibilidades não me interessam nem um pouco. Estou tentando prender Arujo e acabar com essa carnificina."

"E ganhar uma boa promoção por causa disso."

Ele levantou uma sobrancelha e fez um gesto enérgico com a cabeça. "Isso mesmo. Não tenha dúvida. Não conheço nenhuma das vítimas, senhor Kenzie, e, em termos genéricos, não quero que nenhum ser humano morra. Mas pessoalmente não sinto nada por esses indivíduos. Não sou pago para isso. Sou pago para prender sujeitos como esse Arujo, e é isso que estou tentando fazer. Se com isso progrido em minha carreira, não é uma maravilha?" Seus olhos miúdos se dilataram. "Fale-me de seu pai."

"Durante a maior parte de sua vida, ele exerceu o cargo de tenente do Corpo de Bombeiros de Boston. Mais tarde, meteu-se na política e foi eleito vereador. Algum tempo depois, teve câncer no pulmão e morreu."

"Vocês não se davam bem."

"Não. Ele era tirânico. Todos os que o conheciam tinham medo dele, e a maioria o odiava. Ele não tinha amigos."

"Não obstante, você parece ser o oposto dele."

"Como assim?"

"Bem, as pessoas gostam de você. Os sargentos Amronklin e Lee gostam muito de você, Lief tomou-se de amores por você imediatamente e, pelo que fiquei sabendo desde que assumi esse caso, você estabeleceu fortes laços com pessoas tão díspares como um jornalista liberal e um traficante de armas psicótico. Seu pai não teve muitos amigos, mas você parece ter muitos. Seu pai era um homem violento, e você não parece ter grande propensão para a violência."

Vá dizer isso a Marion Socia, pensei.

"O que desconfio, senhor Kenzie, é que Alec Hardiman, da mesma forma que fez Jason Warren pagar pelos pecados de sua mãe, pretende fazer com que você pague pelos de seu pai."

"É uma bela conclusão, agente Bolton. Só que Diandra teve responsabilidade direta na prisão de Hardiman, ao passo que não existe nenhuma relação direta entre meu pai e ele."

"Nenhuma que tenhamos descoberto." Ele se inclinou para trás. "Veja a coisa de meu ponto de vista. A história toda começou quando Kara Rider, uma atriz, entrou em contato com Diandra Warren usando o nome falso de Moira Kenzie. Não se trata de um erro e sim de uma mensagem. Acho que podemos imaginar que Arujo a induziu a isso. Então ela aponta o dedo para Hurlihy e, por tabela, para Jack Rouse. Você entra em contato com Gerry Glynn, que trabalhava com o pai de Alec Hardiman. Glynn aponta diretamente Hardiman. Hardiman matou Charles Rugglestone no bairro onde você morava. Supomos também que ele matou Cal Morrison. Também em seu bairro. Na época, você e Kevin Hurlihy eram crianças, mas Jack Rouse tinha uma mercearia, Stan Timpson e Diandra Warren moravam alguns quarteirões mais adiante, a mãe de Kevin Hurlihy, Emma, era dona de casa, Gerry Glynn era policial, e seu pai, senhor Kenzie, era bombeiro."

Ele me passou um mapa de vinte por trinta centímetros que mostrava as cercanias da Edward Ewerett Square, Savin Hill e Columbia Point. Alguém circulara com uma caneta a área correspondente à paróquia de St. Bart: a própria Edward Everett Square, o Blake Yard, a estação JFK/U/Mass, um trecho da Dorchester Avenue começando em South Boston e terminando na igreja St.William, em Savin Hill. Dentro do círculo, alguém colocara cinco quadradinhos pretos e dois pontos azuis grandes.

"Que significam esses quadradinhos?", perguntei.

"Os locais onde moravam, em 1974, Jack Rouse, Stan e Diandra Timpson, Emma Hurlihy, Gerry Glynn e Edgar

Kenzie. Os dois pontos azuis são os locais onde Cal Morrison e Charles Rugglestone foram assassinados. Os quadradinhos e os pontos estão contidos numa área de uns quinhentos metros quadrados."

Olhei para o mapa. Meu bairro. Um cantinho da cidade esquecido, composto de predinhos de três andares e edifícios decadentes sobre pilotis, bares minúsculos e lojas de conveniência. Afora as eventuais brigas de bar, um lugar que não despertava a menor atenção. Mas lá estava o FBI lançando holofotes federais sobre ele.

"O que você está vendo aí", disse Bolton, "é o território de caça de um matador."

Liguei para Angie de uma sala de reuniões vazia.

Ela atendeu no quarto toque, ofegante. "Acabo de entrar em casa", disse ela.

"O que você está fazendo?"

"Falando com você, seu tonto, e abrindo minha correspondência. Conta, conta, conta, cardápio de pratos para entrega, conta..."

"Como está Mae?"

"Ótima. Acabo de levá-la para a casa de Grace. Como foi seu dia?"

"O nome do cara de cavanhaque é Evandro Arujo. Na cadeia, ele era unha e carne com Alec Hardiman."

"Bobagem."

"Não. Parece que ele é nosso homem."

"Mas ele não conhece você."

"É verdade."

"Então por que ele iria deixar seu cartão na mão de Kara Rider?"

"Simples coincidência?"

"Digamos que sim. Mas o assassinato de Jason também?"

"De fato, de fato, uma grande coincidência?"

Ela suspirou e ouvi-a abrindo um envelope. "Isso não explica tudo, Patrick."

"Concordo", disse eu.

"Fale-me sobre Hardiman."

Contei sobre Hardiman e sobre o que acontecera naquele dia, enquanto ela ia abrindo mais envelopes e dizendo "sim, sim" num tom distraído que teria me aborrecido se eu não a conhecesse bem o bastante para saber que ela era capaz de falar ao telefone, ouvir rádio, ver televisão, fazer comida e ter uma meia-conversa com alguém na sala, ao mesmo tempo que ouvia cada palavra do que eu estava dizendo.

Mas a certa altura de minha história os "sim" pararam e ouvi apenas silêncio, e não um silêncio de atenção concentrada. Era um silêncio carregado.

"Angie?"

Nada.

"Angie?", repeti.

"Patrick", disse ela, e sua voz estava tão fraca que parecia descarnada.

"Que é? Qual é o problema?"

"Acabo de encontrar uma foto em minha correspondência."

Levantei-me tão rápido da cadeira que tive a impressão de ver as luzes da cidade saltarem e rodopiarem a minha volta. "De quem?"

"Minha", disse ela. "E de Phil."

25

"Quer dizer então que eu tenho que ter medo desse cara?", disse Phil pegando uma das fotos que Angie tirara de Evandro.

"Sim", disse Bolton.

Phil bateu a foto na mão. "Bem, não tenho medo."

"Pois deveria, Phil. Pode acreditar", falei.

Ele nos olhou a todos — Bolton, Devin, Oscar, Angie e eu, apinhados na minúscula cozinha de Angie — e balançou a cabeça. Enfiou a mão no casaco e puxou uma pistola, apontou-a para o chão para checar a carga.

"Por Deus, Phil", disse Angie. "Guarde isso."

"Você tem o porte dessa arma?", perguntou Devin.

Phil manteve os olhos baixos, os cabelos estavam empapados de suor.

"Senhor Dimassi", disse Bolton, "não precisará disso. Vamos proteger você."

"Está bem", aquiesceu Phil numa voz apenas audível.

Esperamos enquanto ele lançava mais um olhar à foto que deixara sobre a mesa, depois à arma em sua mão — o medo começara a lhe escorrer pelos poros. Ele olhou para Angie, depois para o chão, certamente tentando se orientar em meio àquela confusão. Ele estava chegando do trabalho, quando fora abordado por dois agentes federais na porta de casa. Os agentes o tinham levado até o apartamento de Angie e, uma vez lá, o informaram de que um desconhecido estava decidido a dar cabo dele, provavelmente dentro de uma semana.

Quando finalmente levantou os olhos do chão, sua pele morena estava branca feito cal. Ele percebeu meu olhar, deu aquele seu sorriso de garoto e balançou a cabeça como a indicar que estávamos todos no mesmo barco.

"Tudo bem", disse ele. "Talvez eu esteja com um pouco de medo."

A bolha de tensão que até há pouco pairava na pequena cozinha estourou e escorreu suavemente por baixo da porta dos fundos.

Ele colocou a arma em cima do fogão, sentou-se no balcão e, um tanto perplexo, olhou para Bolton erguendo uma sobrancelha.

"Falem-me então do tal sujeito."

Um agente pôs a cabeça na porta da cozinha. "Agente Bolton, não há nenhum indício de que tentaram forçar as fechaduras ou os acessos ao imóvel, senhor. Também não encontramos microfones. Na parte dos fundos do edifício, o mato está muito crescido, e não há o menor sinal de que alguém tenha passado por ele, pelo menos nos últimos trinta dias."

Bolton balançou a cabeça em sinal de aprovação e o agente foi embora.

"Agente Bolton", disse Phil.

Bolton voltou-se novamente para ele.

"Você poderia fazer o favor de me falar sobre esse cara que quer acabar comigo e com minha mulher?"

"Ex, Phil", disse Angie baixinho. "Ex."

"Desculpe." Ele olhou para Bolton. "Comigo e com minha ex-mulher?"

Bolton se encostou na geladeira, Devin e Oscar sentaram-se em cadeiras, e eu me empoleirei no balcão, do lado oposto ao do fogão.

"O nome dele é Evandro Arujo", começou Bolton. "É suspeito de quatro homicídios no último mês. Em todos os casos, ele mandou fotografias de suas futuras vítimas para pessoas próximas a elas."

"Fotos como esta", disse Phil apontando a foto dele e

de Angie que estava em cima da mesa, ainda coberta com o pó do exame dactiloscópico.

"Sim."

Era uma foto recente. As folhas que cobriam o chão eram de várias cores. Phil estava de cabeça baixa, ouvindo alguma coisa que Angie lhe dizia. Angie estava voltada para ele, e os dois andavam pela faixa de grama e de cimento no meio da Commonwealth Avenue.

"Mas não há nada de ameaçador na foto."

Bolton balançou a cabeça. "Exceto pelo fato de que foi tirada e depois enviada à senhorita Gennaro. Você já ouviu falar de Evandro Arujo?"

"Não."

"E Peter Stimovich e Pamela Stokes?"

Phil pensou um pouco. "Os nomes desses dois me parecem vagamente familiares."

Bolton abriu a pasta que estava em sua mão e passou para ele as fotos de Stimovich e de Stokes.

O rosto de Phil se anuviou. "Não foi esse cara que morreu a punhaladas na semana passada?"

"Sua morte foi muito pior que isso."

"Os jornais diziam que foi a punhaladas", disse Phil. "Suspeitam do ex-namorado de sua namorada."

Bolton balançou a cabeça. "Essa foi a história que espalhamos. Pelo que sabemos, a namorada de Stimovich não tinha nenhum ex-namorado."

Phil pegou a foto de Pamela Stokes. "Ela também morreu?"

"Sim."

Phil esfregou os olhos. "Puta que pariu", disse ele, e as palavras saíram-lhe da boca num estremecimento, como se pronunciadas em meio a um ataque de riso.

"Você conhecia algum deles?"

Phil fez que não com a cabeça.

"E quanto a Jason Warren?"

Phil olhou para Angie. "O rapaz que vocês estavam tentando proteger? O que morreu?"

Ela fez que sim. Desde nossa chegada, Angie falara muito pouco. Fumava um cigarro atrás do outro, olhando pela janela que dava para os fundos do edifício.

"Kara Rider?", disse Bolton.

"Ela também foi morta por esse sacana?"

Bolton confirmou.

"Meu Deus", disse Phil descendo do balcão com todo o cuidado, como se não tivesse certeza de que o chão o estava esperando. Aproximou-se depressa de Angie, pegou um dos cigarros dela, acendeu-o e olhou para a ex-mulher.

Angie olhou para ele como se olha para uma pessoa que acabou de saber que está com câncer, sem saber se é melhor dar espaço para ela desabafar ou ficar perto para ampará-la, caso desfaleça.

Ele colocou a mão no rosto de Angie, ela o aninhou na mão dele e algo de muito íntimo — uma espécie de reconhecimento tácito do que os unia — se passou entre os dois.

"Conhecia Kara Rider, senhor Dimassi?"

Phil tirou a mão do rosto de Angie numa pequena carícia e voltou para o balcão.

"Conheci quando ainda era criança. Todo mundo conheceu."

"Você a viu recentemente?"

Ele balançou a cabeça. "A última vez que a vi foi há três ou quatro anos." Ele fitou o cigarro, depois jogou as cinzas na pia. "Por que nós, senhor Bolton?"

"Não sabemos", disse Bolton com uma ponta de irritação desesperada na voz. "Agora estamos à caça de Arujo, e o rosto dele vai estar nas páginas de todos os jornais da Nova Inglaterra amanhã de manhã. Ele não vai muito longe. Ainda não sabemos por que ele escolhe determinadas pessoas como alvo, exceto no caso Warren, em que temos um motivo possível. Mas pelo menos sabemos quem são seus próximos alvos e vamos ficar de olho em você e na senhorita Gennaro."

Erdham entrou na cozinha. "Verificamos as imediações

deste apartamento e do apartamento do senhor Dimassi: nada de anormal, estão seguros."

Bolton balançou a cabeça e esfregou o rosto com as mãos enormes.

"Bem, senhor Dimassi", disse ele. "A situação é a seguinte: há vinte anos um homem chamado Alec Hardiman matou seu amigo Charles Rugglestone num depósito abandonado, a umas seis quadras daqui. Acreditamos que Hardiman e Rugglestone foram responsáveis por uma série de assassinatos nessa época, o mais famoso dos quais foi a crucificação de Cal Morrison."

"Eu me lembro de Cal", disse Phil.

"Você o conheceu bem?"

"Não. Ele era uns dois anos mais velho que eu. Mas nunca ouvi falar sobre nenhuma crucificação. Ele foi morto a punhaladas."

Bolton balançou a cabeça. "Uma história inventada para a imprensa pela polícia, para ganhar tempo e para evitar o aparecimento de malucos dispostos a confessar que tinham matado Hoffa* e os dois Kennedy antes do café-da-manhã. Morrison foi crucificado. Seis dias depois, Hardiman, num ataque de fúria, fez o trabalho de dez psicóticos em seu parceiro, Rugglestone. Ninguém sabe o motivo, exceto que os dois estavam encharcados de álcool e de PCP.** Hardiman foi para Walpole, condenado à prisão perpétua. Doze anos depois ele fez a cabeça de Arujo, transformando-o num psicopata. Arujo era relativamente inofensivo quando entrou na prisão, mas agora ele pode ser qualquer coisa, menos inofensivo."

"Se você cruzar com ele, Phil, fuja", disse Devin.

Phil engoliu em seco e fez um leve movimento com a cabeça.

"Há seis meses Arujo está solto", disse Bolton. "Achamos que Hardiman tem algum contato fora da prisão, um

* Líder sindical americano assassinado em 1975. (N. T.)

** Droga alucinógena. (N. T.)

segundo assassino que alimenta os desejos homicidas de Arujo, ou vice-versa. Não temos certeza, mas tendemos a achar isso. Não sabemos bem por quê, Hardiman, Arujo e esse terceiro homem desconhecido apontam numa única direção: este bairro. E eles visam determinadas pessoas — o senhor Kenzie, Diandra Warren, Stan Timpson, Kevin Hurlihy e Jack Rouse —, mas não sabemos por quê."

"E que relação têm essas outras pessoas — Stimovich e Stokes — com o bairro?"

"Achamos que pode ser uma coisa aleatória. Podem ter matado pelo mero prazer de matar, sem outra motivação."

"E por que escolheram a mim e a Angie?"

Bolton sacudiu os ombros. "Pode ser um estratagema. Não sabemos. Pode ser que estejam querendo irritar a senhorita Gennaro porque ela colabora no trabalho de busca. Seja quem for o comparsa de Arujo, desde o princípio os dois procuraram envolver o senhor Kenzie e a senhorita Gennaro nessa história. A função de Kara Rider foi exatamente essa. E aí, talvez", prosseguiu Bolton, olhando para mim, "ele esteja querendo obrigar o senhor Kenzie a fazer aquela escolha de que Hardiman falou."

Todos olharam para mim.

"Hardiman disse que eu seria obrigado a fazer uma espécie de escolha. Ele disse: 'Nem todas as pessoas de quem a gente gosta podem continuar a viver'. Talvez a escolha seja entre salvar Phil ou salvar Angie."

Phil balançou a cabeça. "Mas todos que nos conhecem sabem que faz mais de dez anos que praticamente não nos falamos, Patrick."

Fiz que sim com a cabeça.

"Mas vocês foram amigos?", perguntou Bolton.

"Como irmãos", disse Phil, e tentei descobrir algum traço de amargura e de autocomiseração em sua voz, mas ouvi apenas uma calma e triste aceitação.

"Por quanto tempo?", perguntou Bolton.

"Desde o berço até os, digamos, vinte, não é?"

Sacudi os ombros. "Por aí."

Olhei para Angie, mas ela fitou o chão.

Bolton disse: "Hardiman falou que você já o conhecia, senhor Kenzie".

"Nunca vi o cara."

"Ou então não se lembra."

"Eu me lembraria de um rosto como aquele."

"Se na ocasião você já fosse adulto, sim. Mas se fosse criança?"

Ele passou a Phil duas fotos de Hardiman, uma de 1974 e outra recente.

Phil olhou para elas e eu vi o esforço que fazia para reconhecer Hardiman, para que as coisas adquirissem algum sentido e houvesse uma razão para aquele homem querer matá-lo. Por fim fechou os olhos, expirou ruidosamente e balançou a cabeça.

"Nunca vi esse sujeito antes."

"Tem certeza?"

Ele devolveu as fotos. "Tenho."

"Bem, isso é muito ruim", disse Bolton. "Porque agora ele faz parte de sua vida."

Às oito horas, um agente levou Phil para casa, ao passo que eu, Angie, Devin e Oscar fomos até meu apartamento, para que eu pudesse pegar umas coisas.

Bolton queria que Angie parecesse estar desprotegida, sozinha, mas nós o convencemos de que, se Evandro e seu comparsa andavam nos observando, devíamos nos comportar da forma mais natural possível. E sair com Devin e Oscar era uma coisa que fazíamos pelo menos uma vez por mês, embora quase nunca sóbrios.

Quanto à minha decisão de me instalar na casa de Angie, resolvi não arredar pé, quer Bolton aprovasse, quer não.

Mas o fato é que ele gostou da idéia. "Desde que os conheci, tive a impressão de que vocês dormiam juntos, por isso acho que Evandro pensa a mesma coisa."

"Você é um grosso", disse Angie, e ele sacudiu os ombros.

Em meu apartamento, ficamos todos na cozinha, enquanto eu tirava roupas da secadora e as enfiava numa sacola. Olhando pela janela, vi Lyle Dimmick encerrando o expediente, limpando as mãos e colocando a brocha numa lata de tíner.

"E então, como vão suas relações com os federais?", perguntei a Devin.

"Piorando a cada dia", disse ele. "Por que você acha que ficamos fora da visita a Alec Hardiman esta tarde?"

"Quer dizer que vocês foram rebaixados a nos servir de babá?", perguntou Angie.

"Na verdade", disse Oscar, "nós é que pedimos. Mal podemos esperar a hora de ver o que vocês vão fazer a portas fechadas."

Ele olhou para Devin e os dois deram uma gargalhada.

Devin viu um sapo de pelúcia que Mae deixara no balcão de minha cozinha e o pegou. "É seu?"

"É da Mae."

"Claro." Ele o levantou à altura do rosto e lhe fez umas caretas. "Vocês deviam levar este bichinho aqui", disse ele. "Nem que seja só para servir de árbitro entre vocês, em caso de necessidade."

"Nós já moramos juntos antes", disse Angie fechando a cara.

"É verdade", falou Devin. "Por duas semanas. Mas você tinha acabado de abandonar seu marido, Angie. E na época vocês quase não paravam juntos, pelo que me lembro. Patrick se mudou para o Fenway Park, e você passava a noite circulando pelas boates de Kenmore Square. Agora, vocês vão ter que ficar juntos até o fim dessa investigação. Pode durar meses, ou mesmo anos." Ele falou para o sapo. "Que acha disso?"

Olhei pela janela, ele e Oscar começaram a rir, e Angie se pôs a fumar. Lyle estava descendo do andaime, com o rádio e a caixa térmica numa mão e uma garrafa de Jack Daniel's apontando do bolso de trás.

Vendo-o ali, fiquei intrigado. Nunca o tinha visto trabalhando depois das cinco, e já eram oito e meia. Além disso, ele dissera de manhã que estava com dor de dente...

"Por acaso você tem batata frita de saquinho?", perguntou Oscar.

Angie levantou-se e dirigiu-se ao armário que ficava acima do fogão. "Em se tratando de Patrick, nunca dá para contar que ele tenha comida em casa." Ela abriu a porta da esquerda, remexeu por entre umas latas.

Naquela manhã, eu e Mae tínhamos tomado café juntos, mas isso fora depois que eu falara com Lyle. Depois da discussão com Kevin. Eu tinha voltado para a cozinha, telefonado para Bubba...

"Não falei?", disse Angie a Oscar, abrindo a porta do meio. "Aqui também não tem batata frita."

"Vocês dois vão se dar muito bem", comentou Devin.

Depois de falar com Bubba, eu pedira a Lyle que abaixasse o volume do rádio porque Mae estava dormindo. E ele dissera...

"Última tentativa", disse Angie abrindo a porta da direita.

... que tudo bem, porque tinha dentista à tarde e só iria trabalhar meio período.

Levantei-me, aproximei-me da janela e olhei para o andaime lá embaixo no pátio, quando Angie soltou um berro e pulou para trás.

O pátio estava vazio. "Lyle" sumira.

Olhei para dentro do armário e a primeira coisa que vi foram dois olhos voltados para mim. Olhos azuis, humanos, mas fora de um corpo.

Oscar pegou seu walkie-talkie. "Me passe Bolton. Agora."

"Que merda." Angie rodeou a mesa, um tanto trôpega.

"Devin", disse eu. "Aquele pintor de paredes..."

"Lyle Dimmick. Nós o estamos investigando."

"Só que não era Lyle."

Oscar, que ouvira nossa conversa, disse a Bolton pelo walkie-talkie: "Espalhe seus homens por esta área. Arujo está aqui no pedaço, disfarçado de pintor de paredes e com chapéu de caubói. Ele acabou de sair".

"Em que direção ele foi?"

"Não sei. Mande seus homens."

"Estamos indo."

Angie e eu descemos pela escada de incêndio pulando de três em três degraus, de armas em punho, e saltamos a balaustrada da varanda. Arujo podia ter ido em três direções. Se tivesse seguido para oeste, passando pelos fundos dos edifícios, ele precisaria pular os muros, porque a primeira rua perpendicular se encontrava a mais de quatro quadras. Se tivesse ido rumo ao norte, em direção à escola, certamente toparia com os homens do FBI. Portanto, restavam apenas o sul, isto é, o quarteirão atrás do meu, e o leste, em direção à Dorchester Avenue.

Lancei-me na direção sul, e Angie na direção oeste.

Nem eu nem ela o encontramos.

Nem Devin e Oscar.

Tampouco o FBI.

Às nove, um helicóptero sobrevoou a área, procedeu-se à busca com o auxílio de cães, e os agentes passaram a bater de porta em porta, interrogando os moradores. Meus vizinhos não me olhavam com bons olhos desde que, um ano antes, eu quase trouxera uma guerra de gangues para suas portas; fiquei imaginando que velhas pragas célticas eles haviam de estar rogando contra minha alma naquela noite.

Evandro Arujo burlara o sistema de vigilância, fazendo-se passar por Lyle Dimmick. Qualquer morador que olhasse pela janela e visse uma escada encostada à parede na altura de minhas janelas pensaria que Ed Donnegan comprara meu prédio e contratara Lyle para pintá-lo.

O filho-da-puta entrara em minha casa.

Presumiu-se que os olhos eram de Peter Stimovich, cujo corpo fora encontrado com as órbitas vazias, detalhe que Bolton não nos contara.

"Obrigado por me informar", falei.

"Kenzie", disse ele com seu eterno suspiro, "não estou sendo pago para mantê-lo por dentro de tudo, mas para recorrer a você quando necessário."

Sob os olhos, que o médico-legista tirou de meu armário e colocou em sacos plásticos separados, haviam deixado para mim outro bilhete, um envelope branco e uma grande pilha de impressos em folhas soltas. O bilhete dizia *quebomtever*, escrito com a mesma máquina que os dois primeiros.

Bolton pegou o envelope antes que eu tivesse tempo de abri-lo, depois leu os outros bilhetes que eu recebera no último mês. "Por que você não nos mostrou esses?"

"Eu não sabia que eram dele."

Ele os entregou a um técnico de laboratório. "As digitais de Gennaro e de Kenzie estão no arquivo do agente Erdham. Leve os adesivos também."

"O que fazemos com os impressos?", perguntou Devin.

Eram mais de mil, divididos em duas pilhas presas por elásticos, alguns já amarelados de tão velhos, alguns amassados, alguns de apenas dez dias. Todos traziam no alto, no canto esquerdo, fotos de crianças desaparecidas, seguidas da lista de suas características físicas, e todas traziam a legenda: *Você Me Viu?*.

Bem, não, não vi. Ao longo dos anos eu recebera centenas desses impressos pelo correio e sempre os examinara com atenção antes de jogá-los no lixo, mas em todos aqueles anos nunca vira um rosto conhecido. Como os recebia mais ou menos uma vez por semana, era fácil esquecê-los. Agora, porém, que eu os examinava com luvas tão apertadas que chegava a sentir o suor saindo pelos poros de minhas mãos, a coisa era assustadora.

Milhares de crianças. Desaparecidas. Uma população inteira. Uma legião de pequenos seres desgarrados, antes de terem tido tempo de viver. A essa altura, quase todos mortos, pensei. Outros certamente haviam sido encontrados, sempre num estado muito pior do que quando desapareceram. Os demais andavam à deriva, vagando por estas terras como um circo ambulante, atravessando o coração de nossas cidades como pontos luminosos em nossos monitores, dormindo em cima de pedras, de caixotes e de colchões velhos, faces encovadas, tez amarela, olhos esbranquiçados e cabelos cheios de lêndeas.

"Estes impressos são como os adesivos", disse Bolton.

"Como assim?", perguntou Oscar.

"Ele quer que Kenzie partilhe de seu mal-estar pós-moderno. Do tipo: o mundo está perdido e não tem conserto, milhares de vozes gritam bobagens umas às outras e nenhuma delas terá o menor efeito sobre qualquer das demais; entre nós é impossível qualquer comunicação, não existe conhecimento adquirido coletivamente, nem um sistema de explicação global. Essas crianças desaparecem todos os dias e a gente diz: 'Que coisa horrível. Me passe o sal'." Ele olhou para mim. "Você acha que tem a ver?"

"Talvez."

Angie balançou a cabeça. "Bobagem."

"Como?"

"Bobagem", disse ela. "Talvez tenha um pouco disso, mas não é o essencial da mensagem. Agente Bolton, você admite que estamos lidando com dois assassinos, e não apenas Evandro Arujo, certo?"

Ele fez que sim.

"Esse segundo estava esperando sua hora, ou antes, estava incubando a coisa há vinte anos. A hipótese é essa, confere?"

"Sim."

Ela balançou a cabeça, acendeu um cigarro e olhou-o por um instante. "Já tentei parar de fumar diversas vezes. Você sabe como é difícil, não?"

"E você imagina como neste momento eu gostaria que tivesse conseguido?", disse Bolton, abaixando-se para se esquivar da nuvem de fumaça que se espalhava pela cozinha.

"Que pena." Ela sacudiu os ombros. "O que quero dizer é que cada um de nós tem seu vício. Uma coisa fundamental para nós, uma coisa que nos define, de certa forma. Do que, em sua vida, você não consegue abrir mão?"

"Eu?"

"Sim, você."

Ele sorriu e desviou o olhar, ligeiramente embaraçado. "Livros."

"Livros", disse Oscar rindo.

Bolton voltou-se para ele. "Que tem de errado nisso?"

"Nada, nada. Continue, agente Bolton, você é o máximo."

"Que tipo de livros?", perguntou Angie.

"As grandes obras", disse Bolton, um tanto timidamente. "Tolstoi, Dostoievski, Joyce, Shakespeare, Flaubert."

"E se eles fossem proibidos?", perguntou Angie.

"Eu desobedeceria à lei."

"Que rebelde", disse Devin. "Estou impressionado."

"Cuidado, hein?", advertiu Bolton de cara feia.

"E você, Oscar?"

"Comida", disse Oscar dando tapinhas na barriga. "Não comida saudável, mas uma boa comida que faz mal ao coração. Bife, costeleta de porco, ovos, frango frito ao molho."

"Estou chocado", comentou Devin.

"Dane-se", disse Oscar. "Isso só me abre o apetite."

"Devin?"

"Cigarro", disse ele. "E bebida também, talvez."

"Patrick?"

"Sexo."

"Você é um devasso, Kenzie", disse Oscar.

"Muito bem", disse Angie. "Essas são as coisas que nos mantêm vivos, que tornam a vida tolerável. Cigarros, livros, bebidas, mais cigarros, álcool e sexo. Nós somos isso." Ela bateu na pilha de impressos. "E ele? O que é essencial para ele?"

"Matar", falei.

"É isso o que eu imagino", disse ela.

"Então", disse Oscar, "se ele foi obrigado a ficar sem isso durante vinte anos..."

"Ele não agüentaria", disse Devin. "De jeito nenhum."

"Mas ele cometia os assassinatos discretamente", disse Bolton.

Angie ergueu uma pilha de impressos. "Até agora."

"Ele andou matando crianças", disse eu.

"Durante vinte anos", disse Angie.

Erdham chegou às dez horas e contou que um homem com chapéu de caubói, dirigindo um Cherokee vermelho roubado, avançara o sinal vermelho num cruzamento em Wollaston Beach. A polícia de Quincy o perseguira e o perdera de vista numa curva fechada da Rodovia 3A em Weymouth, onde ele passou sem problemas, mas os outros derraparam.

"Perder uma merda de um jipe numa curva?", disse Devin incrédulo. "Esses Mario Andrettis de mentirinha derrapam, e um sabonete como um Cherokee não?"

"Mas foi o que aconteceu. A última vez que foi visto ele estava atravessando a ponte em direção sul, próximo ao antigo estaleiro."

"A que horas foi isso?", perguntou Bolton.

Erdham consultou suas anotações. "Nove e trinta e cinco em Wollaston. E nove e quarenta e quatro quando o perderam de vista."

"Mais alguma coisa?", perguntou Bolton.

"Sim", disse Erdham devagar, olhando para mim.

"O quê?"

"Pode vir, Mallon."

Fields entrou na cozinha trazendo um punhado de pequenos gravadores e pelo menos quinze metros de cabo coaxial.

"Que é isso?", perguntou Bolton.

"Ele pôs microfones no apartamento inteiro. Os gravadores estavam presos por fita isolante sob a sacada do senhorio. Não havia fitas dentro deles. Os cabos estavam conectados a uma caixa de derivação no telhado, junto com o cabo da televisão e os fios elétricos e de telefone. Ele estendeu seus cabos junto com os outros por todo o apartamento, e não era possível vê-los, a menos que estivéssemos procurando.

"Você está brincando", duvidei.

Fields balançou a cabeça, como a pedir desculpas. "Não. Pela quantidade de poeira e de mofo que vi nos cabos, ele devia estar ouvindo tudo o que se dizia neste apartamento há pelo menos uma semana." Ele sacudiu os ombros. "Talvez mais."

26

"Por que ele não tirou o chapéu de caubói?", perguntei quando estávamos voltando para a casa de Angie.

Eu saíra de meu apartamento aliviado. No momento ele estava cheio de técnicos e de policiais que vasculhavam tudo, levantavam as tábuas do soalho, cobrindo todo o apartamento com uma nuvem de pó para a coleta de impressões digitais. Encontraram um microfone escondido no rodapé da sala, outro sob a cômoda do meu quarto, um terceiro costurado na cortina da cozinha.

Eu estava tentando me distrair do profundo golpe da total violação da minha privacidade, e foi assim que me fixei no chapéu de caubói.

"O quê?", perguntou Devin.

"Por que ele continuava com o chapéu de caubói quando passou no sinal vermelho em Wollaston?"

"Ele esqueceu de tirar", disse Oscar.

"Se ele fosse do Texas ou de Wyoming", falei, "tudo bem. Mas ele é de Brockton. Não poderia deixar de sentir aquele troço na cabeça enquanto dirigia. Ele sabe que os agentes federais estão atrás dele. Sabe que quando encontramos aqueles olhos arrancados concluímos que ele estava se fazendo passar por Lyle."

"Mas ele continua usando o chapéu", disse Angie.

"Ele está rindo da cara da gente", disse Devin depois de um instante. "Quer mostrar que não somos páreo para ele."

"Que sujeito", disse Oscar. "Não dá pra acreditar."

* * *

Bolton colocou agentes escondidos nos apartamentos vizinhos ao de Phil, no apartamento dos Livoskis, fronteiro ao de Angie, e no dos McKay, que ficava atrás. Ambas as famílias receberam uma boa recompensa pelo incômodo e se instalaram provisoriamente no centro da cidade, no Marriott, mas mesmo assim Angie ligou para eles e lhes pediu desculpas pelo transtorno.

Ela desligou e foi tomar um banho, e eu fiquei à mesa empoeirada da sua sala de jantar, com as luzes apagadas e as cortinas fechadas. Oscar e Devin estavam num carro, na fim da rua. Tinham deixado dois walkie-talkies conosco. Os aparelhos, duros e quadrados, estavam à minha frente, na mesa; na penumbra, com aqueles contornos idênticos, davam a impressão de estarem ligados a outra galáxia.

Quando Angie saiu do banho, usava uma camiseta do Monsignor Ryan Memorial High School e um short de flanela vermelho que ondulava em volta das coxas. O cabelo estava molhado, e quando ela colocou cigarros e um cinzeiro em cima da mesa e me passou uma Coca, de repente me pareceu muito frágil.

Ela acendeu um cigarro. Através da chama, percebi, num relance, quanto seu rosto estava marcado pelo cansaço e pelo medo.

"Vai dar tudo certo", falei.

Ela deu de ombros. "Vai."

"Eles vão agarrá-lo antes que consiga chegar perto daqui."

Outro sacudir de ombros. "É."

"Angie, ele não vai pegar você."

"Até agora, a média de pontos dele está bem alta."

"Somos muito bons em proteger pessoas, Angie. Acho que podemos proteger um ao outro."

Ela exalou um jato de fumaça por cima de minha cabeça. "Diga isso a Jason Warren."

Pus minhas mãos nas suas. "Não sabíamos com quem estávamos lidando quando largamos o caso Warren. Agora sabemos."

"Patrick, ele entrou em nossas casas com a maior facilidade."

Naquele momento, eu não estava preparado para refletir sobre aquilo. A sensação de violação que sentira desde que Field nos mostrara os gravadores era horrível, avassaladora.

Eu disse: "Meu apartamento não estava guardado por cinqüenta agentes...".

Suas mãos giraram sob as minhas, de modo que nossas palmas se tocaram, e ela apertou os dedos em volta de meu punho. "Ele é totalmente insano", disse ela. "Falo de Evandro. Nunca lidamos com um caso como esse. Ele não é uma pessoa, é uma força, e acho que, se está decidido a me pegar, vai conseguir."

Ela sugou o cigarro com força; a ponta do cigarro brilhou mais intensamente e vi que ela estava com olheiras.

"Não vai..."

"Psit", fez ela retirando as mãos das minhas. Ela apagou o cigarro e pigarreou. "Não quero parecer covarde, nem uma mulherzinha patética, mas preciso apertar alguém em meus braços agora e..."

Afastei a cadeira e ajoelhei-me entre suas pernas. Angie me abraçou, eu apertei meu rosto contra o seu e ela pressionou os dedos em minhas costas.

Sua voz era um cálido murmúrio em meus ouvidos. "Se ele me matar, Patrick..."

"Eu não..."

"Se ele o fizer, você vai me prometer uma coisa."

Esperei, sentindo o terror que fazia seu peito palpitar e lhe inundava os poros.

"Prometa-me", disse ela, "que vai ficar vivo tempo bastante para matá-lo. Bem devagar. Durante dias, se você conseguir."

"E se ele me matar antes?", perguntei.

"Ele não vai conseguir matar os dois. Ninguém é tão bom. Se ele pegar você antes de mim", disse ela inclinando-se um pouco para trás para que seus olhos pudessem fitar os meus, "vou pintar a casa dele com seu sangue. Até o último centímetro."

Alguns minutos depois ela foi dormir. Acendi uma pequena luminária na cozinha e fiquei lendo os dossiês que Bolton me dera sobre Alec Hardiman, Charles Rugglestone, Cal Morrison e os assassinatos de 1974.

Tanto Hardiman como Rugglestone pareciam surpreendentemente normais. A única coisa que os distinguia era o fato de que Alec Hardiman, como Evandro, era muito bonito, de uma beleza quase feminina. Mas há muitos homens bonitos no mundo que não exercem a menor influência sobre os outros.

Rugglestone, com seus cabelos que formavam um V no meio da testa e o rosto comprido, lembrava um mineiro de carvão de West Virginia. Não tinha uma expressão especialmente amigável, mas tampouco parecia ser capaz de crucificar crianças e estripar bêbados.

Os rostos nada me revelavam.

Como me disse certa vez minha mãe, a gente não pode entender totalmente as pessoas, somente interagir com elas.

Minha mãe esteve casada com meu pai por vinte e cinco anos; portanto, deve ter interagido um bocado.

Naquele momento, tive que concordar com ela. Eu dedicara tempo a Hardiman, lera o relato de como, de menino angelical que era, se transformara em demônio da noite para o dia, mas nada explicava o porquê da metamorfose.

Sabia-se menos de Rugglestone. Ele servira no Vietnã e fora dispensado com todas as honras. Viera de uma pequena fazenda do leste do Texas. Quando foi morto, fazia seis anos que não entrava em contato com a família.

Segundo o relatório, sua mãe o considerava "um bom menino".

Virei uma página do dossiê sobre Rugglestone e vi desenhos do depósito abandonado onde Hardiman, inexplicavelmente, se voltara contra seu parceiro. O depósito fora transformado num supermercado e numa lavanderia a seco.

O desenho mostrava onde o corpo de Rugglestone fora encontrado, amarrado a uma cadeira, cheio de perfurações, espancado e queimado. Mostrava onde o detetive Gerry Glynn, avisado por um telefonema anônimo, encontrara Hardiman nu, encolhido em posição fetal, na antiga sala de expedição, o corpo coberto com o sangue de Rugglestone, o furador de gelo a pouco mais de um metro de distância.

O que teria sentido Gerry quando, atendendo ao telefonema anônimo, entrara no armazém, encontrara o corpo de Rugglestone e logo adiante o filho de seu colega de trabalho encolhido, com a arma do crime?

E quem teria dado o telefonema?

Virei mais uma página, vi uma foto amarelada de uma van branca registrada no nome de Rugglestone. Parecia velha, era malconservada, e faltava o pára-brisa. O interior da van, segundo o relatório, fora lavado vinte e quatro horas antes da morte de Rugglestone. O painel fora limpo com todo o cuidado, mas o pára-brisa destruído era coisa recente. Os bancos do motorista e do passageiro estavam cobertos de fragmentos de vidro, que se espalhavam também pelo chão do carro como pedrinhas brilhantes. Dois blocos de concreto tinham caído no piso do veículo.

Alguém, provavelmente moleques, tinha jogado os blocos no pára-brisa, quando a van estava estacionada na frente do depósito. Um ato de vandalismo, paralelo ao assassinato que Hardiman cometia a alguns metros dali.

Talvez os vândalos tivessem ouvido o barulho que vinha do depósito, desconfiaram de algo suspeito e fizeram a ligação anônima.

Olhei para a foto da van por um minuto e senti algo próximo do pavor.

Jamais gostei de vans. Por algum motivo que, tenho certeza, Dodge e Ford ficariam satisfeitos em eliminar, eu as identificava com coisas nefastas — com motoristas que molestam crianças, com raptores à espreita em estacionamentos de supermercados, com boatos sobre palhaços assassinos, com o mal.

Virando a página, dei de cara com o relatório toxicológico sobre Rugglestone. Seu sangue continha uma grande quantidade de PCP e de metilanfetamina, o suficiente para mantê-lo acordado por uma semana. A taxa de álcool no sangue também era bastante alta, mas não chegava a se sobrepor aos efeitos de tanta adrenalina artificial. Seu sangue devia estar a mil.

Como Hardiman, que era dez quilos mais leve, conseguira amarrá-lo?

Virei mais uma página e li o relatório da autópsia de Rugglestone. Mesmo já tendo ouvido os relatos de Gerry Glynn e de Bolton, a extensão das torturas infligidas ao corpo de Rugglestone estava além da compreensão humana.

Sessenta e sete golpes desferidos com um martelo encontrado perto de Alec Hardiman, sob uma cadeira na sala de expedição. As marteladas, algumas dadas de longe, outras de muito perto, choveram nas costas, na frente, no lado direito, no lado esquerdo.

Abri o dossiê de Hardiman, coloquei os dois lado a lado. No julgamento, o advogado de Hardiman alegara que seu constituinte sofrera um traumatismo na mão esquerda quando criança, que ele não era ambidestro e que não podia ter brandido um martelo com tanta força apenas com a outra mão.

O promotor chamou a atenção para o nível de PCP no sangue de Hardiman, e o juiz e o júri concordaram em que a droga podia muito bem multiplicar por dez a força de um homem já fora de si.

Ninguém aceitou o argumento do advogado de que a quantidade de PCP no sangue de Hardiman era desprezível em comparação com a que havia no sangue de Rugglestone, e que seu cliente, longe de potencializar seus efeitos, atenuara-os com uma mistura de morfina e seconal. A adição de álcool à mistura, segundo o advogado, levava à conclusão de que Hardiman, que mal conseguia ficar de pé naquela tarde, dificilmente teria sido capaz das proezas físicas que o crime exigira.

Ele levara quatro horas queimando, parte por parte, o corpo de Rugglestone. Começara pelos pés, e quando o fogo atingiu a parte inferior das panturrilhas, ele o apagou, continuando o trabalho com o martelo, o furador de gelo ou uma navalha, usados para lacerar a carne de Rugglestone cento e dez vezes, também a torto e a direito. Depois ele queimara a parte inferior das panturrilhas e os joelhos, apagara as chamas novamente, e assim por diante.

O exame dos ferimentos de Rugglestone revelou a presença de suco de limão, de água oxigenada e de sal de cozinha. Os cortes no rosto revelaram a presença de dois cremes faciais: creme de limpeza Ponds e pan-cake branco.

Ele estava maquiado?

Verifiquei no dossiê de Hardiman. Ao ser preso, ele também tinha resíduos de pan-cake branco na raiz dos cabelos próximo do rosto, como se tivesse tido tempo de limpar o rosto, mas não de lavar os cabelos.

Mergulhei no dossiê de Cal Morrison. Ele saíra de casa às três horas de uma tarde nublada para assistir a uma pelada num terreno baldio de Columbia Park. Sua casa não distava mais de um quilômetro e meio dali, e, quando a polícia examinou todos os trajetos que ele poderia ter feito, não encontrou nenhuma testemunha que o tivesse visto depois do lugar em que ele acenara para um vizinho, na Summer Street.

Sete horas depois, ele fora crucificado.

Os legistas encontraram indícios de que Cal permanecera várias horas deitado de costas num tapete. Um tapete barato, cortado de forma grosseira, de modo que algumas fibras ficaram em seu cabelo. Além disso, o tapete tinha manchas de gasolina e de óleo de freio.

Sob as unhas de sua mão esquerda encontraram sangue tipo A e substâncias químicas usadas na fabricação de pan-cake branco.

Por algum tempo os detetives pensaram que talvez o assassino fosse uma mulher.

O exame das fibras capilares e os moldes de gesso das pegadas logo descartaram essa hipótese.

Maquiagem. Por que Rugglestone e Hardiman estariam usando maquiagem?

27

Por volta das onze horas, liguei para Devin no walkie-talkie e lhe falei sobre a maquiagem.

"Isso também me intrigou", disse ele.

"E daí?"

"Daí que logo se viu que se tratava de algo fortuito. Hardiman e Rugglestone eram *amantes*, Patrick."

"Eles eram homossexuais, Devin. Isso não significa que eles se travestissem. Pelo que li, ninguém nunca os viu maquiados."

"Não sei o que lhe dizer, Patrick. Não conseguimos concluir nada desse pormenor. Hardiman e Rugglestone mataram Morrison, depois Hardiman matou Rugglestone, e, se na hora estavam com abacaxis na cabeça e de saiotes roxos, isso em nada muda a história."

"Tem algo errado com esses dossiês, Devin. Eu sinto isso."

Ele suspirou. "Onde está Angie?"

"Dormindo."

"Sozinha?", perguntou ele com um risinho.

"O quê?", falei.

"Nada."

Ao fundo, ouvi a gargalhada de Oscar.

"Desembucha", disse eu.

O suspiro maroto de Devin foi seguido do chiado do walkie-talkie. "Eu e Oscar fizemos uma pequena aposta."

"Que aposta?"

"Para ver quanto tempo você e sua sócia são capazes

de agüentar antes de acontecer alguma coisinha entre os dois."

"Que coisinhas seriam essas?"

"Eu aposto que vocês vão se matar, mas Oscar diz que vão dar uma trepada antes do fim de semana."

"Que ótimo", disse eu. "Vocês não estão atrasados para a aula semanal de correção política?"

"O departamento chama isso de 'Sensibilização para o Diálogo'", disse Devin. "E eu e o sargento Lee achamos que já somos bastante sensíveis."

"Claro."

"Você não parece muito convencido disso", interveio Oscar.

"Não, ao contrário. Vocês me parecem verdadeiros modelos do 'novo homem sensível'."

"É mesmo?", disse Devin. "Você acha que isso vai nos ajudar a pegar umas frangas?"

Despedi-me de Devin e liguei para Grace.

Eu passara boa parte da noite adiando essa hora. Grace era madura e compreensiva, mas mesmo assim eu não sabia como lhe explicar minha mudança para a casa de Angie. Não sou um sujeito muito possessivo, mas não sei como iria reagir se Grace me ligasse contando que iria passar alguns dias na casa de um amigo.

Sendo assim, não entrei no assunto imediatamente.

"Olá", disse eu.

Silêncio.

"Grace?"

"Não sei se estou a fim de falar com você, Patrick."

"Por quê?"

"Você sabe muitíssimo bem por quê."

"Não, não sei."

"Se você fizer gracinhas comigo, eu desligo."

"Grace, não tenho a menor idéia do que você está falando..."

Ela desligou.

Olhei para o telefone por um minuto, resistindo à tentação de jogá-lo contra a parede. Então respirei fundo e liguei novamente.

"O que é?", disse ela.

"Não desligue."

"Isso vai depender de quantas mentiras você vai querer me pregar."

"Grace, não posso responder a nada, se não souber o que fiz de errado."

"Minha vida está em perigo?", perguntou ela.

"De que você está falando?"

"Responda à minha pergunta."

"Pelo que sei, não."

"Então por que você mandou que me seguissem?"

"Não mandei ninguém seguir você, Grace."

Evandro? Kevin Hurlihy? O assassino misterioso? Quem?

"Mentira", disse ela. "A idéia não saiu da cabeça daquele psicótico da capa e..."

"Bubba?", perguntei.

"Você sabe muito bem que se trata dele, porra!"

"Grace, vamos com calma. Diga-me exatamente o que aconteceu."

Ouvia-a expirar devagar do outro lado da linha. "Estava no restaurante St. Botolph com Annabeth e minha filha — minha *filha*, Patrick —, e havia um sujeito sentado no bar me vigiando. É verdade que não estava sendo nada discreto, mas também não se mostrava ameaçador. E então..."

"Como era esse cara?"

"O quê? Ele parecia uma espécie de Larry Bird* antes do banho de loja — alto, muito pálido, cabelos horrorosos, queixo comprido, pomo-de-adão proeminente."

Kevin. O puto do Kevin. A poucos metros de Grace, de Mae e de Annabeth.

* Famoso jogador de basquete americano. (N. T.)

Imaginando as diversas maneiras de quebrar-lhes as espinhas.

"Vou matá-lo", sussurrei.

"O quê?"

"Continue, Grace. Por favor."

"Por fim ele tomou coragem, levantou-se do bar e veio à nossa mesa tentar sabe-se lá o quê. Então, seu amigo psicopata apareceu não se sabe de onde e arrastou-o pelos cabelos para fora do restaurante. Na frente de trinta pessoas, ele bateu o rosto do homem contra um hidrante várias vezes."

"Puxa!", disse eu.

"'Puxa'?", repetiu ela. "É só o que você diz? *Puxa?* Patrick, o hidrante estava do outro lado da janela, bem de frente para a nossa mesa. Mae assistiu a tudo. Ele estourou a cara do sujeito, e ela viu tudo. Ela passou o dia inteiro chorando. E o pobre do homem, ele..."

"Ele morreu?"

"Não sei. Os amigos dele o puseram num carro e aquele... *lunático* com seu capanga nanico ficaram simplesmente olhando, enquanto o sujeito era colocado no carro, que partiu em seguida."

"Aquele 'pobre homem', Grace, é um assassino de aluguel da máfia irlandesa. O nome dele é Kevin Hurlihy, e ele me disse hoje de manhã que iria matar você para foder com a minha vida."

"Você está brincando."

"Antes fosse."

Caiu um longo e pesado silêncio entre nós.

"E agora", disse ela finalmente, "ele está em minha vida? Na vida de minha filha, Patrick? Na de minha filha?"

"Grace, eu..."

"O quê?", disse ela. "Fale, fale, fale: o quê? Hein? Quer dizer que aquele pirado da capa agora é meu anjo da guarda? Ele vai fazer com que me sinta segura?"

"Mais ou menos isso."

"Você trouxe isso para minha vida. Essa violência. Você... meu Deus!"

"Grace, ouça..."

"Ligo para você mais tarde", disse ela, e sua voz estava distante e baixa.

"Estou na casa de Angie."

"O quê?"

"Vou passar a noite aqui."

"Na casa de Angie", disse ela.

"Talvez ela seja o próximo alvo do sujeito que matou Jason Warren e Kara Rider."

"Na casa de Angie", repetiu ela. "Mais tarde ligo para você... talvez."

Ela desligou.

Sem um boa-noite. Nem um "tome cuidado". Só um "talvez".

Ela só ligou vinte minutos depois. Eu estava sentado à mesa, examinando fotografias de Hardiman, de Ugglestone e de Cal Morrison, e chegara a um ponto em que todas elas se misturaram em minha cabeça e se juntaram numa só, as mesmas perguntas girando em meu cérebro. Eu sabia que as respostas estavam flutuando à minha frente, mas fora de meu raio de visão.

"Oi", disse ela.

"Oi."

"Como vai Angie?"

"Apavorada."

"Não a censuro." Ela deu um suspiro. "Como você está, Patrick?"

"Estou bem, acho."

"Ouça, não vou me desculpar por ter me enfurecido ainda há pouco."

"Não estou esperando que faça isso."

"Quero você em minha vida, Patrick..."

"Ótimo."

"... mas não estou bem certa de que quero sua vida em minha vida."

"Não estou entendendo", disse eu.

Por um instante ouvi apenas o zumbido da linha, e me peguei olhando para o maço de cigarros de Angie, doido de vontade de fumar um.

"Sua vida", disse Grace. "A violência. Você a procura, não é?"

"Não."

"Sim", disse ela com voz calma. "Outro dia fui à biblioteca. Dei uma olhada nos artigos de jornal sobre você. Aquele do ano passado. Quando aquela mulher foi morta."

"E então?"

"E li sobre você", disse ela. "E vi sua foto ajoelhado ao lado daquela mulher e do homem em quem você atirou. Você estava coberto de sangue."

"Era dela."

"O quê?"

"O sangue", respondi. "Era de Jenna. A mulher que foi morta. Talvez tivesse um pouco do de Curtis Moore, o cara em quem atirei. Mas não havia sangue meu."

"Eu sei", disse ela. "Eu sei. Mas eu estava olhando fotografias suas e lendo sobre você e me perguntei... 'Quem é esse cara?' Não conheço o cara que está nessas fotos. Não conheço o cara que atira nas pessoas. Não conheço essa pessoa. Era tão estranho."

"Não sei o que dizer, Grace."

"Você já matou alguém?"

Depois de um breve silêncio, respondi: "Não".

Foi tão fácil. A primeira mentira que estava dizendo a ela.

"Mas você é capaz disso, não é?"

"Todos somos."

"Talvez, Patrick. Talvez. Mas a maioria de nós não procura situações que obriguem a isso. Você procura."

"Eu não desejei esse assassino em minha vida, Grace. E tampouco trouxe Kevin Hurlihy para ela."

"Sim", disse ela. "Você o quis. Toda a sua vida é uma busca consciente da violência, Patrick. Você não consegue vencê-lo."

"Vencer quem?"

"Seu pai."

Pus a mão no maço de cigarros, arrastei-o pela mesa até a minha frente.

"Não estou tentando fazer isso", afirmei.

"Você acha que engulo essa?"

Tirei um cigarro do maço, bati com ele no meio do arco formado pelas fotos de Hardiman, do cadáver queimado de Rugglestone, do corpo crucificado de Cal Morrison.

"Aonde você quer chegar com essa conversa, Grace?"

"Você convive com gente como... Bubba. E Devin e Oscar. Você vive num mundo com esse nível de violência e se cerca de pessoas violentas."

"Isso nunca vai chegar até você."

"Já chegou, merda. E sei que você preferiria morrer a deixar que alguém me agredisse fisicamente. Eu sei disso."

"Mas..."

"Mas a que preço? O que acontece com você? Você não pode limpar esgotos para ganhar a vida e chegar em casa cheirando a sabonete, Patrick. Isso vai engolir você, se continuar nesse trabalho. Isso vai esvaziá-lo."

"Já esvaziou?"

Por um bom tempo, ouvi apenas o silêncio.

"Ainda não", disse ela. "Mas é um verdadeiro milagre. Quantos milagres ainda lhe restam Patrick?"

"Não sei", disse eu com voz rouca.

"Nem eu", respondeu ela. "Mas pelo visto não restam muitos."

"Grace..."

"Até logo", disse ela, e tive a impressão de que sua voz tremeu um pouco no logo.

"Tudo bem."

"Boa noite."

Ela desligou, e ouvi o tom de discar. Então esmaguei

o cigarro entre os dedos e empurrei o maço para longe de mim.

"Onde você está?", perguntei a Bubba quando consegui ligar para o seu celular.

"Na frente de um dos desmanches de Jack Rouse, em Southie."

"Por quê?"

"Porque Jack está lá, Kevin também, e mais gente da quadrilha."

"Você acabou com Kevin hoje", eu disse.

"É, o Natal chegou mais cedo." Ele deu um risinho. "Por algum tempo o velho Kevin vai ter que tomar seu jantar por um canudinho."

"Você quebrou o maxilar dele?"

"O nariz também. Foi uma promoção especial: pague um e leve dois."

"Mas Bubba, na frente de Grace?", falei.

"Por que não? Vou lhe dizer uma coisa, Patrick. Você está namorando uma mulher ingrata."

"Você estava esperando uma gorjeta?", falei.

"Eu estava esperando um sorriso", disse ele. "Um muito obrigada ou um olhar de gratidão seriam bem-vindos."

"Você estourou a cara de um sujeito na frente da filha dela, Bubba."

"E daí? Ele estava pedindo."

"Grace não sabia disso, e Mae é pequena demais para entender."

"O que é que eu posso dizer, Patrick? Um mau dia para Kevin, um ótimo dia para mim. Bom pra cacete."

Dei um suspiro. Tentar explicar convenções sociais e conceitos morais a Bubba é como falar de colesterol para um Big Mac.

"Nelson ainda está vigiando Grace?", perguntei.

"Como um falcão."

"Ele não pode se afastar dela até essa história acabar, Bubba."

"Ele não pretende fazer isso. Acho que ele está ficando apaixonado por essa mulher."

Por pouco não sacudi os ombros. "O que é que Kevin e Jack estão fazendo?"

"As malas. Parece que vão viajar."

"Para onde?"

"Não sei. Vamos descobrir."

Senti um leve tom de desânimo em sua voz.

"Bubba."

"Sim?"

"Obrigado por defender Grace e Mae."

Sua voz se animou. "Às ordens. Você faria o mesmo por mim."

Talvez de uma forma um pouco mais delicada, mas...

"Claro", disse eu. "Que acha de sair de circulação por uns tempos?"

"Por quê?"

"Kevin pode querer se vingar."

Ele riu. "E daí?" Ele deu um riso de desprezo. "Kevin."

"E Jack? Provavelmente vai querer salvar a honra e dar um cacete em você por ter batido num de seus homens."

Bubba soltou um suspiro. "Jack só sabe falar, Patrick. Você nunca entendeu isso. O cara não é de alisar. É perigoso, claro, mas só para pessoas vulneráveis. Não para uma pessoa como eu. Ele sabe que para me pegar vai ter que usar um porrilhão de caras e estar preparado para uma guerra total, caso falhe. Ele é como... Quando eu servi em Beirute, eles nos davam rifles sem balas. Jack é isso: um rifle sem balas. E eu sou o muçulmano xiita maluco dirigindo um carro cheio de bombas perto de sua embaixada. Eu sou a morte. E Jack é muito covarde pra enfrentar a morte. Ele é o cara que sentiu o gosto do poder pela primeira vez dirigindo a APEE."

"Apee?", perguntei.

"A-P-E-E. Associação de Proteção Edward Everett. Um grupo de vigilância privada, lembra? Na década de 70."

"Vagamente."

"Pois é. Eram todos bons cidadãos, prontos a proteger seu bairro contra os negros, os latinos e contra quem mais lhes desagradasse. Eles me arrancaram da cama duas vezes. Seu velho me deu um cacete, cara, que..."

"Meu pai?"

"Sim. Agora que já passou, parece engraçado. Diabo, o grupo só durou uns seis meses, mas quando eles pegavam pivetes como eu era um inferno. Temos que reconhecer isso."

"Quando foi isso?", perguntei, lembrando-me vagamente de uma ou outra coisa: as reuniões na sala de minha casa, o som das vozes fortes e seguras de si, cubos de gelo tilintando nos copos e ameaças proferidas contra os ladrões de carro, os arrombadores e os grafiteiros do bairro.

"Não sei", disse Bubba bocejando. "Na época, eu andava roubando calotas de carro, portanto eu mal aprendera a andar. Tínhamos uns onze, doze anos. Aí por 1974, 75. Na época do *busing*."*

"E meu pai e Jack Rouse..."

"Eram os líderes. No grupo estavam também, deixeme ver... Paul Burns, Terry Climstich e um cara baixinho sempre de gravata, que não ficou no bairro por muito tempo, e duas mulheres. Nunca vou esquecer. Fui pego roubando as calotas do carro de Paul Burns, levei umas porradas — nada muito grave — e, quando levantei os olhos, vi que eram duas mulheres. Imagine o choque. Puta que pariu!"

"Quem eram essas mulheres, Bubba?"

* Transporte de um distrito para outro por ônibus, especialmente de estudantes, para facilitar a integração social e racial. (N. T.)

"Emma Hurlihy e Diedre Rider. Dá pra acreditar? Um par de frangas me chutando o rabo. Que mundo louco, hein?"

"Preciso sair, Bubba. Ligo para você em breve, está bem?"

Desliguei e liguei para Bolton.

28

"O que essa gente fazia?", perguntou Angie.

Estávamos de pé, ao lado de sua mesinha de centro, com Bolton, Devin, Oscar, Erdham e Fields, todos olhando cópias de uma foto que Fields conseguira depois de acordar o editor de *The Dorchester Community Sun*, um hebdomadário local que fazia a cobertura jornalística daquela área desde 1962.

A foto, com data de 12 de junho de 1974, era de uma matéria sobre milícias privadas. Com o título VIZINHOS VIGILANTES, o artigo gabava as ousadas façanhas da APEE, bem como da Brigada Adams, de Neponset, da Liga Comunitária de Savin Hill, da Associação dos Cidadãos Contra o Crime, de Field, e dos Defensores do Orgulho Cívico, de Ashmont.

Meu pai era citado na terceira coluna: "Sou bombeiro, e uma coisa que todo bombeiro sabe é que o fogo deve ser apagado nos pavimentos mais baixos, antes que fique fora de controle".

"Seu velho tinha um grande talento para as frases de efeito", disse Oscar. "Já naquela época."

"Era um de seus ditos preferidos. Havia anos que ele o repetia."

Field ampliara a foto dos membros da APEE, e lá estavam eles na quadra de basquete do parque Ryan, esforçando-se para parecer ameaçadores e ao mesmo tempo amistosos.

Meu pai e Jack Rouse estavam ajoelhados no meio do

grupo, cada um de um lado de um cartaz guarnecido de trevos nos cantos superiores. Os dois pareciam estar posando para um pôster de time de futebol, imitando a postura dos zagueiros, com uma mão apoiada no chão, a outra segurando o cartaz.

Atrás deles estava Stan Timpson, bastante jovem, a única pessoa de gravata, e a seu lado, da esquerda para a direita, Diedre Rider, Emma Hurlihy, Paul Burns e Terry Climstich.

"Que é isso?" Apontei um tracinho preto à direita da impressão.

"O nome do fotógrafo", disse Fields.

"Podemos ampliar para dar uma olhada?"

"Já me adiantei a você, Kenzie."

Nós nos voltamos e olhamos para ele.

"Quem bateu a foto foi Diandra Warren."

Ela estava com uma aparência lamentável.

A pele tinha a brancura da fórmica e as roupas que lhe envolviam o corpo esquelético estavam cheias de dobras.

"Por favor, Diandra, fale-me sobre a Associação de Proteção Edward Everett", pedi.

"Sobre o quê?" Ela olhou para mim com olhos lacrimosos. Tive a impressão de estar diante de uma pessoa que eu conhecera ainda jovem, mas ficara décadas sem ver, descobrindo então que o tempo não apenas deixara marcas em seu corpo, mas também a devastara impiedosamente.

Coloquei a fotografia no balcão a sua frente.

"Seu marido, meu pai, Jack Rouse, Emma Hurlihy, Diedre Rider."

"Isso foi há quinze ou vinte anos", disse ela.

"Vinte", disse Bolton.

"Por que você não reconheceu meu nome?", perguntei. "Você conheceu meu pai."

Diandra balançou a cabeça, olhou para mim como se eu estivesse dizendo que ela era uma irmã mais velha de quem há muito me desencontrara.

"Eu não conheci seu pai, senhor Kenzie."

Apontei para a foto. "Aí está ele, doutora Warren. Ajoelhado um pouco à frente de seu marido."

"É seu pai?" Ela olhou para a foto.

"Sim. E este do outro lado do cartaz é Jack Rouse. E este rosto acima de seu ombro é da mãe de Kevin Hurlihy."

"Eu não..." Ela examinou os rostos. "Eu não conhecia essas pessoas pelo nome, senhor Kenzie. Tirei essa foto porque Stan me pediu. Quem estava envolvido com esse grupo estúpido era ele, não eu. Eu nem permitia que fizessem reuniões em nossa casa."

"Por que não?", disse Devin.

Ela suspirou e fez um gesto vago com a mão magra. "Toda essa demonstração de intolerância a pretexto de agir no interesse da comunidade. Era tão ridículo. Stan tentou me convencer de que aquilo era bom para seu currículo, mas ele era igual aos outros. Eles formaram uma gangue de rua dizendo tratar-se de uma associação de utilidade pública."

Bolton disse: "Segundo nossos arquivos, você pediu o divórcio do senhor Timpson em novembro de 1974. Por quê?".

Ela deu de ombros e bocejou, cobrindo a boca com a mão.

"Doutora Warren?"

"Meu Deus", disse Diandra de repente. "Meu Deus."

Ela nos olhou por um momento. Por um instante, ela se reanimou, no instante seguinte voltou a acabrunhar-se. Então apoiou a cabeça nas mãos, e frouxas mechas de cabelo tombaram-lhe sobre os dedos.

"Naquele verão, Stanley mostrou quem realmente era", continuou ela. "Ele era católico, convencido de sua superioridade moral. Um dia chegou em casa com o sapato sujo de sangue. Atacara um pobre ladrão de carro a pontapés e tentou me convencer de que era uma questão de justiça. E em relação a sexo... a coisa ficou hedionda. Agia como se eu não fosse mais sua mulher, mas uma espécie de cortesã cujos favores ele comprara. De homem decente que era, com algumas dúvidas sobre a própria virilidade, transformou-se da noite para o dia numa espécie de boina-verde." Ela colocou o dedo na foto. "E foi por culpa desse grupo. Esse grupo ridículo e estúpido de loucos."

"Você se lembra de algum incidente especial, doutora Warren?"

"Que tipo de incidente?"

"Ele lhe contava suas façanhas?", perguntou Devin.

"Não. Não depois que discutimos por causa do sapato ensangüentado."

"E você tem certeza de que se tratava do sangue de um ladrão de carro?"

Ela fez que sim.

"Doutora Warren", disse eu, e ela levantou os olhos para mim. "Se estava separada de Timpson, por que concordou em ajudar a promotoria durante o julgamento de Hardiman?"

"Stan nada tinha a ver com o caso. Na época ele estava ocupado em processar prostitutas. Eu já tinha colaborado com a promotoria uma vez, quando um acusado alegou loucura. Eles gostaram do meu trabalho e por isso me pediram que conversasse com Alec Hardiman. Constatei que ele era sociopata, dado a delírios de grandeza e paranóico, mas são do juízo, perfeitamente capaz de distinguir entre o certo e o errado."

"Havia alguma ligação entre a APEE e Alec Hardiman?", perguntou Oscar.

Ela balançou a cabeça. "Não que eu soubesse."

"Por que a APEE se dissolveu?"

Ela deu de ombros. "Acho que eles simplesmente se cansaram daquilo. Na verdade, não sei. Àquela altura eu já me mudara do bairro. Stan se mudou alguns meses depois."

"Você não se lembra de mais nada daquela época?"

Ele ficou olhando a fotografia por um bom tempo.

"Lembro-me de que estava grávida quando tirei esta fotografia e de que naquele dia estava sentindo enjôo. Disse a mim mesma que era por causa do calor e do bebê que crescia dentro de mim. Mas não era. Era por causa deles." Ela empurrou a foto para longe. "Esse grupo tinha algo de mórbido, de corrupto. No momento em que tirava a foto, tive a impressão de que eles terminariam por ferir alguém gravemente. E que iam gostar disso."

Na van, Fields tirou os fones de ouvido e olhou para Bolton. "O psiquiatra da prisão, doutor Dolquist, está querendo falar com Kenzie. Posso passar a ligação para ele?"

Bolton balançou afirmativamente a cabeça e se voltou para mim. "Ligue o viva-voz", ele me pediu.

Atendi o telefone ao primeiro toque.

"Senhor Kenzie? Aqui é Ron Dolquist."

"Doutor Dolquist", cumprimentei. "Posso pôr essa ligação no viva-voz?"

"Claro."

Eu o fiz, e sua voz adquiriu um tom metálico, como se estivesse sendo retransmitida por vários satélites ao mesmo tempo.

"Senhor Kenzie, levei um bom tempo relendo as anotações que fiz em minhas sessões com Alec Hardiman nesses anos todos e acho que encontrei alguma coisa. Segundo Warden Lief, você acredita que Evandro Arujo executa as ordens que Hardiman lhe transmite de dentro da cadeia, não é?"

"Exato."

"Você pensou na possibilidade de Evandro ter um cúmplice?"

Éramos oito pessoas apinhadas na van, e todos olhamos ao mesmo tempo para o viva-voz.

"Por que diz isso, doutor?"

"Bem, era uma coisa que eu tinha esquecido, mas nos seus primeiros anos preso, Alec passava boa parte do tempo falando de um certo John."

"John?"

"Sim. Na época, Alec estava empenhado em conseguir uma revisão da pena, sob a alegação de insanidade, e fazia o possível e o impossível para convencer a equipe de psiquiatria de que sofria delírios, de que era paranóico, esquizofrênico, o diabo. Eu achava que esse tal de John era apenas uma tentativa de demonstrar sua síndrome de múltipla personalidade. Desde 1979, Alec nunca mais falou nele."

Bolton se inclinou sobre meu ombro. "O que o fez mudar de idéia, doutor?"

"Agente Bolton? Oh, bem, na época eu achava que John podia ser uma manifestação de sua própria personalidade — um Alec imaginário, se se pode falar assim, capaz de atravessar paredes, desaparecer em meio à névoa, esse tipo de coisa. Mas, enquanto repassava minhas anotações ontem à noite, me deparei com referências a uma trindade. E lembrei que ele disse que você, senhor Kenzie, seria transformado num 'homem marcante' pelo..."

"'O Pai, o Filho e o Espírito Santo'", interrompi.

"Sim. Muitas vezes, quando Alec falava do tal John, ele o chamava Pai John. Alec seria o filho. E o espírito..."

"Arujo", disse eu. "Ele desapareceu na bruma."

"Exatamente. A compreensão que Alec tem do verdadeiro significado da Santíssima Trindade deixa muito a desejar, da mesma forma que muitos conceitos mitológicos e religiosos que povoam seu cérebro. Ele retira os elementos que lhe interessam, molda-os de acordo com seus propósitos e descarta o resto."

"Fale-nos um pouco mais sobre John, doutor."

"Sim, sim. Segundo Alec, John se disfarça em seu pólo oposto. Ele só retira a máscara diante de suas vítimas e de seus amigos mais próximos — Hardiman, Rugglestone e agora Arujo — e deixa entrever 'a violência pura de sua verdadeira face', como diz Alec. Quando você olha para John, você vê *aquilo que quer ver* numa pessoa; você vê benevolência, sabedoria e delicadeza. Mas John não é nada disso. Segundo Alec, John é um 'cientista' que estuda o sofrimento humano para descobrir pistas sobre os motivos que estão por trás da obra da criação."

"Os motivos que estão por trás da obra da criação?", perguntei.

"Vou ler para você as anotações que fiz durante uma sessão com Alec em setembro de 1978, pouco antes de cessarem totalmente as referências a John. Estas são as palavras de Alec:

'Se Deus é benevolente, então por que temos tanta capacidade de sentir dor? Nossos nervos devem nos alertar para os perigos; essa seria a razão biológica para a dor. Não obstante, podemos sentir dor num grau muito acima do necessário para nos alertar do perigo. Podemos experimentar uma dor acutíssima, para além de qualquer descrição. E não apenas temos essa capacidade, da mesma forma que todos os animais, como também a capacidade de revivê-la vezes sem conta, no plano emocional e no plano físico. Nenhum animal tem *essa* capacidade. Será que Deus nos odeia tanto? Ou será que Deus nos ama a esse ponto? Caso essas duas hipóteses estejam erradas e se trate apenas de uma falha em nosso DNA, tamanha capacidade para o sofrimento não nos teria sido dada por Ele para nos endurecer? Para nos fazer tão indiferentes ao sofrimento do outro como Ele próprio é? E não deveríamos procurar imitá-Lo, como John o faz — comprazer-nos na dor, prolongá-la e refiná-la, refinando também nossos métodos de infligi-la? John acredita que essa é a essência da pureza'."

Dolquist pigarreou. "Fim da citação."

Bolton disse: "Doutor Dolquist?".

"Sim?"

"Descreva John. De improviso, sem refletir."

"Ele é fisicamente forte. Se você o conhecesse, poderia notar isso, mas não é algo que se perceba imediatamente. Ele não faz musculação, sabe, é só um homem forte. Dá a impressão de ser completamente normal e racional, talvez até sensato. Podemos imaginar que é querido pela comunidade, que faz boas ações em pequena escala."

"Ele é casado?", perguntou Bolton.

"Tenho cá minhas dúvidas. Ele deve saber que, por melhor que seja o disfarce, não conseguiria esconder indefinidamente sua doença da esposa e dos filhos. Ele pode ter sido casado, mas agora não é mais."

"O que mais?"

"Acho que ele não foi capaz de ficar sem matar nos últimos vinte anos. Seria impossível para ele. Acho que ele optou por agir discretamente."

Todos olhamos para Angie, e ela fez um gesto com a mão como se nos cumprimentasse com um chapéu imaginário.

"O que mais, doutor?"

"Acho que o que mais o excita é matar. Mas ele tem uma pulsão secundária, que é o prazer que experimenta em viver por trás de uma máscara. Por trás de sua máscara ele ri das pessoas, porque se sente protegido por essa barreira. Para ele é algo muito erótico, daí a necessidade que sente de tirá-la, depois de tantos anos."

"Agora não estou entendendo", disse eu.

"Se quiser, pode imaginar isso como uma ereção prolongada. Já faz vinte anos que ele vem esperando pelo clímax. Quanto mais ele sente prazer na ereção, mais urgente se torna a necessidade de ejacular."

"Ele quer ser pego."

"Ele quer se *mostrar*. Não é a mesma coisa. Ele quer tirar a máscara e cuspir na sua cara quando você estiver fitando seus olhos *reais*, mas isto não quer dizer que ele vai gostar de ser algemado."

"Mais alguma coisa, doutor?"

"Sim. Acho que ele conhece o senhor Kenzie. Não quero dizer que ele sabe de sua existência. Quero dizer que ele o conhece há muito tempo. Eles já se encontraram. Cara a cara."

"Por que diz isso?", perguntei.

"Um homem como esse trava relações estranhas, mas, por mais estranhas que elas sejam, são extremamente importantes para ele. Para ele seria o máximo conhecer um de seus perseguidores. Não se sabe por que ele o escolheu, senhor Kenzie. E ele o informou disso fazendo com que Hardiman exigisse sua presença. Você e John se conhecem. Eu seria capaz de apostar minha reputação nisso."

"Obrigado, doutor", disse Bolton. "Imagino que o senhor leu suas anotações para nós porque não tem a intenção de passá-las para nós."

"Não sem ordem judicial", disse Dolquist. "E ainda assim eu iria resistir. Se eu encontrar mais alguma coisa que possa ajudar a parar com esses assassinatos, ligo imediatamente. Senhor Kenzie?"

"Sim?"

"Podemos ter uma palavrinha em particular?"

Bolton deu de ombros, e eu desliguei o alto-falante e pus o fone em meu ouvido. "Sim, doutor."

"Alec estava errado."

"Em relação a quê?"

"A minha mulher. Ele estava errado."

"É bom ouvir isso", disse eu.

"Eu só queria que isso ficasse claro. Ele estava errado", repetiu Dolquist. "Até logo, senhor Kenzie."

"Até logo, doutor."

"Stan Timpson está em Cancún", disse Erdham.

"O quê?", disse Bolton.

"É isso mesmo, senhor. Foi para lá com a mulher e os filhos para descansar um pouco."

"Descansar um pouco... Ele é promotor em Suffolk e vai descansar no México no momento em que se caça um *serial killer*?" Bolton balançou a cabeça. "Vá buscá-lo."

"Senhor, não sou agente de campo."

Bolton enfiou o dedo na cara dele. "Mande alguém, então. Mande dois agentes, para que o tragam de volta."

"Com um mandado de prisão, senhor?"

"Não, só para interrogá-lo. Onde ele está hospedado?"

"Segundo a secretária dele, no Marriott."

"Aí tem dente de coelho. Sinto que tem."

Erdham aquiesceu. "Ele não se apresentou na recepção."

"Quatro agentes", disse Bolton. "Quero *quatro* agentes no próximo avião para Cancún. E tragam a secretária também."

"Sim, senhor." Erdham pegou o telefone no momento em que a van entrava na via expressa.

"Todo mundo se enfiou na toca, não é?", falei.

Bolton suspirou. "Parece que sim. Jack Rouse e Kevin Hurlihy estão sumidos. Diedre Rider não foi mais vista desde o enterro da filha."

"E quanto a Burns e Climstich?", perguntou Angie.

"Ambos morreram. Paul Burns era padeiro e enfiou a cabeça em um de seus fornos em 1977. Climstich morreu de trombose nas coronárias em 1983. Nenhum dos dois tinha descendentes." Ele deixou cair a foto no colo e a examinou. "Você se parece muito com seu pai, Kenzie."

"Eu sei", respondi.

"Você disse que ele era autoritário. Só isso?"

"O que quer saber?"

"Preciso saber de que o homem era capaz."

"Ele era capaz de fazer qualquer coisa, agente Bolton."

Bolton balançou a cabeça e se pôs a folhear o arquivo. "Emma Hurlihy foi internada no asilo Della Vorstin em 1975. Antes disso, não havia nenhum registro de doença mental em sua família, e até 1974 ela nunca apresentara nenhum distúrbio de comportamento. A primeira prisão de Diedre Rider por embriaguez e perturbação da ordem pública aconteceu em fevereiro de 1975. Depois disso, ela passou a ser presa pela polícia regularmente. Jack Rouse, de lojista meio corrupto que era, se tornou, num espaço de cinco anos, chefe da máfia irlandesa. Relatórios que obtive da Divisão do Crime Organizado e da Divisão de Crimes Graves afirmam que sua ascensão ao poder foi um dos episódios mais sangrentos da história da máfia irlandesa. Ele tomou o poder matando todos que lhe cruzavam o caminho. Como foi possível uma coisa dessas? Como um bookmaker de segundo time consegue subir tanto da noite para o dia?"

Ele olhou para nós, e todos balançamos a cabeça.

Ele virou outra página do arquivo. "Promotor Stanley Timpson... eis um sujeito curioso. Diplomado por Harvard, mas foi um dos lanterninhas de sua classe. Teve um desempenho medíocre na escola de direito de Suffolk. Só conseguiu passar no exame da Ordem dos Advogados na terceira tentativa. Só conseguiu ser admitido na Procuradoria por causa das relações do pai de Diandra, e as primeiras avaliações deram seu desempenho como fraco. Então, em 1975, o cordeiro se transforma num lobo. Ele adquire reputação nos tribunais noturnos — veja só — por não aceitar acordos. Ele é admitido nos tribunais superiores, pelo mesmo motivo. As pessoas começam a temê-lo, a Procuradoria lhe passa casos de homicídio doloso, e sua estrela continua a subir. Em 1984, é considerado o promotor mais temido da Nova Inglaterra. Pergunto novamente: como pôde acontecer isso?"

O veículo saiu da via expressa e entrou em meu bairro, dirigindo-se à igreja St. Bart, onde Bolton nos daria um informe sobre a situação.

"Seu pai, senhor Kenzie, candidatou-se a vereador em 1978. A única coisa que ele parece ter feito durante o mandato foi ficar conhecido por sua intransigência e por uma ambição que faria Lyndon Johnson corar. Pelo que todos dizem, ele era um funcionário medíocre, mas um político feroz. Também aqui temos uma pessoa medíocre — meu Deus do céu, um bombeiro — que vai muito mais longe do que era de esperar."

"E Climstich?", perguntou Angie. "Burns se matou, mas Climstich também sofreu uma metamorfose?"

"Climstich virou uma espécie de eremita. Sua mulher o deixou no outono de 1975. Os arquivos relativos ao divórcio afirmam que ela alegou incompatibilidades, depois de vinte e oito anos de casamento. Ela afirmou que o marido se tornara taciturno, mórbido e viciado em pornografia. Acrescentou tratar-se de uma pornografia especialmente repugnante, e que Climstich parecia obcecado pela bestialidade."

"Aonde quer chegar com tudo isso, agente Bolton?", perguntou Angie.

"Estou dizendo que aconteceu alguma coisa muito estranha com essas pessoas. Alguns tiveram sucesso — subiram, muito além de qualquer expectativa, na escala social", disse Bolton. "Outros...", disse ele apontando na foto Emma Hurlihy e Paul Burns, "... tiveram suas vidas desintegradas e se destruíram." Ele olhou para Angie como se ela tivesse a solução do problema. "Alguma coisa modificou essas pessoas, senhorita Gennaro. Alguma coisa as transformou."

A van parou atrás da igreja.

"Que teriam feito essas pessoas?", perguntou Angie, olhando para a foto.

"Eu não sei." Bolton me lançou um sorriso esquisito. "Mas, como diria Alec Hardiman, foi uma coisa marcante."

29

Angie e eu andamos até uma doceria na Boston Street, e Devin e Oscar nos seguiram a uma distância discreta.

Estávamos os dois exaustos, e eu via dançarem no ar bolhas transparentes que estouravam diante de meus olhos.

Mal falávamos enquanto tomávamos café junto à janela, contemplando a manhã cinzenta lá fora. Todas as peças de nosso quebra-cabeça pareciam se encaixar, mas, de certo modo, o próprio quebra-cabeça se recusava a formar uma imagem coerente.

Eu tinha que admitir que os membros da APEE haviam cruzado o caminho de Hardiman, de Rugglestone e, talvez, também do terceiro assassino misterioso. Mas em que circunstâncias? Será que eles tinham descoberto algo comprometedor sobre Hardiman ou sobre o assassino misterioso? Nesse caso, o que poderia ter sido? E por que não liquidar os fundadores da APEE já em meados da década de 70? Por que esperar vinte anos para se voltar contra seus descendentes?

"Você parece abatido, Patrick."

Dei-lhe um sorriso cansado. "Você também."

Ela tomou um gole de café. "Depois desse informe, vamos para casa dormir."

"Isso parece uma proposta indecente."

Angie deu um risinho. "Não, não é. Você sabe o que quero dizer."

Fiz que sim. "Depois de todos esses anos, você ainda pretende me atrair para sua cama, não é?"

"É o que você queria, espertinho."

"Lá por 1974", disse eu, "que motivos um homem teria para usar maquiagem?"

"Você está encucado com isso, não é?"

"Sim."

"Não sei não, Patrick. Talvez eles fossem muito vaidosos. Talvez quisessem esconder os pés-de-galinha."

"Com pan-cake branco?"

"Talvez fossem mímicos. Ou palhaços. Ou góticos."

"Ou fãs do Kiss", completei.

"Ou isso." Ela cantarolou um trechinho de "Beth".

"Merda."

"O quê?"

"A solução está aí, sinto que está", disse eu.

"Você está falando da maquiagem?"

"Sim. E a conexão entre Hardiman e a APEE. Tenho certeza. A coisa está na cara, mas estamos cansados demais para ver."

Ela deu de ombros. "Vamos voltar e ouvir o que Bolton tem a dizer em seu informe. Com sorte, as coisas se explicarão."

"Claro."

"Não seja pessimista", disse ela.

Como metade dos homens de Bolton estava percorrendo o bairro em busca de informações e outros vigiavam os apartamentos de Angie, o de Phil e o meu, Bolton pediu ao padre Drummond para fazer uma reunião na igreja.

Como em todas as manhãs, a igreja estava impregnada do cheiro de incenso e das velas queimadas durante a missa das sete horas, do cheiro ainda mais forte de cera e de desinfetante de eucalipto vindo dos bancos e do perfume triste dos crisântemos murchos. Minúsculas partículas de poeira volteavam nos raios de luz cor de estanho que penetravam obliquamente pelas janelas do lado leste, acima do altar, perdendo-se em meio às fileiras de bancos. Numa fria manhã de outono, uma igreja, com seus tons marrons e vermelhos esmaecidos, matizados de âmbar, com seus vitrais multicores ligeiramente aquecidos por um sol pálido, sempre dá esta impressão, sem dúvida buscada pelos fundadores do catolicismo: a de um lugar limpo, purificado de toda imperfeição terrena, concebido para que nele se ouçam apenas os murmúrios dos fiéis e o roçar do tecido nos joelhos que se dobram.

Bolton estava sentado diante do altar, na cadeira vermelha com motivos dourados reservada ao celebrante. Ele a deslocara até lá para poder apoiar os pés na divisória de madeira, enquanto os agentes e muitos policiais se distribuíam em quatro bancos, a maior parte deles munidos de canetas e papel ou gravadores.

"Que bom que puderam vir", disse Bolton.

"Não faça isso", disse Angie, olhando para os sapatos dele.

"O quê?"

"Sentar no altar, na cadeira do padre, com os pés em cima da divisória."

"Por que não?"

"Algumas pessoas poderiam achar isso um desrespeito."

"Mas eu não." Ele sacudiu os ombros. "Eu não sou católico."

"Eu sou", disse ela.

Bolton a encarou para ver se ela estava brincando, mas ela sustentou o olhar com tanta calma e firmeza que ele percebeu que era a sério.

Ele soltou um suspiro, levantou-se da cadeira e recolocou-a no lugar. Enquanto nos dirigíamos aos bancos, ele rodeou o altar para subir no púlpito.

"Aqui está melhor?", gritou ele.

Ela sacudiu os ombros, enquanto Devin e Oscar se sentavam no banco à nossa frente. "Digamos que sim."

"Estou muito feliz por deixar de ferir sua delicada sensibilidade, senhorita Gennaro."

Angie voltou-se para mim revirando os olhos, enquanto nos sentávamos no quinto banco, e mais uma vez senti um frêmito de admiração por sua fé numa religião que há muito eu abandonara. Ela não a propala, não apregoa suas convicções a todo instante e tem o maior desprezo pela hierarquia patriarcal que governa a Igreja, não obstante tem profundo e inabalável apego à religião e aos ritos.

De sua parte, Bolton já parecia se deixar dominar pelo encanto do púlpito. Suas grossas mãos acariciavam as palavras latinas e as numerosas esculturas religiosas gravadas no parlatório, e, quando abaixou os olhos para seu auditório, suas narinas fremiam levemente.

"Os acontecimentos de ontem à noite são os seguintes: primeiro, uma busca no apartamento de Evandro Arujo permitiu-nos descobrir fotografias sob uma tábua do soalho, em cima da qual havia um aquecedor. O número de ligações de pessoas que afirmam ter visto um homem parecido com Arujo triplicou a partir das sete horas da manhã de hoje, depois que os jornais, com fotografias dele — uma com cavanhaque, outra sem —, chegaram às ruas. Muitos desses testemunhos parecem infundados. Contudo, cinco dos telefonemas informavam ter visto Arujo na costa sul na noite passada, e os dois mais recentes em Cape Cod, perto de Bourne. Enviei agentes, que vasculharam boa parte da costa sul na noite passada e agora se dirigem para o norte, Cape e Islands. Instalamos bloqueios policiais nas Rodovias 6, 28 e 3, e também na I-495. Segundo duas testemunhas, Arujo estaria dirigindo um Nissan Sentra preto, mas também nesse caso não se pode confiar muito nessas informações, que muitas vezes se devem a uma súbita histeria coletiva."

"E o jipe?", perguntou um agente.

"Nada, pra variar. Talvez Arujo ainda esteja com ele, talvez o tenha jogado numa vala. Roubaram um Cherokee vermelho do estacionamento do Bayside Expo Center ontem de manhã, e achamos que esse foi o carro em que ele foi visto. O número da placa é 299-ZSR. Esse número bate com o da placa do carro que a polícia de Wollaston anotou ontem."

"E as fotografias?", perguntou Angie.

Bolton balançou a cabeça. "Muitas fotografias de Kara Rider, Jason Warren, Stimovich e Stokes. Essas fotos são iguais às que ele enviou às pessoas próximas das vítimas. Agora Arujo é, sem nenhuma dúvida, o principal suspeito dos assassinatos. Encontramos fotos de desconhecidos que poderiam ser futuras vítimas. A boa notícia, senhoras e senhores, é que podemos prever aonde ele vai atacar."

Bolton tossiu, protegendo a boca com a mão. "Os legistas confirmaram", continuou, "que dois assassinos estão envolvidos nas quatro mortes desta investigação. Os ferimentos nos pulsos de Jason Warren confirmam que ele estava sendo agarrado por uma pessoa, enquanto outra cortava seu rosto e seu peito com uma navalha. A cabeça de Kara Rider estava firmemente presa por duas mãos, enquanto outras duas lhe enfiavam um furador de gelo na laringe. Os ferimentos de Peter Stimovich e Pamela Stokes corroboram a presença de dois assassinos."

"Tem-se alguma idéia de onde eles foram mortos?", perguntou Oscar.

"Não, até agora não. Jason Warren foi morto no depósito de South Boston. Os demais, em outros lugares. Não sabemos por quê, os assassinos sentiram necessidade de matar Warren rapidamente." Ele sacudiu os ombros. "Os outros tinham pequenas quantidades de hidroclorofila no sangue, o que parece indicar que estavam apenas inconscientes quando os assassinos os levaram para o lugar onde foram mortos."

Devin disse: "Stimovich foi torturado por pelo menos uma hora, Stokes pelo dobro do tempo. Eles devem ter feito muito barulho".

Bolton balançou a cabeça. "O que nos leva a procurar um lugar isolado."

"Com isso, quantos lugares prováveis nós temos?", perguntou Angie.

"Inúmeros. Casas e edifícios abandonados, mangues protegidos pela legislação ambiental, meia dúzia de ilhotas distantes da costa, prisões, hospitais e depósitos abandonados, e por aí vai. Se um desses assassinos ficou hibernando por duas décadas, podemos imaginar que planejou tudo nos mínimos detalhes. Ele pode muito bem ter equipado o porão de sua casa ou outros cômodos com isolamento sonoro."

"Há algum indício de que o assassino que ficou oculto por vinte anos andou matando crianças?"

"Nenhuma prova conclusiva", disse Bolton. "Mas dos 1162 impressos que você recebeu, cobrindo um período de dez anos, sabemos com certeza que 287 das crianças desaparecidas morreram. E 211 desses casos continuam oficialmente não resolvidos."

"Quantos na Nova Inglaterra?", perguntou um agente.

"Cinqüenta e seis", disse Bolton calmamente. "Quarenta e nove não resolvidos."

"O que dá uma percentagem terrivelmente alta", disse Oscar.

"É, sim", disse Bolton com voz cansada.

"Quantas morreram de forma semelhante às vítimas recentes?"

"Em Massachusetts, nenhuma", disse Bolton. "Se bem que registramos muitos ataques com armas brancas e muitos casos de mãos perfuradas; esses casos estão sendo investigados a fundo. Destacamos dois de uma tal violência que podem ser comparados com os assassinatos recentes."

"Onde?"

"Um em Lubbock, Texas, em 1986. Outro em Dade, perto de Miami, em 1991."

"Houve amputação?"

"Sim."

"Faltavam partes do corpo?"

"Sim."

"Que idade tinham as crianças?"

"Lubbock, um menino, tinha catorze anos. A vítima

de Dade era uma adolescente de dezesseis anos." Ele pigarreou e bateu a mão no bolso da camisa procurando a bombinha, em vão. "Além disso, como todos ficamos sabendo ontem à noite, o senhor Kenzie nos mostrou a possível conexão existente entre os assassinatos de 1974 e os de agora. Senhores, parece-nos que nossos assassinos têm contas a ajustar com os filhos dos membros da APEE, mas ainda não estabelecemos nenhuma ligação entre o grupo e Alec Hardiman ou Evandro Arujo. Não sabemos por quê, mas devemos dar como certo que a conexão é fundamental."

"E quanto a Stimovich e Stokes?", perguntou um agente. "Que relação têm com essa história?"

"Nós achamos que não há nenhuma. Achamos que eles são as duas vítimas 'inocentes' que o assassino mencionou em sua carta."

"Que carta?", perguntou Angie.

Bolton olhou para nós. "A carta encontrada em seu apartamento, senhor Kenzie. Embaixo dos olhos de Stimovich."

"A carta que você não me deixou ler."

Ele balançou a cabeça confirmando, consultou suas anotações, ajeitou os óculos. "Quando revistamos o quarto de Jason Warren no alojamento da universidade, encontramos seu diário numa gaveta fechada a chave. Daremos cópias aos agentes que solicitarem, mas por enquanto vou ler um trecho do que ele escreveu em 17 de outubro, o dia em que foi visto com Arujo pela senhorita Gennaro e pelo senhor Kenzie." Ele pigarreou, bem pouco à vontade em assumir uma fala que não era a sua. "'E. esteve na cidade novamente. Por pouco mais de uma hora. Ele não tem idéia de sua força, do poder de atração que sua insegurança lhe dá. Quer transar comigo, mas ainda não aceita completamente sua bissexualidade. Eu disse a ele que entendo. Eu levei um tempão para conseguir isso. A liberdade é muito dolorosa. Ele me tocou pela primeira vez, depois se foi. De volta para Nova York. E sua mulher. Mas vou vê-lo novamente. Sei que vou. Porque exerço uma atração sobre ele.'"

Ao terminar a leitura, Bolton corou.

"Evandro, a isca", disse eu.

"É o que parece", disse Bolton. "Arujo os atrai e seu misterioso sócio os agarra. Todos os testemunhos sobre Arujo — dos companheiros de prisão, de outras passagens do mesmo diário, da colega de quarto de Kara Rider e até dos fregueses do bar onde ele pegou Pamela Stokes — mencionam a mesma coisa: o poder sexual desse homem. E, se ele é inteligente o bastante — e sei que é — para cercar esse poder de obstáculos, para que suas vítimas potenciais os transponham, estas terminam por concordar em manter encontros secretos e em lugares isolados. Daí a suposta esposa de que ele falou a Jason Warren. Só Deus sabe o que ele disse para os outros, mas acho que ele os atraiu para esses lugares, fingindo estar sendo seduzido por eles."

"Uma Helena de Tróia do sexo masculino", disse Devin.

"Um Henrique de Tróia", disse Oscar, e poucos agentes deram risinhos.

"Uma investigação mais aprofundada das cenas dos crimes revelou o seguinte: primeiro, os dois assassinos pesam entre oitenta e noventa quilos; segundo, como o sapato de Evandro Arujo correspondente à pegada de número 42 encontrada no lugar onde Kara Rider foi morta, a pegada de número 41 deve ser de seu cúmplice; terceiro, o segundo assassino tem cabelos castanhos e é muito forte. Stimovich, que era um sujeito muito forte, foi dominado antes de ser dopado; como Arujo não é tão forte, deduzimos que seu parceiro é.

"Em quarto lugar", continuou Bolton, "um novo interrogatório de todas as pessoas que tiveram contatos fortuitos com as vítimas revelou o seguinte: só o professor Eric Gault e Gerald Glynn não têm álibis incontestáveis referentes aos quatro homicídios. Gault e Glynn estão sendo interrogados no JFK e Gault não se saiu bem no detector de mentiras. Ambos são fortes e ambos são baixos o bastante para calçarem sapatos 41, embora afirmem calçar 42. Alguma pergunta?"

"Eles são suspeitos?", perguntei.

"Por que você pergunta?"

"Porque foi Gault quem recomendou meu trabalho a Diandra Warren, e Gerry Glynn me deu informações importantes."

Bolton balançou a cabeça. "O que só confirma nossas hipóteses sobre a patologia do assassino oculto."

"Que hipóteses?"

"O doutor Elias Rottenheim, do Departamento de Ciências do Comportamento, desenvolveu a seguinte teoria sobre o assassino que se manteve na sombra. É bom ter em mente também o que disse o doutor Dolquist na conversa de hoje de manhã. Cito as palavras do doutor Rottenheim: 'O indivíduo apresenta todos os sintomas comuns às pessoas que padecem de transtorno narcísico de personalidade, mesclado a um transtorno psicótico partilhado, no qual o sujeito é o iniciador ou agente principal'."

"Seria melhor não falar grego", disse Devin.

"Em resumo, o relatório do doutor Rottenheim diz que a pessoa que sofre de transtorno narcísico de personalidade — no caso, o assassino que fica na sombra — tem a impressão de que seus atos a colocam num nível superior. Ela merece amor e admiração pelo simples fato de *existir*. Ela apresenta todos os traços de um sociopata, é obcecada pela idéia da própria importância e se acredita especial e até divina. O assassino que sofre de distúrbio psicótico partilhado é capaz de convencer os outros de que seu distúrbio é perfeitamente lógico e natural. Daí o termo *partilhado*. Ele é o iniciador, aquele que induz os outros ao delírio."

"Ele convenceu Evandro ou Alec Hardiman, ou ambos", disse Angie, "de que matar é bom."

"É o que parece."

"E como esse perfil corresponderia ao de Gault ou ao de Glynn?", perguntei.

"Gault pôs você em contato com Diandra Warren. Glynn pôs você em contato com Alec Hardiman. Considerando-se essas atitudes com boa-fé, somos levados a concluir que nenhum dos dois pode estar envolvido, uma vez que estão tentando ajudar. Contudo, lembre-se do que disse o doutor Dolquist: esse cara conhece você, Kenzie. Ele desafia você a desmascará-lo."

"Quer dizer então que Gault ou Glynn poderiam ser o cúmplice oculto de Arujo?"

"Acho que tudo é possível, Kenzie."

O sol de novembro travava uma batalha perdida contra uma espessa camada de nuvens cinzentas. Ao sol, era preciso tirar o casaco. À sombra, só uma parca daria conta do frio.

"Na carta", disse Bolton quando cruzávamos o pátio da escola, "o autor afirma que algumas vítimas são 'dignas' e outras são expostas à censura, apesar de sua inocência."

"Que significa isso?", perguntei.

"É uma frase de Shakespeare. No *Otelo*, Iago afirma: 'Toda inocência está exposta à censura'. Muitos estudiosos afirmam que esse é o momento em que Iago deixa de ser um criminoso com um motivo e se transforma numa pessoa animada pelo que Coleridge chamava de 'maldade gratuita'."

"Já não estou entendendo nada", disse Angie.

"Iago tinha motivos, ainda que insignificantes, para se vingar de Otelo. Mas ele não tinha nenhuma razão para destruir Desdêmona nem para privar o exército veneziano de seus melhores oficiais, uma semana antes do ataque dos turcos. Pouco a pouco, porém, sua capacidade de fazer o mal o impressiona a tal ponto que ela própria se torna um estímulo suficiente para que ele semeie a morte em torno de si. A princípio, ele se empenha em destruir os culpados — Otelo e Cássio —, mas, no quarto ato, ele está disposto a destruir todo mundo — aqueles que, apesar de sua inocência, estão expostos à censura —, simplesmente porque ele tem poder para isso. Simplesmente porque isso lhe dá prazer."

"E esse assassino..."

"... talvez seja uma pessoa parecida. Ele mata Kara Rider e Jason Warren porque são filhos de seus inimigos."

"Mas por que matar Stimovich e Stokes?", perguntou Angie.

"Não há nenhum motivo", disse ele. "Ele fez isso para se divertir."

Uma chuvinha fina começou a molhar nossos cabelos e nossos casacos.

Bolton tirou um papel de sua pasta e passou-o a Angie.

"Que é isto?"

Bolton apertou os olhos, tentando enxergar através da bruma. "Uma cópia da carta do assassino."

Angie segurou a carta longe do corpo, como se o conteúdo fosse contagioso.

"Você queria ficar por dentro de tudo, não é?", disse Bolton.

"Sim."

Ele apontou para a carta. "Agora você está por dentro." Ele sacudiu os ombros e voltou em direção ao pátio da escola.

30

patrick,

o que importa é o sofrimento. entenda isso.

a princípio, não havia nenhum grande plano. matei uma pessoa quase por acidente, para falar a verdade, e senti tudo o que se espera que uma pessoa sinta nessa circunstância: culpa, repulsa, medo, vergonha, raiva de Mim mesmo. tomei um banho para Me lavar do sangue dela. sentado na banheira, vomitei, mas permaneci imóvel. Continuei na banheira sentindo o cheiro forte de seu sangue e de Minha vergonha, o fedor de Meu pecado mortal.

então Eu deixei a água da banheira escoar, tomei uma ducha e... fui em frente. o que é que os seres humanos fazem, afinal de contas, depois de praticar uma coisa imoral ou inconcebível? eles vão em frente. não há outra escolha, quando se conseguiu escapar das garras da lei.

continuei então Minha vida e então os sentimentos de vergonha e culpa sumiram. achei que iam durar para sempre. mas não duraram.

lembro-Me de que pensei: a coisa não pode ser tão simples. mas era. e pouco tempo depois, mais por curiosidade do que por qualquer outra coisa, matei outra pessoa. e aquilo Me foi... bem, agradável. calmante. senti a agradável sensação que tem um alcoólatra ao tomar um copo de cerveja gelada depois de uma longa abstinência. o que os amantes sentem na primeira noite de gozo sexual, depois de uma longa separação.

na verdade, tirar a vida de alguém é muito parecido com sexo. às vezes é um ato transcendente, orgástico. outras vezes, bem, é uma coisinha mediana, tudo bem, não foi lá grande coisa, mas o que se pode fazer? uma espécie de sensação. mas nunca deixa de ser interessante. é algo que fica em sua memória.

nem sei bem por que lhe escrevo, patrick. a pessoa que lhe escreve esta carta não é a mesma que sou em Meu dia-a-dia. nem a pessoa que sou quando mato. tenho muitas caras, e algumas você nunca vai poder ver, outras você nunca iria querer ver. vi algumas de suas caras — uma bonita, outra violenta, outra reflexiva e mais algumas — e me pergunto qual delas você vai mostrar se um dia nos encontrarmos, tendo um cadáver em decomposição entre nós.

ouvi dizer que todos os inocentes estão expostos à censura. talvez sim. e que assim seja. na verdade, não estou bem certo de que as vítimas são dignas de toda essa trabalheira.

certa vez sonhei que fui parar num planeta de areia branquíssima. e o céu era branco. só havia isto — Eu, lon-

gas extensões de areia branca, vastas como oceanos, e um céu branco e causticante. Eu estava sozinho. e muito pequeno. depois de vagar durante dias, sentia Minha própria podridão, sentia que ia morrer naquela vastidão branca sob um céu causticante, e apelei para as trevas. e elas finalmente chegaram. e tinham uma voz e um nome. "Vem", disseram as Trevas, "vem conosco". mas Eu era fraco. Eu estava apodrecendo. Eu não conseguia ficar de pé. "Trevas", disse Eu, "tomai a Minha mão. Tirai-Me deste lugar." E as Trevas o fizeram.

Agora você entendeu o que Eu quis lhe ensinar, Patrick?

todo seu,
O Pai.

"Oh", fez Angie, jogando a carta na mesa de sua sala de jantar. "Isto é bom. O cara parece normal." Ela lançou um olhar raivoso à carta. "Deus do céu."

"Eu sei."

"E dizer que existe gente desse tipo", continuou ela.

Balancei a cabeça. Aquilo, por si só, já era horrível. Já existe bastante maldade no indivíduo mediano que se levanta todos os dias, vai para o trabalho e se acha muito bom. E, no entanto, se calhar, ele trai a mulher, fode um colega de trabalho e quem sabe lá no fundo esteja convencido da inferioridade de uma ou duas raças.

Na maioria das vezes, graças à nossa capacidade de racionalização, ele nunca é obrigado a encarar a realidade. Ele pode ir para o túmulo pensando que é bom.

A maioria de nós pode fazer isso. A maioria de nós o faz.

Mas o homem que escreveu essa carta abraçara o mal. Ele se comprazia na dor dos outros. Ele não racionalizava seu ódio. Deleitava-se com ele.

E ler aquela carta foi, acima de tudo, exaustivo, por tudo o que tinha de sórdido.

"Estou arrasada", disse Angie.

"Eu também."

Ela olhou novamente para a carta, pôs as mãos nos próprios ombros e fechou os olhos.

"Queria dizer que é uma coisa inumana", disse ela. "Mas não é."

Olhei para a carta. "É o que há de mais humano."

Arrumei minha cama no sofá de Angie, e estava tentando achar uma posição confortável quando ela me chamou do quarto.

"O quê?", perguntei.

"Venha aqui um instantinho."

Fui até o quarto, encostei-me no batente da porta. Ela estava sentada na cama, a colcha cobrindo-lhe o corpo e estendendo-se a sua volta como um mar cor-de-rosa.

"Você está bem no sofá?"

"Muito bem", respondi.

"Então tá", disse ela.

"Bem", disse eu tomando a direção do sofá.

"Porque..."

Voltei-me. "Hein?"

"É grande, sabe? Tem bastante espaço."

"O sofá?"

Ela franziu o cenho. "A cama."

"Oh", disse eu apertando os olhos. "O que é que há?"

"Não me obrigue a dizer."

"Dizer o quê?"

Seus lábios se arquearam querendo forçar um sorriso, que resultou numa careta horrível. "Estou com medo, Patrick, está entendendo?"

Não faço idéia do quanto lhe custou dizer aquilo.

"Eu também", respondi entrando no quarto.

* * *

A certa altura de nosso sono Angie se mexeu, e quando abri os olhos vi sua perna junto às minhas, aninhada entre minhas coxas. Sua cabeça estava colada em meu ombro, a mão direita sobre meu peito. Sua respiração aflorava suavemente meu pescoço, ao sabor de seu sono.

Pensei em Grace, mas, não sei por quê, não consegui evocar seu rosto completamente. Conseguia ver seus cabelos e os olhos, mas não o rosto inteiro.

Angie resmungou, e sua perna pressionou a minha.

"Não faça isso", murmurou ela baixinho. "Não faça", repetiu, ainda dormindo.

É assim que acaba o mundo, pensei, e me entreguei novamente aos sonhos.

Mais tarde, Phil telefonou. Atendi ao primeiro toque.

"Você está acordado?", perguntou ele.

"Estou."

"Pensei em dar um pulo aí."

"Angie ainda está dormindo."

"Tudo bem. É que... eu estou sozinho, esperando que esse cara tente alguma coisa... isso me deixa louco."

"Venha para cá, Phil."

Enquanto dormíamos, a temperatura baixara uns dez graus, e o céu agora era puro granito. O vento vindo do Canadá soprava em nosso bairro, fazia vibrar as vidraças e investia contra os carros estacionados ao longo da avenida.

Logo depois veio o granizo. Quando fui tomar banho, as pedrinhas de gelo, finas como a areia carregada pelas ondas do mar, batiam contra as vidraças do banheiro. Enquanto eu me enxugava, elas martelavam janelas e paredes, como se o vento estivesse lançando nuvens de pregos e porcas de parafuso.

Phil preparou o café enquanto eu vestia roupas limpas no quarto.

"Angie ainda está dormindo?", perguntou ele quando entrei na cozinha.

Fiz que sim.

"Ela praticamente desmaia, não é? É pior que Spinks nocauteado por Mike Tyson. Lá está ela, cheia de energia, e no minuto seguinte ela se apaga como se estivesse sem dormir há um mês." Ele pôs um pouco de café numa caneca. "Essa moça sempre foi assim."

Peguei uma Coca para mim, sentei-me à mesa. "Tudo vai dar certo, Phil. Ninguém vai fazer mal a Angie. Nem a você."

"Humm", fez ele, enquanto trazia o café para a mesa. "Você está dormindo com ela?"

Recostei-me na cadeira, inclinei a cabeça e olhei para ele erguendo uma sobrancelha. "Você está totalmente por fora, Phil."

Ele sacudiu os ombros. "Ela ama você, Patrick."

"Não como você pensa. Você nunca entendeu isso."

Ele sorriu. "Eu entendi muita coisa, Patrick", disse, envolvendo a caneca com as mãos. "Sei que ela me amou. Não estou negando isso. Mas ela sempre teve uma queda por você também."

Neguei com um gesto de cabeça. "Sabe de uma coisa, Phil? Durante todos aqueles anos em que você batia em Angie, ela nunca, nem uma vez, o traiu."

"Sei disso."

"É mesmo?" Inclinei-me um pouco para a frente e abaixei a voz. "Isso não o impediu de chamá-la de puta a torto e a direito. Não o impediu de espancá-la sempre que lhe dava na telha, não foi?"

"Patrick", disse ele em voz baixa. "Eu sei o que eu fui. O que eu sou..." Ele franziu o cenho e olhou para dentro de sua caneca. "Sou um cara que bate em mulher. E um bêbado. É isso, e ponto final." Ele fitou a caneca e deu um sorriso amargo. "Bati nessa mulher", disse, olhando por sobre os ombros para o quarto dela. "Eu bati nela e mereci seu ódio, e ela nunca mais vai confiar em mim. Nunca. Nunca mais seremos... amigos. Como antes."

"Provavelmente não."

"É. Pois então. Seja lá como tenha acontecido, o fato é que cheguei a este ponto. E eu a perdi e mereci perdê-la, porque a longo prazo ela vai ficar bem melhor sem mim."

"Não acho que Angie queira afastar você da vida dela, Phil."

Ele deu um sorriso amargo. "Mas isso é típico de Ange. Vamos encarar os fatos, Patrick. Por mais que ela assuma aquela atitude tipo 'dane-se, não preciso de ninguém', ela é incapaz de dizer adeus. A nada. É seu ponto fraco. Por que você acha que ela ainda mora aqui na casa da mãe? Com praticamente a mesma mobília que havia quando ela era criança?"

Olhei em volta, vi as velhas panelas escuras de sua mãe no armário da copa, os paninhos no sofá da salinha de estudo, dei-me conta de que eu e Phil estávamos sentados em cadeiras que os pais dela tinham comprado na loja Marshall Field, em Uphams, aquela que se incendiara no fim da década de 60. Muitas vezes, as coisas estão o tempo todo à sua frente, esperando que você se dê conta de sua presença, mas você está perto demais para vê-las.

"Ponto para você", reconheci.

"Por que você acha que ela nunca saiu de Dorchester? Uma moça inteligente e bonita como ela, a única vez que saiu de nosso estado foi em nossa lua-de-mel. Por que você acha que ela levou doze anos para se separar de mim? Qualquer outra teria agüentado no máximo seis. Mas Angie não consegue ir embora. É seu ponto fraco. Talvez isso tenha a ver com o fato de a irmã ser seu oposto."

Não sei que expressão tinha o olhar que lhe lancei

naquele momento, mas ele levantou a mão, como se pedisse desculpas.

"Esqueci que não podia tocar nesse assunto..."

"Que quer provar com isso, Phil?"

Ele sacudiu os ombros. "Angie não consegue dizer adeus, por isso vai se esforçar muito para me manter em sua vida."

"E daí?"

"E daí que vou me mandar. Sou uma espécie de peso em suas costas. Hoje, tenho necessidade de — não sei — de me curar. De deixar as feridas cicatrizarem. Para que ela compreenda que o culpado de tudo fui eu. Que tudo, absolutamente tudo, foi culpa minha. Não dela."

"E quando isso acontecer?"

"Vou embora. Um cara como eu pode trabalhar em qualquer lugar. Os ricos vivem reformando suas casas. Então, logo, logo pego a estrada. Acho que vocês merecem uma chance."

"Phil..."

"Por favor, Pat. Por favor", disse ele. "Eu sou assim. Fomos amigos desde sempre. Eu o conheço. E eu conheço Angela. Você deve estar vivendo uma coisa fantástica com Grace, e acho isso formidável. Acho mesmo. Mas abra os olhos." Ele me cutucou o braço e me olhou diretamente nos olhos. "Certo? Pelo menos uma vez na vida, compadre, seja honesto consigo mesmo. Você é apaixonado por Angie desde o jardim-de-infância. E ela por você."

"Ela se casou com você, Phil", respondi devolvendo-lhe o cutucão no braço.

"Porque estava furiosa com você."

"Não foi só por isso."

"Eu sei. Ela me amava também. Por algum tempo, talvez, ele me amou mais. Não tenho dúvida quanto a isso. Mas podemos amar mais de uma coisa ao mesmo tempo. Somos seres humanos, portanto, um rolo só."

Abri um sorriso e me dei conta de que era a primeira vez, em dez anos, que eu sorria com naturalidade na presença de Phil. "A gente é assim."

Olhamos um para o outro, e tive a impressão de sentir a mesma intimidade de antes estabelecer-se entre nós — a intimidade dos laços sagrados e da juventude partilhada. Nem Phil nem eu nos sentíamos acolhidos em nossas próprias casas. Seu pai era alcoólatra e um adúltero incurável, que dormia com todas as mulheres das redondezas e fazia questão de que a esposa soubesse. Com a idade de sete ou oito anos, Phil vivia numa espécie de zona desmilitarizada onde voavam pratos e acusações. Toda vez que Carmine e Laura Dimassi estavam na mesma sala, ela se tornava um lugar tão seguro quanto Beirute, mas, visto que se aferravam a uma interpretação incorreta da religião católica, recusavam-se a divorciar-se e mesmo a se separar. Adoravam suas brigas diárias e as reconciliações apaixonadas na cama, em que se chocavam contra a divisória que separava o quarto deles do quarto do filho.

Eu ficava fora de casa o maior tempo possível, por várias razões, por isso Phil e eu procurávamos refúgio juntos. O primeiro lugar onde nos sentimos à vontade, como se estivéssesemos num verdadeiro lar, foi um pombal vazio que encontramos no telhado de um galpão abandonado da Sudan Street. Limpamos todo o cocô branco que havia em seu interior, reforçamos suas paredes com tábuas de paletes velhos, arrumamos alguns móveis abandonados e logo reunimos outros desgarrados como nós — Bubba, Kevin Hurlihy por algum tempo, Nelson Ferrare, Angie. O grupo dos Pequenos Malandros, cheios de raiva, almas de gatuno e sem o menor respeito pela autoridade.

Sentado à minha frente à mesa de sua ex-mulher, eu via o velho Phil de outrora, o único irmão que tivera na vida. Ele sorria como se também estivesse relembrando tudo, e eu ouvia o eco dos risos de nossa infância, quando perambulávamos pelas ruas, trepávamos nos telhados, procurando manter uma prudente distância de nossos pais. Por Deus, ríamos um bocado, para crianças que tinham todos os motivos para estar permanentemente com raiva.

Lá fora o granizo retumbava, como se chovessem porretes sobre o telhado.

"O que aconteceu com você, Phil?"

O riso sumiu. "Ei, você..."

Levantei a mão. "Não. Não estou julgando. Estou só me perguntando. Como você disse a Bolton, éramos como irmãos. Puxa vida, éramos irmãos. E aí você mudou totalmente. Quando foi que o ódio tomou conta de você, Phil?"

Ele sacudiu os ombros. "Nunca lhe perdoei certas coisas, Pat."

"O quê, por exemplo?"

"Bem... você e a Angie..."

"... dormirmos juntos?"

"O fato de ela ter perdido a virgindade com você. Você era meu melhor amigo, éramos todos muito católicos e sexualmente reprimidos. Mas naquele verão vocês dois se afastaram de mim."

"Não."

"Ah, sim." Ele deu um risinho. "Ah, sim. Deixaram-me com Bubba, Frankie Shakes e mais um bando de outros tipos aberrantes com merda na cabeça em vez de miolos. E então, quando é que foi mesmo? Em agosto?"

Eu sabia a que ele se referia. Confirmei com um gesto de cabeça. "Em 4 de agosto."

"Vocês dois, lá em Carson Beach, bem... fizeram o que fizeram. E então, esperto como era, você a tratou como se ela fosse uma merda. Ela veio correndo para mim. E eu era a segunda opção. Mais uma vez."

"Mais uma vez?"

"Sim." Ele se recostou na cadeira e estendeu os braços num gesto de desculpa. "Ei", disse ele. "Eu sempre tive meu charme e minha boa aparência, mas você tinha seu instinto."

"Você está gozando da minha cara."

"Não", disse ele. "Ora, vamos, Pat. Eu vivia matutando demais sobre as coisas, enquanto você as fazia. Você foi quem primeiro percebeu que Angie já não era mais uma companhia como as outras, o primeiro que parou de freqüentar nosso refúgio, o primeiro a..."

"Eu não parava quieto. Eu era..."

"Você era instinto", disse ele. "Você era sempre o primeiro a entender uma situação e agia de acordo com essa compreensão."

"Bobagem."

"Bobagem?", disse ele com um risinho. "Ora, Pat. É um dom que você tem. Você se lembra daqueles palhaços sacanas de Savin Hill?"

Sorri e estremeci ao mesmo tempo. "Sim."

Ele balançou a cabeça, e percebi que vinte anos depois do acontecido ele ainda sentia o medo que nos dominara durante semanas depois do encontro com os palhaços.

"Se você não tivesse jogado a bola de beisebol no pára-brisa deles", disse Phil, "talvez a gente não estivesse aqui agora."

"Phil", disse eu. "Éramos dois meninos cheios de imaginação e..."

Ele balançou a cabeça vigorosamente. "Claro, claro. Éramos meninos e estávamos amedrontados porque Cal Morrison tinha sido morto naquela semana e sempre ouvíramos contar histórias sobre palhaços e tudo o mais. Tudo isso é verdade, mas nós estávamos *lá*, Patrick. Eu e você. E você sabe o que teria acontecido se entrássemos no carro deles. Vejo como se fosse ontem. Merda. Os pára-lamas cobertos de sujeira e de graxa, o cheiro que vinha da janela aberta..."

A van branca com o pára-brisa destruído no dossiê de Hardiman.

"Phil", disse eu. "Por Deus, Phil."

"O que é?"

"Os palhaços", falei. "Você mesmo acabou de dizer.

Foi na semana em que Cal foi morto. E aí, porra, eu joguei a bola de beisebol no pára-brisa..."

"Você acertou em cheio."

"E contei a meu pai." Levei a mão à boca, tentando cobri-la porque estava escancarada com o choque.

"Espere um pouco", disse ele. E então percebi que a mesma certeza que queimava minha espinha como fogo tomava conta de Phil. Seus olhos começaram a brilhar intensamente.

"Eu marquei aquela van", disse eu. "Porra, eu marquei a van sem ao menos saber que estava fazendo isso. E a APEE a achou."

Ele olhou para mim e percebi que ele também entendera tudo.

"Patrick, você quer dizer..."

"Aqueles palhaços eram Alec Hardiman e Charles Rugglestone."

31

Nos dias e semanas que se seguiram ao assassinato de Morrison, quem fosse criança andava morrendo de medo.

Tínhamos medo de negros, porque, pelo que se dizia, Cal fora morto por um negro. Tínhamos medo de homens sujos e grisalhos que nos olhavam com muita insistência no metrô. Tínhamos medo de carros que ficavam parados nos cruzamentos muito tempo depois de o semáforo abrir ou que pareciam diminuir a velocidade quando se aproximavam de nós. Tínhamos pavor dos sem-teto e dos becos úmidos e parques sombrios onde eles dormiam.

Tínhamos medo de quase tudo.

Mas nada assustava mais os meninos do bairro do que os palhaços.

Vista retrospectivamente, parecia uma coisa muito estúpida. Palhaços assassinos povoavam a ficção barata e filmes ruins de drive-in. Eles habitavam o mundo dos vampiros e dos monstros pré-históricos que destruíam Tóquio. Seres fictícios conjurados para aterrorizar o único público que os levava a sério: as crianças.

Quando fiquei adulto, deixei de ter medo de meu closet quando acordava no meio da noite. Também já não me assustava com os estalos da velha casa em que cresci; eram simples estalos — gemidos da madeira envelhecida e suspiros de alívio dos alicerces que se acomodavam. Passei a não ter medo de nada, exceto de um revólver apontado para mim ou do súbito lampejo de violência nos olhos de bêbados rancorosos ou de homens que se davam conta de que tinham passado a vida sem que ninguém os notasse, a não ser eles próprios.

Mas quando eu era criança quem personificava meu medo eram os palhaços.

Não sei bem como começaram os boatos — talvez em volta da fogueira em um acampamento de verão, talvez depois que algum companheiro nosso assistiu a um desses filmes ruins de drive-in —, mas, quando eu tinha uns seis anos, toda criança que eu conhecia sabia da fama dos palhaços, embora ninguém pudesse dizer que tinha cruzado com eles.

Mas os boatos se espalhavam.

Eles andavam de van e traziam saquinhos de doces, balões coloridos, e de suas mangas folgadas saíam flores em profusão.

Eles traziam no porta-malas uma máquina que fazia as crianças desmaiarem em menos de um segundo, e elas nunca acordavam desse desmaio.

E enquanto você estava desmaiado, mas ainda vivo, eles faziam o que queriam com seu corpo.

Depois cortavam sua garganta.

Como eles eram palhaços e tinham aquelas bocas pintadas, ficavam rindo o tempo todo.

Phil e eu estávamos quase na idade de não ter mais medo deles. A idade em que já sabemos que Papai Noel não existe e que não somos o filho desgarrado de um bilionário benevolente que um dia virá nos resgatar.

Estávamos voltando de um jogo de uma equipe júnior de beisebol em Savin Hill. Tínhamos ficado por lá até pouco antes do anoitecer, brincando de guerra no bosque atrás da escola Motley, depois subimos pela velha escada de incêndio até o telhado da escola. Quando descemos, a tarde se arrastava, preguiçosa e fria. As sombras se estendiam pelas paredes e se destacavam do asfalto nu, como se tivessem sido esculpidas nele.

Começamos a descer a Savin Hill Avenue quando o sol desapareceu totalmente, deixando apenas um céu de metal polido, e começamos a jogar a bola um para o outro para não sentir frio, ignorando os roncos do estômago porque eles significavam que, mais cedo ou mais tarde, teríamos que voltar para casa. E voltar para casa, pelo menos para nós, era um saco.

A van aproximou-se por trás de nós quando descíamos a ladeira perto da estação de metrô, e lembro-me muito bem de ter observado que a avenida estava totalmente deserta. Ela se estendia à nossa frente, subitamente vazia, como acontece nos subúrbios por volta da hora do jantar. Embora ainda não fosse noite, víamos quadrados luminosos alaranjados e amarelos em muitas casas da avenida, e um bastão de hóquei de plástico, abandonado, solitário, encostado na calota de um carro.

Todos estavam em suas casas para jantar. Mesmo os bares estavam silenciosos.

Phil lançou a bola com seu braço forte feito um canhão, e ela subiu mais do que eu esperava. Tive que pular e girar o corpo para apanhá-la. Quando desci, tinha girado o corpo, e foi aí que vi o rosto branco, o cabelo azul e os grossos lábios vermelhos olhando para mim da janela do passageiro.

"Bela pegada", disse o palhaço.

As crianças de meu bairro só tinham uma maneira de se dirigir aos palhaços.

"Foda-se", falei.

"Que boca mais limpa", disse o palhaço, e não gostei do jeito como ele sorriu ao dizer isso, a mão enluvada apoiada na porta do carro.

"Limpa mesmo", disse o motorista. "Muito, muito limpa. Sua mãe sabe que você fala assim?"

Eu estava a pouco mais de meio metro da porta do carro, paralisado no chão, incapaz de mexer as pernas. Não conseguia tirar os olhos da boca vermelha do palhaço.

Notei que Phil estava cerca de três metros mais abaixo, também paralisado.

"Querem uma carona para algum lugar?", perguntou o palhaço que estava no banco do passageiro.

Recusei com um movimento de cabeça, a boca seca.

"O gato comeu a língua desse garoto."

"Não." Quando o que estava dirigindo inclinou a cabeça em minha direção, vi seus cabelos vermelhos e manchas de um amarelo brilhante em volta dos olhos. "Vocês dois parecem congelados."

"E olha a pele enrugada de frango", disse o outro.

Dei dois passos para a direita e senti como se meus pés estivessem afundando em esponja molhada.

O palhaço do banco do passageiro lançou um olhar rápido para a avenida, depois olhou para mim.

O que estava ao volante olhou pelo retrovisor e tirou a mão do volante.

"Patrick, vamos embora", disse Phil.

"Patrick", disse devagar o palhaço do banco do passageiro, como se estivesse lambendo a palavra. "É um belo nome. Qual é seu sobrenome, Patrick?"

Até hoje, não sei por que respondi. Pavor, talvez, ou desejo de ganhar tempo, mas mesmo assim eu podia ter dado um nome falso. Mas não dei. Acho que eu tinha a louca esperança de que, se soubessem meu sobrenome, eles me veriam como uma pessoa, não como uma vítima, e teriam piedade.

"Kenzie", respondi.

O palhaço me deu um sorriso sedutor, e eu ouvi o ruído da trava da porta se abrindo, como um cartucho sendo encaixado num fuzil.

Foi quando joguei a bola.

Não me lembro de ter decidido fazer isso. Eu simplesmente dei dois passos para a direita — passos lentos e pesados, como num sonho — e a princípio pensei ter visado o palhaço que estava abrindo a porta do carro.

Então, a bola voou de minha mão, alguém gritou "merda!", e ouviu-se um forte barulho quando a bola atingiu o pára-brisa bem no meio, deixando o vidro todo trincado.

"Socorro! Socorro!", gritou Phil.

A porta do passageiro se abriu e percebi a raiva no rosto do palhaço.

Saí dali aos tropeções, e a gravidade me ajudou a descer a Savin Hill.

"Socorro", gritou Phil começando a correr, e eu bem atrás dele, meus braços ainda girando para manter o equilíbrio, enquanto o chão parecia querer me saltar no rosto.

Um homem corpulento, com um bigode espesso feito uma escova, saiu do bar Bulldog na esquina da Sydney Street, enquanto eu ouvia os pneus cantando atrás de mim e, logo depois, o ruído do freio. O homem parecia irritado, estava com um porrete na mão, e a princípio pensei que ia usá-lo contra nós.

Até hoje me lembro do avental dele, com manchas de sangue vermelhas e marrons.

"Que merda é essa?" O homem semicerrou os olhos para ver melhor por sobre meu ombro, e entendi que a van avançava em direção a nós três. Ela ia subir na calçada e nos esmagar.

Olhei para trás para ver minha morte, mas o que vi foi o brilho sujo dos faróis traseiros da van, no momento em que entrou na Grampian Way e desapareceu.

O dono do bar conhecia meu pai, e dez minutos depois, quando meu velho entrou no Bulldog, eu e Phil estávamos sentados no bar tomando refrigerante e fazendo pose de quem tomava uísque.

Nem sempre meu pai agia feito um bruto. Ele tinha seus dias bons, e, não sei por quê, aquele foi um dos melhores. Ele não se enfureceu porque nos atrasamos para o jantar, embora eu tivesse apanhado pelo mesmo motivo na semana anterior. Quase sempre indiferente a meus amigos, ele passou a mão no cabelo de Phil, pagou mais refrigerantes para nós e dois imensos sanduíches de frios, e ficamos no bar com ele por um bom tempo, enquanto a noite caía do outro lado da porta à nossa esquerda e o bar se enchia de gente.

Quando lhe contei com voz trêmula o que acontecera, seu rosto assumiu uma expressão de bondade e ternura que eu jamais vira. Ele me fitou com uma expressão um tanto preocupada, ajeitou com firmeza e cuidado algumas mechas úmidas coladas em minha testa, depois limpou com um guardanapo as migalhas de sanduíche do canto de meus lábios.

"Que dia duro vocês tiveram, hein?" Ele soltou um assobio, riu para Phil, e este abriu um sorriso.

O sorriso de meu pai, tão raro, era de admirar.

"Eu não queria quebrar o pára-brisa", falei. "Eu não queria, pai."

"Não se preocupe."

"Você não está bravo?"

Ele negou com a cabeça.

"Eu..."

"Você fez muito bem, Patrick. Fez muito bem", sussurrou ele. Ele apertou minha cabeça contra o peito largo, alisou meu topete com a mão. "Estou orgulhoso de você."

Foi a única vez que ouvi aquelas palavras de meu pai.

"Palhaços", disse Bolton.

"Palhaços", disse eu.

"Isso mesmo, palhaços", disse Phil.

"Tudo bem", disse Bolton. "Palhaços", repetiu ele, balançando a cabeça como que para si mesmo.

"Sem sacanagem", disse eu.

"Hum-hum", fez ele balançando a cabeça novamente. Em seguida virou a cabeça e me fitou. "Acho que você está de gozação comigo." Ele passou as costas da mão na boca.

"Não."

"Nunca falamos tão sério", disse Phil.

"Meu Deus." Bolton se encostou na pia e olhou para Angie. "Diga-me que não partilha dessas idéias malucas, senhorita Gennaro. Você pelo menos parece ser uma pessoa de juízo."

Ela apertou o cinto do penhoar. "Não sei." Em seguida olhou para mim e para Phil e deu de ombros. "Eles parecem estar muito seguros do que dizem."

"Escute-nos por um minuto..."

Com três passos largos, ele se aproximou de mim. "Não. Não. Nós acabamos com toda a operação de vigilância por sua causa, Kenzie. Você...

"Eu não..."

"... disse que tinha resolvido o caso e precisava falar comigo imediatamente. Então venho para cá e vejo *ele* aqui", disse, apontando para Phil. "E agora *eles* estão aqui", continuou, apontando Devin e Oscar com a cabeça. "E agora toda a esperança que tínhamos de atrair Evandro para este lugar foi por água abaixo, porque isto aqui está parecendo um congresso de policiais." Ele parou para retomar o fôlego. "Se tudo isso nos levasse a algum lugar, tudo bem... Mas não, você me vem com palhaços."

"Senhor Bolton", disse Phil, "estamos falando sério."

"Oh, meu Deus. Vamos ver se entendi bem. Vinte anos atrás, dois artistas de circo com cabelos desgrenhados e roupas folgadas pararam uma van perto de vocês. Vocês estavam indo a um jogo de beisebol e...

"Vindo", corrigi.

"O quê?"

"Estávamos voltando do jogo", disse Phil.

"*Mea culpa*", disse Bolton, fazendo uma reverência e um largo gesto com a mão. "*Mea puta maxima culpa, tu morani.*"

"Nunca fui insultado em latim", disse Devin a Oscar. "E você?"

"Em mandarim, sim. Em latim, nunca."

"Muito bem", recomeçou Bolton. "Vocês foram abordados por dois artistas de circo quando *voltavam* de um jogo — agora falei direito, Kenzie? —, e, como Alec Hardiman cantou 'Send in the clowns' durante a conversa na prisão, você acha que ele era um daqueles palhaços, e isso significa, naturalmente, que ele andou matando gente para castigar você por ter escapado naquele dia?"

"A coisa não é tão simples."

"Que sorte, hein? Ouça, Kenzie, há vinte e cinco anos eu convidei Carol Yaeger, de Chevy Chase, Maryland, para sair comigo, e ela riu na minha cara. Mas isso não significa..."

"Difícil acreditar", disse Devin.

"... que eu ache perfeitamente lógico esperar vinte anos e começar a matar todas as pessoas do círculo de relações dela."

"Bolton", disse eu. "Gostaria muito de ficar aqui apreciando seus malabarismos verbais, mas o tempo urge. Você trouxe os dossiês de Hardiman, Rugglestone e Morrison que pedi?"

Ele deu um tapinha em sua pasta. "Estão aqui."

"Abra-os."

"Kenzie..."

"Por favor."

Ele abriu a pasta, tirou os dossiês e colocou-os na mesa da cozinha. "E então?"

"O que se encontrou nos ferimentos faciais de Rugglestone? Dê uma olhada no relatório do médico-legista sobre Rugglestone. Especificamente na parte que fala de toxinas inexplicáveis."

Ele achou o trecho, ajeitou os óculos. "Sim?"

"O que foi encontrado nos ferimentos faciais de Rugglestone?"

Ele leu: "'Suco de limão, água oxigenada, talco, óleo mineral, ácido esteárico, umectante, trietanolamina, lanolina... todos ingredientes que entram na composição de pan-cake branco'". Ele levantou os olhos. "E daí?"

"Leia o dossiê de Hardiman, na mesma parte."

Ele leu.

"E daí? Os dois estavam usando maquiagem."

"Pan-cake branco", disse eu. "Do tipo que os mímicos usam. E os palhaços."

"Sim, mas..."

"Cal Morrison tinha essas mesmas substâncias sob as unhas."

Ele abriu o dossiê de Morrison, folheou-o até achar o trecho correspondente.

"Mesmo assim...", disse ele.

"Veja se acha a fotografia da van que foi encontrada diante do local do crime — ela estava no nome de Rugglestone."

Ele folheou o dossiê. "Aqui está."

"Está sem o pára-brisa", disse eu.

"Sim."

"Mas a van tinha sido lavada havia pouco tempo, provavelmente naquele mesmo dia. A certa altura entre a hora em que foi lavada e a hora em que a polícia a encontrou, alguém jogou blocos de concreto no pára-brisa, provavelmente enquanto Rugglestone estava sendo assassinado."

"E daí?"

"Daí que eu tinha marcado o pára-brisa. Eu joguei a bola de beisebol, e o vidro ficou todo trincado. A marca era o único indício de que os palhaços eram Hardiman e Rugglestone. Sem aquela marca, não haveria motivo para o assassinato de Rugglestone."

"Aonde você quer chegar?"

Foi só então que acreditei realmente no que estava prestes a dizer.

"Acho que a APEE matou Charles Rugglestone."

"Ele tem razão", disse Devin finalmente.

Logo depois das oito, o granizo deu lugar à chuva, e ela congelava logo que caía no chão. Filetes de água escorriam pelas janelas do apartamento de Angie, formando nervuras de gelo que estalavam sob nossos olhos.

Bolton mandara um agente à van para fazer cópias dos dossiês de Rugglestone, Hardiman e Morrison, e tínhamos acabado de passar uma hora na sala, lendo-os.

Bolton disse: "Não estou lá muito convencido".

"Por favor", disse Angie. "Está tudo aqui. É só olhar com atenção. Todo mundo estava achando que Alec Hardiman, cheio de PCP, fez o trabalho de dez homens quando matou Rugglestone. E, se eu tivesse certeza de que Hardiman matara muitas outras pessoas, também iria pensar assim. Mas havia lesões nos nervos de sua mão esquerda, seconal em seu sangue, e ele foi encontrado inconsciente. Agora, se você considerar os ferimentos de Rugglestone imaginando que talvez ele tenha sido atacado por dez pessoas — ou, digamos... sete —, tudo faz sentido."

"O pai de Patrick sabia do pára-brisa trincado", acrescentou Devin. "Ele e seus amigos da APEE foram atrás do carro, encontraram Hardiman e Rugglestone..."

"A APEE matou Rugglestone", disse Oscar num tom que traía sua estupefação.

Bolton olhou para o dossiê, depois para mim, e de novo para o dossiê. Ele o folheou, e seus lábios se moviam enquanto ele lia o trecho que tratava dos ferimentos de Rugglestone. Quando olhou para mim, sua boca estava entreaberta, e a expressão, contrafeita. "Você tem razão", disse ele devagar. "Você tem razão."

"Mas que isso não lhe suba à cabeça", disse Devin dirigindo-se a mim. "Seu panaca."

"Uma história da carochinha", disse Bolton em voz baixa.

"O quê?"

Estávamos os dois sentados na sala. Os demais estavam na cozinha, enquanto Oscar preparava seus famosos bifes.

Bolton levantou a mão no escuro. "É como um conto dos irmãos Grimm. Os dois palhaços, a van sinistra, a inocência ameaçada."

Dei de ombros. "Na época, dava um frio na barriga, só isso."

"Seu pai..."

Eu observava dedos de gelo se congelarem na vidraça.

"Você sabe aonde quero chegar", prosseguiu ele.

"Sim, com certeza foi ele quem queimou Rugglestone."

"Por partes", disse Bolton. "Enquanto o homem gritava."

O gelo estalou e desfez-se em pedaços sob a ação da água da chuva. Imediatamente, novos veios translúcidos surgiram em seu lugar.

"Sim." Lembrei-me do beijo que meu pai me dera naquela noite. "Meu pai queimou Rugglestone vivo. Aos poucos."

"Você acha que ele era capaz disso?"

"Eu já lhe disse, agente Bolton, que ele era capaz de tudo."

"Mas de uma coisa dessas?"

Lembrei-me dos lábios de meu pai em meu rosto, do sangue que pulsava em meu peito quando ele me abraçou, o tom carinhoso com que me disse que estava orgulhoso de mim.

Então me lembrei de quando ele me queimou com o ferro de passar, do cheiro de carne queimada que subiu de meu abdome e me assustou, enquanto meu pai olhava para mim com uma fúria que beirava o êxtase.

"Ele não apenas era capaz disso", disse eu, "como com certeza o fez com prazer."

Estávamos comendo os bifes na sala de jantar quando Erdham entrou.

"Sim?", disse Bolton.

Erdhan lhe passou uma fotografia. "Achei que você devia ver isso."

Bolton limpou a boca e os dedos com um guardanapo e levantou a foto para vê-la melhor.

"É uma das que foram encontradas na casa de Arujo, não é?"

"Sim, senhor."

"Você identificou as pessoas que estão na foto?"

Erdham balançou a cabeça. "Não, senhor."

"Então por que quer que a veja, agente Erdham?"

Erdham olhou para mim e franziu o cenho. "O que interessa aí não são as pessoas. É o lugar onde foi tirada."

Bolton observou a foto atentamente. "Sim?"

"Senhor, se...

"Espere um pouco." Bolton deixou cair o guardanapo no prato.

"Sim, senhor", disse Erdham estremecendo.

"É em sua casa", disse Bolton olhando para mim.

Larguei meu garfo. "O que vocês estão dizendo?"

"Essa foto foi tirada na entrada de seu prédio."

"A foto é minha ou de Patrick?", perguntou Angie.

Bolton balançou a cabeça. "De uma mulher e uma menina."

"Grace", disse eu.

32

Fui o primeiro a sair do apartamento de Angie. Quando cheguei na entrada do prédio com um celular colado ao ouvido, várias viaturas do governo subiam a Howes Street cantando os pneus.

"Grace?"

"Sim?"

"Você está bem?" Escorreguei no gelo e tive que me segurar no parapeito, enquanto Angie e Bolton também chegavam à entrada.

"O quê? Você me acordou. Tenho que trabalhar às seis. Que horas são?"

"Dez. Desculpe."

"Você pode me ligar de manhã?"

"Não. Não. Quero que verifique todas as portas e janelas, enquanto espero na linha."

Os carros foram freando e parando em frente ao prédio.

"O quê? Que barulho é esse?"

"Grace, verifique suas portas e janelas. Veja se estão todas fechadas."

Fui avançando pela calçada escorregadia. As árvores estavam pesadas e rebrilhando com punhais de gelo. A rua e a calçada pareciam recobertas de esmalte preto.

"Patrick, eu..."

"Faça isso agora, Grace."

De um salto, enfiei-me na parte traseira do carro que vinha na frente, um Lincoln azul-escuro, e Angie se sentou ao meu lado. Bolton sentou no banco da frente e deu o endereço de Grace ao motorista.

"Vamos", disse eu batendo com a mão no apoio para a cabeça do banco do motorista. "Vamos, vamos."

"O que está acontecendo, Patrick?", perguntou Grace.

"Você verificou as portas?"

"Estou vendo isso agora. A porta da frente está fechada. A que dá para o porão também. Espere na linha que vou verificar a dos fundos."

"Vem vindo um carro pela direita", disse Angie.

Nosso motorista enfiou o pé no acelerador para atravessar o cruzamento rumo ao sul, e o motorista do carro que corria em nossa direção enfiou o pé no freio, apesar da pista escorregadia, buzinou furiosamente e derrapou na altura do cruzamento. A caravana de carros atrás de nós guinou à direita para passar por trás dele.

"A porta dos fundos está fechada", disse Grace. "Agora estou verificando as janelas."

"Ótimo."

"Você está me assustando."

"Eu sei. Sinto muito. As janelas."

"A do quarto da frente e a da sala estão fechadas. Estou indo para o quarto de Mae. Fechada, fechada..."

"Mamãe?"

"Está tudo bem, amor. Fique na cama. Volto já."

O Lincoln entrou na alça de acesso da Rodovia 91, a uns cem quilômetros por hora. Os pneus traseiros derraparam numa placa de gelo ou de neve congelada e bateram na divisória.

"Estou no quarto de Annabeth", sussurrou Grace. "Fechada. Fechada. Aberta."

"Aberta?"

"Sim. Ela deixou só um pouquinho aberta."

"Merda."

"Patrick, diga-me o que está acontecendo."

"Feche-a, Grace. Feche-a."

"Já fechei. O que você acha..."

"Onde está seu revólver?"

"Meu revólver? Eu não tenho nenhum revólver. Eu odeio armas."

"Então pegue uma faca."

"O quê?"

"Pegue uma faca, Grace. Meu Deus. Pegue uma..."

Angie tomou o telefone de minha mão e fez um sinal para que me calasse.

"Grace, aqui é Angie. Escute. Talvez você esteja em perigo. Não temos certeza. Continue na linha falando comigo e não saia de casa, a menos que tenha certeza de que há um intruso aí dentro."

As placas que indicam as ruas se sucediam vertiginosamente — Andrew Square, Massachusetts Avenue —, e o Lincoln entrou na Frontage Roade passou em velocidade ao largo do depósito de lixo industrial, enquanto disparávamos em direção a East Berklee.

"Bolton", disse eu, "Grace não é uma isca."

"Eu sei."

"Quero que ela fique protegida por uma tal barreira que nem o presidente consiga localizá-la."

"Eu entendo."

"Pegue Mae", prosseguiu Angie, "e tranque-se com ela num aposento da casa. Dentro de três minutos estaremos aí. Se alguém tentar forçar a porta, saia pela janela e corra em direção à Huntigton ou à Mass. Avenue, gritando feito uma louca."

Passamos pelo primeiro sinal vermelho na East Berklee, e um carro tentou se desviar de nós, subiu na calçada e se chocou contra um poste na frente do Pine Street Inn.

"Isso dá um belo processo", disse Bolton.

"Não, não", disse Angie nervosamente. "Não saia de casa a menos que ouça algum barulho estranho. Se ele estiver esperando lá fora, você vai cair na boca do lobo. Estamos quase chegando, Grace. Em que parte da casa você está?"

O pneu traseiro subiu na calçada quando entramos a toda velocidade na Columbus Avenue.

"No quarto de Mae? Ótimo. Estamos a apenas oito quarteirões."

O asfalto da Columbus Avenue estava com uma camada de meio centímetro de um gelo tão preto e tão duro que tínhamos a impressão de estar passando sobre uma faixa de puro alcaçuz.

Comecei a dar porradas na porta do carro ao que os pneus deslizavam, aderiam ao chão, tornavam a deslizar.

"Tenha calma", disse Bolton.

Angie me deu um tapinha no joelho.

Quando o Lincoln dobrou à direita na West Newton, imagens em preto-e-branco explodiram em minha cabeça como flashes.

Kara, crucificada num dia frio.

A cabeça de Jason Warren pendurada num fio elétrico.

O rosto de Peter Stimovich sem os olhos.

Mae abraçando o cachorro na grama.

O corpo molhado de Grace rolando sobre o meu, no coração de uma noite quente.

Cal Morrison trancado na traseira daquela van branca encardida.

O sorriso cruel desenhado nos lábios vermelho-sangue do palhaço que dizia meu nome.

"Grace", sussurrei.

"Está tudo bem", disse Angie ao telefone. "Estamos chegando."

Entramos na St. Botolph e o motorista pisou no freio. O Lincoln derrapou novamente no gelo, passou pela casa com fachada de tijolos marrons onde Grace morava e terminou parando duas casas adiante.

Os carros atrás de nós foram parando como podiam, enquanto eu saía do carro e corria para a casa dela. Escorreguei na calçada e caí de joelhos; no mesmo instante, vi um homem vindo rápido em minha direção, esgueirando-se entre dois carros a minha direita. Voltei-me, apontei o revólver para o peito dele e notei que ele levantava a arma sob a chuva.

Meu dedo estava apertando o gatilho quando ele gritou: "Patrick, não faça isso!".

Nelson.

Ele abaixou a arma, o rosto molhado, traindo o medo que sentira. Oscar se jogou sobre ele por trás e o corpo pequeno de Nelson desapareceu completamente sob o do outro quando os dois caíram no gelo.

"Oscar", disse eu. "Tudo bem, tudo bem. Ele trabalha para mim."

Subi os degraus da entrada da casa.

Angie e Devin vinham logo atrás de mim quando Grace abriu a porta e disse: "Patrick, que diabos está acontecendo?". Ela olhou por sobre meu ombro, enquanto Bolton gritava ordens para seus homens, e seus olhos se arregalaram.

Em toda a rua, lâmpadas se acendiam.

"Agora está tudo bem", falei.

Devin se pôs do lado de Grace, de arma abaixada. "Onde está a criança?"

"O quê? No quarto dela."

Ele entrou em casa com o corpo em posição de tiro.

"Ei, espere", disse ela correndo atrás dele.

Angie e eu fomos atrás dela, enquanto agentes vasculhavam os arredores com lanternas.

Grace estava apontando para o revólver de Devin. "Largue isso, sargento. Largue..."

Mae começou a chorar alto. "Mamãe."

Devin ia enfiando a cabeça em todas as portas, o revólver firmemente seguro junto ao joelho.

À luz quente da sala, as mãos trêmulas de tanta adrenalina, eu me sentia nauseado. Ouvi o choro de Mae vindo do quarto e segui o som.

Um pensamento atravessou meu cérebro como um raio, fazendo-me estremecer: *eu quase matei Nelson.*

Grace pegou Mae no colo. A menina abriu os olhos e, ao me ver, abriu o berreiro.

Grace voltou a cabeça para mim. "Puxa vida, Patrick, isso era mesmo necessário?"

As luzes das lanternas, vindas de fora, passavam pelas janelas da casa.

"Sim", disse eu.

"Patrick." Seus olhos traíam uma raiva profunda quando fitaram minha mão. "Largue isso."

Abaixei os olhos, vi o revólver em minha mão e me dei conta de que ele fora a causa do acesso de choro de Mae. Recoloquei-o no coldre e, contemplando mãe e filha abraçadas na cama, senti-me sujo e monstruoso.

"A prioridade das prioridades", disse Bolton a Grace na sala, enquanto Mae se trocava em seu quarto, "é pôr você e sua filha em segurança. Há um carro esperando lá fora, e gostaria que vocês duas viessem nele conosco."

"Para onde?", disse Grace.

"Patrick", disse uma vozinha.

Voltei-me e vi Mae de pé na porta do quarto, com a calça jeans e a camiseta que acabara de vestir, cadarços do tênis desamarrados.

"Sim?", disse eu com voz suave.

"Onde está seu revólver?"

Tentei sorrir. "Eu escondi. Eu não queria assustar você."

"Ele é gordo?"

"O quê?" Agachei-me na frente dela para amarrar seu tênis.

"Ele é..." Ela hesitou, procurando a palavra certa, incomodada por não encontrá-la.

"Pesado?", perguntei.

Ela fez que sim. "É. Pesado."

"É pesado, sim, Mae. Pesado demais para você carregar."

"E pra você?"

"Para mim também é muito pesado", respondi.

"Então por que você anda com ele?" Ela inclinou a cabeça para a esquerda, fitou meu rosto.

"É uma espécie de instrumento que uso em meu trabalho", expliquei. "Como o estetoscópio que sua mãe usa."

Beijei-lhe a testa.

Mae beijou meu rosto e passou os braços em volta de meu pescoço num abraço tão terno que nem parecia vir do mesmo mundo que produz gente como Evandro Arujo, facas e armas de fogo. Em seguida ela voltou para o quarto.

Na sala, Grace balançava a cabeça. "Não."

"O quê?", disse Bolton.

"Não", repetiu Grace. "Não vou. Vocês podem levar Mae, e eu ligo para o pai dela. Tenho certeza de que ele vai tirar uma licença do trabalho e acompanhá-la, para que não fique sozinha. Irei visitá-la até essa história acabar, mas eu mesma não vou para lá."

"Doutora Cole, isso é inaceitável."

"Sou primeiranista de residência em cirurgia, agente Bolton. Entende o que é isso?"

"Entendo, mas sua vida está em perigo."

Ela balançou a cabeça. "Vocês podem me proteger. Vocês podem me vigiar. E vocês podem esconder minha filha." Ela olhou para a porta do quarto de Mae e seus olhos se encheram de lágrimas. "Mas não posso abandonar meu trabalho. Não agora. Nunca vou conseguir um trabalho decente se for embora no meio de uma residência."

"Doutora Cole, não posso consentir nisso", disse Bolton.

Ela sacudiu a cabeça. "Vai ter que consentir, agente Bolton. Proteja minha filha. Eu cuido de mim mesma."

"O homem com quem estamos lidando..."

"É perigoso, eu sei. Vocês me disseram. E eu estou com medo, agente Bolton, mas não vou abandonar aquilo por que lutei a vida inteira. Não agora. Por ninguém."

"Ele vai pegar você", falei, ainda sentindo os braços de Mae em meu pescoço.

Todos na sala olharam para mim.

Grace disse: "Não, se...".

"Não se o *quê*? Não posso proteger todos vocês, Grace."

"Não estou lhe pedindo..."

"Ele disse que eu teria de escolher."

"Quem?"

"Hardiman." Fiquei surpreso com o volume de minha voz. "Eu tenho que escolher entre as pessoas que amo. Ele se referia a você e Mae, Phil e Angie. Não posso proteger vocês todos, Grace."

"Então não proteja, Patrick." Sua voz era gélida. "Não proteja. Você trouxe isso para a minha porta. Para a porta de minha filha. Sua busca estúpida de uma vida violenta conduziu essa pessoa até mim. Sua vida se misturou à minha e à de minha filha, e nenhuma de nós duas pediu isso." Ela esmurrou o próprio joelho, fitou o chão e aspirou o ar vigorosamente. "Eu vou ficar bem. Vou levar Mae para um lugar seguro. Vou ligar agora para o pai dela."

Bolton olhou para Devin e este sacudiu os ombros.

"Não posso obrigá-la a aceitar a custódia..."

"Não", disse eu. "Não, não, não, não. Grace, você não conhece esse sujeito. Ele vai pegar você. Ele vai matar você. Vai, sim."

Atravessei toda a sala e me postei diante dela.

"E daí?", disse ela.

"E daí?", disse eu. "E daí?"

Senti todos os olhares voltados para mim. Tinha plena consciência de que estava fora de mim. Sentia-me louco e vingativo. Sentia-me violento, mau, descontrolado.

"E daí?", Grace repetiu.

"Ele vai cortar a porra da sua cabeça", disse eu.

"Patrick", disse Angie.

Inclinei-me sobre Grace. "Você entendeu isso? Ele vai cortar sua cabeça. Mas só no final. Primeiro, Grace, ele vai abusar de você sexualmente, depois amputar partes de seu corpo, depois enfiar cravos em suas mãos..."

"Pare com isso", disse ela calmamente.

Mas eu não conseguia. Eu achava importante que ela soubesse.

"... ele vai estripar você, Grace. Ele adora fazer isso. Estripar as pessoas para ver as entranhas fumegando. E então talvez ele arranque seus olhos enquanto o cúmplice retalha seu corpo e..."

Um grito ecoou atrás de mim.

A essa altura Grace estava tapando os ouvidos com as mãos, mas ela as tirou quando ouviu o grito.

Voltei-me e vi Mae de pé, o rosto afogueado, os braços pendendo ao longo do corpo, trêmulos, como se tivesse levado um choque elétrico.

"Não, não, não!", gritou ela banhada em lágrimas de horror. Em seguida me empurrou para se precipitar nos braços da mãe e agarrar-se a ela com todas as suas forças.

Grace estreitou a filha contra o peito e me lançou um olhar de puro ódio.

"Saia da minha casa", disse ela.

"Grace."

"Agora", disse ela.

"Doutora Cole", disse Bolton. "Gostaria que a senhora..."

"Eu vou com vocês", disse ela.

"O quê?"

Seus olhos ainda estavam fixos em mim. "Aceito a custódia de vocês, agente Bolton. Não vou me separar de minha filha. Eu vou", disse ela brandamente.

"Escute, Grace...", comecei.

Ela cobriu os ouvidos da filha com as mãos.

"Eu achei que tinha mandado você embora da minha casa."

O telefone tocou, ela estendeu a mão para atender, os olhos sempre fixos em mim. "Alô." Ela franziu o cenho. "Já lhe disse para não tornar a ligar. Se você quiser falar com Patrick..."

"Quem é?", perguntei.

Ela largou o fone no chão, junto a meus pés. "Você

deu meu número para aquele seu amigo psicopata, Patrick?"

"Bubba?" Peguei o fone enquanto ela passava por mim, levando Mae para o quarto.

"Alô, Patrick."

"Quem é?"

"O que você achou das fotos que tirei de seus amigos?"

Olhei para Bolton e articulei "Evandro".

Ele saiu correndo, Devin logo atrás dele.

"Não fazem meu gênero, Evandro."

"Oh", fez ele. "Lamento ouvir isso. Trabalhei muito para aperfeiçoar a minha técnica, tentando jogar com a luz e o espaço, respeitar a perspectiva e tudo o mais. Você não acha que estou progredindo em termos artísticos?"

Através da vidraça, vi um agente escalando o poste telefônico ao lado da casa.

"Não sei, Evandro. Não acho que seus trabalhos possam impressionar Annie Leibovitz."

Evandro deu um risinho. "Mas a você elas impressionaram, não, Patrick?"

Devin voltou com um pedaço de papel onde se lia: "Mantenha-o na linha por dois minutos".

"Sim. Onde você está, Evandro?"

"De olho em você."

"É mesmo?" Resisti à tentação de me virar para as janelas que dão para a rua.

"De olho em você, em sua namorada e em todos esses simpáticos policiais em volta da casa."

"Bem, já que você está por perto, por que não dá um pulinho até aqui?"

Outro risinho. "Prefiro esperar um pouco. Você está muito bonito agora, Patrick — o telefone colado ao ouvido, o cenho cerrado numa expressão de preocupação, cabelos despenteados por causa da chuva. Muito bonito."

Grace voltou à sala e deixou cair a valise no soalho, perto da porta.

"Obrigado pelo elogio, Evandro."

Grace piscou quando ouviu o nome e olhou para Angie.

"De nada", disse Evandro.

"Que roupa estou usando?"

"Pode repetir?", disse ele.

"Que roupa estou usando?"

"Patrick, quando tirei as fotos de sua namorada e da..."

"Que roupa estou usando, Evandro?"

"... filha dela, eu..."

"Você não sabe porque não está vendo esta casa, está?"

"Eu estou vendo muito mais do que você pode imaginar."

"Você está blefando, Evandro." Comecei a rir. "Você tenta se passar por..."

"Não ouse rir de mim."

"... um mestre do crime que tudo vê, que tudo sabe..."

"Mude esse tom de voz, Patrick. Imediatamente."

"... mas, visto daqui, você parece um pobre coitado."

Devin olhou o relógio, levantou três dedos. Mais trinta segundos.

"Vou cortar a menina em duas e mandar para você pelo correio."

Voltei a cabeça, vi Mae de pé na porta do seu quarto, junto a sua mochila, esfregando os olhos.

"Não conte com isso, seu punheteiro. Você teve essa chance, mas deixou passar."

"Vou acabar com todo mundo que você conhece." Sua voz tremia de raiva.

Bolton entrou pela porta da frente e balançou a cabeça.

"Reze para eu não cruzar com você antes, Evandro."

"Você não vai conseguir, Patrick. Ninguém consegue. Até mais."

Outra voz, mais rouca que a de Evandro, entrou na linha: "Até logo, pessoal".

A linha caiu, e olhei para Bolton.

“Lá estavam os dois”, disse ele.

“Isso mesmo.”

“Você reconheceu a segunda voz?”

“Não, por causa do sotaque forçado.”

“Eles estão no litoral norte.”

“Litoral norte?”, falou Angie.

Bolton confirmou. “Em Nahant, mais exatamente.”

“Eles se esconderam numa ilha?”, perguntou Devin.

“Nós podemos acuá-los”, disse Bolton. “Já comunicamos à Guarda Costeira e mandamos radiopatrulhas de Nahant, Lynn e Swampscott para bloquear a ponte que dá acesso à ilha.”

“Quer dizer então que estamos em segurança?”

“Não”, falei.

Ela me ignorou e olhou para Bolton.

“Não podemos nos arriscar”, disse Bolton. “Nem você, doutora Cole. Não podemos pôr sua segurança e a de sua filha em risco até pegarmos aqueles dois.”

Ela olhou para Mae quando esta veio do quarto carregando sua mochila Pocahontas. “Certo. Você tem razão.”

Bolton voltou-se para mim. “Tenho dois agentes na casa do senhor Dimassi, e me restam muito poucos. Metade de meus homens ainda está no litoral sul. Vou precisar de todos eles.”

Olhei para Angie, e ela balançou a cabeça.

“Os alarmes instalados nas portas da frente e dos fundos do seu apartamento são muito eficientes, senhorita Gennaro.”

“Nós podemos nos proteger por algumas horas”, disse eu.

Ele pôs a mão no meu ombro. “Nós os pegaremos, Kenzie.” Ele olhou para Grace e para Mae. “Prontas?”

Ela fez que sim e estendeu a mão para Mae. Mae a segurou e olhou para mim, o rosto marcado por uma confusão e uma tristeza que não combinavam com sua tenra idade.

"Grace."

"Não." Grace balançou a cabeça quando levantei a mão para tocá-la no ombro. Ela me deu as costas e foi embora.

O carro que as levou era um Chrysler New Yorker preto com janelas à prova de balas e um motorista de olhar frio, brilhante e alerta.

"Para onde vocês as estão levando?", perguntei.

"Para longe", disse Bolton. "Para muito longe."

Um helicóptero pousou no meio da Massachusetts Avenue, e Bolton, Erdham e Fields dirigiram-se a ele, andando com todo o cuidado no gelo.

Quando o helicóptero levantou vôo, jogando sujeira nas vitrines das lojas da avenida, Devin e Oscar vieram para junto de nós.

"Seu amigo anão foi parar no hospital", disse Oscar, levantando as mãos para pedir desculpas. "Quebrei seis costelas dele. Sinto muito."

Dei de ombros. Um dia vou ter que compensar Nelson por isso, pensei.

"Mandei uma radiopatrulha para a casa de Angie", disse Devin. "Eu conheço o cara. O nome dele é Tim Dunn. Pode confiar nele. Bom, vamos voltar para lá."

Angie e eu ficamos juntos na chuva, vendo-os entrar no cortejo formado pelos carros da polícia e do FBI. A chuva caindo no gelo fazia o ruído mais triste que ouvi em toda a minha vida.

33

O taxista avançava habilmente pelas ruas cobertas de gelo, a uma média de cinqüenta quilômetros por hora, usando o freio apenas quando absolutamente necessário.

A cidade estava coberta de gelo. Grandes placas transparentes cobriam as fachadas dos edifícios, e os beirais pendiam com o peso de punhais brancos em cascata. As árvores brilhavam feito prata, e os carros estacionados ao longo da avenida tinham se transformado em esculturas.

"Cara, vamos ter muitos apagões esta noite", disse o taxista.

"Você acha?", disse Angie distraidamente.

"Pode acreditar, moça. Esse gelo vai jogar os cabos elétricos no chão. Você vai ver. Ninguém devia sair de casa esta noite. De jeito nenhum."

"E por que você saiu?", perguntei.

"Tenho que defender o leite das crianças. Elas não sabem o quanto é dura a vida do pai. Não. Elas só sabem que precisam comer."

Evoquei o rosto de Mae, perplexo e dominado pelo terror. Os horrores que eu tinha gritado para sua mãe ressoavam em meus ouvidos.

As crianças não precisam saber.

Como eu pudera esquecer isso?

Quando nos aproximamos da entrada do prédio de Angie, Timothy Dunn acendeu a lanterna duas vezes, apontando-a em nossa direção.

Andando com cuidado, ele atravessou a rua para vir ao nosso encontro. Era um rapaz esbelto, com um rosto grande e franco sob o quepe azul-escuro. O rosto de um menino do interior, ou de um menino criado pela mãe para ser padre.

Seu quepe estava envolto em plástico para não ficar molhado, e sua pesada capa brilhava sob a chuvinha fina. Ele levou a mão ao boné quando nos encontramos nos degraus de entrada.

"Senhor Kenzie, senhorita Gennaro, sou o agente Timothy Dunn. Como vão as coisas?"

"Podiam estar melhores", disse Angie.

"Sim, senhora, eu ouvi dizer."

"Senhorita", disse Angie.

"Como?"

"Por favor, chame-me de senhorita ou de Angie. Senhora faz com que me sinta velha o bastante para ser sua mãe." Ela o examinou através da chuva. "E não sou, sou?"

Ele sorriu timidamente. "Claro que não, senhorita."

"Quantos anos você tem?"

"Vinte e quatro."

"Puxa!"

"E você?", perguntou ele.

Ela deu um risinho. "Nunca pergunte a uma mulher quanto ela pesa nem sua idade, agente Dunn."

Ele balançou a cabeça. "De qualquer forma, parece que, nesses dois itens, a providência divina foi muito generosa com você."

Revirei os olhos.

Ela recuou um pouco, examinou-o mais uma vez.

"Você vai longe, agente Dunn."

"Obrigado, senhorita. As pessoas vivem me dizendo isso."

"Elas têm razão."

Ele olhou para os próprios pés por um instante, mexeu-se um tanto desajeitado e beliscou o lóbulo da orelha direita de um jeito que concluí tratar-se de um tique nervoso.

Ele pigarreou. "O sargento Amronklin disse que os rapazes do FBI vão mandar reforços, logo que todos forem liberados do litoral sul. Isso seria lá pelas duas ou três da manhã, no máximo. Pelo que me disseram, as portas da frente e dos fundos estão equipadas com alarmes, e a parte de trás do apartamento está protegida."

Angie fez que sim.

"Mesmo assim, eu gostaria de dar uma olhada."

"Esteja à vontade."

Ele levou a mão ao quepe novamente e deu a volta pela lateral do edifício, enquanto permanecíamos na entrada ouvindo o ruído de seus passos na grama congelada.

"Onde será que Devin arrumou esse menino?", comentou Angie. "No jardim-de-infância?"

"Deve ser um sobrinho", falei.

"De Devin?" Ela balançou a cabeça. "Impossível."

"Pode crer. Devin tem oito irmãs, e quatro delas são freiras. As outras quatro se casaram com homens conscientes de que ocupam o segundo lugar na vida de suas esposas: Deus vem sempre antes."

"E como Devin escapou desse pool genético?"

"É um mistério, reconheço."

"Esse aí é tão inocente e espontâneo...", disse ela.

"Ele é jovem demais para você."

"Todo menino precisa de uma mulher para corrompê-lo."

"E você é a garota certa para isso."

"Claro! Você viu o movimento daquelas coxas musculosas sob a calça justa?"

Soltei um suspiro.

A luz da lanterna precedeu o ruído dos passos de Timothy na grama, quando ele voltou dos fundos do edifício.

"Tudo em ordem", disse ele enquanto descíamos os degraus, indo ao seu encontro.

"Obrigada, agente Dunn."

Seu olhar cruzou com o de Angie, as pupilas dele se dilataram, e ele imediatamente desviou os olhos para a direita.

"Tim", disse ele. "Por favor, pode me chamar de Tim, senhorita."

"Então me chame de Angie. Ele é Patrick."

O rapaz balançou a cabeça e me olhou no rosto com um olhar cheio de culpa.

"Bem...", disse ele.

"Bem...", disse Angie.

"Bem, vou ficar no carro. Se eu precisar me aproximar da casa, ligo antes para avisar. O sargento Amronklin me deu o número."

"E se a linha estiver ocupada?", perguntei.

Ele pensou um pouco. "Faço três sinais com minha lanterna, apontando para aquela janela."

Ele apontou para a sala. "Dei uma olhada na planta do apartamento e sei que a luz poderá ser vista de todos os cômodos, exceto a cozinha e o banheiro, certo?"

"Sim."

"E, se vocês estiverem dormindo ou não virem o sinal, toco a campainha. Dois toques rápidos, certo?"

"Tudo bem", disse eu.

"Vocês vão sair dessa", disse ele.

Angie fez um gesto de concordância. "Obrigada, Tim."

Ele balançou a cabeça, sem ousar levantar os olhos para ela, atravessou a rua e entrou no carro.

Fiz uma careta para Angie. "Tim", falei.

"Ora, cale a boca."

"Elas vão superar isso", disse Angie.

Estávamos na sala de jantar conversando sobre Grace e Mae. De lá a gente via o piscar do botãozinho vermelho do alarme, na porta da frente. Em vez de me dar mais segurança, aquilo me lembrava o quanto estávamos vulneráveis.

"Não, não vão."

"Se elas o amam, vão entender que o estresse fez com que você estourasse. A coisa foi feia, mas foi só um descontrole."

Balancei a cabeça. "Grace tem razão. Eu levei essa monstruosidade para dentro de sua casa. Depois eu próprio me transformei num monstro. Eu aterrorizei a filha dela, Angie."

"As crianças se recuperam facilmente", disse ela.

"Se você fosse a Grace e eu agisse daquele jeito com você e com sua filha, fazendo com que a menina passasse um mês tendo pesadelos, o que você faria?"

"Eu não sou Grace."

"Mas se fosse?"

Ela balançou a cabeça, fitou a cerveja em sua mão.

"Ora, fale", insisti.

Sem tirar os olhos da cerveja, ela falou: "Provavelmente eu ia querer que você saísse de minha vida. Para sempre".

Fomos para o quarto, onde nos sentamos em cadeiras, cada um de um lado da cama, ambos exaustos, mas agitados demais para conseguir dormir.

A chuva parara, as luzes do quarto estavam apagadas; o gelo projetava uma fraca luminosidade prateada nas janelas, banhando o quarto de uma luz perolada.

"Ela vai terminar por nos devorar", disse Angie. "A violência."

"Sempre achei que éramos mais fortes que ela."

"Você estava errado. Depois de um certo tempo ela contamina a gente."

"Você está falando de mim ou de você?"

"De nós dois. Lembra-se quando matei Bobby Royce a tiros alguns anos atrás?"

Eu me lembrava. "Você salvou minha vida."

"Tirando a dele." Ela deu uma longa tragada no cigarro. "Durante anos procurei me convencer de que não sentira o que senti quando apertei o gatilho, que não poderia ter sentido aquilo."

"O que você sentiu?"

Ela se inclinou para a frente, os pés na beira da cama, e abraçou os joelhos.

"Senti-me como Deus", disse ela. "Me senti o máximo, Patrick."

Mais tarde, ela estava deitada na cama com o cinzeiro apoiado no ventre e fitando o teto, e eu continuava na cadeira.

"Esse é o último caso em que trabalho", disse ela. "Pelo menos por um tempo."

"Tudo bem."

Ela virou a cabeça no travesseiro. "Você não se importa?"

"Não."

Ela soltou anéis de fumaça em direção ao teto.

"Estou tão cansada de sentir medo, Patrick. Estou tão cansada desse medo que se transforma em raiva. Odiar exaure nossas forças."

"Eu sei", disse eu.

"Estou cansada de passar o dia inteiro lidando com psicóticos, parasitas, mentirosos. Estou começando a achar que no mundo só tem gente assim."

Concordei com um gesto de cabeça. Eu também estava cansado.

"Ainda somos jovens." Ela olhou para mim. "Sabia?"

"Sim."

"Ainda somos jovens o bastante para mudar, se quisermos. Ainda somos jovens o bastante para nos limpar dessa sujeira."

Inclinei-me para a frente. "Há quanto tempo você está se sentindo assim?"

"Desde que matamos Marion Socia. Talvez desde que matei Bobby Royce, não sei. Mas faz muito tempo. Faz tanto tempo que me sinto suja, Patrick. E antes não era assim."

Minha voz se reduzira a um murmúrio. "Será que podemos mesmo nos limpar disso, Ange? Não é tarde demais?"

Ela sacudiu os ombros. "Vale a pena tentar. Você não acha?"

"Claro." Inclinei-me para a frente e tomei-lhe a mão. "Se você acha, é porque vale a pena."

"Você é o melhor amigo que tive até hoje."

"Você também", respondi.

Num movimento rápido, sentei-me na cama de Angie.

"O quê?", perguntei, embora ninguém tivesse falado comigo.

O apartamento estava em silêncio. Pelo canto do olho, vi alguma coisa se mexendo. Voltei-me e olhei para a janela mais distante. Quando olhei para as vidraças cobertas de gelo, vi o vulto de folhas de árvores batendo contra a vidraça, depois afastando-se para a escuridão, quando o choupo lá de fora vergou ao sopro do vento.

Notei que os números digitais vermelhos do rádio-relógio estavam apagados.

Tateei na mesa-de-cabeceira, achei meu relógio de pulso, inclinei o corpo em direção à luz que vinha da janela: 1h45.

Girei o corpo na cama, abri a persiana atrás de mim e olhei os prédios vizinhos. Todas as luzes estavam apagadas, mesmo as dos halls de entrada. O bairro parecia um povoado na montanha, isolado na tempestade, sem energia elétrica.

Quando o telefone tocou, o ruído me pareceu estridente.

Atendi. "Alô."

"Senhor Kenzie?"

"Sim."

"Tim Dunn."

"Está faltando luz."

"Sim", disse ele. "Em vários pontos da cidade. O gelo está danificando a fiação e estourando transformadores em todo o estado. Avisei à companhia de eletricidade, mas vamos continuar sem energia ainda por um bom tempo."

"Certo. Obrigado, agente Dunn."

"Não há de quê."

"Agente Dunn?"

"Sim?"

"Você é filho de qual das irmãs de Devin?"

"Como adivinhou?"

"Esqueceu que eu sou detetive?"

Ele deu um risinho. "Theresa."

"Ah", fiz eu. "Uma das mais velhas. Devin tem medo das irmãs mais velhas."

Ele deu um risinho. "Eu sei. É meio engraçado."

"Obrigado por nos proteger, agente Dunn."

"Disponha", disse ele. "Boa noite, senhor Kenzie."

Desliguei e fiquei por um instante contemplando a escuridão marchetada de reflexos prateados e perolados.

"Patrick?"

Ela levantou a cabeça do travesseiro, afastou com a mão esquerda os cabelos desgrenhados que lhe caíam no rosto. Depois ergueu-se na cama apoiando-se no cotovelo, e tive uma impressão bastante vívida de ver seus seios mexendo-se sob a camiseta do Monsignor Ryan Memorial High School.

"Que está acontecendo?"

"Nada", respondi.

"Teve um pesadelo?" Ela se sentou, uma perna dobrada sob o corpo, a outra apontando, lisa e nua, de sob o lençol.

"Pensei ter ouvido um barulho." Movi a cabeça em direção à janela. "Era o galho de uma árvore."

Ela bocejou. "Eu sempre penso em mandar cortá-lo."

"Está faltando luz. Em toda a cidade."

Ela espiou por baixo da persiana. "Puxa."

"Dunn disse que em todo o estado os transformadores estão estourando."

"Não, não", disse ela de repente, afastando em seguida os lençóis e levantando da cama. "Assim não dá. Está escuro demais."

Ele remexeu no closet até achar uma caixa de sapatos. Ela a colocou no chão e tirou um punhado de velas brancas.

"Quer uma mãozinha?", perguntei.

Ela negou com a cabeça e deu uma volta pelo quarto, colocando as velas em castiçais e em suportes que eu não conseguia ver naquela escuridão. Ela as espalhou por todo o quarto — nas duas mesinhas-de-cabeceira, na cômoda, na penteadeira. Era um tanto perturbador vê-la acender os pavios, borboleteando de vela em vela, mantendo sempre acesa a chama do isqueiro, até que as sombras criadas por sua luz se projetassem, trêmulas, nas paredes do quarto.

Em menos de dois minutos, ela transformara o quarto numa verdadeira capela.

"Agora, sim", disse ela voltando para debaixo das cobertas.

Durante pelo menos um minuto, ficamos calados. Eu contemplava as chamas bruxuleando, crescendo em seguida, a luz amarela e cálida brincando em nossa pele, iluminando seus cabelos.

Ela se voltou para mim, os joelhos apertados contra o peito, o lençol cobrindo-lhe o corpo até a cintura. Ela o apertou entre os dedos crispados, sacudiu a cabeça, e seus cabelos se soltaram mais um pouco, derramando-se pelas costas.

"Eu fico o tempo todo vendo aqueles cadáveres em meus sonhos", disse ela.

"Eu só vejo Evandro", confessei.

"E o que ele faz?", perguntou ela inclinando-se um pouco para a frente.

"Está vindo atrás de nós", expliquei. "Devagar e sempre."

"Em meu sonhos, ele já chegou."

"Então os cadáveres..."

"São os nossos." Suas mãos se cruzaram no colo e ela as olhou como se esperasse que se separassem sozinhas. "Não estou preparada para morrer, Patrick."

Sentei-me na cama e apoiei a cabeça na cabeceira. "Nem eu."

Ela se inclinou para a frente. Mãos cruzadas no colo, tronco inclinado em minha direção, o cabelo espesso emoldurando-lhe o rosto de forma que eu mal podia vê-la, Angie parecia uma conspiradora, guardando segredos que nunca haveria de revelar.

"Se alguém nos matar..."

"Isso não vai acontecer."

Ela encostou a cabeça na minha. "Vai, sim."

O apartamento rangeu, aproximando-se mais um milímetro da terra.

"Se ele vier, estaremos preparados."

Ela tentou sorrir, mas só conseguiu emitir um som sufocado.

"Estamos fracos e com os nervos em frangalhos, Patrick. Você sabe disso, eu sei disso, e ele provavelmente também sabe. Faz dias que não comemos nem dormimos direito. Ele nos triturou moralmente, fisicamente, o diabo." Ela apertou as mãos úmidas em meu rosto. "Ele pode acabar com a gente quando quiser."

Eu sentia o tremor convulsivo de suas mãos, como descargas elétricas. O calor, o sangue, tudo o que circulava em seu corpo palpitava sob a camiseta, e eu sabia que provavelmente ela estava certa.

Ele podia acabar com a gente quando quisesse.

E aquele pensamento era medonho, conspurcado pela mais vil autoconsciência — a consciência de que não éramos nada, nenhum de nós, de que não passávamos de um monte de órgãos, de veias, de músculos e de válvulas, banhados por uma corrente de sangue dentro de uma casquinha frágil, inútil e pretensiosa. A consciência de que, de uma penada, Evandro poderia nos matar, nos apagar com a mesma facilidade com que apagamos uma lâmpada, e então nosso montinho de órgãos e de válvulas pararia de funcionar, as luzes se extinguiriam e a escuridão seria total.

"Lembre-se do que nos prometemos", disse eu. "Se morrermos, vamos levá-lo conosco."

"E daí? E daí, porra? Não quero levar Evandro comigo. Eu simplesmente não quero morrer. Quero que ele me deixe em paz."

"Ei", disse eu calmamente. "Está tudo bem."

Ela me deu um sorriso triste. "Desculpe. É que esta está sendo uma noite horrível, nunca senti tanto medo em toda a minha vida e não quero mais dar uma de durona. Ultimamente tendo a achar que isso não faz o menor sentido."

Seus olhos estavam úmidos, da mesma forma que as mãos quando ela as tirou de meu rosto e inclinou-se para trás.

Segurei-a delicadamente pelos punhos, e ela se inclinou para a frente novamente. Ela tirou os cabelos de minha testa com a mão direita, aproximando o corpo do meu, colocando as coxas entre as minhas. Seu pé esquerdo roçou meu pé direito quando ela afastou os lençóis para o pé da cama.

Uma de suas mechas tocou meu olho esquerdo, e ambos nos imobilizamos, os rostos quase colados. Eu sentia o medo em seu hálito, em nosso cabelo, em nossa pele.

Seus olhos negros examinavam meu rosto com um misto de curiosidade, de determinação e vestígios de antigas mágoas sobre as quais nunca falávamos. Seus dedos se insinuaram em meus cabelos e sua pelve moveu-se em direção à minha.

"A gente não devia fazer isso", disse ela.

"Não", concordei.

"E quanto a Grace?", sussurrou ela.

Deixei a questão suspensa no ar, porque não sabia o que dizer.

"E quanto a Phil?", perguntei.

"Phil acabou", ela respondeu.

"Se não o fizemos nestes dezessete anos, tivemos boas razões para isso", disse eu.

"Eu sei. Estou tentando me lembrar delas."

Levantei a mão, afaguei seus cabelos do lado esquerdo do rosto, e ela mordiscou meu pulso, arqueou as costas e aproximou ainda mais sua pelve da minha.

"E Renée?", disse ela agarrando os cabelos de minhas têmporas com uma raiva repentina.

"Renée saiu de minha vida." Agarrei seus cabelos com o mesmo vigor.

"Tem certeza?"

"Você já me ouviu falando sobre ela?" Rocei minha perna na sua e colei meus tornozelos aos seus.

"Você faz de propósito." Ela afagou meu peito, e sua mão esquerda foi descendo por meu tronco e só parou no ponto em que a pele nua desaparecia sob o short. "Você evita deliberadamente falar na mulher com quem se casou." As costas de sua mão roçaram meu short na altura dos quadris.

"Ange..."

"Não fale meu nome."

"O quê?"

"Não quando estamos falando sobre você e minha irmã."

Pronto. Lá estava. Haviam se passado pelo menos dez anos desde que tínhamos tentado discutir o assunto, e agora ele ressurgia com todas as suas sórdidas implicações.

Angie se inclinou para trás até sentar-se em minhas coxas, e minhas mãos desceram em direção a seus quadris.

"Já paguei demais por ela", disse eu.

Ela balançou a cabeça. "Não."

"Sim."

Angie deu de ombros. "Mas já não me preocupo mais com isso. Pelo menos agora."

"Angie..."

Ela pôs o dedo em meus lábios, inclinou-se para trás novamente para tirar a camiseta, jogou-a do lado da cama, agarrou minhas mãos e levou-as aos seios.

Ela abaixou a cabeça e seus cabelos caíram sobre minhas mãos. "Faz dezessete anos que espero por esse momento", murmurou ela.

"Eu também", falei com voz rouca.

"Ótimo", ela sussurrou.

Seus cabelos caíram em meu rosto novamente quando seus lábios buscaram os meus e seus joelhos deslizaram por meus quadris, puxando meu short pelas pernas. Sua língua fina lambeu meu lábio inferior. "Ótimo", repetiu ela.

Levantei a cabeça e beijei-a. Minha mão direita se perdeu em seus longos cabelos, meus lábios se afastaram dos seus, ela insistiu, buscou meus lábios novamente e enfiou a língua em minha boca. Minhas mãos foram deslizando por suas costas até o elástico da calcinha.

Ela levantou um braço, agarrou a cabeceira da cama, o corpo deslizando para cima do meu, enquanto minha língua se insinuava em sua boca e meus dedos faziam de sua calcinha um anel de seda enrolado sobre suas ancas e sobre a curva de sua bunda. Seu mamilo desapareceu em minha boca, ela soltou um leve gemido e agarrou-se com mais força à cabeceira da cama. Sua mão deslizou pelo meu peito e meu abdome até a virilha, enquanto ela tentava se desvencilhar do cordãozinho em que se transformara a calcinha, agora enroscada em seus tornozelos, para em seguida baixar novamente o corpo, aproximando-o do meu.

E o telefone tocou.

"Foda-se", falei. "Seja lá quem for."

Seu nariz tocou de leve no meu, ela gemeu e então rimos os dois, as bocas a um milímetro de distância.

"Ajude-me a me livrar disso", disse ela. "Meus pés estão amarrados."

O telefone tocou novamente, um ruído forte, agudo.

Nossas pernas e nossas roupas de baixo estavam completamente embaralhadas. Ao descer a mão por suas coxas para dar um jeito naquilo, esbarrei de súbito na mão de Angie, que também tentava fazer o mesmo, e aquele toque repentino foi uma das sensações mais eróticas que experimentei em toda a minha vida.

O telefone tocou mais uma vez, e Angie se deitou de lado na cama, arqueando o corpo, enquanto libertávamos finalmente nossos tornozelos. À luz das velas, vi gotas de suor brilhando em sua pele morena.

Angie gemeu, mas um gemido de puro aborrecimento e exasperação, e seu corpo deslizou sobre o meu quando ela se esticou para pegar o telefone.

"Pode ser o agente Dunn", disse ela. "Merda."

"Tim", corrigi. "Chame-o de Tim."

"Foda-se", disse ela com um riso rouco, dando um tapinha em meu peito.

Ela pegou o aparelho, deitou-se ao meu lado, e o tom de sua pele me pareceu ainda mais escuro contra o lençol branco.

"Alô", disse ela, e em seguida soprou um mecha de cabelos que lhe caíam no rosto.

Tive a impressão de ouvir o ruído de alguma coisa arranhando. De leve, mas insistentemente. Olhei para a janela à minha direita e vi as folhas escuras arranhando a vidraça.

Crunch, crunch.

A perna direita de Angie se afastou da minha, e senti uma brusca sensação de frio.

"Por favor, Phil", disse ela. "São quase duas da manhã."

Ela afundou a cabeça e os ombros no travesseiro, prendeu o telefone entre o queixo e o ombro, ergueu-se um pouco da cama e puxou a calcinha novamente até os quadris.

"Estou feliz por você estar bem", disse ela. "Mas por favor, Phil, não podemos conversar amanhã de manhã?"

As folhas roçaram na janela novamente, e eu achei meu short e o vesti.

A mão de Angie acariciava distraidamente meu quadril. A certa altura ela se voltou, olhou para mim e revirou os olhos, como quem diz: "Você acredita numa coisa dessas?". De repente ela apertou com força a curva de minha cintura, onde ela dizia haver pneuzinhos, e mordeu o lábio inferior tentando controlar o riso. Não conseguiu.

"Phil, você andou bebendo, não foi?"

Crunch, crunch.

Olhei para a janela, mas as folhas já tinham se afastado, batidas pelo vento noturno.

"Sei disso, Phillip", disse ela com tristeza. "Eu sei. E estou tentando." Sua mão se afastou de meu quadril, ela se voltou para o telefone e se levantou da cama. "Não, eu não odeio você."

Ela apoiou um joelho na cama, ficou olhando pela janela, o fio do telefone pressionando-lhe as costas, enquanto tentava vestir novamente a camiseta.

Levantei-me da cama também, vesti a calça e a camisa. A casa se tornara fria sem o contato com um corpo quente, e eu não estava com a menor vontade de entrar debaixo das cobertas enquanto ela tagarelava com Phil.

"Não estou julgando", disse ela. "Mas, se Arujo resolver atacar você esta noite, é melhor que você esteja bem sóbrio, não acha?"

Um raio de luz branca passou por seu ombro e pela chama das velas; por três vezes, ela iluminou a parede branca a sua frente. Ela estava de cabeça baixa e não notou, então saí do quarto, passei pelo corredor, os braços cruzados no peito para não sentir frio. Pela janela da sala vi Tim Dunn atravessar a rua em direção ao prédio.

Ao estender a mão para desligar o alarme, vi que ele estava totalmente descarregado por causa da falta de energia.

Abri a porta antes que ele tocasse a campainha.

"O que está havendo?", perguntei.

Ele estava de cabeça baixa para se proteger das gotas que caíam das árvores, e notei que ele olhava meus pés nus.

Ouvi o chiado de um walkie-talkie na sala de estar.

"Está com frio?", disse Dunn beliscando o lóbulo da orelha.

"Sim. Vamos, entre", falei. "Feche a porta."

Entrei no corredor ouvi a voz de Devin no walkie-talkie: "Patrick, saia daí já. Arujo nos passou a perna. Ele nos enganou. Ele não está em Nahant".

No meio do corredor, voltei-me no momento em que Dunn levantou a cabeça e o rosto de Evandro Arujo apareceu sob a aba do quepe.

"Arujo não está em Nahant, Patrick. Ele está aqui. Pelo resto de sua vida."

34

Antes que eu pudesse falar, Evandro encostou um estilete sob meu olho direito. Pressionando a ponta contra o osso da órbita, fechou a porta atrás de si.

A lâmina já estava manchada de sangue.

Ele notou que eu a estava olhando e deu um sorriso triste.

"Receio que o agente Dunn não vá chegar aos vinte e cinco anos", sussurrou ele. "Duro, não é?"

Ele me empurrou para trás, pressionando a lâmina com força contra o osso, e avançou um pouco no corredor.

"Patrick", disse ele, com a arma de Dunn na outra mão. "Se você der um pio, arranco seu olho e mato sua sócia antes que ela sequer sonhe em sair do quarto, entendeu?"

Fiz que sim.

À fraca luz das velas que vinha do quarto, percebi que ele usava a camisa do uniforme de Dunn; ela estava escura de sangue.

"Por que o matou?", murmurei.

"Ele usava gel no cabelo", disse Evandro. Ele levantou a mão aos lábios quando chegamos ao banheiro, no meio do corredor, e fez um gesto ordenando-me que parasse.

Parei.

Ele raspara o cavanhaque, e o cabelo que apontava por baixo do quepe era de um loiro dourado. Estava com lentes de contato cinza-claro, e presumi que suas costeletas fossem postiças, pois não as tinha na última vez que eu o vira.

"Volte-se", sussurrou ele. "Devagar."

Ouvi Angie suspirar no quarto. "Francamente, Phil, estou muito cansada."

Ela não ouvira o walkie-talkie. Merda.

Girei o corpo devagar, e Evandro encostou o lado do estilete em meu rosto, deixando-o deslizar por minha pele enquanto minha cabeça se voltava. Senti a ponta raspar minha nuca e se aninhar sob minha orelha direita, no espaço vazio entre o crânio e a mandíbula.

"Tente qualquer reação", sussurrou ele em meu ouvido, "e esta ponta vai sair por seu nariz. Vá em frente, vamos. Bem devagar."

"Phillip", dizia Angie. "Por favor..."

O quarto tinha duas portas. Uma dava para o corredor, e a outra, dois metros adiante, para a cozinha. Estávamos a pouco mais de um metro da primeira porta quando Evandro pressionou a ponta do estilete na minha pele para me fazer parar. "Psst", fez ele baixinho. "Psst."

"Não", disse Angie, e sua voz me pareceu cansada. "Não, Phil, eu não odeio você. Você é um homem bom."

"Eu estava lá fora, a uns poucos metros de você, de sua sócia e do pobre Dunn", disse Evandro. "Vocês estavam discutindo sobre como proteger a casa de mim, e eu escondido na sebe do prédio vizinho. Dava para sentir seu cheiro, Patrick."

Tive a sensação de uma pequena explosão quando a ponta do estilete, como um alfinete, entrou em minha pele, junto ao maxilar.

Eu não via saída. Se tentasse meter o cotovelo no peito de Evandro, o que era a primeira coisa que ele podia esperar, havia mais de cinqüenta por cento de chance de ele enfiar o estilete em meu cérebro. Todas as outras alternativas — porrada no saco, rasteira, giro brusco para a direita ou esquerda — tinham a mesma probabilidade de insucesso. Com uma mão ele segurava o estilete, com a outra o revólver, as duas armas encostadas em meu corpo.

"Se você me ligar amanhã de manhã", disse Angie, "a gente conversa."

"Ou não", sussurrou Evandro. Ele me deu um empurrão.

Bem perto da porta do quarto, ele desencostou o revólver de meu flanco. A ponta da faca se deslocou de minha orelha para a nuca, na conjunção entre a coluna vertebral e o crânio. Ele girou na porta do quarto para usar meu corpo como escudo.

Angie não estava mais junto à cama. O telefone estava no meio da cama, fora do gancho, e ouvi a respiração de Evandro se acelerar quando ele inclinou a cabeça sobre meu ombro para ver melhor.

Os lençóis ainda traziam as marcas de nossos corpos. O cigarro de Angie enchia o cinzeiro de cinzas e lançava uma espiral de fumaça no ar. As chamas das velas brilhavam como os olhos amarelos dos felinos.

Evandro olhou para o closet, viu que lá havia roupas suficientes para esconder uma pessoa.

Ele me empurrou novamente, e mais uma vez pensei em lhe dar uma cotovelada.

Por cima de meu ombro, ele apontou o revólver de Dunn para o closet e armou o gatilho.

"Ela está lá dentro?", sussurrou, colocando-se à minha esquerda e apontando para o closet, enquanto aumentava a pressão da lâmina contra minha cabeça.

"Não sei", respondi.

Ouvi sua voz antes de saber se ela estava lá.

Ela soou uns cinco centímetros atrás de mim, precedida do estalo seco do engatilhar de uma arma.

"Não se mexa, seu puto."

Evandro enfiou tão fundo a ponta do estilete na base de meu crânio que me pus na ponta dos pés e senti o sangue saindo de minha nuca e escorrendo pelas costas.

Com o movimento, minha cabeça se voltou um pouco para a esquerda e pude ver o tambor do .38 de Angie no ouvido direito de Evandro. Observei também a palidez dos dedos dela, crispados no cabo do revólver.

Num gesto rápido, Angie obrigou Evandro a largar o revólver. Quando ele caiu no soalho, esperei o disparo, mas ele ficou lá no chão, engatilhado, apontando para a penteadeira.

"Angela Gennaro", disse Evandro. "Prazer em conhecê-la. Foi muito esperta em fingir que ainda estava ao telefone."

"Eu ainda estou no telefone, seu puto. Ele parece desligado?"

Evandro piscou.

"Não."

"E o que é que você deduz?"

"Deduzo que alguém se esqueceu de colocá-lo no gancho", disse ele farejando o ar. "Estou sentindo cheiro de sexo por aqui. A conjunção da carne. Odeio esse cheiro. Espero que tenham se divertido."

"A polícia está a caminho, Evandro. Largue o estilete."

"Gostaria muito de fazer isso, Angela, mas primeiro tenho que matar você."

"Você não vai poder acabar com nós dois."

"Você não está raciocinando bem, Angela. O sexo deve ter perturbado sua cabeça. Deve ser isso. O fedor do sexo... um cheiro digno dos homens das cavernas. Depois que acabei com Kara e com Jason — podem acreditar, não foi uma escolha minha, mas deles —, tive vontade de cortar suas gargantas imediatamente. Mas aí me convenceram a esperar. Eu estava..."

"Ele está tentando enrolar você com essa conversa, Angie."

Ela apertou com mais força o revólver em seu ouvido. "Você acha que estou sendo levada na conversa, Evandro?"

"Lembre-se do que aprendeu nas últimas semanas. Eu não trabalho sozinho, você se esqueceu disso?"

"Aposto como está sozinho agora, Evandro. Largue essa porra dessa faca."

Em vez disso, ele enfiou ainda mais o estilete em minha nuca, e senti um súbito lampejo em meu cérebro.

"Vocês estão por fora", disse Evandro. "Acham que não podemos matar vocês dois, mas vocês é que não podem nos matar."

"Mate-o", disse eu.

"O quê?", gritou Evandro de forma atrevida.

"Mate-o!"

Ouvimos uma voz que vinha da cozinha, à nossa direita. "Olá, pessoal."

Angie voltou a cabeça, e senti o cheiro da bala que a atingiu: cheirava a enxofre, a pólvora e a sangue.

O revólver dela disparou entre Evandro e mim, e o clarão doeu como fogo em meus olhos.

Afastei-me com um movimento brusco e senti o estilete afastando-se da minha cabeça e caindo no chão atrás de nós, enquanto as unhas de Evandro arranhavam meu rosto.

Dei-lhe uma cotovelada na cabeça, ouvi o estalar de um osso e um grito. O revólver de Angie disparou duas vezes, e ouvi o barulho de vidro estilhaçando-se na cozinha.

Sempre atracado com Evandro, entrei às cegas no quarto, depois as silhuetas começaram a se definir para além do clarão branco que me cegava. Meu pé bateu no revólver de Dunn, que disparou com um barulho ensurdecedor e deslizou para a cozinha.

As mãos de Evandro cravaram-se em meu rosto, e eu agarrei a carne sob a caixa torácica, girei o corpo aumentando a pressão dos dedos sob suas costelas e joguei-o contra a penteadeira de Angie, bem no meio do espelho.

O clarão branco desapareceu de minha vista e pude ver seu corpo magro passar por cima dos potes de cosméticos e se chocar contra o espelho. Este se partiu em grandes pedaços em forma de barbatanas, e as chamas das velas tremeram, depois se reergueram quando as velas caíram no chão. Mergulhei na cama quando Evandro caiu, e com ele a penteadeira.

Peguei meu revólver da mesinha-de-cabeceira, me levantei do outro lado da cama e atirei imediatamente na direção em que o vira cair.

Mas ele não estava mais lá.

Voltei a cabeça, vi Angie sentada no chão, o revólver na mão apontando para a cozinha, um olho fechado para melhorar a pontaria. Caída no chão, ao seu lado, uma vela acesa. Passos estacaram na cozinha, e Angie puxou o gatilho.

E puxou novamente.

Ouviu-se um grito vindo da cozinha.

Ouvi outro grito vindo de fora, mas tratava-se de um ruído metálico, o uivo de uma máquina, e de repente a cozinha pareceu explodir à feérica luz fluorescente, acompanhada do zumbido de aparelhos elétricos.

Apaguei com o sapato a vela que estava perto de Angie e avancei em direção ao corredor, apontando o revólver para Evandro. Ele estava de costas para nós, os braços pendendo ao longo do corpo. Balançava de um lado para outro no meio da cozinha, como se ao som de uma música que só ele ouvia.

O primeiro tiro de Angie o atingira entre as omoplatas, abrindo um grande buraco na jaqueta de couro de Dunn. Sob as nossas vistas, ele se tingiu de vermelho, e Evandro parou de balançar e caiu sobre um joelho.

O segundo tiro lhe arrancara um pedaço do crânio, logo acima da orelha direita. De forma mecânica, ele levantou a mão na direção do ferimento, e o revólver de Dunn caiu e deslizou no linóleo.

"Você está bem?", perguntei.

"Que pergunta estúpida", resmungou ela. "Olha na cozinha."

"Onde está o cara que atirou em você?"

"Saiu pela porta da cozinha. Vá atrás dele."

"Que se dane. Você está ferida."

Ela fez uma careta. "Eu estou bem. Patrick, ele pode pegar o revólver novamente. Você vai ou não vai entrar lá?"

Aproximei-me de Evandro por trás, peguei o revólver de Dunn, depois me postei diante dele. Evandro ergueu os olhos para mim, apalpando com cuidado o lugar onde ainda há pouco havia uma parte de seu crânio, o rosto pardo banhado na luz do neon.

Ele chorava em silêncio. As lágrimas misturavam-se com o sangue e lhe escorriam pelo rosto. Sua pele estava tão pálida que me lembrou os palhaços de quando eu era criança.

"Não está doendo", disse ele.

"Vai doer."

Ele olhou para mim com aqueles olhos perplexos e solitários.

"Era um Mustang azul", disse ele, e pareceu que era importante para ele que eu entendesse aquilo.

"Era o quê?"

"O carro que eu roubei. Era azul e tinha assentos revestidos de couro branco..."

"Evandro", disse eu. "Quem é seu cúmplice?"

"... e calotas brilhantes", completou ele.

"Quem é seu cúmplice?"

"Você sente *alguma coisa* por mim?", perguntou ele, os olhos arregalados e as mãos estendidas num gesto de súplica.

"Não", respondi com voz sumida, sem qualquer emoção.

"Vamos pegar você", disse ele. "Nós estamos ganhando."

"Quem é 'nós'?", perguntei.

Ele piscava seguidamente, por causa do sangue e das lágrimas. "Eu estive no inferno."

"Eu sei."

"Não, não. Estive no inferno *mesmo*", exclamou ele, e seu rosto se banhou em novas lágrimas, ao mesmo tempo em que se contorcia.

"E você criou um inferno para outras pessoas. Vamos lá, Evandro, diga logo quem é seu cúmplice."

"Não me lembro."

"Mentira, Evandro. Diga-me."

Eu ia perdê-lo. Ele estava morrendo diante de mim quando colocou a mão na cabeça, tentando estancar o sangue que corria. Eu sabia que Evandro podia morrer em um segundo ou dali a horas, mas não havia dúvida de que ia morrer.

"Não me lembro."

"Evandro, ele foi embora e largou você aqui. Você está morrendo. Ele não. Vamos. Eu..."

"Não me lembro de quem eu era antes de ir para aquele lugar. Não tenho a menor idéia. Não me lembro nem..." Seu peito se ergueu de repente, suas faces se inflaram feito um baiacu, e ouvi um ronco vindo de seu peito.

"Quem é..."

"... não me lembro de como eu era quando criança."

"Evandro?"

Ele vomitou sangue no chão, e eu o fitei por um instante. Quando ele olhou para mim novamente, estava apavorado.

A expressão do meu rosto com certeza não era nada encorajadora, porque, quando olhei para o que saíra de seu corpo, vi que ele não conseguiria viver muito tempo sem aquilo.

"Merda", disse ele levantando as mãos e olhando para elas.

"Evandro..."

Mas ele morreu naquela posição — olhando para as próprias mãos que tombavam ao longo do corpo, um joelho apoiado no chão, o rosto marcado pela perplexidade, pelo medo e pela solidão.

"Ele morreu?"

Voltei para o corredor depois de vagar pelo quarto dela por tempo bastante para apagar todas as velas que ainda pudessem queimar o soalho. "Morreu, sim. Como você está?"

Sua pele brilhava com grandes gotas de suor. "Estou meio ferrada, Patrick."

Não gostei do tom de sua voz: mais alto do que o normal, e com uma nota aguda.

"Onde a bala pegou?"

Ela levantou o braço, e eu vi um buraco vermelho escuro, um pouco acima da cintura e abaixo da caixa torácica, que parecia respirar.

"Que lhe parece?", disse ela encostando a cabeça no batente da porta.

"Não está tão mal", menti. "Deixe-me pegar uma toalha."

"Só vi o corpo dele", disse ela. "O vulto."

"O quê?" Tirei a toalha do cabide do banheiro e voltei para o corredor. "De quem?"

"Do puto que atirou em mim. Quando revidei, vi o corpo dele. Ele é baixo mas parrudo, entende?"

Cobri o ferimento com a toalha. "Certo. Baixo, mas parrudo. Entendi."

Ela fechou os olhos. "*Tapesado*", disse ela.

"O quê? Abra os olhos, Angie. Vamos."

Ela os abriu e deu um sorriso cansado. "Revólver dele... pesado."

Tirei o revólver de sua mão. "Agora não está mais. Angie, você precisa ficar acordada para..."

Houve um grande estrondo na porta de entrada, e eu me voltei no corredor, apontando a arma para Phil e para dois enfermeiros que acabavam de entrar no apartamento.

Abaixei o revólver enquanto Phil se punha de joelhos no corredor, junto de Angie.

"Meu Deus", disse ele. "Querida?" Ele afastou o cabelo úmido da testa de Angie.

"Deixem-nos passar, vamos", disse um dos enfermeiros.

Recuei um passo.

"Querida?", gemeu Phil.

Os olhos dela se abriram hesitantes. "Olá."

"Afaste-se um pouco", disse o enfermeiro. "Afaste-se agora."

Phil sentou-se sobre os calcanhares e recuou alguns centímetros.

"Senhorita, dói quando eu aperto?", perguntou o enfermeiro.

Lá fora, as radiopatrulhas freavam cantando os pneus e banhavam a janela com reflexos de uma fogueira ardente.

"Tanto medo", disse Angie.

O outro enfermeiro armou uma maca sobre rodas e levantou um tubo de metal na parte da frente.

Ouviu-se um súbito martelar no corredor, e quando baixei os olhos vi os calcanhares de Angie batendo contra o soalho.

"Está entrando em estado de choque." O enfermeiro segurou Angie pelos ombros. "Segure as pernas dela", gritou ele. "Segure as pernas dela, cara."

Segurei-lhe as pernas enquanto Phil dizia: "Meu Deus. Façam alguma coisa, façam alguma coisa".

Suas pernas agitavam-se debaixo do meu braço, e eu as pressionei entre o braço e o peito, prendendo-as, enquanto ela revirava os olhos. Sua cabeça escorregou do batente da porta e bateu no chão.

"Agora", disse o primeiro enfermeiro, e o segundo lhe passou uma seringa. Ele a enfiou no peito de Angie.

"O que você está fazendo?", gritou Phil. "Meu Deus, o que você está fazendo com ela?"

Ela se sacudiu em meus braços uma última vez e desceu molemente para o chão, como se flutuasse.

"Vamos levantá-la", disse-me o enfermeiro. "Com cuidado, mas depressa. Quando eu contar até três. Um..."

Quatro policiais apareceram na porta, as mãos nos revólveres.

"Dois", disse o enfermeiro. "Saiam dessa porra dessa porta! Vamos passar com uma mulher ferida."

O segundo enfermeiro tirou uma máscara de oxigênio de sua maleta. Os policiais recuaram para a escadaria exterior.

"Três."

Nós a levantamos, e seu corpo me pareceu muito leve em meus braços, como se nunca tivesse se mexido, saltado, dançado.

Assim que pusemos Angie na maca, o segundo enfermeiro ajustou a máscara de oxigênio em seu rosto e gritou: "Vamos sair!". Em seguida, os dois empurraram a maca pelo corredor, em direção à entrada.

Phil e eu seguimos a maca. Quando pus os pés fora do edifício, ouvi o som de pelo menos vinte armas sendo engatilhadas e apontadas em minha direção.

"Larguem as armas e fiquem de joelhos, porra!", gritou um deles.

O melhor a fazer era evitar discutir com policiais nervosos.

Coloquei minha arma e o revólver de Dunn no pórtico, ajoelhei-me e levantei as mãos.

Preocupado demais com Angie, Phil não percebera que eles estavam falando com ele também.

Ele avançou mais dois passos atrás da maca, e um policial deu-lhe uma coronhada na clavícula.

"Ele é o marido", informei. "Ele é o marido."

"Cale a boca, seu puto! E fique com as mãos para cima, entendeu? Entendeu?"

Eu tinha entendido. Permaneci ajoelhado, e os policiais se aproximaram com cuidado, enquanto o ar glacial castigava meus pés nus, insinuando-se em minha camisa fina, e os enfermeiros colocavam Angie na ambulância e a levavam embora.

35

Quando os policiais terminaram suas averiguações, Angie estava em sua segunda hora de cirurgia.

Phil foi dispensado por volta das quatro horas, depois de ter ligado para o City Hospital. Quanto a mim, tive que ficar, a fim de repassar todos os acontecimentos com quatro detetives e um jovem procurador assistente muito nervoso.

O corpo de Timothy Dunn fora encontrado despido, enfiado numa lata de lixo perto dos balanços do parque Ryan. Presumiu-se que Evandro fizera alguma coisa suspeita para atrair a atenção de Dunn, mas não tão ostensiva que pudesse ser entendida como uma franca ameaça.

Encontraram um lençol branco pendurado numa cesta de basquete da quadra, que podia ser visto do carro em que Dunn se encontrava. Um sujeito pendurando um lençol numa cesta de basquete às duas da manhã numa noite gelada certamente atrairia a atenção de um jovem policial, sem contudo motivar um pedido de reforço.

O lençol congelou e lá permaneceu pendurado, um losango branco contra um céu de chumbo.

Dunn estava se aproximando das escadarias do parque quando Evandro chegou por trás dele e enfiou o estilete em seu ouvido direito.

O homem que atirou em Angie entrou pela porta de trás. Suas pegadas — número 41 — foram encontradas na área do fundo do prédio, mas desapareciam na Dorchester Avenue. Os alarmes instalados por Erdham de nada tinham adiantado por causa da falta de energia, e o sujeito só precisou forçar a fechadura barata da porta de trás para entrar.

Os dois tiros de Angie não o atingiram. A primeira bala se alojou na parede perto da porta. A outra ricocheteou no fogão e estilhaçou a janela acima da pia.

Com isso, restava explicar apenas o caso de Evandro.

Quando os tiras perdem um de seus pares, é melhor tomar distância deles. Sua raiva, que normalmente fica cozinhando sob a superfície, aflora brutalmente, e ai do primeiro pobre coitado que eles prenderem.

Naquela noite, a coisa foi ainda pior porque Timothy Dunn era parente de um colega condecorado. Dunn, que tinha uma carreira promissora pela frente, além de ser jovem e inocente, fora despojado de seu uniforme e enfiado numa lata de lixo.

Enquanto o detetive Cord — um sujeito de cabelos brancos, voz macia e olhos impiedosos — me interrogava na cozinha, o agente Rogin — um tira confuso e corpulento — andava em volta do cadáver de Evandro, abrindo e fechando os punhos.

Rogin me pareceu ser o tipo do sujeito que se torna policial pela mesma razão que um monte de caras se tornam carcereiros — porque são sádicos e precisam de uma válvula de escape socialmente aceitável para seus instintos.

O corpo de Evandro estava onde eu o deixara, desafiando as leis da física e da gravidade — pelo que eu sabia delas —, apoiado num joelho, as mãos pendendo ao longo do corpo, a cabeça baixa.

Ele estava se enrijecendo nessa posição, e aquilo irritava Rogin. Ele fitou Evandro por muito tempo, bufando e crispando os punhos, como se achasse que, olhando-o de cima e de forma ameaçadora, terminaria por fazê-lo ressuscitar, ganhando assim a chance de matá-lo a tiros novamente.

Mas isso não aconteceu.

Então Rogin recuou um passo e chutou o cadáver no rosto, com o sapato de bico de aço.

Evandro caiu de lado, batendo o ombro no chão. Uma perna se dobrou sob o corpo, a cabeça virou para o lado esquerdo e os olhos ficaram fitando o fogão.

"Que diabo está fazendo, Rogin?", falou Cord.

"Boa, Hughie", interveio um dos tiras.

"Vou colocar isso no relatório", disse o detetive Cord.

Rogin lançou um olhar ao outro, e não tive dúvida de que havia um sério problema entre os dois. Rogin sacudiu os ombros de forma ostensiva e cuspiu no nariz de Evandro.

"Bem feito para ele", disse um tira. "Esse puto não vai ter coragem de se levantar para levar outro pontapé seu, Rogin."

Caiu um grande silêncio na casa. Rogin, hesitante, virou-se para o corredor.

Devin entrou na cozinha, os olhos pregados no cadáver de Evandro, o rosto vermelho de frio. Oscar e Bolton entraram logo em seguida e se mantiveram alguns passos atrás.

Devin fitou o cadáver por um longo minuto, durante o qual ninguém disse nada. E me pergunto se chegávamos a respirar.

"Está se sentindo melhor?", disse ele, dirigindo-se a Rogin.

"Como?"

"Está se sentindo melhor agora?"

Rogin passou a mão no quadril. "Não estou entendendo, senhor."

"É uma pergunta simples", disse Devin. "Você acabou de chutar um cadáver. Está se sentindo melhor agora?"

"Ahn...", fez Rogin, olhando para o chão. "Sim, estou."

Devin balançou a cabeça. "Ótimo", disse ele com toda a calma. "Ótimo. Que bom que você se sente realizado, agente Rogin. Isso é importante. Que mais você fez esta noite?"

Rogin pigarreou. "Eu delimitei o perímetro da cena do crime..."

"Ótimo. Isso é sempre bom."

"E..."

"... agrediu um cara nos degraus da entrada, certo?"

"Pensei que ele estava armado, senhor."

"É compreensível. Diga-me uma coisa. Você participou das buscas do segundo atirador?"

"Não, senhor. Isso..."

"Será que providenciou um lençol para cobrir o corpo nu do agente Dunn?"

"Não."

"Não. Não." Com absoluta indiferença, Devin tocou o cadáver de Evandro com a ponta do sapato. "Você tomou alguma providência para localizar o segundo atirador, interrogar os vizinhos, proceder a uma busca de casa em casa?"

"Não, mas eu..."

"Então, além de chutar um cadáver, agredir um homem indefeso e estender uma fita amarela em volta da cena do crime, você não fez lá grande coisa, não foi, senhor agente?"

Rogin se perdeu na contemplação de alguma coisa no fogão. "Não."

"O que você disse?"

"Eu disse não, senhor."

Devin balançou a cabeça e, passando por sobre o cadáver, aproximou-se de Rogin.

Rogin era muito mais alto que Devin e teve que inclinar o corpo quando este o obrigou a isso com um gesto. Ele abaixou a cabeça e Devin lhe falou ao ouvido.

"Saia da minha cena do crime, agente Rogin."

Rogin olhou para ele.

Devin sussurrou, mas todos os que estavam na cozinha ouviram. "Enquanto seus braços ainda estão colados nos ombros."

* * *

"A gente fez a maior cagada", disse Bolton. "Quer dizer, eu fiz a maior cagada."

"Não", disse eu.

"A culpa foi minha."

"A culpa foi de Evandro", falei. "E de seu cúmplice."

Ele encostou a cabeça na parede do corredor do apartamento de Angie. "Eu estava impaciente demais. Eles jogaram uma isca, e eu mordi. Não devia ter deixado vocês sozinhos."

"Você não podia prever um blecaute, Bolton."

"Não?" Ele levantou as mãos, depois deixou-as cair, desolado.

"Bolton", disse eu, "Grace está bem, Mae está bem, Phil está bem. Eles são os civis dessa história. Não é meu caso, nem o de Angie."

Comecei a andar no corredor em direção à sala.

"Kenzie", disse Bolton.

Voltei-me e olhei para ele.

"Se você e sua sócia não são civis e não são policiais, o que vocês são?"

Dei de ombros. "Dois idiotas que não têm metade da energia que pensavam ter."

Mais tarde, na sala de estar, uma pálida luz cinza nos anunciava a aproximação da manhã.

"Você contou a Theresa?", perguntei a Devin.

Ele olhou pela janela. "Ainda não. Daqui a pouco vou à casa dela."

"Sinto muito, Devin." Não era muito, mas foi o que consegui dizer.

Oscar tossiu protegendo a boca com a mão e olhou para o chão.

Devin passou o dedo no peitoril da janela, olhou a

poeira que ficou na ponta. "Meu filho completou quinze anos ontem", disse ele.

A ex-mulher de Devin, Helen, e seus dois filhos moravam em Chicago com o segundo marido dela, um ortodontista. Helen tinha a guarda dos filhos, e Devin perdera o direito às visitas por causa de um horrível incidente que acontecera no Natal, quatro anos antes.

"É mesmo? Como vai o pequeno Lloyd?"

Devin sacudiu os ombros. "Ele me enviou uma foto há alguns meses. Está grande e com cabelos tão compridos que não consegui ver seus olhos." Ele examinou suas mãos duras e cheias de cicatrizes. "Toca bateria numa banda da cidade. Helen diz que isso está prejudicando os estudos."

Devin voltou a atenção para a rua, e a atmosfera cinzenta pareceu umedecer e distender sua pele. Quando ele voltou a falar, sua voz estava trêmula.

"Mas acho que deve haver coisas muito piores do que ser músico, não é, Patrick?"

Concordei.

Phil tinha ido para o hospital em meu Crown Victoria. Por isso, quando o dia amanheceu, Devin me levou de carro até a garagem onde deixo meu Porsche.

Na frente da garagem, ele se recostou no banco, de olhos fechados, enquanto a fumaça que saía do cano de escapamento furado envolvia o carro.

"Arujo e seu sócio ligaram um telefone ao modem de um computador numa casa abandonada em Nahant", disse ele. "Assim, eles podiam ligar de qualquer orelhão e a chamada era registrada como se viesse do local onde o computador se encontrava. Boa sacada."

Ele passou as mãos no rosto, fechando os olhos com mais força, como se tentasse afastar mais uma onda de dor.

"Sou um policial", prosseguiu ele. "É tudo o que sou.

Tenho que fazer meu trabalho. Mas como policial não posso ultrapassar certos limites."

"Eu sei."

"Encontre esse cara, Patrick."

"Eu vou encontrá-lo."

"Seja lá como for."

"Bolton..."

Ele levantou a mão. "Bolton também quer que isso acabe. Dê um jeito de não chamar a atenção. Seja discreto. Eu e Bolton o deixaremos agir. Você não vai ser vigiado." Ele abriu os olhos, mexeu-se no banco do carro e me fitou por um bom tempo. "Não deixe que esse cara termine escrevendo livros na prisão ou dando entrevistas na tevê."

Balancei a cabeça.

"Vão querer estudar o cérebro dele." Ele pegou um pedaço de vinil que se soltara do painel do carro, já todo rachado. "E não vão poder fazer isso se não sobrar nenhum cérebro para ser estudado."

Dei-lhe um tapinha no braço e saí do carro.

Angie ainda estava no centro cirúrgico quando liguei para o hospital. Pedi que localizassem Phil, e, quando nos falamos ao telefone, ele me pareceu exausto.

"O que está havendo?", perguntei.

"Ela ainda está lá. E não querem me dizer nada."

"Fique calmo, Phil. Ela é forte."

"Você vem para cá?"

"Daqui a pouco. Antes tenho que encontrar uma pessoa."

"Ei, Patrick", disse ele. "Mantenha a calma também."

Encontrei Eric em seu apartamento em Back Bay.

Ele me recebeu à porta usando um roupão surrado e uma calça de moletom cinza. Estava visivelmente cansado e com uma barba grisalha de uma semana por fazer. Sem o rabo-de-cavalo habitual, os cabelos cobrindo as orelhas e caídos sobre os ombros faziam com que parecesse mais velho.

"Agora você vai me contar tudo, Eric."

Ele olhou para o revólver em minha cintura. "Me deixe em paz, Patrick. Estou cansado."

Atrás dele, vi jornais espalhados pelo chão e uma pilha de pratos sujos na pia.

"Dane-se, Eric. Precisamos conversar."

"Já fui interrogado."

"Pelo FBI, sim. Só que você não passou no detector de mentiras, Eric."

Ele piscou os olhos. "O quê?"

"É isso que você ouviu."

Ele coçou a perna, bocejou e fitou um ponto qualquer acima de meu ombro. "Os detectores de mentira não servem de prova no tribunal."

"Não se trata de tribunal", expliquei. "Trata-se de Jason Warren. Trata-se de Angie."

"Angie?"

"Ela foi baleada, Eric."

"Ela...?" Ele ergueu uma mão, como se não soubesse muito bem o que fazer com ela. "Meu Deus, Patrick, ela vai se recuperar?"

"Ainda não sei, Eric."

"Imagino o que você deve estar sentindo."

"Estou totalmente fora de mim, Eric. Leve isso em conta."

Ele estremeceu, e uma nuvem de amargura e de desespero turvou seu olhar.

Ele me deu as costas, deixando a porta aberta para que eu entrasse. Segui-o por entre a bagunça de uma sala de estar atravancada de livros e de caixas de pizza, garrafas de vinho e latas de cerveja vazias.

Na cozinha, Eric pôs café numa xícara, e notei que a cafeteira estava cheia de manchas, o que indicava que não era lavada há dias. Ela estava desligada. Só Deus sabe de quando era aquele café.

"Você e Jason eram amantes?", perguntei.

Ele bebericou o café frio.

"Eric", insisti. "Por que você saiu da U/Mass?"

"Você sabe o que acontece com o professor que transa com um aluno?", disse ele.

"Professores transam com alunos o tempo todo", falei.

Ele sorriu e balançou a cabeça. "Professores transam com alunas o tempo todo." Ele soltou um suspiro. "E, no clima político atual, até isso está se tornando perigoso na maioria dos campi. *In loco parentis.* Não é uma frase tremendamente ameaçadora, a menos que seja aplicada a homens e mulheres com menos de vinte e um anos, no único país onde a última coisa que se deseja é que eles de fato se tornem adultos."

Achei um lugar limpo no balcão da cozinha e me encostei nele.

Eric levantou os olhos da xícara de café. "Mas existe, sim, Patrick, uma espécie de consenso que admite que um professor possa dormir com uma aluna, desde que, na ocasião, ela não esteja freqüentando um curso ministrado por ele."

"Então, qual é o problema?"

"O problema são os professores gays e os alunos gays. Esse tipo de relacionamento, posso lhe garantir, ainda causa repulsa."

"Ora, Eric", disse eu. "Faça-me o favor... estamos falando do meio universitário de Boston. O mais forte bastião do liberalismo nos Estados Unidos."

Eric riu brandamente. "Você acha isso, não é?" Ele sacudiu a cabeça de novo, com um estranho sorriso nos lábios. "Imagine que tem uma filha, Patrick, e digamos que ela tem vinte anos, é inteligentee estuda em Harvard, na Bryce ou na B.U. Como você reagiria se soubesse que ela está trepando com um professor?"

Fitei seu olhar vazio. "Não vou dizer que ia gostar disso, Eric. Mas não me surpreenderia. E ia considerar que ela já é adulta, que é uma opção sua."

Ele balançou a cabeça. "Agora a mesma história, mas imagine que é seu filho, e ele está transando com um professor."

Embatuquei. Aquilo despertou uma parte de mim profundamente reprimida, mais puritana que católica, e a imagem que me veio à mente — de um jovem numa cama estreita com Eric — me revoltou por um instante, antes que eu tivesse tempo de me refazer, tomar distância de mim mesmo e da imagem, apoiar-me em meu liberalismo social.

"Eu..."

"Está vendo?", disse ele com um sorriso largo, mas ainda com os olhos vazios e fixos. "O pensamento lhe causou repulsa, não é?"

"Eric, eu..."

"Não é?"

"Sim", admiti, perguntando-me em que categoria de indivíduo essa atitude me alinhava.

Ele levantou a mão. "Tudo bem, Patrick. A gente se conhece há dez anos, e você é o sujeito menos homófobo que conheço. Mas ainda assim é homófobo."

"Não quando se trata de..."

"... você e seus amigos gays", completou Eric, "você não faz nenhuma restrição. Isso é verdade. Mas quando se fala na possibilidade de seu filho e dos amigos gays dele..."

Sacudi os ombros. "Talvez."

"Jason e eu tivemos um caso", disse ele derramando o café na pia.

"Quando?", perguntei.

"No ano passado. Mas logo acabou. Durou um mês. Eu era amigo da família e senti-me como se estivesse traindo Diandra. Acho que Jason, de sua parte, queria relacionar-se com alguém de sua própria idade e, além disso, ainda tinha uma grande atração pelas mulheres. Mas o rompimento foi bastante amigável."

"Você contou isso ao FBI?"

"Não."

"Eric, pelo amor de Deus, por que não?"

"Isso destruiria minha carreira", disse ele. "Lembre-se de sua reação à minha hipótese. Por mais liberal que você suponha ser o mundo acadêmico, a direção da maioria das universidades está sempre nas mãos de heterossexuais brancos. Ou nas de suas esposas dondocas. E, quando eles imaginam que um professor bicha está transformando seus filhos ou os filhos de seus amigos em bichas, acabam com ele. Pode apostar."

"Eric, essa história vai vazar. Estamos falando do FBI, Eric. O FBI. Neste mesmo instante eles estão vasculhando a sua vida com lentes de aumento. Mais cedo ou mais tarde eles vão se deparar com isso."

"Não posso confessar uma coisa dessas, Patrick. Não posso."

"E quanto a Evandro Arujo? Você o conheceu?"

Ele balançou a cabeça. "Não. Jason estava apavorado, Diandra estava apavorada, então recorri a você."

Acreditei nele. "Eric, por favor, considere a possibilidade de contar isso aos agentes federais."

"Você vai contar a eles o que lhe confessei?"

Fiz que não com a cabeça. "Não trabalho dessa maneira. Vou dizer a eles que você não me parece suspeito, mas acho que, sem provas, eles não vão mudar de idéia."

Ele saiu da cozinha e foi até a porta. "Obrigado pela visita, Patrick."

Parei no vão da porta. "Conte a eles, Eric."

Ele pôs a mão em meu ombro e sorriu para mim, tentando mostrar coragem. "Na noite em que Jason foi morto, eu estava com um estudante. Um amante. O pai do estudante é um poderoso promotor da Carolina do Norte e membro importante da Associação Cristã. O que você acha que ele vai fazer quando descobrir?"

Baixei os olhos para seu carpete empoeirado.

"A única coisa que sei fazer é lecionar, Patrick. Eu sou isso. Sem isso, eu sumo."

Fitei-o e ele me pareceu estar desaparecendo no momento em que dizia isso, dissolvendo-se numa bruma diante de mim.

A caminho do hospital passei pelo Black Emerald, mas estava fechado. Relanceei os olhos para a fachada do apartamento de Gerry, em cima do bar. As persianas estavam fechadas. Procurei seu Grand Torino, que normalmente fica estacionado na frente do bar, mas ele não estava lá.

Se era verdade que o assassino tinha se encontrado comigo várias vezes desde o começo dessa história, como Dolquist suspeitava, o número de suspeitos diminuía consideravelmente. Eric e Gerry eram considerados suspeitos pelo FBI. E Gerry era um sujeito fisicamente vigoroso.

Mas que motivos poderia ter?

Eu conhecia Gerry desde sempre. Seria ele capaz de matar?

Todos somos capazes de matar, sussurrou uma voz em minha mente. Todos nós.

"Senhor Kenzie."

Voltei-me e vi o agente Fields junto ao porta-malas de um Plymouth preto. Ele estava colocando gravadores no porta-malas. "O senhor Glynn está fora dessa."

"Como você sabe?"

"Vigiamos este lugar na noite passada. Glynn subiu para o apartamento à uma, ficou vendo televisão até as três e foi dormir. Ficamos aqui a noite inteira, e ele não saiu. Sinto muito, Kenzie, ele não é o assassino."

Balancei a cabeça, em parte aliviado, em parte sentido-me culpado por desconfiar de Gerry logo de cara.

Claro que uma parte de mim ficou decepcionada. Talvez eu desejasse que Gerry fosse o culpado.

Se assim fosse, tudo estaria acabado.

* * *

"A bala causou graves lesões", disse-me o doutor Barnett. "Atingiu o fígado, passou de raspão nos rins e se alojou nos intestinos. Por duas vezes, pensamos que a moça ia morrer."

"Como está ela agora?"

"Ainda não está fora de perigo", disse ele. "Ela é uma pessoa resistente? Tem um coração forte?"

"Sim", respondi.

"Então, tem mais chances de escapar. Não posso dizer mais nada além disso."

Ela foi levada para a UTI às oito e meia, depois de noventa minutos na sala de recuperação.

Parecia ter perdido vinte e cinco quilos, e seu corpo dava a impressão de estar à deriva na cama.

Phil e eu ficamos ao seu lado enquanto a enfermeira ajustava o soro e ligava o monitor cardíaco.

"Para que serve isso?", perguntou Phil. "Agora ela está bem, não está?"

"Ela teve hemorragia duas vezes, senhor Dimassi. Estamos monitorando para garantir que não vai acontecer novamente."

Phil segurou a mão de Angie, e ela parecia muito pequena na dele.

"Angie?", disse ele.

"Ela vai passar quase todo o dia dormindo", disse a enfermeira. "Não há muito o que possa fazer por ela agora, senhor Dimassi."

"Não vou sair de perto dela", disse Phil.

A enfermeira olhou para mim, e eu lhe lancei um olhar inexpressivo.

Às dez horas saí da UTI e dei com Bubba sentado na sala de espera.

"Como ela está?"

"Eles acham que ela vai se recuperar."

Ele balançou a cabeça.

"Acho que só vamos saber ao certo quando ela acordar", disse eu.

"Quando vai ser isso?"

"No final da tarde, talvez no começo da noite."

"Posso ajudar em alguma coisa?"

Inclinei-me sobre o bebedouro e bebi água como se estivesse chegando de um deserto.

"Preciso falar com Freddy Gordo", disse eu.

"Tudo bem. Por quê?"

"Preciso me encontrar com Jack Rouse e Kevin Hurlihy para lhes fazer umas perguntas."

"Acho que Freddy não vai ver nenhum problema nisso."

"Caso não respondam às minhas perguntas, preciso de uma autorização para atirar neles até que eles o façam."

Bubba inclinou-se sobre o bebedouro e olhou para mim. "Está falando sério?"

"Bubba, diga a Freddy que vou fazer isso, mesmo sem a permissão dele."

"Isso é que é falar", disse ele.

Phil e eu nos revezávamos.

Se um de nós precisava ir ao banheiro ou beber alguma coisa, o outro segurava a mão de Angie. Durante todo o dia, sua mão se manteve na mão de um de nós.

Ao meio-dia, Phil foi ao restaurante self-service, e eu levei a mão de Angie aos lábios e fechei os olhos.

No dia em que a conheci, faltavam-lhe os dois dentes da frente, e seu cabelo estava tão mal cortado e tão curto que pensei que ela fosse um menino. Estávamos no ginásio do centro recreativo de Little House, em East Cottage, um verdadeiro paraíso para guris de seis anos. Era uma época em que, no meu bairro, os pais ainda não tinham onde deixar os filhos fora do horário escolar. Eles os deixavam então na Little House, três horas por dia, a cinco dólares por semana, onde o pessoal permitia que brincássemos à vontade, desde que não quebrássemos nada.

Naquele dia, o soalho do ginásio estava coberto de bolas de borracha marrons, bolas de espuma, duras bolas plásticas de futebol, bastões e discos de hóquei, bolas de basquete e umas vinte e cinco crianças de seis anos correndo para lá e para cá, gritando feito loucas.

Não havia discos para todos. Assim, peguei um bastão de hóquei e precipitei-me sobre a pequena de cabelo mal cortado, que estava brincando desajeitada com um disco num canto do ginásio. Fui por trás dela, levantei seu bastão do chão com o meu e roubei-lhe o disco.

Então ela me derrubou no chão, deu um soco em minha cabeça e tomou-o de volta.

Apertando sua mão contra meu rosto na UTI, lembrei-me daquele dia com absoluta clareza.

Inclinei-me e encostei meu rosto no seu, apertei sua mão com força contra meu peito, fechei os olhos.

Quando Phil voltou, filei um cigarro dele e saí para fumar no estacionamento.

Fazia sete anos que eu não fumava, mas o tabaco cheirava como perfume quando o acendi, e a fumaça que encheu meus pulmões ergueu-se limpa e pura no ar frio.

"Aquele Porsche", disse alguém à minha direita, "é um puta carro. Sessenta e seis?"

"Sessenta e três", disse eu voltando-me para fitar o cara.

Pine usava um sobretudo de pele de camelo, uma calça de sarja vinho e um suéter de cashmere preto. As luvas pretas pareciam uma segunda pele cobrindo suas mãos.

"Como você pôde comprá-lo?", perguntou ele.

"Praticamente comprei só a carroceria", respondi. "O resto fui comprando aos poucos."

"Você é daqueles caras que gostam mais do carro que da mulher e dos amigos?"

Levantei as chaves. "Não passa de cromo, metal e borracha, Pine. E nunca valeu tão pouco para mim como agora. Se quiser, pode ficar com ele."

Ele balançou a cabeça. "É muito pretensioso para meu gosto. Eu tenho um Acura."

Dei a segunda tragada e imediatamente senti tontura. O ar dançava diante de meus olhos.

"Atirar na única neta de Vincent Patriso foi uma coisa extremamente ruim", disse ele.

"Sim."

"O senhor Constantine foi informado de que duas pessoas que receberam ordens para cooperar nas investigações não o fizeram."

"É verdade."

"E agora a senhorita Gennaro está na UTI."

"Sim."

"O senhor Constantine manda dizer que não tem nada a ver com essa história."

"Eu sei."

"O senhor Constantine também o informa de que você tem carta branca para fazer o que for preciso para identificar e pegar o homem que atirou na senhorita Gennaro."

"Carta branca?"

"Carta branca, Kenzie. Se Hurlihy e House sumirem do mapa, Constantine lhe dá a palavra que nem ele nem seus sócios moverão uma palha para encontrá-los. Entendeu?"

Fiz que sim.

Ele me deu um cartão. De um lado estava escrito um endereço: South Street, 411, 4º andar. Do outro, o número de um celular, que constatei ser o de Bubba.

"Logo que puder, vá encontrar-se com Rogowski nesse lugar."

"Obrigado."

Pine deu de ombros e olhou para meu cigarro. "Não devia fumar esse troço, Kenzie."

Ele saiu andando do estacionamento e eu esmaguei o cigarro, depois entrei.

Angie abriu os olhos às duas e quarenta e cinco.

"Querida?", disse Phil.

Ela piscou os olhos e tentou falar, mas sua boca estava seca demais.

Seguindo a orientação da enfermeira, demos a ela umas pedrinhas de gelo, mas não água, e ela balançou a cabeça em sinal de agradecimento.

"Não me chame de querida", resmungou ela. "Quantas vezes tenho que lhe dizer isso, Phillip?"

Phil riu, beijando-lhe a testa. Eu beijei o rosto dela, e ela deu um tapinha em cada um de nós.

Sentamo-nos novamente.

"Como está se sentindo?", perguntei.

"Que pergunta mais besta", ela respondeu.

O doutor Barnett colocou o estetoscópio e o fotóforo no bolso. "Você vai continuar aqui na UTI até amanhã, só para que a gente possa ficar de olho em você. Mas pelo visto está reagindo bem."

"Dói demais", disse Angie.

Ele sorriu. "Não é para menos. A trajetória da bala foi perversa, senhorita Gennaro. Mais tarde conversaremos sobre os danos causados. Posso lhe dizer que você não vai mais poder comer uma porção de alimentos. E por algum tempo também só vai poder tomar água, nenhum outro líquido."

"Dane-se", disse ela.

"E haverá outras restrições, mas..."

"E quanto a...?" Ela olhou para Phil e para mim, depois desviou os olhos.

"Sim?", disse Barnett.

"Bem", disse ela. "A bala atingiu a região do baixo-ventre e..."

"Ela não afetou nenhum órgão do aparelho reprodutor, senhorita Gennaro."

"Oh", fez ela. Percebendo que eu estava sorrindo, ela me lançou um olhar duro. "Caladinho aí, Patrick."

A dor voltou com toda a intensidade lá pelas cinco da tarde, e eles lhe deram uma dose de Demerol capaz de apagar um tigre de Bengala.

Pus a mão em seu rosto enquanto ela piscava sob o efeito da droga.

"E o sujeito que atirou em mim?", perguntou.

"Sim?"

"Já sabem quem é?"

"Não."

"Mas vão descobrir, não vão?"

"Claro."

"Bem, então..."

"Sim?"

"Vá atrás dele, Patrick", disse ela. "E acabe com ele."

36

O número 411 da South Street era o único edifício vazio numa rua de lofts de artistas, tapeceiros, estilistas, vendedores de tecidos e galerias que só aceitavam visitas programadas. O equivalente bostoniano do SoHo, em dois quarteirões.

O 411 tinha quatro andares e servira de estacionamento numa época em que a cidade não tinha necessidade disso. Ele mudara de dono no fim da década de 40, e o novo proprietário o transformara num centro de diversão para marinheiros. No primeiro andar ficava um bar e sala de bilhar, no segundo, um cassino. No terceiro funcionava um bordel.

Como o edifício estivera vago desde que eu era criança, só descobri a serventia do quarto andar quando meu Porsche subiu até lá no velho elevador de carros, e as portas se abriram para uma pista de boliche empoeirada e cheirando a mofo.

Fios elétricos apontavam aqui e ali nos lugares em que o soalho estava rachado, e algumas pistas estavam cheias de entulho. Pinos jaziam em montes de poeira branca acumulada nas canaletas, e os secadores de mão há muito tinham sido arrancados do chão, certamente para serem vendidos em partes. Não obstante, havia ainda muitas bolas nas prateleiras e, em algumas pistas, ainda se podiam ver uma ou outra seta sob a camada de poeira e de fuligem.

Quando eu e Phil saímos do Porsche, vimos Bubba

sentado numa cadeira de braços perto da pista central. A cadeira ainda conservava os parafusos que a tinham fixado na base de onde fora arrancada, e o couro estava rasgado em vários lugares, deixando escapar pedaços do estofo de espuma, que se espalhavam pelo chão.

"Quem é o dono disto aqui?"

"Freddy." Ele levou à boca uma garrafa de vodca. Seu rosto estava vermelho, e os olhos, levemente úmidos. Eu sabia que ele bem podia estar na segunda garrafa, o que não era bom sinal.

"Freddy mantém um edifício abandonado como esse só para se divertir?"

Ele assentiu com a cabeça. "O segundo e o terceiro andares só parecem bagunçados vistos do elevador. Mas eles são muito bem arrumados. Freddy e seu bando fazem noitadas e outras babaquices do tipo." Ele lançou a Phil um olhar nada amistoso. "Que merda você está fazendo aqui, seu cagão?"

Phil recuou um passo, mas reagiu melhor que muita gente diante de um Bubba em pleno transe psicótico.

"Agora eu também estou na jogada, Bubba. E pra valer."

Bubba sorriu, e a escuridão que pairava na extremidade das pistas, por trás dele, pareceu ganhar vida. "Ora, ora. Que bom pra você. Ficou puto porque desta vez foi outra pessoa, e não você, quem mandou Angie para o hospital? Alguém invadiu seu campo de atuação, sua bichinha?"

Phil avançou um passo em minha direção. "Isso não tem nada a ver com nossa inimizade, Bubba."

Bubba olhou para mim erguendo as sobrancelhas.

"Será que de repente lhe nasceram colhões, ou ele pirou de vez?"

Eu só tinha visto Bubba naquele estado umas poucas vezes e aquilo não me agradava nem um pouco — era como estar nas proximidades do demônio. Corrigi minha estimativa anterior: ele já devia ter enxugado três garrafas de vodca, e não dava para saber se ele conseguiria controlar seus impulsos assassinos.

Apenas duas pessoas contavam para Bubba neste mundo: eu e Angie. E Phil passara tempo demais a maltratar Angie para que Bubba sentisse por ele outra coisa além de puro ódio. Ser objeto do ódio de alguém é uma coisa relativa. Se a pessoa que odeia você é um publicitário cujo carro importado você fechou no trânsito, não há muito o que temer. Mas se é Bubba que o odeia, não é má idéia ficar a um ou dois continentes de distância dele.

"Bubba", chamei.

Ele voltou a cabeça devagar e me lançou um olhar turvo.

"Phil está com a gente. No momento, é só isso que conta. Ele quer entrar em ação junto conosco."

Bubba não mostrou nenhuma reação, apenas voltou a cabeça novamente para Phil, fixando nele os olhos turvos.

Phil sustentou o olhar o mais que pôde, até bem depois que o suor começou a escorrer-lhe pelo rosto, mas terminou por baixar os olhos.

"Tudo bem, seu banana", disse Bubba. "Então é só se juntar a nós por um tempo, já que você quer se redimir pelo que fez à sua mulher, ou seja lá o que for que lhe deu na telha." Ele se levantou e ficou olhando Phil de cima, até este levantar os olhos. "Mas tem uma coisa. Patrick perdoa. Angie perdoa. Eu não. Algum dia ainda vou acertar você."

Phil balançou a cabeça. "Sei disso, Bubba."

Bubba levantou o queixo de Phil com o indicador. "E se vazar alguma coisa do que se passa nesta sala, tenho certeza de que a responsabilidade não será de Patrick. O que significa que eu vou matá-lo, Phil. Entendeu?"

Phil tentou fazer um sinal com a cabeça, mas o dedo de Bubba o impedia.

"Sim", disse Phil entre os dentes cerrados.

Bubba voltou os olhos para uma parede escura fronteira ao elevador. "Luz", ordenou ele.

Alguém do outro lado da parede apertou um interruptor e, em meio às poucas instalações elétricas remanescentes, tremeluziu a claridade esverdeada e doentia do neon, iluminando a área das pistas até então mergulhada na sombra. Mais algumas piscadas, e raios de luz amarela banharam até mesmo os fossos.

Bubba levantou os braços e girou o corpo majestosamente, como Moisés abrindo o mar Vermelho, e vimos um rato correr ao longo de uma canaleta.

"Meu Deus", disse Phil baixinho.

"Você disse alguma coisa?", disse Bubba.

"Não. Nada", respondeu Phil.

Kevin Hurlihy estava ajoelhado na extremidade da pista à minha frente, mãos amarradas às costas e pernas atadas na altura dos tornozelos. A corda, formando um nó em volta do pescoço, estava amarrada a uma haste de metal, fixada na parede que se erguia do fosso. A claridade fazia brilhar seu rosto inchado e coberto de marcas sangrentas. O nariz, que Bubba quebrara dias antes, estava roxo e flácido, e o maxilar, também quebrado, preso com talas.

Jack Rouse, em estado ainda mais lamentável, estava amarrado da mesma maneira, na pista vizinha. Jack era muito mais velho do que Kevin, e seu rosto, reluzente de suor, ficara esverdeado.

Bubba percebeu como estávamos chocados e sorriu. Ele se inclinou para Phil e disse: "Olhe bem para eles e pense no que vou fazer com você qualquer dia desses, seu frouxo".

"Você já os interrogou?", perguntei quando Bubba começou a andar devagar em direção aos dois homens.

Ele balançou a cabeça e tomou uma boa golada de vodca. "Bem, não. Eu não sabia o que perguntar."

"Então por que baixou o cacete neles, Bubba?"

Ele chegou perto de Kevin, abaixou-se a seu lado e olhou para mim com seu riso de demente. "Porque eu estava entediado."

Ele piscou e bateu no queixo de Kevin, que gritou por entre os dentes cerrados.

"Meu Deus, Patrick", murmurou Phil. "Meu Deus."

"Relaxe, Phil", eu falei, embora o sangue me fervesse nas veias.

Bubba aproximou-se de Jack e deu-lhe uma pancada tão forte no lado da cabeça que o barulho ecoou em todo o andar, mas Jack não gritou, apenas fechou os olhos por um instante.

"Tudo bem." Bubba se virou rápido, fazendo a capa se erguer e girar a sua volta, depois voltou num passo hesitante em nossa direção. O barulho de suas botas militares ressoava como os cascos de um cavalo de tiro. "Faça as perguntas, Patrick."

"Há quanto tempo eles estão aqui?", perguntei.

Ele deu de ombros. "Algumas horas." Ele pegou uma bola de boliche poeirenta e limpou-a com a manga da camisa.

"Acho que a gente devia lhes dar água ou alguma outra coisa."

Ele me encarou. "O quê? Você está de gozação comigo, Patrick?". Ele passou o braço em meus ombros e, segurando a bola de boliche, fez um gesto na direção deles. "Aquele é o filho-da-puta que ameaçou matar você e Grace, lembra-se? Esses dois bostas podiam ter parado com isso um mês atrás, antes que Angie fosse baleada, antes que Kara Rider fosse crucificada. Eles são o inimigo." Ele soltou um assobio, e seu hálito alcoólico me cobriu como uma onda.

"É verdade", disse eu enquanto o corpo de Kevin era sacudido por um estremecimento. "Mas..."

"Sem essa de mas!", cortou Bubba. "Sem essa de mas! Você disse ainda há pouco que estava disposto a matá-los, se fosse preciso. Não foi? Não foi?"

"Sim."

"E então? Que é isso, agora? Aí estão eles, Patrick. Mantenha a palavra. Não me crie problemas. Não faça isso."

Ele tirou o braço de meus ombros, aproximou a bola de boliche do próprio peito e a acariciou.

Eu dissera que atiraria neles para conseguir informações, e na ocasião estava convicto disso. Mas tinha sido muito fácil dizer e muito fácil sentir aquilo na sala de espera de um hospital, a boa distância daquela massa humana de carne, de ossos e de sangue absolutamente vulnerável.

Agora, lá estavam dois homens ensangüentados, completamente indefesos e à minha mercê. E não eram meros conceitos vagos. Não, eles respiravam. E tremiam.

À *minha* disposição.

Afastei-me de Bubba e de Phil e avancei na pista de boliche em direção a Kevin. Vendo que eu me aproximava, ele pareceu recuperar um pouco as forças. Talvez achasse que eu era o elo fraco ali.

Quando Grace me contou que ele se aproximara de sua mesa, eu dissera para mim mesmo que o mataria. E se ele entrasse na sala naquele momento eu o faria. É o que chamo de fúria.

Mas agora tratava-se de tortura.

Quando me aproximei dele, ele aspirou o ar, balançou a cabeça como se quisesse desanuviá-la e me lançou um olhar apagado.

Kevin tortura, sussurrou uma voz em minha cabeça. Ele mata. Ele gosta disso. Ele não teria a menor complacência com você. Portanto, você não lhe deve nada.

"Kevin", disse eu abaixando-me ao seu lado e apoiando um joelho no chão. "A coisa está feia. Você sabe que está. Se você não me disser o que quero saber, Bubba vai ressuscitar a Santa Inquisição em sua homenagem."

"Foda-se." Sua voz em falsete soou por entre os dentes cerrados. "Foda-se, Kenzie, está ouvindo?"

"Não, Kev, não. Você não está entendendo: se você não me ajudar, quem vai se foder é você. Freddy Gordo me deu carta branca para acabar com você. E com Jack."

O lado esquerdo do rosto pareceu descair um pouco.

"É verdade, Kev."

"Mentira."

"Você acha que estaríamos aqui se não fosse verdade? Você deixou um sacana atirar na neta de Vincent Patriso."

"Eu não..."

Balancei a cabeça. "É o que ele acha. O que você disser agora não importa."

Ele balançou a cabeça olhando para mim com os olhos vermelhos e inchados.

"Kevin", falei, devagar. "Diga-me o que aconteceu entre a APEE e Hardiman e Rugglestone. Quem é o terceiro cara?"

"Pergunte a Jack."

"Vou perguntar", disse eu. "Mas primeiro estou perguntando a você."

Ele balançou a cabeça, o nó corredio apertou-lhe o pescoço e ele gorgolejou. Afastei a corda que lhe apertava o pomo-de-adão, e ele suspirou, olhos fitos no chão.

Ele balançou a cabeça vigorosamente e tive certeza de que não iria falar.

"Olha a frente!", gritou Bubba.

Kevin arregalou os olhos, o pescoço esticou a corda novamente, e eu saí do caminho; a bola de boliche, que fora jogada na pista, pareceu aumentar de velocidade, quicando nas pranchas de madeira quebradas do velho soalho, e terminou por bater nas virilhas de Kevin Hurlihy.

Ele urrou, inclinou-se para a frente, e tive que segurá-lo pelos ombros para evitar que o laço lhe quebrasse o pescoço, enquanto as lágrimas escorriam por seu rosto.

"Foi só um *spare*", disse Bubba.

"Ei, Bubba", disse eu. "Espere."

Mas ele já tomara impulso. Cruzou uma perna na frente da outra na linha de jogo, a bola subiu, passou por sobre as setas, bateu na pista deixando entrever um ligeiro movimento de rotação para trás, seguiu sua trajetória e estourou o joelho esquerdo de Kevin.

"Meu Deus!", gritou Kevin, derreando-se para a direita.

"É sua vez, Jack", disse Bubba pegando uma bola e dirigindo-se à pista vizinha.

"Vou morrer, Bubba." A voz de Jack, branda e resignada, fez Bubba parar por um instante.

"Não se você falar, Jack!", insisti.

Ele olhou para mim como se acabasse de se dar conta de minha presença. "Sabe qual é a diferença entre você e seu pai, Patrick?"

Balancei a cabeça.

"Se fosse seu pai, ele mesmo é que estaria jogando as bolas. Você quer aproveitar o fruto da tortura, mas sem sujar as mãos. Você é um bosta, Patrick."

Olhei para ele e de repente senti a mesma fúria que sentira na casa de Grace. Aquele assassino de merda da máfia irlandesa queria me fazer sermões? Enquanto Grace e Mae estavam enfiadas num bunker do FBI em Nebraska ou em algum outro lugar, e Grace com a carreira arruinada? Enquanto Kara Rider estava enterrada, Jason Warren em pedaços, Angie numa cama de hospital e Tim Dunn despojado de suas roupas e enfiado numa lata de lixo?

Eu passara semanas sem fazer nada, enquanto gente como Evandro e seu comparsa Hardiman, mais Jack Rouse e Kevin Hurlihy, encarniçavam-se contra inocentes por mera diversão. Porque eles gostavam de ver os outros sofrerem. Porque eles tinham poder para fazer isso.

E de repente senti uma fúria terrível não apenas contra Jack, Kevin ou Hardiman. Eu estava furioso com todos os que se compraziam com a violência. Todos os que explodiam clínicas de aborto, colocavam bombas em aviões, massacravam famílias inteiras, jogavam gases tóxicos nos corredores dos metrôs, executavam reféns e assassinavam mulheres que se pareciam com outras que, no passado, os tinham desprezado.

Em nome da dor *deles*. Ou dos princípios *deles*. Ou dos interesses *deles*.

Bem, eu estava farto da violência e do ódio *deles* e

de meus próprios princípios de decência, que podiam ter custado a vida de pessoas no último mês. Estava mais do que farto de tudo aquilo.

Jack me lançava um olhar desafiador. Eu sentia o sangue pulsando em minhas orelhas e ainda ouvia Kevin, a meu lado, gemendo de dor por entre os dentes cerrados. Meus olhos cruzaram com os de Bubba e neles vi um brilho que me revigorou.

Senti-me onipotente.

Sem tirar os olhos de Jack, puxei o revólver e dei uma coronhada nos dentes cerrados de Kevin.

O grito que ele lançou no ar foi de absoluta incredulidade e de súbito pavor.

Sempre com os olhos em Jack, agarrei os cabelos de Kevin, escorregadios e oleosos, apertei o cano do revólver em sua têmpora e o engatilhei.

"Se você tem um pouco de consideração por esse sujeito, Jack, é melhor falar."

Jack olhou para Kevin, e percebi que aquilo o sensibilizava. Mais uma vez me surpreendi com a existência de laços afetivos entre pessoas que sabiam tão pouco sobre o amor.

A boca de Jack se abriu, e ele me pareceu velho, muito velho.

"Você tem cinco segundos, Jack. Um. Dois. Três..."

Kevin gemeu e seus dentes quebrados chocalharam contra a tala de metal em sua boca.

"Quatro."

"Seu pai", disse Jack calmamente, "queimou Rugglestone da cabeça aos pés, no espaço de quatro horas."

"Eu sei. Quem mais estava presente?"

Ele escancarou a boca novamente e olhou para Kevin.

"Quem mais estava lá, Jack? Diga ou recomeço a contar. A partir de quatro."

"Todos nós. Timpson. A mãe de Kevin. Diedre Rider. Burns. Climstich. Eu."

"O que se passou?"

"Encontramos Hardiman e Rugglestone escondidos no depósito. Tínhamos passado a noite inteira procurando a van e de manhã a encontramos ali bem perto, em nosso bairro." Jack lambeu o lábio superior: de tão descorada, sua língua estava quase branca. "Seu pai teve a idéia de amarrar Hardiman numa cadeira e fazê-lo assistir ao que fazíamos com Rugglestone. A princípio, pensávamos apenas em lhe dar uns socos, em seguida fazer o mesmo com Hardiman, e depois chamar a polícia."

"Por que não fizeram isso?"

"Não sei. Aconteceu alguma coisa conosco, ali no depósito. Seu pai achou uma caixa escondida sob as tábuas do soalho. Dentro de um freezer. Cheia de pedaços de corpos." Jack me lançou um olhar demente. "Partes de corpos. De crianças. De adultos também, mas, meu Deus, havia um pé de criança, Kenzie. Ainda calçado num pequeno tênis vermelho com bolinhas azuis. Meu Deus. Quando vimos aquilo, perdemos a cabeça. Foi quando seu pai pegou a gasolina, e nós começamos a usar o furador de gelo e as lâminas de barbear."

Interrompi-o com um gesto, porque não estava a fim de ouvir mais nada sobre os bons cidadãos da APEE e sobre as torturas sistemáticas com que tinham matado Charles Rugglestone.

"Quem é que está cometendo os assassinatos por Hardiman agora?"

A pergunta pareceu desconcertá-lo. "Como é mesmo o nome dele? Arujo. O cara que sua sócia matou ontem à noite, certo?"

"Arujo tinha um cúmplice. Você o conhece, Jack?"

"Não", disse ele. "Não conheço. Kenzie, cometemos um erro. Deixamos Hardiman viver, mas..."

"Por quê?"

"Por que o quê?"

"Por que vocês não o mataram?"

"Porque G nos deu uma prensa, não havia escolha. Foi parte do trato que fizemos com ele."

"G? De que diabos você está falando?"

Ele suspirou. "Nós fomos pegos, Patrick. Em volta de Rugglestone, olhando seu corpo em chamas e com nossas roupas manchadas de sangue."

"Quem os surpreendeu?"

"G. Já lhe disse."

"Quem é G, Jack?"

Ele franziu o cenho. "Gerry Glynn, Kenzie."

De repente me senti tonto, como se tivesse tentado fumar outro cigarro.

"E ele não os prendeu?", perguntei a Jack.

Jack balançou levemente a cabeça. "Ele disse que era compreensível. Ele disse que muita gente faria o mesmo."

"*Gerry* disse isso?"

"De quem diabos estou falando? Sim. Gerry. Ele nos fez entender o quanto todos lhe devíamos, mandou-nos embora e prendeu Alec Hardiman."

"Como assim? O que vocês lhe deviam?"

"Todos lhe devíamos. Favores, merdas como essa, pelo resto de nossas vidas. Seu pai mexeu os pauzinhos e conseguiu o alvará de funcionamento para o bar dele. Eu lhe propiciei meios de financiamento não muito ortodoxos. Os outros lhe prestaram outros serviços. Fomos proibidos de conversar entre nós, de forma que não tenho idéia dos servicinhos que os outros lhe prestaram, afora os meus e os de seu pai."

"Vocês foram proibidos de conversar uns com os outros? Por Gerry?"

"Claro que pelo Gerry." Ele me fitou, e as veias de seu pescoço estavam saltadas, arroxeadas e brilhantes. "Você não tem idéia de que o Gerry é capaz, tem? Meu Deus." Ele gargalhou. "Puta que pariu! Você caiu direitinho naquela história de Meu Amigo Policial, não foi, Kenzie?", disse ele agitando-se, mas sendo contido pela corda que o prendia. "Gerry Glynn é um monstro. Perto dele sou um santo." Ele riu novamente, dessa vez um riso agudo, horrível. "Você acha que o táxi que fica parado na frente do bar sempre leva as pessoas aonde elas querem ir?"

Lembrei-me daquela noite no bar, do rapaz bêbado que Gerry mandara embora com uma nota de dez. Teria voltado para casa? E quem era o motorista do táxi? Evandro?

Àquela altura, Bubba e Phil tinham se aproximado da pista. Eu olhei para eles enquanto afastava o revólver da cabeça de Kevin.

"Vocês sabiam disso?", perguntei.

Phil balançou a cabeça.

"Eu sabia que Gerry era um sujeito meio suspeito que, além do negócio do bar, mexia com lenocínio e com cocaína, mas só isso", Bubba falou.

"Ele enganou toda a sua geração", disse Jack. "Toda a cambada de vocês. Puta merda."

"Seja mais claro", disse eu. "Dê-me todos os detalhes, Jack."

Ele sorriu para nós, e seus olhos de velho cintilaram. "Gerry Glynn é um dos sujeitos mais sacanas e filhos-da-puta dessas redondezas. O filho dele morreu. Você sabia disso?"

"Ele tinha um filho?", perguntei.

"Claro que tinha uma porra de um filho. Brendan. Morreu em 1965. Ele teve uma hemorragia estranha no cérebro. Nunca se conseguiu explicar o que era. Aos quatro anos de idade, o menino estava brincando com a mulher de Gerry no jardim. De repente, agarrou a cabeça com as mãos e caiu morto. Gerry pirou. Ele matou a mulher."

"Mentira", disse Bubba. "O cara era policial."

"E daí? Gerry pôs na cabeça que a culpa era dela. Que ela andava transando com outro e que Deus a castigara tirando-lhes o filho. Ele a espancou até a morte, depois pôs a culpa num negro. O negro foi morto em Dedham, uma semana depois da denúncia. Caso encerrado."

"Como Gerry conseguiu atingir um sujeito que estava em cana?"

"Gerry era tira em Dedham. Nos velhos tempos, quando ainda permitiam que os policiais tivessem dois empregos no mesmo sistema. Um outro preso percebera o que Gerry tinha feito. Gerry acabou com ele na Scollay Square, oito dias depois que foi solto."

Jamal Cooper, claro. A primeira vítima. Meu Deus.

"Gerry é um dos sujeitos mais terríveis do planeta. Mas você é babaca demais para perceber isso, Kenzie."

"Você nunca imaginou que ele poderia ser o cúmplice de Hardiman?", perguntei.

Todos os olhares se voltaram para mim.

"De Hardiman...?" Jack ficou de queixo caído, e os músculos de sua mandíbula mexeram-se sob a pele fina. "Não, não. Quer dizer, Gerry é perigoso, mas ele não é..."

"O que é que ele não é, Jack?"

"Bem, ele não é um *serial killer* psicopata."

Balancei a cabeça. "Como você pôde ser tão babaca?"

Jack me fitou. "Merda, Kenzie, Gerry é aqui do pedaço. Nunca houve malucos como esses por aqui. Não temos loucos como esses nestas redondezas."

Balancei a cabeça. "Você é daqui, Jack. Meu pai também. Pense no que vocês aprontaram no depósito."

Eu já ia me afastando, andando pela pista, quando ele gritou para mim: "E quanto a você, Kenzie? Que me diz do que fez aqui hoje?".

Olhei para trás, vi Kevin tentando manter-se consciente apesar da dor, boca e queixo cobertos de sangue.

"Eu não matei ninguém, Jack."

"Mas, se eu não tivesse falado, você mataria, Kenzie. Você mataria."

Virei-me e continuei andando.

"Você quer se considerar um cara legal, Kenzie? Hein? Pense no que eu lhe disse. Lembre-se do que você seria capaz de fazer."

Os tiros vieram da escuridão à minha frente.

Vi um clarão na boca da arma e senti a primeira bala passar de raspão em meu ombro.

Joguei-me no chão no momento em que a segunda bala emergia das trevas em direção à luz.

Atrás de mim, ouvi por duas vezes um som característico — o do metal entrando na carne. Ruídos de sucção.

Saindo da escuridão, Pine desatarraxou o silenciador do cano de sua pistola, a mão enluvada envolta em fumaça.

Voltei-me e olhei para as pistas atrás de mim.

Phil estava de joelhos, mãos na cabeça.

Bubba com a cabeça inclinada para trás, enchendo a cara de vodca.

Kevin Hurlihy e Jack Rouse, olhos vazios voltados para mim, com buracos idênticos no meio de suas testas.

"Bem-vindos ao meu mundo", disse Pine estendendo-me a mão enluvada.

37

Não gostei da forma como Pine, encostado na parede do elevador, ficou olhando para Phil enquanto descíamos. Phil estava de cabeça baixa, a mão no teto do Porsche, como se precisasse apoiar-se para se manter de pé. Pine não desgrudou os olhos dele nem por um instante.

Na altura do primeiro andar, Pine disse alguma coisa a Bubba, que enfiou as mãos nos bolsos da capa e deu de ombros.

As portas do elevador se abriram e entramos no carro, saímos pelos fundos do edifício e entramos na travessa que dava para a South Street.

"Meu Deus", disse Phil.

Fui dirigindo devagar pela travessa, os olhos concentrados na luz dos faróis que penetrava a escuridão à nossa frente.

"Pare o carro", disse Phil em tom desesperado.

"Não, Phil."

"Por favor. Vou vomitar."

"Eu sei", disse eu. "Mas você vai ter que controlar isso até ficarmos bem longe desse prédio."

"Por quê, pelo amor de Deus?"

Entrei na South Street. "Porque se Pine e Bubba virem você vomitar concluirão que não podem confiar em você. Portanto, trate de se controlar."

Depois do primeiro quarteirão, dobrei à direita e acelerei na Summer Street. Um quarteirão depois da South Station, diminuí a velocidade próximo ao prédio do correio, examinei todas as áreas de carga e descarga para verificar se ainda não tinham começado o trabalho, depois estacionei atrás de uma caçamba de lixo.

Antes que o carro parasse completamente, Phil desceu, e eu liguei o rádio para não ter que ouvir os ruídos de seu corpo revoltando-se contra a cena que acabara de presenciar.

Aumentei o volume, e os vidros das janelas vibraram quando "Plowed", dos Sponge, irrompeu dos alto-falantes. Tive a impressão de que os riffs agressivos de guitarra martelavam meu crânio.

Dois homens estavam mortos, e eu próprio poderia ter apertado o gatilho. Eles não eram inocentes. Eles não eram decentes. Mas de qualquer forma eram seres humanos.

Phil voltou para o carro, passei-lhe a caixa de lenços de papel que tirara do porta-luvas e abaixei o volume. Ele apertou o papel contra o rosto, enquanto eu voltava para a Summer Street, tomando a direção de Southie.

"Por que os mataram, Patrick? Ele nos disse o que queríamos saber."

"Eles desobedeceram ao chefe. Não comece a se enrolar com porquês, Phil."

"Mas pelo amor de Deus. Ele os matou a tiros. Simplesmente puxou a arma, os dois amarrados, e eu ali, olhando para eles, e então — merda — não ouvi nenhum barulho, só vi os buracos."

"Phil, escute o que vou lhe dizer."

Parei o carro num trecho escuro da rua perto do Arabian Coffee, senti o cheiro do café torrado tentando dominar o fedor de óleo das docas, à minha esquerda.

Ele cobriu os olhos com as mãos. "Oh, meu Deus."

"Porra, Phil, olhe para mim!"

Ele abaixou as mãos. "O quê?"

"Não aconteceu nada."

"O quê?"

"Nada aconteceu, está entendendo?" Eu estava gritando, e Phil encolheu-se, afastando-se de mim, na escuridão do carro, mas não me importei. "Você quer morrer também? Quer? É disso que se trata, Phil."

"Meu Deus. Eu? Por quê?"

"Porque você é uma testemunha."

"Eu sei, mas..."

"*Mas* está fora de cogitação. É muito simples, Phil. Você está vivo porque Bubba nunca mataria uma pessoa de quem eu gosto. Você está vivo porque ele convenceu Pine de que sou capaz de manter você na linha. Estou vivo porque eles sabem que não vou abrir o bico. E, por falar nisso, ambos iríamos para a cadeia por homicídio duplo se o fizéssemos, porque estávamos *lá*. Mas isso nunca vai acontecer, Phil, pode acreditar. Se Pine tiver a menor dúvida quanto a isso, ele mata você, mata a mim e provavelmente mata Bubba também."

"Mas..."

"Pare com essas merdas desses mas, Phil. É como estou lhe dizendo. Convença-se de que não aconteceu nada. Tudo não passou de um pesadelo. Kevin e Jack estão passando as férias em algum lugar. Porque, se você não estiver convencido disso, terminará por falar."

"Não vou falar."

"Vai, sim. Você vai contar a sua mulher, a sua namorada ou a alguém num bar, e aí morreremos todos. E a pessoa a quem você contar também morre. Entendeu bem?"

"Entendi."

"Vão ficar de olho em você."

"O quê?"

Confirmei com a cabeça. "Encare a situação e trate de conviver com ela. Por um bom tempo você vai ser vigiado."

Ele engoliu em seco, seus olhos se arregalaram, e pensei que fosse vomitar novamente.

Em vez disso, ele girou a cabeça, olhou pela janela do carro e encolheu-se no banco.

"Como você faz para suportar isso?", sussurrou ele. "Dia após dia?"

Recostei-me no assento, fechei os olhos e ouvi o ronco do motor alemão.

"Como consegue suportar a si mesmo, Patrick?"

Engatei a primeira e não falei mais nada enquanto fazíamos o trajeto do Southie até o nosso bairro.

Deixei o Porsche em frente de casa e dirigi-me ao Crown Victoria, estacionado alguns carros atrás, porque um Porsche 63 é a última coisa que você deve dirigir no meu bairro, se quiser passar despercebido.

Quando Phil se aproximou da porta do passageiro, balancei a cabeça.

"O que é?", perguntou ele.

"Você vai ficar aqui, Phil. Desta vez eu vou sozinho."

Ele balançou a cabeça. "Não. Ela foi minha mulher, Patrick, e o puto a acertou."

"Quer que ele o acerte também, Phil?"

Ele deu de ombros. "Você acha que não estou à altura?"

Fiz que sim. "Acho que você não está à altura desta situação, Phil."

"Por quê? Por causa da pista de boliche? Kevin foi um cara que cresceu com a gente. Já foi nosso amigo. Fiquei abalado por ele ter sido morto a tiros. Mas Gerry?" Ele levantou a arma, acionou o mecanismo para pôr uma bala na agulha. "Gerry é um canalha. E ele vai morrer."

Olhei para ele, esperei que se desse conta do papel ridículo que fazia manipulando a arma como um personagem de filme e soltando bravatas.

Ele sustentou meu olhar e foi deslocando lentamente o cano da arma, até apontar para mim.

"Você vai me matar, Phil? Vai?"

Sua mão estava firme. A arma não tremia.

"Responda-me, Phil. Você vai atirar em mim?"

"Se você não abrir a porta, Patrick, eu quebro a janela e entro de qualquer jeito."

Fixei os olhos na arma em sua mão, sem dizer palavra.

"Eu também gosto dela, Patrick." Ele abaixou a arma.

Entrei no carro e Phil bateu com a arma no vidro da janela. Respirei fundo, sabendo que ele me seguiria a pé, se fosse preciso, ou atiraria na janela de meu Porsche para entrar nele e fazer uma ligação direta.

Inclinei-me sobre o banco e abri a porta.

Começou a chover por volta da meia-noite, a princípio menos que uma garoa, apenas uma gotinhas que se misturavam à sujeira do pára-brisa e escorriam até os limpadores.

Estacionei o carro em frente ao asilo da Dorchester Avenue, a meio quarteirão do Black Emerald. Subitamente, as nuvens romperam-se e a chuva abateu-se sobre o teto do carro, varrendo a avenida em grandes cortinas escuras. Uma chuva que se condensava em finas camadas de gelo, igual à do dia anterior, e o único efeito que tinha sobre o gelo que ainda recobria as calçadas e edifícios era torná-lo ao mesmo tempo mais limpo e mais perigoso.

A princípio, sentimo-nos aliviados com aquilo. Como os vidros do carro pouco a pouco ficavam embaçados, ninguém podia nos ver lá dentro, a menos que estivesse ao lado do carro.

Mas logo a situação se voltou contra nós, pois não conseguíamos mais enxergar a entrada do bar e a do apartamento de Gerry. O desembaçador do carro estava quebrado, assim como o aquecedor, e o frio úmido me atacava os ossos. Entreabri minha janela, e Phil entreabriu a dele. Com o cotovelo, enxuguei o vapor condensado de dentro do carro para poder enxergar novamente a porta do Black Emerald e a entrada para o apartamento de Gerry, embaciadas e fluidas por entre o lençol d'água.

"Você tem certeza de que é Gerry quem tem agido junto com Hardiman?", perguntou Phil.

"Não", respondi. "Mas me parece que é assim."

"Então por que não chamamos a polícia?"

"Para dizer o quê? Dois caras com dois buracos de bala na cabeça nos contaram que Gerry é um sujeito ruim?"

"E quanto ao FBI?"

"É o mesmo problema. Não temos nenhuma prova. Se for mesmo Gerry, e se a gente der bandeira, talvez ele escapula novamente, volte a ficar na moita, matando apenas pessoas desaparecidas que ninguém procura."

"Então, por que estamos aqui?"

"Porque se ele tentar alguma coisa, qualquer coisa, quero estar de olho, Phil."

Phil limpou seu lado do pára-brisa, deu uma espiada no bar. "Talvez a gente deva simplesmente ir lá e lhe fazer algumas perguntas."

Olhei para ele. "Você está maluco?"

"Por que não?"

"Porque, se for ele mesmo, ele vai nos matar, Phil."

"Nós somos dois, Patrick. E ambos estamos armados."

Percebi que ele estava tentando se convencer do que dizia, tentando arranjar a coragem necessária para entrar por aquela porta. Mas ele ainda estava muito longe disso.

"É a tensão", expliquei. "A espera."

"Que quer dizer com isso?"

"Às vezes a gente se pergunta se não seria preferível um confronto direto, para pelo menos fazer alguma coisa em vez de ter a impressão de sufocar dentro do próprio corpo."

Ele fez que sim. "É exatamente isso."

"O problema, Phil, é que se Gerry for quem a gente está pensando o confronto vai ser muito pior do que a espera. Ele vai nos matar, estejamos armados ou não."

Ele engoliu em seco, depois balançou a cabeça, concordando.

Durante um bom minuto, concentrei minha atenção na porta do Black Emerald. Desde que chegáramos ali, não tinha visto ninguém entrar ou sair, o que era bastante estranho para um bar naquele bairro, considerando-se que passavam alguns minutos da meia-noite. Uma cortina d'água da altura de um edifício açoitou a avenida obliquamente, e, na distância, o vento uivou.

"Quantas pessoas?", perguntou Phil.

"Como?"

Phil fez um gesto com a cabeça em direção ao Black Emerald. "Se é ele o cara, quantas pessoas você acha que ele matou? Em toda a sua vida? Quer dizer, levando em conta todas as pessoas desaparecidas em todos esses anos, e talvez um monte de gente de que nunca ouvimos falar e..."

"Phil."

"Sim?"

"Eu já estou nervoso o bastante. Francamente, não quero pensar sobre essas coisas agora."

"Oh", fez ele, passando a mão na barba recente em seu queixo. "Tudo bem."

Olhei para o bar, contei um minuto inteiro. Ninguém entrou nem saiu.

Meu celular tocou. Phil e eu tomamos tal susto que ambos batemos a cabeça no teto do carro.

"Meu Deus", disse Phil. "Meu Deus."

Atendi. "Alô."

"Patrick, é Devin. Onde você está?"

"Em meu carro. Que está havendo?"

"Acabei de falar com Erdham, do FBI. Ele conseguiu um molde parcial de uma pegada sob uma tábua do soalho do seu apartamento, perto de um dos microfones."

"E então?", perguntei, com a sensação de que todas as minhas funções vitais agora se punham em marcha lenta.

"É Glynn, Patrick. Gerry Glynn."

Olhei pelo vidro embaçado do carro, mal podendo ver os contornos do bar, e senti um terror absoluto, como nunca sentira em toda a minha vida.

"Patrick? Ainda está na linha?"

"Sim. Escute, Devin. Estou na frente do bar de Gerry."

"Você está onde?"

"Você ouviu. Cheguei à mesma conclusão uma hora atrás."

"Puxa, Patrick. Saia daí. Agora. Não fique zanzando por aí. Vá embora."

Eu queria ir. Puxa vida, como eu queria ir.

Mas se ele estivesse ali agora, enchendo as malas de furadores de gelo e de navalhas, preparando-se para ir atrás de outra vítima...

"Não posso, Dev. Se ele estiver aqui e tentar sair, vou segui-lo aonde quer que vá."

"Não, não, não. Não, Patrick. Está ouvindo? Saia daí, porra!"

"Não posso fazer isso, Dev."

"Merda!" Ouvi-o esmurrar alguma coisa dura. "Tudo bem. Estou indo para aí com um exército, entendeu? Fique aí quietinho, chegaremos em quinze minutos. Se ele tentar alguma coisa, ligue para este número."

Ele me deu o número e eu o anotei no bloco colado no painel do carro.

"Depressa", disse eu.

"Pode deixar", disse ele, desligando em seguida.

Olhei para Phil. "Confirmado. É Gerry mesmo."

Phil olhou para o telefone em minha mão. A expressão de seu rosto era um misto de náusea e desespero.

"Está chegando ajuda?", perguntou ele.

"Está, sim."

As janelas ficaram novamente embaçadas, e, quando eu estava limpando a minha, vi pelo canto do olho uma coisa escura e maciça mover-se perto da porta traseira do carro.

Então a porta se abriu, Gerry Glynn entrou e pôs os braços molhados em volta de mim.

38

"Como vão, rapazes?", disse Gerry.

Phil enfiou a mão no casaco, e o encarei para que entendesse que não devia sacar uma arma no carro.

"Bem, Gerry", disse eu.

Meus olhos cruzaram com os dele pelo retrovisor. Eles tinham uma expressão amável e um tanto divertida.

Suas grossas mãos tocaram meu esterno. "Eu os assustei?"

"Ah, sim", falei.

Ele deu um risinho. "Desculpe. É que eu vi vocês dois sentados aqui e pensei: 'Por que será que Patrick e Phil estão dentro do carro na Dorchester Avenue, meia-noite e meia, sob uma tempestade?'."

"Estávamos só batendo um papo, Ger", disse Phil, num tom que pretendia ser indiferente, mas que soou muito forçado.

"Oh", fez Gerry. "Que noite para um bate-papo, não?"

Olhei os pêlos ruivos molhados, derramando-se molemente em seus braços..

"Ei, você está apaixonado por mim?", falei.

Pelo espelho, vi-o apertar os olhos, tirando os braços de mim.

"Puxa. Ora, esqueci o quanto estou molhado."

"Você não abriu o bar esta noite?", perguntou Phil.

"Hein? Não.. Não." Ele apoiou os cotovelos atrás de nossos bancos, entre os apoios de cabeça, e ali encostou a cabeça. "Agora o bar está fechado. Pensei comigo: 'Quem vai querer sair de casa com um tempo desses?'."

"É pena", disse Phil, dando em seguida um risinho rouco, semelhante a um ataque de tosse. "Cairia bem um trago esta noite."

Olhei para o volante para disfarçar minha raiva. Phil, pensei, como pode ter dito uma coisa dessas?

"O bar está sempre aberto para os amigos", disse Gerry alegremente, dando tapinhas em nossos ombros. "Claro, patrão. Sem problema."

Eu disse. "Não sei, Ger. Está ficando um pouco tarde e..."

"Vamos lá. É por conta da casa. Por minha conta, amigos." Ele cutucou Phil. "'Um pouco tarde...', que é que há com esse cara?"

"Bem..."

"Vamos lá. Vamos lá. Um drinque."

Ele saiu do carro e abriu a porta, sem me dar tempo de reagir.

Phil me lançou um olhar do tipo "O que é que a gente faz?", enquanto a chuva entrava pela porta aberta, molhando-me o rosto e o pescoço.

Gerry enfiou a cabeça no carro.

"Vamos lá. Querem que eu morra afogado aqui?"

Gerry manteve as mãos nos bolsos da frente do casaco com capuz, enquanto corríamos em direção à entrada do bar, e quando tirou a mão direita do bolso para abrir a porta com a chave, a outra continuou onde estava. Ali no escuro, o rosto exposto à chuva e ao vento, eu não tinha como saber se ele estava com uma arma no bolso; assim, era inviável tentar lhe dar voz de prisão em plena rua, tendo como único reforço um parceiro encagaçado.

Gerry abriu a porta e fez um gesto para que entrássemos antes dele.

Um halo amarelo iluminava o balcão, mas o resto da sala estava mergulhado na escuridão. A sala de bilhar, não muito longe do balcão, estava escura feito breu.

"Onde está meu cachorro favorito?", perguntei.

"Patton? Lá em cima, no apartamento, sonhando sonhos de cachorro." Com um golpe seco, ele fechou a porta com o ferrolho. Phil e eu, num movimento sincrônico, nos voltamos para ele.

Ele sorriu. "Não quero agüentar encheção de saco de fregueses irritados por eu ter fechado mais cedo."

"É de amargar", disse Phil com um riso idiota.

Gerry lhe lançou um olhar perplexo, depois me interrogou em silêncio.

Dei de ombros. "Já estamos sem dormir há um bom tempo, Gerry."

Imediatamente sua fisionomia mudou, passando a exprimir a mais profunda compaixão.

"Meu Deus, quase tinha me esquecido. Angie foi ferida ontem à noite, não foi?"

"Sim", disse Phil, agora num tom brusco.

Gerry foi para trás do balcão. "Sinto muito, rapazes. Mas agora ela está bem, não?"

"Ela está bem", confirmei.

"Sentem-se, sentem-se", disse Gerry vasculhando dentro do freezer. "Angie é... bem, é uma pessoa especial, sabem?"

Enquanto nos sentávamos, ele se voltou para nós e colocou duas garrafas de Budweiser à nossa frente. Tirei o casaco, esforçando-me para agir com naturalidade, e sacudi as mãos molhadas para secá-las.

"Sim", disse eu. "É sim."

Cenho franzido, ele abriu as garrafas. "Ela é... bem, de vez em quando aparece nesta cidade uma pessoa excepcional. Cheia de vida e de entusiasmo. Angie é uma delas. Preferiria morrer a que acontecesse alguma coisa ruim com uma moça como aquela."

Phil estava segurando a garrafa com tanta força que temi que ela se despedaçasse em sua mão.

"Obrigado, Gerry", agradeci. "Mas ela vai se recuperar."

"Bem, isso merece um brinde." Ele serviu para si uma dose de Jameson e levantou o copo. "À recuperação de Angie."

Tocamos nossas garrafas em seu copo e bebemos.

"Mas você está bem, não é, Patrick?", perguntou ele. "Ouvi dizer que você também participou do tiroteio."

"Estou ótimo, Gerry."

"Graças a Deus, Patrick. Pois muito bem."

Atrás de nós, uma súbita explosão de música, e Phil deu um salto no banco em que estava sentado. "Puta que pariu!"

Gerry sorriu, tocou num botão sob o balcão, o volume diminuiu rapidamente. A certa altura a explosão de som se transformou numa música que eu conhecia.

"Let It Bleed." Puta que pariu. Perfeito.

"O jukebox liga automaticamente dois minutos depois que entro no bar", explicou Gerry. "Desculpe-me por assustá-los."

"Tudo bem", assenti.

"Você está bem, Phil?"

"Hein?" Os olhos de Phil estavam do tamanho de calotas de rodas. "Ótimo, ótimo. Por quê?"

Gerry deu de ombros. "Você parece um tanto nervoso."

"Não." Phil balançou a cabeça vigorosamente. "Eu não. Negativo." Ele nos lançou um riso largo que mais parecia uma careta. "Eu estou ótimo, Gerry."

"Tudo bem." Gerry sorriu para si mesmo e me lançou outro olhar perplexo.

Esse sujeito mata pessoas, sussurrou uma voz dentro de mim. *Por prazer. Dezenas de pessoas.*

"Alguma novidade?", perguntou-me Gerry.

Mata, sussurrou a voz.

"Hein?"

"Alguma novidade?", repetiu Gerry. "Quer dizer, além de você ter se envolvido num tiroteio na noite passada e tudo o mais."

Ele disseca pessoas, sussurrou a voz, *ainda vivas. E gritando.*

"Não", consegui dizer. "Afora isso, tudo dentro da normalidade, Ger."

Ele deu um risinho. "Com a vida que você leva, Patrick, é um milagre que ainda esteja vivo."

Eles pedem. E ele ri. Eles imploram. E ele ri. Esse homem, Patrick. Esse homem com rosto franco e olhos tão doces.

"Nós irlandeses temos sorte", disse eu.

"E eu não sei?" Ele levantou o copo de Jameson, piscou e bebeu de um gole. "Phil", disse ele enquanto se servia de mais uma dose, "o que você anda fazendo ultimamente?"

"O quê?", disse Phil. "Como assim?"

Paralisado no banco, Phil parecia um foguete na rampa de lançamento, a contagem regressiva já em curso, como se a qualquer momento pudesse ser lançado através do teto.

"Digo em termos de trabalho", disse Gerry. "Você ainda trabalha para os irmãos Galvin?"

Phil piscou. "Não, não. Agora trabalho por minha conta, Gerry."

"E tem tido bastante trabalho?"

Esse homem retalhou o corpo de Jason Warren, amputou seus membros, cortou sua cabeça.

"O quê?" Phil tomou um gole de cerveja diretamente da garrafa. "Ah, sim. Não tenho de que me queixar."

"Hoje vocês estão meio devagar, rapazes", disse Gerry.

"Hã, hã", fez Phil debilmente.

Esse homem pregou as mãos de Kara Rider na terra congelada.

Ele estalou os dedos diante de meu rosto.

"Você ainda está conosco, Patrick?"

Sorri. "Pegue outra cerveja, Gerry."

"Pois não." Dirigindo-me um olhar intrigado e curioso, ele enfiou a mão no freezer a suas costas.

Atrás de nós, "Let It Bleed" dera lugar a "Midnight Rambler", e a gaita-de-boca soava como um risada vinda de um túmulo.

Ele me passou a cerveja, sua mão tocou a minha em

volta da garrafa gelada, e tive que me controlar para não encolher o braço.

"O FBI me interrogou", disse ele. "Você soube disso?"

Fiz que sim.

"As perguntas que eles fizeram... meu Deus. Bom, eles estavam apenas cumprindo seu dever, mas, ainda assim... que bando de panacas."

Ele sorriu para Phil, um sorriso que não combinava com o que estava dizendo, e de repente me dei conta de um cheiro que estava ali desde que havíamos chegado. Era um cheiro de suor almiscarado, mesclado ao mau cheiro de pêlos molhados e de carne.

Não vinha de Gerry, de Phil ou de mim, porque não era um cheiro humano. Era o cheiro de um animal.

Olhei para o relógio por cima do ombro de Gerry. Fazia exatamente quinze minutos que eu falara com Devin.

Onde ele estaria?

No ponto em que a mão de Gerry tocara a minha, a pele parecia me queimar.

Essa mão arrancou os olhos de Stimovich.

Phil estava inclinado para a direita, como se tentasse enxergar alguma coisa no ângulo do balcão. Gerry olhou para nós dois, e seu sorriso desapareceu.

Eu sabia que o silêncio era pesado, incômodo e suspeito, mas não conseguia pensar em alguma coisa para quebrá-lo.

O cheiro penetrou minhas narinas novamente, morno e repugnante, e percebi que ele vinha de minha direita, do buraco negro que era a sala de bilhar.

"Midnight Rambler" terminou, e o silêncio que se seguiu encheu o bar por um momento.

A única coisa que eu conseguia ouvir era um débil arquejo que vinha da sala de bilhar. Um som de respiração. Não havia dúvida de que Patton estava ali, na escuridão, vigiando-nos.

Fale alguma coisa, Patrick. É falar ou morrer.

"E então, Ger", falei, sentindo como se as palavras estivessem prestes a ficar entaladas em minha garganta seca. "Que novidades você tem para nos contar?"

"Pouca coisa." Entendi que ele resolvera acabar com a conversa mole. Agora ele fitava Phil abertamente.

"Você quer dizer, além de ter sido interrogado pelo FBI e tudo o mais?", disse eu sorrindo, na esperança de recriar um clima de falsa despreocupação.

"Afora isso, claro." Os olhos de Gerry estavam fixos em Phil.

"The Long Black Veil" substituiu "Midnight Rambler". Mais uma música sobre morte. Que maravilha.

Phil olhou para alguma coisa para além do balcão, no chão, fora de meu ângulo de visão.

"Está vendo alguma coisa interessante, Phil?", perguntou Gerry.

Phil levantou bruscamente a cabeça e semicerrou os olhos, com ar absolutamente desconcertado.

"Não, Ger." Ele sorriu e estendeu as mãos. "Estava só olhando aquela tigela de comida de cachorro no chão, sabe. A comida está úmida, como se Patton tivesse acabado de se fartar. Tem certeza de que ele está lá em cima?"

Ele pretendera dizer aquilo num tom indiferente. Tenho certeza de que era sua intenção. Mas aquilo soou de uma forma que podia ser tudo, menos indiferente.

A gentileza dos olhos de Gerry transformara-se num vórtice de um negro absoluto, glacial, e ele me olhou como quem examina um inseto no microscópio.

E entendi que todo o faz-de-conta acabara.

Levei a mão ao revólver no momento em que pneus cantavam do lado de fora do bar e Gerry mergulhou embaixo do balcão.

Phil ainda estava paralisado quando Gerry disse: "Iago!".

Não se tratava de uma alusão ao personagem de Shakespeare, era uma ordem de ataque.

Eu havia sacado o revólver quando o pastor alemão irrompeu de entre as sombras e vi o brilho metálico da navalha na mão de Gerry.

"Oh, não, não", disse Phil abaixando-se.

E Patton pulou por sobre seu ombro, em minha direção.

O braço de Gerry avançou e inclinei-me para trás, enquanto a navalha cortava meu queixo e Patton me atingia em pleno peito, com a força de uma bala de canhão, derrubando-me do banco.

"Não, Gerry, não!", gritou Phil, a mão tateando a cintura, em busca da arma.

Os dentes de Patton bateram na minha testa, sua cabeça recuou um pouco e suas maxilas se abriram e avançaram em direção ao meu olho direito.

Alguém gritou.

Agarrei o pescoço de Patton com a mão livre e o barulho que ele fez foi um combinação selvagem de gritos e latidos. Apertei-o com todas as minhas forças, mas ele retesou o pescoço, minha mão deslizou em seu pêlo suado e ele tentou novamente avançar sobre meu rosto.

Consegui encostar o revólver em seu dorso, enquanto ele martelava meus braços com as patas traseiras. Quando apertei o gatilho — duas vezes —, Patton levantou a cabeça como se tivesse ouvido seu nome, depois se sacudiu, estremeceu e deixou escapar da garganta um assobio surdo. Sob meus dedos, seu corpo amoleceu, enquanto ele tombava para a direita, caindo finalmente entre os bancos do balcão.

Levantei-me e atirei seis vezes nos espelhos e garrafas atrás do balcão, mas Gerry não estava mais lá.

Phil estava no chão, junto do banco, com a mão na garganta.

Enquanto eu me arrastava em sua direção, a porta da frente desabou e ouvi Devin gritar: "Não atire! Não atire! Ele é dos nossos!". E acrescentou: "Kenzie, largue essa arma!".

Coloquei-a no chão ao lado de Phil, quando cheguei perto dele. O sangue saía aos borbotões do lado direito de sua garganta, onde Gerry fizera o primeiro corte, para em seguida desenhar-lhe um sorriso até a outra orelha.

"Uma ambulância!", gritei. "Precisamos de uma ambulância!"

Phil olhou para mim, perplexo, enquanto o sangue brilhante passava entre seus dedos e escorria pela mão.

Devin me passou uma toalha, que coloquei imediatamente sobre o ferimento, apertando-a com as mãos de ambos os lados.

"Merda", disse Phil.

"Não fale, Phil."

"Merda", repetiu ele.

A marca da derrota estava inscrita em seus olhos, como se ele esperasse por aquilo desde o dia em que nascera, como se as pessoas saíssem do útero com a marca da sorte ou da derrota, e ele sempre tivesse tido consciência de que terminaria no chão de um bar numa noite qualquer, em meio ao cheiro de cerveja choca entranhado no soalho imundo, a garganta cortada.

Ele tentou sorrir e as lágrimas escorreram-lhe pelos cantos dos olhos, derramaram-se pelas têmporas e se perderam em seus cabelos pretos.

"Phil", falei. "Você vai sair dessa."

"Eu sei", disse ele.

E morreu.

39

Gerry correra desabalado para o porão, de onde passou para o edifício vizinho, saindo em seguida pela porta de trás, repetindo o trajeto que fizera na noite em que Angie fora baleada. Ele entrou em seu Grand Torino, estacionado na ruela que ficava no fundo do bar, e partiu em direção à Crescent Avenue.

Por pouco não bateu numa radiopatrulha quando entrou a toda velocidade na Crescent e, ao virar na Dorchester cantando os pneus, já tinha quatro carros de polícia em seu encalço.

Outras duas radiopatrulhas e um Lincoln do FBI que desciam a avenida formaram uma barreira na esquina da Harborview Street, ao mesmo tempo em que o carro de Gerry deslizava no gelo ao encontro deles.

Mas Gerry deu uma guinada em direção ao parque Ryan, indo direto para os degraus de entrada, àquela altura tão cobertos de gelo que funcionaram como uma rampa de acesso.

Ele derrapou violentamente no meio do parque. No momento em que os policiais e os agente do FBI saíam dos carros e lhe apontavam as armas, ele abriu o porta-malas e tirou seus reféns.

Um deles era uma jovem de vinte e um anos chamada Danielle Rawson, que sumira da casa dos pais em Reading, desde aquela manhã. O outro era seu filho de dois anos, Campbell.

Gerry puxou Danielle do porta-malas, ela estava

com um calibre .12 fixado a sua cabeça com uma fita isolante.

Ele amarrou Campbell a suas costas, utilizando o baby bag que sua mãe usava no momento do seqüestro.

Ambos tinham sido dopados, e só Danielle voltou a si quando Gerry, o dedo no gatilho do fuzil, derramou gasolina em si mesmo, na jovem e no gelo a sua volta.

Então Gerry exigiu minha presença.

Eu continuava no bar.

Estava ajoelhado ao lado do corpo de Phil, soluçando sobre seu peito.

Eu não chorava desde os dezesseis anos de idade. Ali, ajoelhado junto ao corpo de meu amigo mais antigo, tendo sucessivos ataques de choro, eu me sentia despojado, privado de todas as referências que até então serviam para me definir, para definir meu universo.

Phil, repeti antes de encostar minha cabeça em seu peito.

"Ele está exigindo sua presença", disse Devin.

Olhei para ele, sentindo-me afastado e alienado de tudo e de todos.

Notei uma nova mancha de sangue na camisa de Phil, no lugar onde eu descansara a cabeça, e lembrei-me de que Gerry me cortara.

"Quem?", disse eu.

"Glynn", respondeu Oscar. "Ele está cercado no parque Ryan. Com reféns."

"Vocês postaram atiradores de elite?"

"Sim", disse Devin.

Dei de ombros. "Então matem-no."

"Não podemos fazer isso", disse Devin passando uma toalha para eu limpar o ferimento do rosto.

Então Oscar me falou do bebê amarrado às costas de Glynn, da arma presa à cabeça da mãe e da gasolina.

Mas tudo aquilo me parecia irreal.

"Ele matou Phil", disse eu.

Devin me agarrou firmemente pelo braço e me pôs de pé.

"Sim, Patrick, ele matou. E agora ele pode matar mais duas pessoas. Você não quer nos ajudar a evitar isso?"

"Sim", disse eu, sem reconhecer minha própria voz. "Claro."

Eles me seguiram até o carro enquanto eu vestia o colete à prova de balas que eles tinham me dado e punha um novo pente na minha Beretta. Bolton juntou-se a nós na avenida.

"Ele está cercado", disse Bolton. "Encurralado."

Sentia-me absolutamente entorpecido, esvaziado de minhas emoções, como uma maçã de que se retiraram as sementes.

"Vá depressa", disse Oscar. "Se não chegar em cinco minutos, ele fere um refém."

Balancei a cabeça, vesti a camisa e o casaco por cima do colete, enquanto nos dirigíamos ao carro.

"Você conhece o depósito de Bubba", disse eu.

"Sim."

"O alambrado à volta dele é o mesmo que delimita o parque."

"Sei disso", disse Devin.

Abri o carro, abri o porta-luvas e comecei a tirar as coisas que havia lá dentro, espalhando-as no banco.

"Que está fazendo, Patrick?"

"Há um buraco no alambrado", expliquei. "Não dá para ver no escuro porque é só um corte. Basta empurrar que ele abre."

"Entendi."

Finalmente consegui achar um pequeno cilindro de

aço por entre um monte de caixas de fósforos, certificados de garantia e documentos diversos amontoados no banco do carro.

"O buraco fica no canto leste do alambrado, no encontro dos dois mourões que marcam o limite do terreno de Bubba."

Devin ficou olhando para o cilindro, enquanto eu fechava a porta do carro e me dirigia ao parque.

"O que é isso em sua mão?"

"Uma arma de um tiro."

Afrouxei a pulseira do relógio e enfiei o cilindro entre a tira de couro e o punho.

"Arma de um tiro."

"Presente de Natal de Bubba", falei. "Há muitos anos." Mostrei-lhe o cilindro. "Uma bala. Aperto este botão, que é uma espécie de gatilho. A bala parte do cilindro."

Ele e Oscar o examinaram. "É uma engenhoca com um par de dobradiças e parafusos, uma espoleta e um projétil. Vai explodir em sua mão, Patrick."

"É possível."

À nossa frente estendia-se o parque, o alambrado de cinco ou seis metros de altura cheio de gelo, as árvores escuras, também carregadas de gelo.

"Para que vai precisar disso?", perguntou Oscar.

"Porque ele vai me obrigar a largar a arma." Voltei-me e olhei para eles. "Lembrem-se da abertura no alambrado, rapazes."

"Vou mandar um de meus homens", interveio Bolton.

"Não." Sacudi a cabeça. Fiz um gesto em direção a Devin e Oscar. "Um deles. São os únicos em quem confio. Um dos seus passa pela abertura e aproxima-se dele por trás."

"Para fazer o quê? Patrick, ele está com..."

"... um bebê amarrado às costas. Pode acreditar. E vocês terão que impedir que ele caia no chão."

"Eu cuido disso", disse Devin.

Oscar bufou. "Com esses joelhos? Merda. Você não vai conseguir andar dez metros nesse gelo."

Devin fitou-o. "Ah, é? Como você vai conseguir arrastar seu rabo de baleia na área de esportes sem ser visto, hein?"

"Eu sou negão, parceiro. A noite e eu, é uma coisa só."

"Então, qual dos dois?", perguntei.

Devin soltou um suspiro e apontou para Oscar.

"O rabo de baleia", disse Oscar irritado. "Puh."

"Encontro você lá", falei e fui andando pela calçada em direção ao parque.

Subi com dificuldade os degraus, agarrando-me ao corrimão.

As ruas e avenidas estavam praticamente sem gelo por causa do sal e dos pneus dos carros, mas a área do parque era uma verdadeira pista de patinação. Uma camada de gelo azul-escuro de pelo menos cinco centímetros cobria a área central, onde, dada a inclinação do pavimento, a água se acumulara.

As árvores, os aros das cestas de basquete, os trepa-trepas e os balanços pareciam feitos de gelo.

Gerry estava de pé, no meio do parque, no que devia ser uma fonte ou um lago ornamental antes de o município ficar sem dinheiro, deixando o projeto reduzido a um tanque de cimento com bancos em volta. Um belo lugar aonde levar as crianças e meditar sobre o bom emprego dos impostos.

O carro de Gerry estava parado em diagonal; enquanto eu me aproximava, ele ficou apoiado no capô. Não dava para ver o bebê em suas costas, mas Danielle Rawson, ajoelhada no gelo entre as pernas de Gerry, mostrava o olhar vazio de quem já se resignara com a própria morte. Depois de horas num porta-malas, seus cabelos formavam uma massa do lado esquerdo da cabeça, como se uma mão os mantivesse ali. O rosto tinha marcas de rímel borrado, e os cantos dos olhos estavam de um vermelho-vivo, por causa da gasolina.

Ela me fez lembrar as fotos de mulheres em Auschwitz, Dachau ou na Bósnia. Parecia ter consciência de que agora sua vida estava fora do alcance de toda e qualquer proteção humana.

"Ei, Patrick", disse Gerry. "Pode parar por aí."

Parei a uns dois metros do carro, a um metro e meio de Danielle Rawson, no limite do círculo de gasolina.

"Olá, Gerry."

"Você está terrivelmente calmo." Ele ergueu uma sobrancelha, encharcada de gasolina. Seus cabelos cor de ferrugem estavam colados à cabeça.

"Cansado", disse eu.

"Seus olhos estão vermelhos."

"Acredito."

"Quer dizer então que Phillip Dimassi morreu."

"Isso mesmo."

"Você chorou por ele."

"Sim, chorei."

Olhei para Danielle Rawson, tentei encontrar energia necessária para me compadecer de sua sorte.

"Patrick?"

Ele se encostou no carro. Danielle Rawson, sempre ligada a ele pela arma colada em sua cabeça, acompanhou o movimento com o olhar.

"Sim, Gerry."

"Você está em estado de choque?"

"Não sei." Voltando a cabeça, olhei os prismas de gelo, a garoa sombria, as luzes azuis e brancas dos carros da polícia, os policiais e os agentes federais deitados nos tetos dos carros, trepados nos postes telefônicos em volta do parque. Todos, sem exceção, com as armas apontadas para o homem à minha frente.

Armas, armas, armas. Trezentos e sessenta graus de pura violência.

"Acho que você está em estado de choque", disse Gerry.

"Porra, Gerry", disse eu coçando a cabeça sob a chuva. "Faz dois dias que não durmo, e você matou ou feriu quase todas as pessoas de quem eu gosto. Portanto, sei lá, como você acha que estou me sentindo?"

"Curioso."

"Curioso?"

"Curioso." Ele puxou violentamente o fuzil. O gesto fez com que o pescoço da jovem girasse e a cabeça batesse contra o joelho de Gerry.

Olhei para ela e vi que não estava assustada nem furiosa. Estava vencida. Como eu. Esforcei-me para criar uma ligação com base naquele sentimento, para que minhas emoções aflorassem, mas em vão.

Olhei novamente para Gerry.

"Curioso em relação a quê, Gerry?" Pus a mão na cintura, senti a coronha de minha arma. Ele não me pedira a arma, pensei. Que estranho.

"Curioso em relação a mim", disse ele. "Matei um monte de gente, Patrick."

"Palmas para você."

Ele girou o fuzil, e os joelhos de Danielle Rawson levantaram-se do gelo.

"Isso o diverte?", disse ele curvando o dedo em volta do gatilho do fuzil.

"Não, Gerry. Pra mim, tanto faz."

Por cima do porta-malas do carro, vi de repente uma parte do alambrado se afastar, deixando um espaço vazio. O alambrado voltou à posição anterior, e o espaço sumiu.

"Tanto faz?", disse Gerry. "Sabe de uma coisa, Pat? Vamos ver até que ponto tanto faz pra você." Ele passou o braço por sobre a cabeça, agarrou o bebê pela roupa e brandiu-o à sua frente. "É mais leve do que algumas pedras que atirei longe."

A criança ainda estava desacordada. Talvez morta, impossível saber. Suas pálpebras estavam cerradas, como se pelo efeito da dor, e uma fina penugem loira cobria a cabecinha. Parecia mais macio que um travesseiro.

Danielle Rawson levantou os olhos, depois bateu a cabeça nos joelhos de Gerry, os gritos abafados pela mordaça.

"Você vai atirar esse bebê longe, Gerry?"

"Claro", disse ele. "Por que não?"

Dei de ombros. "É mesmo, por que não? Ele não é meu."

Os olhos esbugalhados de Danielle se fixaram em mim, amaldiçoando-me.

"Você está acabado, Patrick."

Fiz que sim com a cabeça. "Não tenho nada a perder, Gerry."

"Pegue sua arma, Pat."

Tirei a arma e estava prestes a jogá-la na neve congelada.

"Não, não", disse Gerry. "Fique com ela."

"Quer que fique com ela?"

"Faço questão. Engatilhe a arma e aponte para mim. Vamos. Vai ser divertido."

Fiz o que ele pediu, levantei a arma e apontei-a para sua testa.

"Assim está bem melhor. Sabe, Patrick lamento que você esteja acabado por culpa minha."

"Não, você não lamenta. Isso fazia parte de seus planos, não?"

Ele sorriu. "Que quer dizer com isso?"

"Você queria pôr em prática sua teoria furada da desumanização, não é verdade?"

Ele sacudiu os ombros. "Tem gente que acha que não é furada."

"Tem gente capaz de comprar protetor solar no Ártico, Gerry."

Ele sorriu. "Mas no que diz respeito a Evandro ela funcionou muito bem."

"Foi por isso que você levou vinte anos para voltar?"

"Eu nunca fui embora, Patrick. Mas, em relação ao meu experimento com a condição humana em geral, e com certa crença nos poderes dos três, sim. Alec e eu tivemos que esperar até que todos vocês crescessem um pouco e até que Alec encontrasse um candidato do calibre de Evandro. E ainda nos foram necessários vários anos para que eu cuidasse do planejamento e Alec trabalhasse Evandro intensamente — até que estivéssemos convictos de que ele era um de nós. Eu diria que tivemos o maior sucesso, não acha?"

"Claro, Gerry. Se você acha..."

Ele estendeu o braço de forma a virar a cabeça do bebê em direção ao gelo, depois examinou o chão como se procurasse o melhor ponto de impacto.

"O que vai fazer, Patrick?"

"Não estou em condições de fazer grande coisa."

Ele sorriu. "Se você atirar em mim agora, a mãe com certeza morre e talvez o bebê também."

"Exato."

"Se você não atirar em mim agora, vou estatelar o bebê no gelo, de cabeça para baixo."

Danielle se debateu, sacudindo o fuzil.

"Se eu fizer isso", prosseguiu Gerry, "você perde os dois. Portanto, temos uma escolha. A escolha é sua, Patrick."

O gelo sob o carro de Gerry escureceu com a sombra de Oscar, que avançava devagar pelo outro lado.

"Gerry", disse eu. "Você venceu, certo?"

"Como você vê tudo isso?"

"Corrija-me se eu estiver errado. Eu tenho que pagar pelo que meu pai fez a Charles Rugglestone, certo?"

"Em parte", disse ele fitando a cabeça do bebê, que ele inclinou de modo a poder observar suas pálpebras fechadas.

"Oquei. Você me pegou. Pode me matar, se quiser. Sem problema."

"Eu nunca quis matar você, Patrick", disse ele mantendo os olhos no bebê. Ele franziu os lábios e emitiu sons semelhantes a arrulhos. "Na noite passada, sabe? Na casa da sua sócia... Evandro devia matá-la e deixar você viver cheio de remorsos e de dor."

"Por quê?"

A sombra de Oscar avançava lentamente no gelo. Ela emergia de sob o carro e estendia-se de forma irregular sobre as figuras de animais esculpidas em pedra e sobre os cavalos de madeira, bem atrás de Gerry. A sombra era projetada pela luz do poste que ficava atrás do parque, e me peguei perguntando quem tinha sido o imbecil que esquecera de apagá-la antes de Oscar passar pelo alambrado.

Bastava Gerry voltar a cabeça, e a coisa iria ferver.

Gerry girou a mão, balançou o bebê para a frente e para trás.

"Eu costumava balançar meu filho assim", disse Gerry.

"Acima do gelo?"

Sorriso forçado. "Hum, não, Patrick. Eu simplesmente tomava-o nos braços, sentia seu cheiro e beijava seus cabelos."

"Mas ele morreu."

"Morreu." Gerry examinou o rosto do bebê, depois fez uma careta, tentando imitá-lo.

"E aí, Gerry? Você acha que isso dá sentido a toda essa confusão?"

Não sei bem como nem por quê, minha voz traía um leve vestígio de emoção.

Que Gerry percebeu imediatamente. "Jogue a arma à sua direita."

Fitei a arma como se não me importasse, como se nem tivesse notado que ela estava ali.

"Agora." Gerry abriu a mão e a criança caiu no vazio.

Danielle tentou gritar sob a mordaça, e sua cabeça chocou-se contra o fuzil.

"Tudo bem", disse eu. "Tudo bem."

A cabeça do bebê estava prestes a bater no gelo quando Gerry o segurou pelos tornozelos.

Joguei minha arma no tanque de areia sob o trepa-trepa.

"Agora a outra." Gerry balançava o bebê como um pêndulo.

"Vá se foder", respondi, os olhos fixos nos frágeis tornozelos presos em suas mãos.

"Patrick", disse ele erguendo as sobrancelhas. "Agora você está acordando? A outra arma."

Peguei a arma que estava com Phil quando Gerry cortara sua garganta e joguei-a em direção à outra.

Oscar deve ter percebido a própria sombra, porque começou a recuar para trás do carro e suas pernas reapareceram entre os pneus traseiros e dianteiros.

"Meu filho morreu", disse Gerry aproximando Campbell Rawson de seu rosto, para roçar o nariz em seu rosto macio, "sem aviso prévio. Lá estava ele no jardim, com quatro anos de idade, brincando, e de repente... não estava mais. Pifou uma válvula em seu cérebro." Ele sacudiu os ombros. "Simplesmente pifou. A cabeça dele se encheu de sangue. E ele morreu."

"É duro morrer assim."

Ele me deu um sorriso cheio de ternura e suavidade.

"Se continuar me tratando com condescendência, Patrick, eu estouro os miolos desse bebê." Ele inclinou a cabeça e beijou o rosto de Campbell. "Então, meu filho morre. E eu me dou conta de que ninguém poderia prever ou evitar o que lhe aconteceu. Deus decidiu que Brendan Glynn devia morrer naquele dia. E assim foi."

"E sua mulher?"

Ele afagou os cabelos de Campbell, cujos olhos continuavam fechados.

"Minha mulher", disse ele. "Humm. É verdade, eu a matei. Não Deus. Eu. Não sei que tipo de plano o Senhor tinha para aquela mulher, mas com certeza acabei com eles. Certamente Ele tinha planos para a vida de Kara Rider, mas foi obrigado a mudá-los, não foi?"

"E como Hardiman entrou na história?", perguntei.

"Ele lhe contou sobre sua experiência com as abelhas na infância?"

"Contou."

"Humm. Não eram abelhas. Alec gosta de enfeitar as coisas. Eu estava lá: eram mosquitos. Ele desapareceu sob uma nuvem de mosquitos, e quando reapareceu notei que não lhe restara nem um resquício de consciência." Ele sorriu, e tive a impressão de ver em seus olhos uma nuvem de insetos e as águas turvas do lago. "Depois disso Alec e eu desenvolvemos uma relação do tipo mestre/discípulo, que mais tarde resultou em muito mais que isso."

"E ele... aceitou ir para cadeia para proteger você?"

Gerry deu de ombros. "Para um sujeito como Alec, a cadeia não significava nada. Sua liberdade é total, Patrick. Está no espírito. As grades não a limitam. Ele é muito mais livre na prisão que a maioria das pessoas que estão fora dela."

"Então por que castigar Diandra Warren por mandá-lo para lá?"

Ele franziu o cenho. "Ela rebaixou Alec. No banco das testemunhas. Ela teve a pretensão de explicar seu comportamento diante de um júri de cretinos. Um puta de um insulto."

"Mas esse circo todo", disse eu fazendo um gesto largo para mostrar o parque, "é para se vingar de quê?"

"De quem", corrigiu ele, sorrindo novamente.

"De Deus?"

"Isso é simplificar demais. Mas, se você pretende alimentar a imprensa com esse tipo de impostura depois da minha morte, vá em frente, Patrick."

"Você vai morrer, Gerry? Quando?"

"Quando você tentar alguma coisa, Patrick. Você vai me matar." Ele fez um gesto com a cabeça em direção à polícia. "Ou então eles."

"E o que diz dos reféns, Gerry?"

"Um deles vai morrer. No mínimo. Você não vai conseguir salvar os dois, Patrick. Impossível. Você há de concordar."

"É verdade."

Danielle Rawson perscrutou meu rosto para ver se eu estava brincando, e sustentei seu olhar o tempo bastante para que soubesse que não estava.

"Um dos dois vai morrer", disse Gerry. "Estamos de acordo quanto a isso?"

"Sim."

Girei meu pé esquerdo para a direita, voltei à posição normal, depois girei novamente para a direita. Com um pouco de sorte, Gerry o entenderia como um gesto casual. Com mais um pouco de sorte, Oscar veria muito mais que isso. Eu não podia correr o risco de olhar para o carro novamente. Eu tinha que contar com o fato de que ele estava lá.

"Um mês atrás", disse Gerry, "você iria fazer qualquer coisa para salvar a ambos. Você iria dar tratos à bola para fazer isso. Mas agora não."

"Não. Você me ensinou direitinho, Gerry."

"Quantas vidas você já destruiu para chegar até mim?", perguntou ele.

Pensei em Jack e Kevin. Depois em Grace e Mae. E em Phil, claro.

"O bastante", disse eu.

Ele riu. "Ótimo. Ótimo. Engraçado, não é? Quer dizer, tudo bem, você nunca matou ninguém intencionalmente, matou? Mas vou lhe dizer uma coisa: nunca pensei em fazer disso uma profissão. Depois de matar minha mulher, de pura raiva, sem a menor premeditação... depois que a matei, me senti muito mal. Eu vomitei. Fiquei suando frio por duas semanas. Mas certa noite eu ia de carro por uma velha estrada próximo a Mansfield, sem cruzar com nenhum carro por quilômetros. Aí passei por um rapaz de bicicleta e tive um impulso — o mais forte que já tive em minha vida. Eu estava passando à sua direita e vi os olhos-de-gato da bicicleta, vi seu rosto todo sério e concentrado, e uma voz me falou: 'Gire o volante, Gerry. Gire o volante'. Eu girei. Só uns poucos centímetros para a esquerda, e ele foi jogado contra uma árvore. Aproximei-me. Ele estava agonizando e eu assisti à sua morte. E me senti ótimo. E desde então me sinto cada vez melhor. Foi o caso do crioulo, por exemplo, o que sabia que eu atribuíra a outro o assassinato de minha mulher, e de todos os demais, inclusive Cal Morrison. A coisa era cada vez melhor. Não tenho remorsos. Sinto muito, mas não me arrependo. Então, quando você me matar..."

"Não vou matar você, Gerry."

"O quê?", disse ele inclinando a cabeça para trás.

"Você ouviu. Não conte comigo para mandá-lo para o inferno. Você é um zero, cara. Você não é nada. Você não vale a bala nem a mancha em minha alma por acabar com sua raça."

"Você está tentando me irritar novamente, Patrick?" Ele tirou Campbell Rawson do ombro e agitou seu corpinho à sua frente.

Dobrei o pulso para que o cilindro caísse na palma de minha mão e dei de ombros. "Você é uma piada, Gerry. Estou dizendo o que acho."

"Ah, é?"

"Claro." Sustentei seu olhar duro. "E você vai ser substituído, como tudo o mais, dentro de no máximo uma semana. Logo aparece outro doente de merda que mata algumas pessoas, aparece em todos os jornais e nos programas sensacionalistas de televisão, e ninguém mais vai se lembrar de você. Seus quinze minutos de fama acabaram, Gerry. E não causaram o menor impacto."

Ele virou o corpo de Campbell, segurou-o novamente pelos tornozelos, e seus dedos pressionaram levemente o gatilho do fuzil. Danielle fechou um olho, preparando-se para o disparo que fatalmente viria, mas manteve o outro fixo no bebê.

"Disto haverão de lembrar", rosnou Gerry. "Pode acreditar."

Ele levou o braço para trás, como um jogador de softball tomando impulso, e Campbell se confundiu com as trevas, o corpinho branco desaparecendo como se tivesse voltado ao ventre da mãe.

Mas quando Gerry impulsionou o braço para a frente, para jogar o bebê para o ar, este tinha sumido.

Perplexo, Gerry baixou os olhos, e eu me lancei para a frente, caí de joelhos no gelo e enfiei meu indicador esquerdo entre o gatilho e o guarda-mato do fuzil.

Gerry fez pressão no gatilho e este esbarrou em meu dedo. Então ele olhou para mim e apertou o gatilho com tanta força que quebrou meu dedo.

A navalha apareceu em sua mão esquerda, e eu encostei a arma de um tiro em sua mão direita.

Ele gritou antes mesmo que eu acionasse o gatilho. Foi um som agudo, semelhante aos uivos de um bando de hienas. A navalha penetrou em meu pescoço, dando a sensação de uma carícia feita com a língua, e esbarrou no osso de meu maxilar.

Acionei o gatilho. Nada aconteceu.

Gerry gritou mais alto, a navalha emergiu da minha carne e voltou a mergulhar imediatamente. Com os olhos fechados, apertei freneticamente o gatilho três vezes.

A mão de Gerry explodiu.

A minha também.

A navalha caiu no gelo perto do meu joelho no momento em que larguei a arma. As chamas alcançaram a fita isolante, cresceram em contato com a gasolina no braço de Gerry, passando para os cabelos de Danielle.

Gerry sacudiu a cabeça para trás, escancarou a boca e soltou um urro de dor.

Agarrei a navalha, mal podendo senti-la porque os nervos da minha mão pareciam mortos.

Num átimo, cortei a fita isolante na ponta do fuzil. Danielle caiu no gelo e rolou a cabeça na areia gelada.

Desprendi o dedo quebrado do fuzil, e Gerry apontou-o para minha cabeça.

Na escuridão, os dois canos do calibre .12 se destacavam como olhos frios e impiedosos, e levantei a cabeça para enfrentá-los. Os gritos de Gerry penetraram brutalmente em meus ouvidos quando o fogo lhe atingiu o pescoço.

Adeus, pensei. Adeus a todos. Valeu a pena.

Os dois primeiros tiros de Oscar atingiram a cabeça de Gerry por trás e saíram pelo meio da testa. O terceiro atingiu-o nas costas.

O fuzil saltou do braço incendiado de Gerry, e então os tiros vieram pela frente, muitos ao mesmo tempo, e Gerry girou feito uma marionete e desabou no chão. Enquanto ele caía, o fuzil disparou duas vezes, abrindo buracos no gelo à sua frente.

Ele caiu de joelhos e, por um instante, não consegui saber se estava morto ou não. Seu cabelo cor de ferrugem estava em chamas e a cabeça tombou para a esquerda, ao mesmo tempo em que um olho desaparecia entre as chamas. O outro, porém, parecia brilhar através das ondas de calor, com um brilho de escárnio na pupila.

Patrick, dizia o olho através da nuvem de fumaça, você não aprendeu nada.

Oscar se levantou por detrás do cadáver de Gerry, o bebê apertado contra o peito largo, que se elevava e se abaixava ao ritmo de sua respiração difícil. Aquela visão — uma coisa tão terna e tão delicada contra uma massa tão sólida e tão volumosa — me fez rir.

Oscar emergiu da treva em minha direção, deu a volta pelo corpo em chamas de Gerry. Ondas de calor me atingiram no momento em que o círculo de gasolina em volta de Gerry pegou fogo.

Morra queimado, pensei. Que Deus me perdoe, mas morra queimado.

Um segundo depois de Oscar ter saído do círculo, este se transformou numa chama amarela, e me peguei rindo ainda mais alto ao observar aquilo, nem um pouco impressionado.

Senti um beijo frio em minha orelha. Quando me voltei para ver o que era, Danielle já passara por mim, precipitando-se para tomar seu bebê de Oscar.

A sombra imensa de Oscar chegou até mim quando ele se aproximou. Fixei o olhar no seu, e ele o sustentou por um bom tempo.

"Como você está, Patrick?", disse ele abrindo um sorriso largo.

Atrás de mim, Gerry ardia em chamas no gelo.

E, não sei por quê, tudo me pareceu engraçadíssimo, embora eu soubesse que não era. Eu sabia que não era. Eu sabia. Mas continuava a rir quando me colocaram na ambulância.

EPÍLOGO

Um mês depois da morte de Gerry Glynn, descobriu-se o lugar onde ele executava suas vítimas: o lugar onde outrora funcionava o refeitório da casa de correção de Dedham, há muito desativada. Além de partes dos corpos de suas inúmeras vítimas, guardadas em meia dúzia de freezers, a polícia encontrou uma lista feita por Gerry de todas as pessoas assassinadas por ele desde 1965. Gerry tinha vinte e sete anos quando matou a esposa, e cinqüenta e oito quando morreu. Nesses trinta e um anos, ele matara — sozinho ou ajudado por Charles Ruggleston-ne, Alec Hardiman ou Evandro Arujo — trinta e quatro pessoas. Segundo a lista.

Um psicólogo da polícia aventou a possibilidade de o número ser ainda maior. Um megalomaníaco como Gerry, argumentou ele, pode muito bem ter estabelecido uma diferença entre vítimas "dignas" e "menos importantes". Das trinta e quatro, dezesseis eram jovens que tinham fugido de suas casas, um deles de Lubbock, Texas, e outro de Dade, Flórida, exatamente como Bolton suspeitara.

Três semanas e meia depois da morte de Glynn, a Editora Cox publicou um relato fiel dos crimes, escrito por um jornalista do News, sob o título *Os açougueiros de Boston.* O livro teve uma boa vendagem nos dois primeiros dias, mas então se deu a descoberta de Dedham, e as pessoas perderam o interesse, porque nem mesmo um livro escrito em vinte e quatro dias podia acompanhar o ritmo dos acontecimentos.

Uma investigação interna na polícia sobre a morte de Gerry Glynn concluiu que policiais e agentes federais fizeram uso de "violência extrema, mas necessária", quando os atiradores de elite dispararam catorze balas em seu corpo, depois dos três primeiros disparos de Oscar, que foram os que o mataram.

Ao chegar ao Aeroporto de Logan, procedente do México, Stanley Timpson foi preso sob acusação de cumplicidade no assassinato de Rugglestone e de obstrução da investigação federal.

Tendo procedido a uma revisão do caso Rugglestone, o estado concluiu que as únicas testemunhas do assassinato de Rugglestone eram uma doente mental catatônica, uma alcoólatra desequilibrada e um portador do vírus da AIDS que certamente não viveria o bastante para assistir ao julgamento. Em vista disso, e considerando-se também que não havia o menor vestígio de provas materiais, cabia às autoridades federais processar Timpson.

As últimas notícias que tive de Timpson é que estava pensando em se declarar culpado de obstrução da justiça para, em troca, conseguir a extinção do processo por cumplicidade.

O advogado de Alec Hardiman fez uma petição à Suprema Corte para obter a anulação de todas as acusações contra seu cliente e a comutação imediata de sua pena, levando em conta as acusações que pesavam contra Timpson e a APEE, relativas ao assassinato de Rugglestone. Em seguida ele entrou com uma ação contra o estado de Massachusetts, contra o governador e o chefe de polícia atuais e contra os homens que exerciam essas funções em 1974. Vítima de encarceramento indevido, alegava o advogado, Alec Hardiman tinha direito a sessenta milhões de dólares — três milhões de dólares para cada ano passado na prisão. Seu constituinte, dizia o advogado, fora prejudicado ainda mais pelo Estado, pois contraíra o vírus da AIDS devido a uma política de vigilância carcerária deficiente, devendo portanto ser libertado imediatamente, enquanto ainda lhe restava algum tempo de vida.

A revisão do processo de Alec Hardiman ainda está em curso.

Corriam boatos de que Jack Rouse e Kevin Hurlihy estavam escondidos nas Ilhas Cayman.

Outro boato, que raramente aparecia nos jornais, dizia que eles tinham sido mortos a mando de Freddy Gordo. Ao que o tenente John Kevosky, da Brigada Criminal, retrucava: "Negativo. Kevin e Jack são useiros e vezeiros em sumir de circulação quando a coisa esquenta para o lado deles. Além disso, Freddy não tinha motivos para matá-los. Eles lhe rendiam dinheiro. Os dois estão escondidos no Caribe".

Ou não.

Diandra Warren abandonou o cargo na Bryce e suspendeu as consultas em sua clínica.

Eric Gault continua a lecionar na Bryce; até o momento, seu segredo continua bem guardado.

Os pais de Evandro Arujo venderam a um programa de televisão sensacionalista, por vinte mil dólares, o diário que o filho escreveu na adolescência. Mais tarde, os produtores do programa moveram uma ação contra eles para recuperar o dinheiro, alegando que o diário continha apenas os devaneios de alguém que, à época, era perfeitamente são.

Os pais de Peter Stimovich e de Pamela Stokes uniram-se para mover um processo conjunto contra o Estado, contra o governador (de novo) e contra a penitenciária de Walpole, por terem libertado Evandro Arujo.

Segundo os médicos, Campbell Rawson, milagrosamente, não foi afetado pela overdose de hidroclorofila administrada por Gerry Glynn. A dose poderia ter causado sérios danos ao cérebro, mas ele acordou com dor de cabeça e nada mais.

Sua mãe, Danielle, me enviou um cartão de Natal, uma carta com mil agradecimentos e a promessa de me receber com prazer, oferecendo-me uma boa refeição, sempre que eu for a Reading.

Grace e Mae deixaram seu refúgio no norte do estado de Nova York dois dias depois da morte de Gerry. Grace reassumiu suas funções no Beth Israel, e me telefonou no dia em que saí do hospital.

Foi uma daquelas conversas desagradáveis em que uma reserva polida substitui a intimidade. Quando ela se encaminhava, penosamente, para o fim, perguntei-lhe se poderíamos nos encontrar qualquer dia desses para um drinque.

"Acho que não é uma boa idéia, Patrick."

"É uma recusa definitiva?"

Seguiu-se uma pausa que mais parecia uma bolha de sabão que vai aumentando sem estourar, o que entendi como uma resposta.

"Sempre vou me preocupar com você", disse ela finalmente.

"Mas..."

"Mas minha filha está em primeiro lugar, e não posso mais expô-la aos riscos que a convivência com você implica."

Tive a impressão de que um vazio imenso se abria em mim, da garganta ao estômago.

"Posso falar com ela? Dizer adeus?"

"Acho que não seria saudável. Nem para você nem para ela." Sua voz fraquejou e ela inalou o ar rapidamente, como se estivesse chorando. "Às vezes é melhor deixar que as coisas vão se extinguindo aos poucos."

Fechei os olhos e deixei-me ficar por um instante com o fone encostado à cabeça.

"Grace, eu..."

"Preciso desligar, Patrick. Cuide-se. Estou falando sério. Não deixe que o seu trabalho o destrua, oquei?"

"Oquei."

"Promete?"

"Prometo, Grace. Eu..."

"Adeus, Patrick."

"Adeus."

Angie foi viajar no dia seguinte ao do enterro de Phil.

"Ele morreu", disse ela, "porque nos amava demais e nós não o amávamos o bastante."

"Como você sabe disso?", perguntei, os olhos fitos na cova aberta numa terra dura e gelada.

"A briga não era com ele, mas ele a enfrentou mesmo assim. Por nós. E não o amamos o bastante para mantê-lo fora dela."

"Não sei se a coisa é tão simples."

"É, sim", garantiu ela jogando flores no túmulo, sobre o caixão de Phil.

A correspondência se acumula em meu apartamento — contas, folhetos publicitários de supermercados, de talk-shows de emissoras de rádio e televisão locais. Falem, falem, falem, pensei, falem o quanto quiserem, mas isso não vai mudar o fato de que Glynn existiu. Assim como muitos outros iguais a ele, que ainda estão por aí.

A única coisa que peguei da pilha foi um cartão-postal de Angie.

Ele foi enviado de Roma duas semanas atrás. Pássaros voejando sobre o Vaticano.

Patrick,

Uma maravilha, esta cidade. O que você acha que os caras desta cidade estão pretendendo fazer comigo? Os caras beliscam o tempo todo a bunda da gente, e estou vendo que qualquer hora dessas vou acabar com um deles e provocar um incidente internacional. Vou para a Toscana amanhã. Depois, quem sabe? Renée está mandando um alô para você. Disse que não se preocupe com a barba, pois sempre achou que com barba você fica sexy. Minha mana... juro.

Cuide-se.

Estou com saudades de você.

Ange.

Estou com saudades de você.

A conselho de amigos, fui consultar um psiquiatra na primeira semana de dezembro.

Depois de uma hora, ele me disse que eu estava sofrendo de depressão clínica.

"Eu sei", respondi.

Ele se inclinou para a frente. "E como vamos ajudá-lo a superar isso?"

Lancei um olhar em direção à porta atrás dele; a porta de um closet, pensei.

"Grace ou Mae Cole estão aí dentro?", perguntei.

Ele voltou a cabeça para ver. "Não, mas..."

"E quanto a Angie?"

"Patrick..."

"Você pode ressuscitar Phil ou fazer sumir os últimos meses?"

"Não."

"Então o senhor não pode me ajudar, doutor."

Preenchi um cheque para ele.

"Mas Patrick, você está profundamente deprimido e precisa..."

"Preciso de meus amigos, doutor. Sinto muito, mas o senhor é um estranho para mim. Seus conselhos podem ser ótimos, mas o senhor não passa de um estranho, e não levo em conta conselhos de estranhos. Minha mãe me ensinou isso."

"Mas de qualquer forma você precisa..."

"Preciso de Angie, doutor. Só isso. Sei que estou deprimido, mas não posso e não quero mudar isso agora."

"Por que não?"

"Porque é natural. Como o outono. Considerando tudo que passei, eu seria muito louco se não ficasse deprimido, certo?"

Ele fez que sim com a cabeça.

"Obrigado pela atenção, doutor."

Véspera de Natal
19h30

E cá estou eu.

Na escadaria de entrada do meu prédio, três dias depois que alguém baleou um padre numa loja de conveniência, esperando recomeçar uma nova vida.

Stanis, meu senhorio pirado, me convidou para a ceia de Natal em sua casa, mas recusei, disse que já tinha compromisso.

Talvez eu vá para a casa de Richie e de Sherilynn. Ou de Devin. Ele e Oscar me convidaram para seu Natal de solteirões. Peru aquecido em forno de microondas e largo consumo de uísque. É tentador, mas...

Já me aconteceu de passar o Natal sozinho. Muitas vezes. Mas nunca foi assim. Nunca senti isso antes, essa solidão horrível, esse vazio desesperador.

"Você pode amar mais de uma pessoa ao mesmo tempo", disse Phil certa vez. "Somos seres humanos, portanto confusos."

Eu com certeza era.

Sozinho na entrada do prédio, eu amava Angie, Grace, Mae, Phil, Kara Rider, Jason e Diandra Warren, Danielle e Campbell Rawson. Eu os amava a todos e sentia saudades de todos.

E por isso me sentia ainda mais sozinho.

Phil estava morto. Eu sabia disso, mas não podia aceitar a situação a ponto de não desejar — desesperadamente — que não estivesse.

Ainda nos vejo a ambos, ainda garotos, pulando as janelas de nossas casas para nos encontrar na avenida, disparando a correr e rindo da facilidade com que conseguíamos fugir, mergulhando na noite gelada e indo bater na janela de Angie para que ela se juntasse a nosso bando de malfeitores.

Para em seguida perder-nos na escuridão.

Não tenho idéia do que costumávamos fazer naquelas baladas por volta da meia-noite, sobre o que conversávamos enquanto vagávamos pela sombria selva de concreto do nosso bairro.

Eu só sabia que aquilo bastava para nos fazer felizes.

Estou com saudades de você, ela escrevera.

Eu também.

Sinto mais falta de você do que dos nervos cortados da minha mão.

"Oi", disse ela.

Eu estava cochilando na cadeira na entrada do edifício e abri os olhos para os primeiros flocos de neve do inverno. Pisquei os olhos, balancei a cabeça para esquecer o som doce e cruel da voz dela, tão vívido que por um momento eu seria capaz de acreditar, feito um louco, que não se tratava de um sonho.

"Você não está com frio?", perguntou ela.

Agora eu estava acordado. E estas últimas palavras não vinham de um sonho.

Girei na cadeira e ela avançou na minha direção com passos hesitantes, como se temesse perturbar o leve pousar dos flocos de neve na escadaria.

"Oi", disse eu.

"Oi."

Levantei-me e ela parou a alguns centímetros de mim.

"Não consegui ficar longe", disse ela.

"Fico feliz por isso."

Os flocos caíam em seus cabelos, brilhavam por um instante e em seguida se fundiam e desapareciam.

Ela deu mais um passo hesitante, eu também avancei um passo, para equilibrar as coisas, e então me peguei abraçando-a, enquanto grossos flocos de neve caíam sobre nossos corpos.

O inverno, o inverno pra valer, tinha chegado.

"Senti saudades de você", disse ela colando o corpo no meu.

"Eu também", disse eu.

Ela beijou-me o rosto, passou a mão em meus cabelos e me fitou por um longo tempo, enquanto a neve colava em seus cílios.

Ela abaixou a cabeça. "E tenho saudade dele. Uma imensa saudade."

"Eu também."

Quando ela levantou a cabeça, seu rosto estava molhado, e não dava para saber com certeza se era só neve derretida.

"Você tem algum plano para o Natal?", perguntou ela.

"E você?"

Ela enxugou o olho esquerdo. "Gostaria de ficar com você, Patrick. O que acha?"

"É a melhor coisa que ouvi este ano, Ange."

* * *

Na cozinha, preparamos chocolate quente, olhamos um para o outro por cima das bordas das canecas, enquanto o rádio da sala nos informava sobre o tempo.

A neve que estava caindo, dizia o locutor, era a primeira de uma longa série que cairia sobre Massachusetts naquele inverno. Quando acordássemos, garantia ele, a camada de neve teria entre vinte e trinta centímetros de espessura.

"É neve pra valer", disse Angie. "Quem diria, hein?"

"Mas já é tempo."

Acabada a previsão do tempo, o locutor passou a comentar o estado de saúde do padre Edward Brewer.

"Quanto tempo você acha que ele pode agüentar?"

Dei de ombros. "Não sei."

Voltamos para nosso chocolate enquanto o locutor informava que o prefeito exigia um controle mais rigoroso da venda de armas de fogo, que o governador exigia uma aplicação mais rigorosa das leis. Para que um outro Eddie Brewer não entre na loja de conveniência errada, na hora errada. Para que outra Laura Stiles possa romper com um namorado brutal sem temer por sua vida. Para que todos os James Faheys deste mundo parem, finalmente, de espalhar o terror entre nós.

Para que nossa cidade um dia se torne tão segura quanto o paraíso antes da queda, e que nossas vidas sejam protegidas do mal e do imprevisto.

"Agora a gente vai para a sala e desliga o rádio, tá?", disse Angie.

Na meia-luz da cozinha, ela me estendeu a mão, enquanto a neve salpicava a janela de branco, e eu a segui pelo corredor até a sala.

O estado de saúde de Eddie Brewer não mudara. Ele ainda estava em coma.

A cidade está expectante, dizia o locutor. A cidade, nos garantiu ele, está com a respiração suspensa.

AGRADECIMENTOS

Agradeço à dra. Jolie Yuknek, do Departamento de Pediatria do Boston City Hospital, e ao sargento Thomas Lehane, do Massachusetts Department of Corrections, por terem consentido em responder a uma série de perguntas certamente estúpidas sobre assuntos da área médica e da administração penitenciária.

Pelo trabalho de leitura, comentários e/ou edição do manuscrito (além de responder a perguntas ainda mais estúpidas), agradeço a Ann Rittenberg, Claire Wachtel, Chris, Gerry, Susan e Sheila.

ESTA OBRA FOI COMPOSTA PELO GRUPO DE CRIAÇÃO EM GARAMOND
E IMPRESSA PELA GEOGRÁFICA EM OFSETE SOBRE PAPEL PRINT-MAX DA
VOTORANTIM PARA A EDITORA SCHWARCZ EM MAIO DE 2003